DONGSUH MYSTERY BOOKS 81

DEATH OF JEZEBEL
제제벨의 죽음
크리스티아나 브랜드/신상웅 옮김

동서문화사

옮긴이 신상웅 (申相雄)

중앙대 영문학과 졸업. 동 대학원 문학박사. 〈세대〉지 신인문학상 《히포크라테스 흉상》 당선. 한국펜클럽 사무국장, 중앙대 예술대학원장·문예창작과 교수 역임. 지은책 《분노의 일기》 《쓰지 않은 이야기》 《심야의 정담》 《배회》 등이 있다.

DONGSUH MYSTERY BOOKS 81

제제벨의 죽음

크리스티아나 브랜드 지음/신상웅 옮김
초판 발행/1977년 12월 1일
중판 발행/2003년 8월 1일
발행인 고정일/발행처 동서문화사
창업 1956. 12. 12. 등록 16-345(윤)
서울강남구신사동 540-22 ☎ 546-0331~6 (FAX) 545-0331
www.epascal.co.kr

*

이 책의 출판권은 동서문화사 (동판)가 소유합니다.
의장권 제호권 편집권은 저작권 법에 의해 보호를 받는 출판물이므로
무단전재와 무단복제를 금합니다.

편찬·필름·제작 일체 「동판」 자본으로 이루어짐에 따라
출판권 소유권자 「동판」에서 제조출판판매 세무일체를 전담합니다.
사업자등록번호 211-90-02201
ISBN 89-497-0166-9 04840
ISBN 89-497-0081-6 (세트)

제제벨의 죽음
차례

제제벨의 죽음 …… 11

퍼즐러의 한계에 도전한다 …… 295

멀리 미국에 있는 클라리본 매크드 카에게
커다란 영국장미 꽃다발과 함께 이 책을 바친다.

[무대 스케치]
탑과 발코니, 대기실, 분장실로 이어지는 아치형 문들.
X표는 갑옷차림을 한 11명의 기사들이 서 있던 위치.

등장인물

이세벨(제제벨) 돌 남자에게 기생하여 살아가는 여인
조니 와이즈 자살한 청년 장교
파페튜어(페피) 커크 조니의 옛 연인
조지 엑스마우스 파페튜어를 사랑하는 소년
찰리티 엑스마우스 조지의 어머니
얼 앤더슨 배우
에드거 포트 영국령 말레이시아에서 영사관 직원이었던 중년 남자
브라이언 브라이언 수마트라에서 귀국한 남자
수잔 베틀레이 말레이시아에서 돌아온 노처녀
찰스워드 런던경시청 수사과 경감
콕크릴(콕키) 켄트 주 경찰 경감

1940년

조니 와이즈는 '샴고양이'를 전화로 깨웠다. '샴고양이'의 퉁명스런 목소리가 들려왔다.

"손님들은 다 돌아가시고, 가게도 옛날에 문을 닫았습니다…… 뭐라고요? 앤더슨이라는 손님요? 글쎄요, 잘 모르겠는걸요."

"배우라네." 조니 와이즈가 말했다. "검은 머리칼에 통통하고…… 그래, 좀 건달처럼 보이지. 자넨 틀림없이 기억할 거야. 그래그래, 이세벨 돌과 함께 있을 걸세."

"아! 그리고 보니 생각납니다. 돌 양이 누군가와 함께 왔더군요. 하지만 나가신 지 벌써 2시간은 더 되지요. 예. 젊은 아가씨가 한 사람 있었습니다. 뭐라고요? 굉장한 미인이 아니었냐구요? 이보세요, '샴고양이'에 오시는 젊은 여인들은 모두 빼어난 미인들뿐이라니까요! 파페튜어 커크? 글쎄요……댁이 그렇게 말씀하시니 아마 그렇겠지요, '샴고양이'에서 감히 거기까지 어떻게……."

문득 '샴고양이'는 시시한 일이라고 생각했는지, 또는 길게 얘기하는 게 갑자기 짜증이 났는지 털컥 전화를 끊고 말았다.

조니는 그 외에도 '캥거루' '검은 곰' '유쾌한 용'을 차례차례 돌아가며 모조리 전화를 걸어보았지만, 그 동물들은 한결같이 깊은 잠에 빠졌는지 아무도 전화를 받지 않았다. '모두 이세벨의 아파트에 갔나 보군.' 그는 생각했다. '가엾은 페피는 녹초가 되었겠지. 이세벨이 오늘도 그 빌어먹을 섹스 강의와 돈벌이 얘기를 늘어놨을 게 뻔하니 틀림없이 지켜서서 눈물을 찔끔찔끔 흘리고 있을 거야. 벌써 새벽이 다 되었으니 택시잡기도 여간 힘들지 않을 테고…… 그래, 지금 곧 이세벨 집으로 가서 한 잔쯤 같이 마셔주다가 파페튜어나 바래줘야지.'

그는 낡아빠진 크라이슬러를 몰고 이세벨의 집으로 향했다. 상냥하고 낙천적이며 천진한 젊은이의 마음속에는 도착한 곳에서 행여 방해꾼 소리나 듣지 않을까 하는 걱정 따윈 손톱만치도 없었다.

이세벨은 조니와 파페튜어가 약혼했다는 사실이 도무지 마음에 들지 않았다. 그만하면 충분히 더 좋은 사람도 만날 수 있으련만 파페튜어가 하는 짓이 그저 한심할 따름이었다. 그깟 인도인지 말레이시아인지 모를 이상한 곳에서 갓 돌아온 한 푼 없는 빈털터리 조니 와이즈 따위에게 현혹되어 순순히 결혼할 생각까지 하고 있다니! 더욱이 얼 앤더슨이 지금 그녀에게 빠져 정신을 못 차리고 있는 판에.

본래부터 얼은 신선한 처녀가 전문이고, 방탕의 으뜸가는 맛이라는 게 그의 지론이다. 게다가 요즘 들어 씀씀이도 퍽 좋아 보였다. 최근 들어 형편이 여의치 않은 이세벨은 그래서 더 파페튜어가 어리석게만 느껴졌다. 기분만 잘 맞추면 얼처럼 다루기 쉬운 인간도 또 없는데……!

하지만 어디까지나 복잡 기묘한 그녀의 마음속 깊은 곳에서 해본 생각이었을 뿐이지 딱히 이렇다 할 속셈이 있었던 것은 물론 아니었다. 그리고 여지껏 참견한 적도 사실 없었고.

그런데 어쩌다 '샴고양이'에서 모두 모이다 보니 일이 이렇게 풀리고 말았다. 한 남자가 이세벨과 함께 있었다. 술이야 얼마든지 있었지만 어쩐지 흥이 나지 않아 대충 정리하고 함께 이세벨의 아파트까지 오게 되었는데, 들어서자마자 집에 있던 술을 한 병 비우고 곧바로 다음 병이 나오다보니 일이 이렇게까지 되고 만 것이다. 파페튜어가 진을 이토록 많이 마신 것도 처음 있는 일이었다.

사정이 이럴 즈음, 조니 와이즈가 천진한 웃음을 지으며 사랑하는 사람을 바래다주려고 이세벨의 집에 도착했다. 그러나 이세벨은 현관문을 열기 무섭게 대뜸 소리부터 질렀다.

"안 돼! 지금 못 가."

"그럼 나도 같이 한잔 마시는 건 괜찮겠죠?"

조니가 쾌활하게 물었다.

"안 돼, 조니. 절대 안 돼!"

이세벨은 다짜고짜 문을 닫으려 했다.

조니는 뜻밖의 상황에 어안이 벙벙해졌지만 다시 한 번 부탁했다.

"사정이 어찌 되었건 우선 내가 왔다고 페피에게 좀 전해주십시오."

"흥! 파페튜어가 너까짓 걸 기다릴 줄 알아? 지금 바쁘니까 빨리 돌아가. 쓸데없이 끼어들지 말고. 파페튜어가 밤새도록 놀고 싶다는데 네가 웬 참견이야?"

"도대체 무슨 소리 하는 거야!"

조니는 이세벨을 밀치고 안으로 들어갔다.

"내가 직접 물어보겠어요. 정말 돌아가고 싶지 않다면 그땐 할 수 없지만. 파페튜어, 어디 있어?"

이세벨은 얇은 입술을 앙다물었다.

"그래? 어디 맘대로 해 보렴."

그녀는 벌컥 안쪽 방문을 열어젖혔다. 파페튜어는 얼과 함께 그 방에 있었다.

조니 와이즈는 그대로 돌처럼 굳어버렸다. 그리고 한참 후에야 목구멍을 쥐어짜는 듯한 신음소리를 내질렀다.

"아니야! 모두 거짓말이야!"

눈앞에 드러난 광경을 도저히 믿을 수 없다는 듯이, 또는 믿지 않겠다고 억지로 도리질이라도 하듯 휙 몸을 돌려 비틀비틀 방을 나갔고, 계단을 내려가 크라이슬러에 몸을 실었다. 정신없이 그레이트 웨스트 로드까지 나온 그는, 막다른 골목길에서 담장으로 둘러싸인 길쭉한 공터를 발견했다. 조니는 거기서 차를 돌려 조금 후진한 다음 다시 한번 차를 돌려 벽을 향해 똑바로 멈춰 섰다. 그리고 있는 힘껏 액셀을 밟았다.

1

작고 길쭉한 방, 포트 부인은 활짝 열린 창을 등지고 앉아 있었다. 남편이 매주 20기니씩 지출하는 방이다. 핏기 없는 여윈 손가락이 기모노의 옷깃을 접었다가는 풀고 또 접었다가는 풀기를 되풀이했다.

"당신이 왜 야외극(pageant, 중세 유럽에서 축제일에 상연되던 종교극이 시초가 된 야외극)을 해보고 싶어하는지 난 잘 모르겠어요, 에드거, 말을 탄 기사니 탑 속의 처녀니 하는 건 모두 무슨 소리예요? 난 하나도 모르겠어요." 부인은 폭 한숨을 쉬면서 면목 없다는 투로 말했다. "나로서는 모두 알 수 없는 일뿐이라고요."

"일을 하고 있으면 나도 마음이 좀 편할 것 같아서 그래. 당신이 이 방에서 나올 때까지는 말이야."

"에드거, 제가 여기서 나가면 당신은 다시 말레이시아로 가실 생각이에요?"

포트의 통통한 얼굴이 갑자기 홀쭉해졌다. 안절부절못하고 쉴 새 없이 꼼지락대는 손가락처럼 그의 얼굴에는 잿빛 표정이 떠올랐다.

"가봤자 아무것도 없다니까. 우리가 알고 있는 건 모두 사라져버렸어. 일본 군대가……"

"난 아무 기억도 안 나요." 괴롭기도 하고 미안하기도 하다는 듯이 부인은 또다시 공허한 목소리로 중얼거렸다.

남편은 마음을 다잡았다. "괜찮아. 무리하면 안 돼. 아무 걱정할 필요 없어. 얼마 안 있으면 모두 다 생각날 테니까." 하지만 그녀의 머릿속에 겹겹이 드리워진 거미줄 안에서 영원히 파묻혀 있는 편이 차라리 나을 것 같았다. 일본군을 비롯한 그 모든 것으로부터 억지로 마음의 눈을 감아버리면, 그는 다시금 타고난 굴절 없는 밝은 모습으로 되돌아온다. "어쨌거나 하루라도 빨리 좋아져야 해. 그래야 야외극도 구경할 거 아니오?"

"탑 속의 처녀는 어떻게 되나요?"

"그 처녀는 말이지…… 그건 이세벨 돌이 맡게 되었는데."

"이세벨 돌이란 사람, 난 모르는데……?"

"아니, 말레이시아에 있었다는 게 아니라 여기 런던에서 알게 된 사람이야. 돌아온 지 얼마 안 되어서. 조니의 친구였어."

"조니라뇨?"

"당신, 조니도 기억나지 않아?" 남편은 초조해졌다.

그녀는 병마에 침식당한 하얀 머리를 흔들었다.

"에드거, 난 아무것도 몰라요."

남편은 다시 한번 마음을 추스렸다. "괜찮아. 괜찮고말고. 머잖아 모두 기억날 텐데 뭘. 하여간 그 이세벨 돌이라는 여자가 말이지, 이번 전시회 관계자들을 모두 알고 있었어. 그래서 이번 전시회에는 야외극도 들어 있다는 걸 알고 내가 적임자라고 적극 추천해서 관계자들의 동의까지 얻어냈지. 그러다 보니 어영부영 나도 그럴 생각이 들더라고."

"하지만 에드거, 당신은 야외극에 대해선 문외한이잖아요? 그런

거 해본 적 있어요?"

"야외극쯤이야 누구라도 할 수 있지!" 스스로도 영 자신이 없던 터라 포트는 한층 더 허풍을 떨었다. "게다가 이세벨이 한마디만 하면 문제될 게 없으니까 난 괜찮아. '바로 눈앞에 안성맞춤인 사람이 있지 않습니까' 하면서 모두들 맞장구를 치더라고. 결코 쉬운 일은 아니겠지만 어쨌든 바쁘게 일하다보면 그 시간만큼은 마음도 가벼워지지 않겠어?"

그는 얼렁뚱땅 말을 끝맺었다. 그러나 아내의 얼굴에서 여느 때의 불안해하는 초조한 기색과 함께 두려움까지 읽게 되자 그는 가슴이 찢어질 듯 아파져서 애원하듯 조금 더 덧붙였다.

"더는 아무 말 말아 줘. 더 이상 아무 말 하지 말자구. 당신 기분이 조금이라도 나아질까 싶어서 얘기했는데…… 정말 별일 아니야. 아무 일도 아니라고. 하지만 그 일을 맡게 된 데는 여러 가지 복잡한 사정이 있었어."

그 날 오후 포트와 그 일행을 공원에서 만난 수잔 베틸레이의 말에 의하면, 그가 이세벨 돌의 야외극를 맡게 된 이유는 오직 하나뿐이라고 했다. 그러니까 순전히 이세벨 돌 때문에 하는 일이라는 것이다. 작고 뚱뚱한 벌꿀 색깔을 한 생물, 마치 생크림을 가득 뿌린 호두과자를 연상케 하는 풍성한 곡선을 그리는 육체, 하이힐을 신은 이세벨은 그런 육체를 상대에게 밀어붙이듯 샐룩샐룩 걸어왔다. 수잔 베틸레이는 포트의 모습을 자세히 관찰하고 있었는데 당황해서 손을 놓는 폼이 도리어 의심스러웠다고 전했다. 짤막한 그의 팔이 어색하게 내려오더니 뱃살이 비어져 흘러내린 옆구리에서 동글동글한 작은 손가락들이 불안하게 움직이고 있었다고. 그리고 이세벨은 달아나기에는 이미 때가 늦었다는 것을 깨닫자 더러운 박쥐우산을 흔들며 푯말이 붙어 있는 잔디밭을 가로질러 자기 쪽으로 다가왔다고도. 굴러오는 눈사람 같은 몸뚱이에 잘 손질된 머리, 늘 그렇듯이 실크로 된 맞춤옷을 입고 허둥지둥 다가오는 모습은 손에 들고 있던 박쥐우산이랑 흡사했다고 베틸레이는 묘사했다.

"안녕하세요, 돌 양? 뜻하지 않은 곳에서 만나는군요."

"젠장! 베틸레이잖아. 골치 아픈 여자를 만났어." 이세벨은 눈썹을 찡그리며 포트에게 얼른 귀엣말을 하더니, 금방 만들어 붙인 듯한 함박꽃 같은 웃음을 지었다.

"어머, 베틸레이 양, 정말 뜻밖이군요! 반가워요. 에드거 씨는 잘 아시죠?"

두 사람은 동시에 모른다고 대답했다. 포트는 7월의 뜨거운 햇살 아래 땀투성이가 되어 있는 포동포동한 손으로 햇볕에 그을린 투박한 베틸레이의 손을 가볍게 잡았다.

"처음 뵙겠습니다."

"이런 우연이!"

이세벨이 비로소 생각난 듯이 탄성을 질렀다.

"두 사람 다 말레이에서 귀국하지 않았어요?"

포트와 베틸레이는 동시에 이의를 제기했다. '말레이(malay)'라고 하는 건 형용사고, 명사는 '말레이시아(malaysia)'다. 그러니까 말레이에서 귀국했다는 소리는 결국 '프랑스(france)가 아니라 '프렌치(french)'에서 돌아왔다는 말이나 매한가지라는 설명이었다.

"그러니까 쉽게 말하면 당신들은 모두 앵글로 인디언이었다는 말이잖아요."

이세벨은 눈썹하나 까딱하지 않았다.

"어쨌거나 두 사람 다 조니 와이즈를 아시죠?"

한순간 포트와 베틸레이의 눈길이 번쩍 마주쳤으나 두 사람은 이내

서로를 외면했다. 이세벨이 너무도 자연스럽게 조니의 이름을 들먹였기 때문이다. 그러나 어느덧 7년이나 지난 과거의 일이 되었다.

포트가 설명했다. "조니 와이즈는 걸핏하면 친구들에게 편지를 보냈는데 언제나 영국 이야기만 했어요. 그래서 모두 고국으로 돌아왔을 때는 누구랄 것 없이 제일 먼저 돌 양부터 만나고 싶어했을 정도지요. 조니는…… 그래요, 돌 양을 굉장히 의지하고 있었어요."

그는 이세벨에게 관대한 미소를 지었다.

"하지만 꼬리에 꼬리를 물고 나타나는 그의 친구들을 봤더라면 돌 양도 내심 질렸겠죠?"

도무지 못마땅하다는 듯이 베틸레이는 눈썹을 찡그리며 말했다. "알고 보면 이런 소리를 하는 나도 아직 그의 옛 연고를 붙들고 있는 셈입니다만." 그리고는 이세벨을 보았다. "아직 일자리를 찾지 못해서요. 특별한 기술이 있는 것도 아니니 좀처럼 쉬운 일이 아니군요. 무슨 일이건 제일 밑에서부터 시작해야 하니까요. 이 나이에 말이에요. 게다가 우리 같은 중년의 올드미스는 어디건 환영할 리가 없잖아요." 그리고 다시 눈썹을 찌푸리며 자조하듯 희미하게 웃었다.

같은 올드미스일뿐더러 베틸레이보다는 네댓 살이나 더 많으면서도 이세벨은 자못 안됐다는 동정의 미소로 대답을 대신했다.

포트가 당돌하게 말을 꺼냈다. "이세벨, 베틸레이 양에게 야외극 일을 돕게 하면 어떨까요? 무슨 할 일이 있을 것 같은데?"

"여자는 더 필요하지 않아요." 이세벨은 그 자리서 바로 거절했다.

"하지만 왜 있잖소? 그렇지! 의상을 책임지는 의상 담당이라는 명목은 어떨까요?" 그도 좀처럼 물러날 기색이 아니었다.

"하지만 에드거, 의상다운 의상이 어디 있기나 해요? 옷이니 모자니 해도 고작 한 다스밖에 안 되는데?"

"하지만 반드시 무언가 할 일이 있을 거요."

이세벨이 알기로 포트가 이토록 자기 주장을 한 예는 지금껏 한번도 없었다. 오랜 외국 생활로 뼈 속까지 그을린 그녀의 얼굴에 드러나는 절실한 표정을 한참동안 물끄러미 바라보다가 포트는 짐짓 가볍게 물어보았다.
"베틸레이 양 생각은 어떠십니까? 기껏해야 2, 3주밖에 안 되지만 그래도 잠시나마 도움이 되지 않겠습니까?"

'브라이언 투 타임즈'도 이세벨의 야외극에서 일자리를 얻게 되었다. 그러나 브라이언 투 타임즈는 멋진 남자였다. 본명이 브라이언 브라이언이라고 하는 네덜란드 사람으로, 어머니가 네덜란드 사람이라든가 뭐라든가 하여간 무슨 상관이 있다고 했는데 이세벨도 그 부분에 대해서는 정확히 알지 못했다. 아무튼 그는 말레이시아에서 모든 것을 정리하고 영국으로 왔다. 말레이가 아니라 수마트라라고? 그럼 수마트라라고 쳐. 수마트라라는 이름은 내 평생 들어본 적도 없지만……
"수마트라는 섬이쥐요. 말레이시아와는 상당히 떨어진 곳이고……."
"당신들은 도대체 왜 그렇게 일일이 따지기를 좋아하지?"
아담하기는 하지만 깔끔하다는 생각은 들지 않는 아파트의 손때가 묻은 소파 위에서 이세벨은 무릎을 안고 있었다.
"브라이언, 내 말 좀 들어봐. 당신의 일자리 문젠데……."
"허겁지겁 일하고 싶어 안달이 난 것도 아닌데 뭘 그리 서두르쉽니까?" 브라이언은 싱글벙글 느긋했다.
"하지만 언제까지 그렇게 건들건들 놀 수만은 없지 않겠어? 하긴 이건 뭐 일이라고는 할 수 없지. 그런데도 사람들이 눈에 불을 켜고 덤벼든다니깐. 고작해야 전시회가 개최되는 2, 3주에 불과한 일

거리인데도."
 말은 이렇게 했지만 사실 이세벨은 자기의 탑을 둘러쌀 한 다스나 되는 기사들을 긁어모으는데 굉장한 어려움을 느끼고 있었다. "얼 앤더슨 같은 배우가 좋은 본보기지. 그는 유명한 배우야. 아주 유명하지는 않더라도 꽤 이름이 알려진 배우인데도 최근에는 잠시 쉬고 있다길래 좀 거들어달라고 했더니 선뜻 그러자고 하더군. 하지만 쉬고 있다니 정말 묘한 표현 아니야? 말이 되는 소릴 해야지, 쉰다는 게 어디 가당키나 해? 그쪽 사람들은 다음 일을 얻으려고 발바닥이 부르트도록 미친 듯이 돌아다니면서 테스트를 받아야 겨우 풀칠이나 하는 게 고작인데!"
 브라이언 브라이언은 마흔 가까운 나이였다. 키는 그리 큰 편이 아니지만 어깨가 듬직하고 붙임성 좋은 각진 얼굴에, 보는 사람의 가슴이 쿵하고 내려앉는 하늘빛 새파란 눈동자를 하고 있었다.
 언제나 기다란 레인코트를 입고 있어서 걸을 때마다 옷자락이 펄럭펄럭 휘날렸다. 한눈에도 활동적이고 성질이 급해 보였는데 그런 점이 도리어 매력으로 작용했다.
 그는 쉬고 있는 동안 얼 앤더슨이 기울일 노력에 대해서는 전혀 동정을 표하지 않았지만, 대신 "이름은 어디선가 들어본 것 같군요" 하면서 지나가는 소리처럼 한 마디 맞장구를 쳤다.
 "당연하지. 파페튜어와 관계가 있으니 들어봤을 거야. 그녀는 지금 앤더슨과 동거하고 있어. 아마 두 사람은 늘 함께 걸어왔다고 해도 틀리지 않을 거야. 하긴 같은 말이지만, 조니 와이즈가 자살하고 나서는 쭉 그래왔어."
 이세벨은 슬쩍 상대의 반응을 살폈다. 말랑말랑하고 탱글탱글한 육체와 금빛 머리칼을 낡은 소파에 파묻고는.
 "브라이언은 파페튜어가 무슨 생각을 하는지 잘 모르겠지?"

브라이언은 어깨를 한번 들썩했다.

"나하곤 별로 상관없는 일이쥐요."

다소 외국인이란 느낌을 주는 점도 있지만, 그의 영어는 실로 유창했다. 그는 곧 자기와 직접 상관 있는 이야기로 화제를 돌렸다.

"그 앤더슨이란 남자는 야외극에서 무슨 역을 맡았습니까? 그리고 나라도 할 수 있다고 한 역할은 또 어떤 것이고?"

"그저 나가기만 하면 돼." 이세벨은 금방 생기가 돌았다. "말을 타고 빙글빙글 도는 거지. 애들 속이는 것처럼 간단한 일이지만 주당 4폰드로 내 계산해 줄게. 겨우 10분씩, 하루에 2번만 하면 돼. 말은 서커스단에서 자란 녀석이라 가만히 내버려두어도 지가 다 알아서 무대를 돌 거고 '그랜드 체인'인지 뭔지 하는 재주도 부릴 거야. 말을 못 타도 괜찮아. 얼도 말을 타 본 경험이라곤 전혀 없는걸."

브라이언 투 타임즈는 지금까지 적어도 근무시간의 3분의 2는 말 잔등에서 보냈다. 그는 과장된 몸짓으로 공손하게 머리를 끄덕이며 "그렇다면 안심이군요"라고 엄살을 떨었지만, 이세벨에게는 그런 비아냥 따위 전혀 통하지 않았다.

"그럼 에드거 포트에게 당신을 기사에 포함시키라고 말해 둘게. 그 물러터진 영감이 야외극의 책임자격이니까. 그가 왜 야외극을 하려고 하는지 나는 도통 이유를 모르겠어. 돈도 꽤 모아둔 것 같으니 돈을 벌자고 하는 일도 아닐텐데."

"어떤 부인을 사랑하기 때문이 아니겠습니까?"

키들키들 웃으며 브라이언이 대답했다.

"그럴지도!" 이세벨도 깔깔댔다. "하긴 이번 행사의 총책임자에게 포트를 소개한 것도 나니깐. 예전에 내 상사였던 사람이어서 얘기가 잘 마무리된 거야. 하지만 에드거가 과연 야외극를 어떻게 지휘해야 하는지 알기나 할까? 하지만 말레이에 있으면서 희한한 불춤 같은 것도 많이 쳐봤을 테니까 별 문제없을 거야."

"말레이시아입니다."

브라이언 투 타임즈는 반사적으로 잘못을 지적하고 이렇게 덧붙였다. "그리고 에드거 포트 씨는 불춤 같은 건 추지도 않았습니다. 말레이시아에서는 상당한 세력을 갖고 있던 사람이지요. 어깨에 힘 꽉 주고, 배 쏙 내밀고 다니던 사람이다 그 말입니다."

그는 볼을 불룩하게 부풀리고 배를 있는 대로 내밀었다. 포트의 전성기가 금방 연상될 만큼 그는 절묘하게 흉내냈다.

"그랬어? 그와는 외국에 있을 때부터 알았다고 했는데 내가 그만 깜빡했군."

"천만에! 알다니, 당치도 않습니다. 내가 있던 곳은 수마트라였다고 도대체 몇 번을 얘기해야 합니까? 조니 와이즈가 누군지 나는 모릅니다. 그리고 포트 씨는 당신이 소개해 주었을 때가 첫 대면이었고요. 포트 씨는 영국령 말레이시아 영사관에 근무했고, 나는 네덜란드 영토인 수마트라에 있었다니까요."

"아, 복잡해! 하여간 한 마디로 말해서 당신들은 모두 앵글로 인디언이었다는 말이잖아?"

이세벨은 지긋지긋하다는 듯이 고개를 저으며 소파에서 꿈틀꿈틀 일어나더니 보란 듯이 가슴과 허리를 내놓고 기지개를 폈다. 브라이언 투 타임즈는 전혀 반응이 없었다. 이세벨도 크게 마음 상한 기색도 없이 '귀향 군인을 위한 모델 하우스 전시회'의 진행 상태를 보러 엘리시온 홀로 가자고 브라이언을 끌었다.

"찰리티 엑스마우스가 왔을 거야. 야외극에 쓸 '데코'라고 하는 장치를 구하려고. 그러니 당신도 어떤 곳인지 대충 짐작이 갈 거야. 그녀에게는 20폰드쯤 받을 게 있어. 일을 얻어준 수수료인데 이 기회에 조금이라도 받아내야지."

거대한 엘리시온 홀에서는 '영국의 개선 용사'에게 걸맞는 모델 하우스 공사가 한창이었다(이 무렵의 개선 용사들은 대개 가족들에게 불편하게 얹혀 살면서 관공서나 지역 유지 등, 도움이 될 만한 곳이라면 어디든 매달리려고 하루 종일 필사적으로 돌아다니고 있었다. 어디든 상관없었다. 아내들도 이제는 특별히 무리한 조건을 달지 않게 된 상황이었기에).

튜더 왕조풍의 작은 오두막이, 종이 한 장으로 만들어진 중국 상자 같은 새하얀 플라스틱 모델 아파트와 처마를 나란히 하고 있었다. 전기 시설이 잘 갖추어진 방은, 부모의 둥지에서 벗어나 독립된 제 방이라는 의미에 간결하게 장식된 능률적인 생활이 더해진 이상적인 형태를 뚜렷이 제시하고 있었다.

먼저 모든 설비를 갖춘 욕실이 줄줄이 늘어서 있었고, 다음에는 욕실 설비에 필요한 기구만을 별도로 전시해 놓고 있었다. 그 다음에는 빗속에 버려진 불만 가득한 푸들처럼 하얀 타일로 된 욕조만 따로 모아두었.

통로 여기저기에는 짧은 타이트스커트에 머리를 복잡하게 땋아 장식한 젊은 여성들이 한번도 들어 본 적 없고 어디에 쓰는 물건인지 간신히 짐작만 가는, 그리고 아마 자기들은 죽어도 살 생각이 들지 않을 이상한 물건들을 앞에 놓고 상품의 선전 문구를 외느라 부산을 떨고 있었다.

그리고 그런 물건을 내놓은 회사측에서는 "단순한 수면용 해먹이 아니라니깐! 편,안,한 수면이야. 내 입이 닳아서 없어지는 꼴을 봐야 직성이 풀리겠나?"라며 머리 위로 뜨거운 김이 오르도록 고함을 지르고 있었다. 그러면 젊은 여성들도 잠깐 입가의 마이크를 제쳐놓고 매섭게 대꾸했다. "그게 무슨 차이가 있어요, 엥겔바움씨?"

한때 남부럽지 않게 살았을 거라 짐작되는 제법 나이 지긋한 한 남자가, 복잡하기 짝이 없는 기계 앞에서 살짝 데쳐낸 닭 한 마리를 통째로 집어넣더니 다른 곳에서 노릇노릇하게 잘 구워진 통닭을 꺼내들고 사람들에게 보여주었다. 정원사 몇몇은 고개를 축 늘어뜨린 팬지와 미나리아재비로 꽃시계를 만들고 있었고, 회색 제복을 입고 쉴 새 없이 수다를 떨고 있는 메뚜기 떼 같은 여자들은 건성건성 통로의 쓰레기를 쓸어모으는 체 바람만 일으키다가 다시 제자리로 내려앉는 것을 기다리고 있었다.

중앙 홀 한가운데에는 찰리티 엑스마우스가 야외극에 사용될 탑을 아주 흡족한 표정으로 바라보고 있었다. 그 곁에는 철부지 아들이 병아리처럼 어미 뒤를 졸졸 따라다니며 뛰놀고 있었다. 이세벨은 두 사람에게 다가가면서 브라이언 브라이언에게 말했다.

"우리는 저 녀석을 '마더디어'라고 부르는데 그 이유는 곧 알게 될 거야. 저것 봐, 도대체 무슨 맘으로 뿔이 세 개나 붙어 있는 모자를 쓰고 있는 걸까?"

"여자 헌병 흉내라도 내고 있는 거쥐요." 브라이언이 말했다.

"말도 안 돼. 여자 헌병처럼 보이고 싶은 사내가 어디 있을라고."

그녀는 호들갑을 떨며 다가갔다. "안녕하세요, 찰리티? 잘 있었니, 조지? 어머나! 에드거, 당신도 있었군요."

찰리티 엑스마우스는 앞니만 한번 드러내 보이더니 곧 입을 다물었다. 포트는 사랑하는 사람의 모습을 보고는 너무 기뻐서 그나마 작은 발이 잠시도 땅에 가만히 붙어 있지 못하고 옴찔옴찔 요동을 쳤다.

앞에서 말한 그 철부지는 교태가 철철 넘치는 이세벨의 허리며 가슴을 은근슬쩍 훔쳐보면서, 어머니가 언제까지나 자기를 어린애 취급만 하지 않았더라면 이미 오래 전에 떳떳하고 냉정하게 남자의 특권을 즐길 수 있었을 텐데 싶은 억울한 생각을 하고 있었다.

그렇다고 달리 뭘 어쩌겠다는 게 아니라…… 하지만 지금 난 파페튜어 커크를 사랑하고 있으니까……. 하지만 파페튜어는 갈대처럼 가냘프고 빼빼해서…….

조지는 자기도 모르게 이세벨의 풍만한 곡선에 빨려 들어가듯 눈길을 주고 말았다. 깡마르고 소심하고 신경질적인 이 풋내기는 첫사랑의 아픔에 신음하면서도 주체할 수 없는 사춘기의 울분으로 자아를 잃어버린 듯한 막연한 상실감을 맛보아야만 했다.

넓은 홀에 반달 모양의 무대가 보였다. 바로 뒤에는 '출연자 대기실'이라는 명패가 내걸린 큰방과 무대 사이를 성벽처럼 보이게 한 얇은 널빤지가 가로막고 있었는데, 이 벽 한가운데에 탑이 서 있었다. 탑이라고 해봤자 텅 빈 원통을 세워놓은 것뿐이지만, 탑 아래에는 대기실에서 무대로 나가는 높은 아치가 마련되어 있다. 그리고 이 아치 바로 위에서 홀을 굽어보는 손바닥만한 발코니가 붙어 있는 높이에 작은 창이 뚫려 있고, 탑 속으로는 가파른 사다리가 창 안쪽 위태로운 발 디딤대에 걸쳐져 있다.

매일 밤 이 사다리를 타고 올라가 좁은 발판에서 기다리다 이윽고 라이트가 발코니를 비추면 창에서 등장하는 역을 맡고 있던 이세벨 돌은, 그 기간 동안 통통한 열 손가락을 포함한 몸 전체에 제각기 상해보험을 들어두는 절차를 잊지 않았다.

따라서 이상할 정도로 현금에 집착하는 그녀였던만큼 말랑말랑한 포트와 함께 '귀환 군인을 위한 모델하우스 전'에서 챙길 만큼 챙기고 나면 그 사다리가 와르르 무너지면서 어딘가 크게 아프지 않은 뼈라도 부러지면 좋겠다고 남몰래 기도하고 있었다.

한편 포트는 사랑하는 이세벨에게 행여 무슨 일이라도 생길까 홀로 노심초사했다.

"엑스마우스 부인, 이 사다리는 분명 위험하진 않은 거죠? 발코니도 물론이고? 어쩐지 허술해 보여서 영 미덥지가 않는데?"

"더 이상 어떻게 해볼 수가 없어요."

찰리티는 퉁명스럽게 대답하면서 의미심장한 눈길로 이세벨의 터질 듯한 가슴과 허리 언저리를 훑어보더니 "보통 무게라면 절대 괜찮을 텐데 말입니다"라고 기어이 토를 달았다. 빈약하기 짝이 없는 그녀로서는 찰리티(자비)라는 이름이 무색한 형국이었다. 그녀는 초록빛 네덜란드산 담쟁이가 악착같이 탑을 기어올라가 마침내 작은 발코니 근처에서 뒤얽혀 있는 것을 자랑스럽게 가리켰다.

"정말 진짜 같지 않으세요? 조지는 저게 가짜라고는 꿈에도 생각 못했대요. 안 그래, 조지?"

"난 '진짜가 마치 가짜처럼 보일 때가 있다'고만 했어."

조지는 입 속에서 우물거렸다.

"그래도 난 이토록 담쟁이 천지가 되도록 만들고 싶지는 않았어요!" 이세벨은 애교스럽게 살짝 삐친 척하며 포트의 팔에 매달렸다.

에드거는 상냥하게 설명했다. 일이 이렇게 된 건 모두 당신 잘못이다. 당신이 비둘기처럼 너무 사랑스런 목소리로 얘기하니까 당신의 값진 연설을 잘 들을 수 있도록 만반의 태세를 갖추려면 마이크 같은 장비들은 모두 발코니 옆에 두어야 한다. 그러니 볼썽사나운 것들을 모두 가리자면 담쟁이가 많이 필요했다. 하지만 문제는 그게 아니라 마이크에 다른 잡음이 안 들어가야 하는데 나도 문외한이라 괜찮을지 어떨지 도무지 알 수가 없다…… 등.

"이제 곧 모든 준비가 끝납니다. 하나에서 열까지 마무리가 될 텐데 이제 와서 담쟁이덩굴을 어쩔 수는 없어요. 꼭 있어야 하니까요."

찰리티는 주름투성이의 모자를 고쳐 쓰며 단호하게 말했다. "아치에서 오른쪽 위 덩굴 속에 스위치가 있습니다. 정면에서 보아 무대 오른쪽에 말입니다. 이세벨 양과 기사가 등장하게 되면 곧바로 스위치를 넣게끔 되어 있지요. 그러면……."

"어머 깜빡했네! 기사라고 하니 이제 생각났는데 여기도 기사가 한 분 있어요. 브라이언 브라이언 씨라고 하죠. 하지만 난 브라이언 투 타임즈라고 부른답니다."

이세벨은 자기가 붙인 이름이 아주 재치 있게 느껴져 애완동물이라도 바라보는 흡족한 눈길로 브라이언을 쳐다보았다. 그리고 그때까지 뒤편에 콕 박혀 있어서 있는지도 몰랐던 까무잡잡한 얼굴을 한 여자가 브라이언 앞으로 이끌려 나왔다.

"비치…… 이런! 미안…… 베틸레이 양이에요. 자살한 조니 와이즈의 친구였어요. 브라이언, 당신도 와이즈와는 친구였으니까 말레이인지 어디선지 틀림없이 만난 적이 있을 거예요."

갈색 눈동자와 푸른 눈동자가 허공에서 잠시 부딪치는가 싶더니 어째 푸른 눈은 당황한 듯 금세 눈을 내리깔았다. 이세벨은 기분이 좋아 연신 조잘조잘 떠들어댔고, 희생이 될 제물들은 앞으로 다가올 재액은 꿈에도 상상 못하고 맡은 역에만 충실하고 있었다. 첫 희생자는 이미 정해져 있었다. 입회인들도 이미 처형장에 모여 있었다. 그리고 이세벨은 그 경솔한 입을 함부로 놀리면서 이중살인이라는 이 복잡한 장치 속에 또다시 대못을 하나 때려 박았던 것이다.

탑 밑의 아치를 지나 심드렁하니 건들건들 반달 무대로 나타난 두 인물은, 이 살인극의 배역을 완성하기에 실로 안성맞춤인 시간에 등장한 셈이었다.

얼 앤더슨은 키는 작지만 어깨가 넓고, 유난히 번뜩이는 물기 많은 푸른 눈에 국화꽃처럼 컬이 들어간 검은 머리카락을 하고 있었다. 그가 친구라 부르는, 즉 일방적으로 친구 취급 당하는 헤아릴 수 없이 많은 그의 친구들은 한결같이 이 머리색이며 컬을 어색하게 생각했다. 게다가 커다란 체크무늬의 윗도리 소매에 슬릿이 들어간 어쩐지 갱 같은 분위기를 풍기는 그의 복장도 사실 예사롭지 않았다.

파페튜어 커크는 창백한 피부를 가진 미인으로 마른 편인데, 숱 많은 곱슬머리는 마치 주목 산울타리를 안쪽으로 말리도록 짧게 깎아 올린 듯이 보였다. 멍한 표정으로 얼과 나란히 걷고 있는 그녀의 모습은 마치 무슨 어리석은 꿈이라도 꾸고 있는 듯했다. 얼은 이렇게 말했다. 함께 와서 이런 진귀한 전시회를 보니깐 좋지 않느냐? 엑스마우스라는 여자가 전기 스위치인 뭔지를 어떻게 하라고 글쎄 성화가 보통이 아니라니깐. 야외극 때 말이야. 어쩌다 보니 얼떨결에 이런 일을 하게 되었지만 그렇다고 꼭 열심히 할 필요는 없어. 어차피 흥미 없는 건 다들 마찬가지고 의미도 없을 텐데. 뭐 꼭 여기만 그렇다는 얘기는 아니지만.

풋라이트 아래 모여서 탑을 올려다보고 있는 무리를 파페튜어가 손가락으로 가리켰다.

"저기, 이세벨이 와 있어요."

"그래, 다들 모였군."

얼은 아는 체했다. "잘 지냈어, 제제벨? 안녕하세요, 엑스마우스 부인? 포트 씨, 안녕하십니까?" 처음 보는 저 낯선 얼굴은 이세벨이 말끝마다 얘기하던 네덜란드인이라고 얼은 금방 짐작했다.

"안녕, 얼? 그리고 진심으로 당부하는데 부디 제제벨 (이세벨, Jezebel 구약성서 열왕기하 9장 30~37. 이스라엘 아합왕의 아내로 '진한 화장을 한 제제벨'이라 불렸다. 남자를 유혹, 또는 조롱하는 부도덕한 여자. 완곡한 의미로 매춘부라는 의미도 있다)이라고 부르지 좀 말아! 정말 짜증 날려고 그래. 안녕, 페피?"라고 대꾸하는 이세벨.

파페튜어는 겉모양만 화사한 미소를 지으며 모두에게 인사를 건넸다. 브라이언 브라이언은 슬쩍 고개를 돌려 외면했다. 저 여자는 속이 텅 비었어. 텅 빈 조개껍질처럼 아무 것도 들어 있지 않군! 그는 생각했다. 입으로는 미소를 짓고 있지만 거짓으로 가득 찬 잿빛 눈을 한 빈약한 여자에게 조니가 그토록 순정을 바쳤다는 사실이 도저히 믿어지지 않았다. "빌어먹을! 지옥에나 떨어져 버려." 그는 속으로 중얼거리면서, 방금 한 말이 단순한 원망이 아니라 말 그대로 그녀의 영혼이 지옥으로 떨어져버리길 자신이 진실로 원하고 있음을 똑똑히 깨달았다.

수잔 베틸레이 또한 파페튜어의 지옥행을 열망하고 있었다. 조니가 그런 일을 당한 뒤에도 여전히 앤더슨 같은 작자와 관계를 계속할 뿐 아니라, 이곳까지 찾아와 태연하게 얼굴을 내미는 그 뻔뻔스러움에 비위가 뒤틀렸던 것이다. 파페튜어는 베틸레이의 갈색 눈에 떠오른 격렬한 적의를 조금 당황하면서 받아들였다. 파페튜어 때문에 조니 와이즈는 목숨을 내던졌다. 따라서 설령 직접 해치운 것은 아니지만 의식적으로 조니를 죽음으로 몰아넣은 살인자임에 분명한 파페튜어 커크, 그리고 그 살인의 공범자인 이세벨 돌과 얼 앤더슨. 그리고 그 옛날 조니를 사랑했던 에드거 포트, 수잔 베틸레이, 브라이언 투 타임즈, 또 파페튜어를 사랑하고 있는 어린 조지 엑스마우스. 죽어야 하는 것은 두 사람이고 죽이는 것은 한 사람. 나머지는 모두 조연에 불과하다. 그리고 지금이라도 당장 막은 내려올 기세였다.

오랫만에 한자리에 모인 일동은 찰리티 엑스마우스를 둘러싸고 야외극의 진행에 대해 서로 의견을 주고받았다. (찰리티는 아무 것도 모르고 있지만 지금 자기가 꾸민 무대에서 살인이 일어날 무렵이면 그녀는 여기서 멀리 떨어진 에든버러에서 또 다른 담쟁이투성이와 씨름하고 있을 것이다). 그녀는 옹이가 박힌 손을 이리저리 바쁘게 움직여 야외극의 내용을 간단히 설명했다.

"트럼펫이 일제히 울릴 겁니다. 그럴싸하겠지요? 그리고 트럼펫이 울리고 나면 아치에 라이트가 집중됩니다. 모두 무슨 일일까 하고 무대를 보면서 하나 둘 바쁘게 모여들 겁니다. 그러면 다시 한번 트럼펫이 울리고, 말을 탄 기사들이 벨벳망토를 펄럭이면서 은빛 깃발을 높이 들고 등장하는 거지요! 천천히 무대를 돌면서 말과 함께 여러 가지 묘기를 보여주다가 맨 마지막에 '그랜드 체인'을 선보이게 되는 것이죠. 말이 행진하면 장신구들이 짤랑짤랑 소리를 낼 겁니다. 상상해 보십시오. 기사들이 탑 아래 제위치에 서면 드디어 클라이맥스입니다. 기사들이 탑의 창을 올려다보고 있으면 그곳에서 어머니의 나라, 우리 영국의 아름다운 여왕이 등장하는 것이지요. 라이트가 천천히 탑을 쓰다듬듯이 기어올라가고 드럼이 쿵짝쿵짝 울려 퍼지겠죠. 그러면 길쭉한 원추형 모자에서 흘러내린 베일을 걷고, 은빛 드레스를 입은 여왕이 발코니에 나타납니다!"
그녀는 절규했다. 너무도 근사해서 완전히 압도된 모습이었다.
"그래서, 그것이 무엇을 표현하는 겁니까?"
수잔 베틀레이가 전혀 감동을 받지 않은 무덤덤한 말투로 물었다.
무엇을 표현하는지는 아무도 생각해본 적이 없는 문제였다.
"그러니까 뭐냐 하면…… 에…… 아름다운 우리 모국인 영국에 대한 경의 비슷한 거라고 할 수 있겠지요."
포트가 동글동글한 작은 손가락을 바삐 움직이면서 대답했다. 사랑하는 이세벨이 도대체 무슨 상징이 될 작정인지 그로서도 도통 알지 못했던 것이다. "하여간 우리처럼 외지에 있던 사람들에게는 한순간도 마음에서 떠나지 않던 것이니까요."
그의 눈이 브라이언 브라이언과 수잔 베틀레이의 눈과 부딪혔으나 금방 구두코로 눈길을 떨구었다. 설명한들 아무 소용없는 짓이었다. 외지에서 살아본 경험이 없는 무리들에게 아름다운 모국 영국이라는 말이, 너희들이 말하는 '말레이'에서 3년을 보낸 사람에게는 얼마나 깊은 의미를 지니고 있는지 죽어도 알 수 없을 것이다. 그것도 단순한 외지 생활이 아니다. 자칭 '신의 아들'이라는 군대가 제정한 친절한 형벌 아래서 보낸 시간이었으니까……

"그런데 리더 역을 맡을 기사는 누구로 할까요?"

찰리티 엑스마우스는 주저하지 않고 다음 질문을 던졌다. 그리고 사랑스런 눈길로 자기 아들을 바라보면서 덧붙였다. "조지도 기사가 된답니다. 물론 남들만이야 못하겠지만서도요. 안 그러니, 조지?"

"네, 엄마."

무슨 일이 있어도 하라고 어머니가 엄명을 내렸으니 울며 겨자먹기로 조지가 대답했다.

"리더 역을 누구로 정할까요?" 엑스마우스는 재촉했다.

"브라이언 투 타임즈로 해요."

이세벨도 즉석에서 결정을 내렸다. 야외극의 책임자는 포트지만 이세벨의 말은 철칙이나 다름없다.

"잘 됐네요." 조지의 어머니는 뽀로통해서 말했다.

"그리고 두 번째 기사는 앤더슨씨로 했으면 해요. 좀 전에 얘기한 마이크 스위치 건에 대해서도 이미 의논이 끝난 상태이기도 하니까요. 세 번째 기사는 조지가 맡아 줘요. 선두에 선 기사는 하얀 말에 흰 망토, 두 번째는 붉은 망토, 세 번째는 푸른 망토이고, 다른 기사는 모두 검은색이에요. 그러니까 편의상 백기사, 적기사, 청기사로 부르겠어요. 브라이언 씨는 백기사, 앤더슨 씨는 적기사, 그리고 조지가 청기사가 되는 거죠."

이 지당하기 짝이 없는 호칭은 모두의 마음을 흐뭇하게 했다.

"그럼, 백기사"

찰리티는 아직도 모락모락 김이 오르는 갓 지은 새 이름으로 앤더슨을 불러 그의 기분을 맞춰준 뒤 바로 다음 문제로 넘어갔다.

"당신은 일렬로 늘어선 기사의 맨 선두에 서서 아치에서 나오는 겁니다. 무대를 한두 번 천천히 돌다가 백기사를 중심으로 ㄷ자 형태로 정해진 위치에 서고."

"안돼요!" 이세벨이 참견했다. "한 사람이 가운데 들어가면 사람 수가 틀려지잖아요?"

"기사는 모두 11명입니다." 찰리티는 말귀를 못 알아듣고 엉뚱한 소리로 끼어드는 이세벨을 가볍게 비난했다.

"나원, 갑옷은 모두 12벌 있잖아요?" 설령 전시회측에서 부담한다손 치더라도 쓰지도 않을 물건에 쓸데없이 돈을 지불한다는 것은 이세벨의 돈에 대한 양심에 어긋나는 행위였던 것이다.

"이제 와서 이러니저러니 말해봐야 소용없어요. 남은 것은 여벌이라고 생각하면 되잖아요. 계획도 이미 다 짜졌고 무대에서의 움직임도 정해졌는데 지금 와서 또 바꿀 순 없어요."

뾰족한 모자를 매만지며 엑스마우스는 단호하게 말했다.

"아시겠어요? 백기사를 중심으로 ㄷ자형으로 서는 겁니다. 위치는 여기가 흰색이고, 빨강은 이곳, 노랑과 초록은 저기……."

다음에는 간단한 전개 방법을 몇 개 그려 보였지만 누구 하나 들여다보는 기색도 없을뿐더러 도무지 감을 못 잡는 표정들이었기에 노트를 찢어 X표를 넣어가며 무대에서의 움직임을 하나하나 설명했다.

"빨강은 이곳, 파랑은 저기…… 어머! 이게 아니야. 다시 하겠습니다. 파랑은 여기, 그리고…… 파랑은 한복판에 서야 해요…… 아니 아니, 잘못됐어요. 당신들이 너무 말귀를 못 알아들으니까 나까지 헷갈리잖아요. 가만히 있는 것은 파랑이고…… 파랑은 아무것도 하지 않고 서 있어야 해요. 다음은 빨강입니다. 왼쪽으로 돌아서……."

이런 식으로 클라이맥스인 '그랜드 체인'까지 이르렀을 때에는 바닥은 종이 조각 천지였다.

이세벨은 좀처럼 자기가 나설 틈이 없어서 완전히 폭발하기 일보 직전이었다. 그러다 간신히 기회가 찾아왔을 즈음에는 이미 기다림에 지쳐 스스로 가파른 사다리를 밟고 올라가 창문으로 목을 쑥 내밀고 피리 소리 같은 목소리로 고함을 지르고 있었다.

"거기서 '그랜드 체인'인지 뭔지가 끝나고 브라이언이 선두에 선다. 다음이 얼, 그 다음은 조지, 그리고 8명의 기사가 그 뒤를 따른다는 말입니다. 그 8명은 가장자리에서 반원을 그리고 객석을 바라보고 서 있어요. 그렇지만 여왕 쪽을 바라보는 게 훨씬 더 좋지 않겠어요?"

"아닙니다"라고 대답하는 단호한 찰리티.

이세벨도 고집을 부리며 쉽게 물러서지 않았다. "뭐 어쨌든 그 무렵이면 무대 조명도 희미해지니까 어두워서 잘 보이지도 않을 테니 상관은 없어요. 브라이언 투 타임즈는 말 엉덩이를 객석으로 향하면서 아치에 붙어 서서 역시 위를 우러러보는 거예요. 라이트가 천천히 거슬러 올라가면서 일제히 발코니를 비춥니다. 그리고 내가 등장하는 거죠. 은빛 의상과 가늘고 긴 뾰족 모자를 쓰고 말이에요. 그리고 바로 대사로 들어갑니다."

아무도 부탁하지 않았는데 이세벨은 그윽하게 대사를 읊기 시작했다. 펄펄 이는 주위의 먼지와 귓바퀴가 주저앉을 듯한 소음 속에서 '귀환 군인을 위한 모델하우스 전'을 열게 되기까지의 험한 산고(産苦)가 주저리주저리 이어졌다.

"망치 좀 주게……."

"그 널빤지를 잡아……."

"해먹에 한번 누워 보십시오……."

"여기에 닭을 넣기만 하면……."

작은 잿빛 메뚜기 떼들은 쓸거나 닦으면서 먼지가 가라앉기를 기다리고 있었고, 출품자들은 마이크를 입에 대고 여자들을 상대로 하릴없이 뛰거나 울부짖는 허망한 짓거리에 여념이 없었다.

 이세벨의 연설은 좀처럼 그칠 기색이 없었다. 도저히 견딜 수 없게 된 파페튜어 커크는 수잔에게 다가가, 그녀가 제일 특기로 하는 정중하기 그지없지만 마음이라곤 눈곱만큼도 들어 있지 않은 태도로 말을 붙였다.

 "비틸레이 양, 당신은 야외극에서 무슨 역을 맡았나요? 이세벨의 친구들은 모두 한자리씩 차지한 것 같은데?"

 "나는 돌 양의 친구가 아닙니다."

 수잔은 퉁명스럽게 대꾸했다. "그리고 내 이름은 베틸레이예요. 철자는 BE로 시작되죠." 파페튜어가 조금도 동요하지 않고 상기된 얼굴로 자기를 빤히 바라보고 있어서 수잔은 애써 한마디 덧붙였다.

 "물론 돌 양과 가까운 것은 사실이지만 그렇다고 해서 반드시 친구라고는 할 수 없잖아요?"

 "어머, 그랬어요?" 파페튜어는 조그맣게 얘기했다. 그런 문제는 사실 제겐 아무 상관없어요. 그저 인사치레로 물어본 것뿐이니까.

 "그녀가 일자리를 주선해 준 건 사실이에요."

 수잔은 은혜를 입은 건 자신도 인정하고 있음을 분명히 밝히고 싶었다. "일을 하지 않으면 안 되었거든요. 지니고 있던 것은 모두 F·M·S(말레이시아 연방)에서 다 써버린데다 영국에서 일자리를 찾기가 우리로선 그리 수월한 일이 아니었으니까요. 어쩌면 일자리가 있어 취직을 했다고 해도 잘리지 않고 계속 다니기가 더 어려웠는지도."

 F·M·S라고 하는 건 말레이시아의 일부라고 예전에 조니에게 들은 적이 있었다. "그렇겠네요." 그 기억을, 거미줄이라도 떨쳐내듯 머릿속에서 거두면서 파페튜어는 말했다.

"내 담당은 의상이에요."

수잔은 자조적으로 내뱉었다. "12벌의 갑옷과 가면과 이세벨 돌 양의 얄궂은 의상을 맡았어요. 그리고 극이 진행되면 아무도 못 들어가도록 대기실 문을 지키는 역할도요."

"왜 못 들어가죠?"

달리 할말도 없어서 파페튜어는 튀어나오는 대로 물었다.

"굳이 이렇다 할 이유는 없어요. 하지만 그 문이 아치와 마주 보고 있으니까 손님들이 아치 너머로 대기실까지 훤히 들여다볼 수가 있거든요. 물론 아치에 주렴을 달겠지만 역시 주의 깊게 단속은 해야겠죠."

'그딴 건 내 알 바 아니야.' 파페튜어는 그렇게 생각했다. 애초 이런 바보 같은 대화를 시작한 것이 잘못이라고 조금 전부터 후회하고 있었으나, 예의를 지키는 습관 덕분에 그녀는 대화가 끝날 때까지 이런 꼴을 수도 없이 보아야만 했다. 가톨릭 계열의 사립 교육기관에서 수녀들에게 교육받으면 이렇게 되는 법이다. 하키나 라크로스 (lacrosse. 구기의 일종. 10명이 한 팀으로 그물이 달린 스틱으로 상대 골에 공을 넣는 경기) 같은 것은 배우지 못하지만, 분위기에 걸맞는 적절한 말로 예의를 지키는 것은 본능적으로 입에 배어 말솜씨만큼은 누구에게 빠지지 않도록 철저하게 교육받는다. 그 대신 다른 것은 모두 잃어버리고. 파페튜어는 7년 전 어느 달밤에 다른 모든 것을 한꺼번에 잃어버렸다. 그리고 이 습관만 남아 그녀를 단단히 감싸고 있다.

아무 의미 없는 아름다운 미소를 습관적으로 짓고 있는 파페튜어는 베틸레이를 잠시 바라보다 마침내 그 자리를 떠났다. 짓다만 집이며 골조만 보이는 스탠드, 손짓 발짓 해가며 대사를 연습하는 남녀들 사이로 공허한 시선을 내리깔고 혼자서 흐늘흐늘 걸어갔다.

그녀는 왜 그토록 도전적인 반응을 보이는 걸까? 그저 무슨 역을 맡았는지 예의 삼아 한번 물어본 것뿐인데. 그 갈색 눈동자에는 미움과 비슷한 감정이 어려 있었다. 분명 조니 때문일 거야. 모두 조니의 친구들뿐이었으니까. 모두들 당장이라도 나를 잡아먹을 듯한 눈초리를 하고 있었지.

옛날 옛적 어느 날 밤, 천지를 분간 못하는 어린애에 불과하던 내가 어리석게도 오냐오냐한다고 그만 깜빡 넘어가 이세벨과 얼의 흉계에 빠졌다고, 마치 나를 죽일 듯이 그렇게…… 그때 이후 내게서 영혼은 빠져나갔고, 모든 것을 그가 원하는 대로 내맡기면서 아무런 관심도 기울이지 않았다. 그런 삶을 살았다. 조니가 빙글 등을 돌리고 끝없는 어둠 속으로 영원히 모습을 감추기 전에 잠깐 보여주었던 그 얼굴을 나는 얼마나 지우려 노력했던가! 그러나 이제는 그런 노력마저도 포기해 버렸다. 마치 죽어 마땅하다는 데 내가 동의라도 하고 있듯이…….

그녀는 그들의 증오 따위는 전혀 마음에 담지 않았다. 그러한 증오도 그녀에게는 아무 상관이 없었던 것이다. 지금은 모두 소용없었다. 타는 듯 뜨겁다가도 이내 식어버리는 얼의 기분도, 그때마다 웃고 우는 이세벨의 요란한 반응도 모두 무심하게 흘러 넘겼다. 조니의 친구들이 가지는 동정도 이해도 혐오도 몰이해도, 그녀와는 아무 상관없었다.

조니는 죽어서 편히 잠들어 있다. 그런데 나는 죽어 있지만 전혀 편하지 못하다. 그저 그런 차이 아닐까? 우리 두 사람은 그날 밤 함께 자살했던 거야. 얇은 서머 코트 호주머니에 손을 찌르고 소음이 뒹구는 도로를 파페튜어는 고개를 숙인 채 쓸쓸히 걷고 있었다.

이럴 때 가장 만나고 싶지 않은 인간이 찰리티 엑스마우스의 얼빠진 아들 조지였다. 하지만 그는 어느새 졸졸 그녀의 뒤를 따라왔고, 조심스럽게 말을 걸었다. 꼬챙이처럼 바싹 마른 몸에 붙어 있는 엄청

나게 큰 손발이 눈에 들어온다. 그는 자기의 손발을 어떻게 처치해야 할지 몰라 내내 곤란해하는 눈치였다. 핏기 없는 홀쭉한 얼굴에는 굶주린 짙은 갈색 눈이 기분 나쁜 광채를 발하며 안절부절못하고 있다. 참으로 애송이다운, 전형적인 풋내기의 얼굴이다!

파페튜어는 간신히 마음을 억누르고, 지금 집으로 가는 길이라고 정중하게 응대했다.

조지는 집까지 바래다줘도 좋을지 묻고 싶었으나 도무지 용기가 나지 않았다. 대신 말없이 물러나서 여느 때처럼 먼저 앞질러가서 그녀를 기다렸다. 전시장 입구로 그녀가 나오기를 기다렸다가 뒤따라 버스에 오르고, 자기는 2층에 자리를 잡았다. 물론 파페튜어는 아무 것도 보지 않았다.

버스에서 내려 작은 아파트를 향하여 베이즈 워터 거리를 걸어가던 파페튜어는 어쩐지 누군가가 뒤를 밟는 듯하여 몇 번이나 뒤돌아보았지만, 기사인 양 행동하던 철부지는 꽤 간격을 두고 있었기에 아무것도 찾지 못했다. 모습은 보이지 않았지만 꺼림칙한 기분은 내내 사라지지 않아서 파페튜어는 두려움에 어쩔 줄 몰라했다. 그 거미줄은 다시금 가슴에 답답하게 내려앉았다.

조니는 죽었다. 나 때문에. 만약 조니 친구들의 증오가 사람을 죽일 수 있다면 나는 아마 열 번도 더 죽었을 거야. 그래서 나더러 어쩌란 말이지? 마음대로 하라지. 하지만 맑게 갠 7월의 저녁 어스름에 혼자서 이렇게 죽어야 한다면 그건 너무 끔찍해! 뒤따라오던 그림자는 쓱 모습을 감추고 살며시 숨을 멈추다가, 어느새 바로 등 뒤까지 따라왔다.

방문 앞에서 그녀는 허겁지겁 가방 속에 넣어둔 열쇠를 찾았다. 종이 한 장이 손에 잡혔다. 한 시간 전만 해도 없던 종이다. 사각 종이 반장에 커다랗게 반달이 그려져 있고 삼각형이니 X표시가 정신없이 들어가 있다. 그 표시 위로 움직임을 나타내는 포물선이 이리저리 날아다니고 있었고, 종이 뒤에는 인쇄체로 또박또박 다음과 같이 적혀 있었다.
—— 파페튜어 커크, 너는 죽을 것이다.

2

 얼 앤더슨은 꼴사나운 새빨간 소형차로 이세벨을 집까지 바래주었다.
 "젠장! 페피가 보이지 않아. 또 전처럼 어디론가 멍하니 가버린 모양이야. 도무지 방법이 없다니까!"
 "그녀는 보살펴줄 사람이 필요한 거야."
 말을 하면서 이세벨은 곧 머리를 굴렸다. 파페튜어를 '보살펴줄 만한' 아는 남자들의 얼굴을 차례차례 떠올리면서, 자기가 쥐고 있는 패가 어느 정도의 가치가 있을지 속으로 셈을 해보았다.
 "내가 있잖아!" 얼은 울컥 골을 냈다.
 이세벨은 깔깔 소리내어 웃었다. "그래? 참 잘도 돌보고 있군. 맨날 파페튜어는 혼자 내버려두고 놀러나 다니면서. 그녀도 장래를 생각해야지. 파페튜어는 일하고는 거리가 멀어. 도대체 몇 번이나 직업을 바꿨는지 세지도 못하잖아. 하는 꼴을 봐, 마치 눈먼 행운이라도 굴러오길 그저 멍하니 기다리는 꼬락서니잖아. 돈이라곤 기껏해야 2, 3 폰드밖에 없을 거면서. 너와 함께 궁상맞은 생활을 하는 것도 이쯤에서 끝내고 결혼이라도 하면 좋으련만."
"그럼 나는 어떻게 되는 거지?" 얼은 퉁퉁 부은 얼굴로 물었다.
"넌 파페튜어 걱정은 손톱만큼도 하지 않잖아?"
차가 무서운 스피드로 모퉁이를 돌았기에 이세벨은 도어 손잡이에 매달렸다. "그저 습관이 된 것뿐이라니깐. 그러니 네가 파페튜어의 등을 떠밀어 세상으로 내보내지 않으면 안 돼. 누군가 다른 남자를 발견하도록 말이야. 빨리 그렇게 해. 언제까지 그 애도 청춘은 아니니까. 젊게는 보이지만 적어도 27살은 되었을 거야. 그런데 아직도 자리를 못 잡고 있으니, 원!"
"그러는 그대는 37살밖에 안 되었지! 잘 봐줘도 말이야. 그런데 아직도 결혼을 못하고 있지 않아?"
얼은 속이 시원하다는 즐거운 얼굴을 했다.
"그것과 이건 다른 문제야."
이세벨은 뚱해졌다. 하지만 분명 일리가 있는 말이었다.
"그렇지만 그 애는 늘 남자들과 얼굴을 맞대고 있잖아."
"술집에서 말이지? 그것도 너와 함께. 모두 네 여자라고 생각할 걸? 그건 너무 비겁하다고 생각지 않아? 치사한 일이지. 기회가 있어도 물 건너갈 게 뻔하잖아? 그러니 빨리 파페튜어를 풀어줘서 자유롭게 남자들을 만나게 해주지 않으면 언제까지나 지금처럼 지낼 게 분명해. 자신의 의지 같은 게 없는 애니까 말이야."
"잘난 누구 덕분에 말이지!"
"무슨 소리가 하고 싶어? 도대체 몇 번을 말해야 알아듣겠어? 네가 더 나쁜 주제에 왜 내 탓으로 돌리는 거야?"
"난 그저 그 애와 좀 노닥거린 것뿐이잖아. 그것도 아주 가볍게 약간. 하지만 방으로 녀석을 불러들인 건 그대이잖아."
"나도 좀 취했는데, 만나게 해달라고 하도 떼를 쓰니까 지겨워져서 내가 잠시 머리가 이상해졌나봐. 자식이 그토록 결벽주의자일 줄 내가 어떻게 알았겠어. 아무튼 녀석도 엄청 취했던 모양이야. 그러니 자기가 무슨 짓을 하는지 몰랐던 거지! 바보 같은 놈!! 비틀비틀 밖으로 나가서는 차를 탔을 것이고 그 뒤는 제정신이 아니었을 게 분명해."

"착각하지 마. 그는 모두 똑똑히 의식하고 있었어. 내가 그 녀석 얼굴을 보았다니깐!"

물끄러미 앞만 바라보며 뒤로 사라지는 차들의 파도를 교묘하게 헤치고 나가면서 얼은 말했다. "제제벨, 나로선 최선을 다해 그 보상을 해왔다고 생각해. 벌써 몇 년이나 페피를 지켜왔으니까. 비록 아무 소용도 없었지만…… 하지만 뭐라고 해도 내가 그저 세상 사람들 눈만 의식하고 그렇게 했던 건 아니야. 나는 나름대로 그녀를 정말 좋아해."

"'나름대로' 좋아한다니 그게 무슨 뜻이야?"

낭패한 기색으로 얼은 얼른 제 손등으로 눈길을 떨어뜨렸다. 솜털이 굉장히 눈에 띄는 두터운 손. 오랜 세월 밤샘과 술과 운동 부족과 나쁜 공기로 이미 노화가 시작된 통통하고 반점이 생기기 시작한 손. 그러나 손톱까지 깨끗이 다듬어놓은 손질이 잘된 손.

"물론 들락거리는 여자들이야 늘 있지. 공연을 하려고 길을 떠나면 기분 전환도 하고 싶고, 여자들도 저절로 따라오니 말이야." 제2의 천성이 된 건달끼가 나오면서 두꺼운 어깨에 힘을 주며 '그저 안타까울 따름'이라는 듯이 자조 섞인 비웃음을 입가에 떠올렸다. 하지만 그런 태도도 이내 지우고 이렇게 말했다.

"그러나 런던에 돌아오면 내겐 페피뿐이었어. 내가 데리고 돌아다닌 것은 그녀뿐이라고. 그러니까 그 뭐냐, 그 애를 돌봐줄 인간이 필요하다는 얘기가 나왔으니 하는 말인데…… 이세벨, 지금 와서 이런 소릴 하는 것도 우습지만 그녀를 돌봐 줄 수 있는 사람은 오직 나뿐이라는 생각이 든단 말이야." 갑자기 연극적이고 도전적인 말투로 그는 말을 이었다. "실은 전부터 그녀를 구청으로 끌고 가서 그냥 결혼신고라도 해버릴까 하는 생각을 했어."

금빛이 도는 이세벨의 둥근 갈색 눈이 갑자기 심술궂게 번뜩이더니 눈꼬리가 치켜 올라갔다. 그리고 찢어지는 듯한 쇳소리가 새어나왔다.

"뭐라고? 결혼하겠다고! 정신 있어? 안 돼, 얼. 넌 이미 결혼한 몸이잖아?"

"그 사실을 알고 있는 건 나하고 그대 둘뿐이지!"

얼의 대답이었다.

얼 앤더슨은 세놓는 차고 위에 딸린 초라한 방에서 살고 있었다. 분명 제대로 된 방도 아니었고 참담하기까지 하다고 제 입으로 친구들에게 털어놓을 때도 있었다. 하지만 살다보면 정이 들게 마련이고 정들면 고향이라고, 사다리만 내려가면 얼굴에 찬 바깥바람도 쐬지 않고 단숨에 차에 오를 수 있으니 엄청 편리하다고 덧붙이는 것도 결코 잊지 않았다.

그는 눈에 거슬리는 새파란 페인트를 방에다 칠해놓고, 고작 2, 3기니밖에 주지 않은 가구들을 진짜 티펜델(토머스 티펜델, 우아한 작품으로 유명한 가구 디자이너)이라 상상하며 살았다. 욕실 커튼은 붉은 다리를 한 갈매기가 그려진 비닐이었다. 거꾸로 보면 그 갈매기가 마치 전투기가 붉은 화염을 내뿜는 듯하다고 그는 일부러 뒤집어서 걸어두었지만, 그것을 보고 전투기라고 상상하는 사람은 거의 없었다. 친구들도 녀석이 왜 굳이 커튼을 거꾸로 걸어두는지 영문을 모르겠다는 반응이 고작이었으므로 파페튜어도 얼이 왜 그런 어리석은 짓을 하는지 이해하지 못했다.

파페튜어는 얼의 보금자리에서 두 블록 정도 떨어진 마을에 살고 있었다. 조니가 죽고, 어쩌다보니 옮겨오게 된 아무런 운치도 없는 단칸셋방이다. 그녀에게는 벽을 새로 칠한다거나 갈매기 커튼 같은 건 필요가 없었다. 파페튜어의 몸은 참고 견딜 만한 적당한 안락함만 요구했기에 생활에서 그에 걸맞는 배려는 하고 있었지만, 이미 그녀의 마음은 미추에 대해서는 불감증이나 다름없었다.

한편 사랑하는 사람을 남몰래 셋방까지 바래다 준 '마더디어' 소년은 이제 어머니가 신명을 다 바쳐 장식한 마블 아치에 가까운 작은 자기 집으로 돌아가기 위해서, 구차한 얼 앤더슨의 살림집뿐 아니라 바로 근처에 있던 이세벨의 초라한 아파트까지 지나가지 않으면 안 되었다. 소년이 서둘러 그 앞을 지나치려 할 때 요란한 얼의 시뻘건 소형차가 아파트 입구 계단 앞에 선 것은 실로 재수가 없다고밖에 달리 표현할 길이 없었다. 아무도 몰래 페피를 바래주겠다던 소심한 기사노릇도 남이 아는 것은 어쩐지 싫어서 황급히 숨는다고 숨었는데, 본의 아니게 그들의 대화를 듣게 되었고 마침내 귀까지 쫑긋 세우게 된 것은 지극히 자연스러운 결과였다.

엘리시온 홀에는 그리 어울리지 않던 이세벨의 목소리가 조용한 밤공기에 실려 낭랑히 울려 퍼졌다. 비록 어린애 다루듯 어르고 달래는 말투이긴 했지만 그 말을 협박과 구분 못할 정도로 소년도 철없는 풋내기만은 아니었다. 설마 어디선가 듣고 있는 방청자가 있다고는 꿈에도 생각 못했던 이세벨도 이제 흡족한 웃음을 보이며 아파트 계단을 올라갔다. 그리고 별로 대단할 것 없는 얼이지만 살다보면 어떤 일이 계기가 되어 그에게도 이따금 운이 따를 때가 있는 법이다. 또는, 갑자기 쥐구멍에 볕 들 날도 있더라고 고쳐 말하든지. 만약 결혼이 현실화되어 파페튜어와 함께 살게 되면……

그리 머지않은 몰락의 날, 더는 벌꿀이 아니라 사내들의 혀에 쓸개
즙이나 약쑥 같은 맛만 남기게 될지도 모를 그때를 위해 어쨌든 이세
벨은 살아갈 방도를 강구했다는 말이었다. 콧노래를 흥얼거리며 들뜬
걸음으로 방으로 들어가 소파에 가방을 퐁 내던지고, 새끼고양이처럼
하품을 하면서 입고 있던 옷을 한 올도 남기지 않고 벗어 던졌다. 인
생이란 손쉬운 거야. 궁하면 통한다니까! 절대 허둥대거나 서두르지
말고, 이젠 얌전히 시간이 흘러가 주기만 기다리면 돼. 나를 지켜주
는 수호천사만 의지하면서.

가방에서 종이 한 장이 떨어졌다는 생각이 들었다. 이세벨은 벌거
벗은 채 욕실로 달려가면서 종이를 주워 무심코 펼쳐보았다. 찰리티
엑스마우스의 무대 설명 그림들, 그리고 그 뒷면에는…….
"같잖아서! 이런 유치한 짓을 장난이라고 치다니."
이세벨은 코방귀를 뀌면서 종이를 꾸깃꾸깃 뭉쳐서 변기에 집어던
졌다. 흥! 날 죽이려는 인간이 어디 있을라고.

얼 앤더슨은 차고에 자동차를 집어넣고 엔진을 껐다. 어쩐지 개운
치 않은 기분으로 좁은 사다리를 올라갔다. 이세벨이란 년은 정말 지
독한 계집이다! 자신의 새로운 계획, 즉 파페튜어와 결혼하려던 생
각은 이제 이세벨이 끼어들게 되면서 새로운 국면에 접어들었고, 갑
자기 중대한 의미를 띠기 시작했다.

부평초 같은 삶을 살고 있는 얼로서는 극히 드문 일이긴 하지만,
문득 현실을 되돌아봄으로써 순간적으로 자신의 입장을 정확히 파악
했던 것이다. 초로의 삼류 연극 배우! 그것도 젊음과 잘생긴 용모가
밑천이던 그로서는, 자고 나면 벗겨져 올라가는 이마와 비죽비죽 밀
려나오는 배는 그야말로 피를 말리는 절실한 두려움이었다. 보통 남
자라면 좀 슬프긴 하지만 그럭저럭 웃어넘길 수도 있는 문제에 지나

지 않겠지만, 갖은고생 끝에 쌓아올린 '한량'이니 '바람둥이'라는 명성도 지금은 금박이 벗겨지면서 값싼 울림을 주고 있다. '엉덩이가 가벼운' 중년 여배우라든지 상대를 가리지 않는 어린 계집이나 상대한다고 해서야 체면이 말이 아니다. 물론 돈도 문제다. 어쩌다 손에 들어오는가 싶으면 나가기 바빠서 도무지 남아날 생각을 않는데도 지나간 영화를 안주로 남의 술로 침방울이나 튀기고 있는 처지가 아닌가? 국립 연극협회 당시의 빛나는 영화를 자랑하면서 지금 하고 있는 보잘것없는 일에 대해 울분을 터뜨리는가 싶으면, 일만 생기면 얼씨구나 하면서 쪼르르 달려간다. 게다가 일단 '이용할 만한' 봉이라도 발견하는 날이면 그 자리에서 온몸에 피가 들끓는다(자책이 너무 심했나?). 어쩌면 그 정도까지는 아니라 할지라도 어쨌든 내겐 건달끼가 있는 건 사실이다. 그것도 좀스럽고 쩨쩨한 건달! 지금만 해도 46시간이나 계속해서 스스로 꾸며낸 거짓 역할을 연기하고 있는 사기꾼인걸. 삼촌의 유산만 해도 그렇다. 내내 허풍을 치고 있어서 그런지 나까지도 진짜 같은 착각을 하지 않는가!

 문득 그는 구름을 잡는 듯한 그 허황된 애기를 이세벨이 진짜로 믿고, 그 신기루 같은 재산을 철석같이 기대하고 있는지도 모른다는 생각이 들었다. 아닐 거다. 절대 그런 일은 없을 거야. 이세벨이라면 이미 그런 수법쯤 이골이 났을 테니까. 하지만 만약?

 방에 놓인 전화는 요금을 못 내서 끊긴 지 오래였다. 그는 길에 있는 공중 전화까지 가서 이세벨을 불러냈다. 마침 욕실로 뛰어들었던 이세벨은 '그런 건 신경쓰지 말고 잠이나 자. 그런데 누가 날 죽이겠다고 웃기는 협박 편지를 써놓았는데 어때, 근사하지 않아?' 하는 엉뚱한 소리만 했다.

 얼은 수화기를 놓았다가 다시 동전을 넣고 페피의 집으로 다이얼을 돌렸다.

"여보세요? 어, 자고 있었어? 내가 깨웠구만."

파페튜어의 목소리는 어쩐지 들떠 있었다.

"일어나 있었어요. 실은 너무 꺼림칙한 일이 있었거든요."

그리고는 그 협박장 이야기를 전했다.

"이세벨도 받았대. 전시회에서 누군가 짓궂은 장난을 쳤나보군. 그런 일로 끙끙댈 필요는 없어." 얼은 나름대로 격려하느라고 애를 썼다. 그리고 지금은 파페튜어의 머릿속이 그런 바보 같은 걱정으로 가득 차 있다는 것을 알고 자기 문제는 잠시 접어두기로 했다.

"제제벨은 변기에 내던졌다고 하던데 당신도 그러는 게 좋겠지. 그리고 어서 꿈나라로 가는 거야, 귀여운 아가씨. 잘 자요."

방으로 돌아온 얼은 전열기 스위치를 넣고 빨갛게 되기를 기다렸다가 담뱃불을 붙이려고 둥글게 만 종이를 갖다댔다.

이윽고 불꽃을 끄려 했을 때, 그는 종이 한 쪽에 부호나 원 따위가 빼곡이 그려져 있음을 알아차렸다. 뒷면에는 글씨도 보였다.

―― 얼 앤더슨, 너는 죽을 거야.

이 종이는 자기 호주머니에 들어 있던 것이다. 한 시간이나 또는 그 전에 집어넣은 것이 분명했다. 이세벨도 받았다. 그리고 파페튜어도, 나와 이세벨과 파페튜어는……!

그 청년의 창백한 얼굴을 지금껏 한번도 잊은 적이 없다. 나와 이세벨과 파페튜어가 죽음의 길로 내몰았을 때 돌아서던 그 젊은이의 얼굴은.

3

 오래 전 파페튜어 커크가 북켄트에 있을 무렵부터 콕크릴 경감은 그녀를 알고 있었다. 콕크릴 경감은 켄트 북부에서 어느 정도 이름이 알려진 사람이라면 모르는 사람이 없었다. 전쟁이 막 시작되었을 무렵에 일어난 그 자살사건과의 불행한 인연으로 재차 파페튜어의 이름이 그의 관심을 끌어서 경감은 일부러 런던까지 와서 남몰래 조사를 했던 것이다. 그러나 콕키(콕크릴)는 사실 런던을 정말 싫어한다. 조급해빠진 인간들만 득시글대고, 어느 누구도 함께 있던 사람을 팔꿈치로 쿡쿡 찌르며 '저것 봐, 그 경감님이야! 우는 애도 울음을 뚝 그친다는' 같은 귀엣말을 하는 사람이 단 한 명도 없기 때문에.
 그런데도 경감은 지금 런던에 머물고 있다. 파페튜어 커크의 소파베드 한 귀퉁이에 엉덩이를 내려놓고 니코틴에 절은 손가락으로 담배를 말면서 번쩍번쩍 빛나는 작고 예리한 눈으로 그녀를 바라보고 있었다. 천둥벌거숭이처럼 돌아다니던 시골 참새가 억지로 도시의 한 작은 정원에 가둬져서 불만이 이만저만 아닌 우거지상이었다.
 "우연찮게 2, 3일 여기 와 있었단다, 페피. 메모를 보고 찾아오긴

했다만 도대체 무슨 일이냐?"

그의 말투에는 자기가 몸소 행차했으니 시시한 일이라면 참을 수 없다는 그런 어감조차 풍겼다. 햇볕에 그을린 얇은 손바닥으로 성냥불을 감싸고 방금 만 흐물흐물한 담배에 불을 붙였다.

"회의가 있어서 런던에 계시다는 걸 신문에서 봤어요, 콕키. 그래서 용기를 내어 전화를 드렸는데 너무 결례가 아닐지……?"

"괜찮다고 했잖아!"

콕키는 쓸데없는 군소리는 딱 질색이었다. "무슨 일인지 어디 털어놓아 보렴."

그러나 하나뿐인 팔걸이의자에 웅크리고 있는 파페튜어는 애처로울 정도로 여려 보였고 위태로워 보였다. 그런 모습은 아름다웠던 그녀의 어머니를 떠올리게 했다. 콕키는 어째서 이 처녀애가 좀더 잘 자라주지 못했는지 탄식이 절로 나왔지만 억지로 어설픈 미소를 지었다.

"애야, 내 얼굴색이 어떻든 아무쪼록 개의치 말거라. 내 이 심통맞은 표정은 타고난 거라고 새삼스레 다시 설명하지 않아도 되겠지? 무슨 일이냐, 도대체? 응?"

그리하여 페피는 사건의 전말을 얘기했다. 야외극이며, 무대 공연을 앞둔 최종 리허설이 벌어지고 있는 전시장으로 찾아갔던 일, 이세벨, 브라이언 투 타임즈, 마더디어, 베틸레이 양, 포트 씨, 얼 앤더슨과의 관계, 그리고 그 협박장에 이르기까지.

"어떻게 생각하세요, 콕키? 제가 너무 수선을 피우는 것 같아 이상하세요? 아니면 정말 그런 무서운 일이?"

"글쎄다. 확률은 반반이겠지."

손가락 사이로 피어오르는 담배 연기를 물끄러미 바라보며 콕크릴은 단호하게 대답했다. "흔히들 말하는 그런 '농담'일 가능성도 크지.

허나 농담으로 치부하기엔 내용이 너무 악랄해. 그러니 너희들을 그저 단순히 놀라게 하자는 가벼운 기분이 아닌 것은 분명해. 어떤 의미든 독이 들어 있다는 말이지. 어떻게 보면 진짜로 사람을 죽이겠다고 작정한 사람이라면, 더군다나 복수를 하겠다고 진지하게 마음을 먹었다면 미리 상대에게 알려주고 싶은 마음이 생기는 게 보통이지. 왜냐하면 불쑥 나타나 단번에 죽인대서야 어쩐지 흡족하지 않을 테니까. 상대가 죽음의 공포를 느끼고 괴로워하는 것을 느긋하게 즐기는 것이야말로 진짜 복수라고 생각하는 거겠지."

"그리고 또…… 그, 공명정대하게 하고 싶다는 생각도 들 테죠?"
"흠, 그렇게 해석하면 영국적 정신에 제대로 부합하겠지."
콕크릴은 차갑게 말했다.
"앉아 있는 새는 절대 쏘지 않겠다는 그런 생각인지도."
그런데 페피는 어떤 새라고 불러야 할까? 그는 생각한다. 물떼새쯤 될까? 작은 암 물떼새. 사뿐히 접은 날개를 몸에 꼭 붙이고, 꺾어질 듯 가냘픈 목 위에 아름다운 머리를 살짝 얹고는 바들바들 겁에 질려 떠는.

"그 편지는 그냥 놔둘 걸 그랬어요." 파페튜어는 후회하듯 변명했다. "이세벨은 변기에 흘려보냈다니까 그렇게 하는 게 좋겠다, 쓸데없이 걱정을 사서 할 필요가 어디 있느냐고 얼이 말하는 바람에 그만. 하지만 얼도 나중에 우리와 똑같은 편지를 받았다고 하더군요."
"그럼 다른 사람은 없는 거니? 그런 편지를 받은 사람 말이다."
"없어요, 이세벨과 얼과 저뿐이에요." 파페튜어의 목소리는 어두웠다. "콕키, 조니를 기억하시죠?"

그 '말도 안 되는 전쟁'이 한창일 때, 2류 신문들의 여백을 메워주던 짧고 충격적인 굵은 활자들. —— 연인에게 배신당한 청년장교 자살! 검시관은 전도유망한 이 청년장교가 애인의 부정을 알고 스스로 목숨을 끊었다고 했다!

그리고 조니가 쌍둥이였기 때문에 눈물을 짜내는 여러 일화가 덧붙여졌다. 간단히 설명하면, 조니는 쌍둥이 동생과는 단 한번도 떨어져 지낸 적이 없다. 그런데 전쟁이 터지면서 영국으로 돌아가 싸우겠다며 그는 동생에게 이별을 고했다. 가족들은 반대했다. 아버지, 형제, 그리고 하나뿐인 여동생도 그를 설득했다. 언젠가 일본군이 말레이시아로 진격해올 텐데 여기서 앞날을 대비하는 것이 남자된 조니의 진정한 의무라고. 그러나 조니는 그때까지 잠자코 기다릴 수 없다며 혼자 영국으로 건너왔고, 가족들은 그대로 말레이시아에 남았다. 그리고 그는 전쟁에 뛰어들었다. 가족들은 말레이시아에 남아 그 땅을 사수하고자 끝까지 싸웠으며, 조니는 마음을 빼앗긴 적에게 패배하여 스스로 젊은 목숨을 끊었다.

웬일인지 콕크릴의 목소리가 걱정스러운 듯 자상하게 울렸다.

"어차피 그 청년은 죽을 사람이었을 게다. 됭케르크(Dunquerque. 프랑스의 도버해협에 면한 항구 공업 도시)나 사하라 사막, 그것도 아니면 무슨무슨 상륙 작전에서 말이다. 전쟁이 본격화된 것은 그 뒤니까."

"하지만 그랬다면 자랑스럽게 죽을 수 있었겠죠."

파페튜어는 말했다.

콕크릴 경감은 환멸뿐인 그 시절에도 과연 인간이 긍지를 느끼면서 자랑스럽고 행복하게 죽을 수 있을지 의심스러웠다. 설령 모국을 위한다는 대의명분이 있었다손 치더라도. 여자들이란 정말이지 감상에 빠지기 쉬운 동물이다. 끙차! 하는 신음이라도 내지를 듯이 침대에서 내려온 경감은 낡은 레인코트에 묻은 담뱃재를 깔개 위로 털어 내렸다.

"그 엘리시온 홀이란 델 가보자꾸나. 어떤 단서라도 잡힐지 모르니."

켄트라면 콕크릴 경감이 모습만 드러내도 살인자나 범죄자는 단숨에 벌벌 떨면서 범행을 포기할 것이다. 그러나 이곳은 런던이다. 그는 뛰어난 두뇌 위에 낡은 모자를 얹고, 파페튜어와 나란히 잔걸음으로 밖으로 나갔다. 어쨌든 세상에 둘도 없이 지루한 그런 회의에 참석하지 않게 된 것만 해도 다행이다 싶어서.

11명의 기사는 마침내 계약을 끝내고 포트의 지휘 아래 맹연습중이었다. 이세벨은 탑에서 몸을 내밀고 주인마님처럼 사사건건 잔소리를 해댔다.

무대와 대기실은 엘리시온 홀에 딸려 있는 것으로 둥근 이 건물의 일부를 부채꼴로 점령하고 있었다. 성벽처럼 보이게 만든 벽에 뚫려 있는 아치는 무대에서 대기실로 통하는 유일한 통로였고, 그 아치와 마주보는 곳에 있는 또 다른 아치가 대기실에서 분장실로 나가는 유일한 출입문이었다. 그 문 너머에는 희미한 전등이 켜진 분장실이 여러 개 있었다. 그리고 뜰로 나가는 뒷문 가까이에 임시로 세워놓은 마구간도 보였다.

분장실과 대기실 사이의 문은 베틸레이가 문지기 노릇에만 충실한다면 외부인의 출입은 막을 수 있도록 미리 손을 써두었다. 사람이라고는 그림자 하나 없는 대기실 안에는 의상을 걸 11개의 못과, 여벌의 투구와 갑옷 한 벌만 덩그러니 놓여 있었다. 주석에 색깔을 넣은 갑옷은 기사들이 수월하게 입고 벗도록 갓난아기의 잠옷처럼 등에 지퍼가 달려 있었다. 투구는 갑옷 조금 위에 있는 못에 매달려 있었고, 짙은 초록색 망토도 길게 늘어뜨려져 있었다.

무대에서는 흰 벨벳망토를 펄럭이며 자유자재로 말을 부리고 있는 브라이언 브라이언이 일동의 선두에 서서 '그랜드 체인'이라는 대열을 펼쳐 보이고 있었다. 거추장스러워 보이는 주석투구가 뺨을 짓누르는 가운데 기사들은 필사적으로 앞사람의 꽁무니를 따라가면서 동작을 맞추고 있었다.

"앞, 뒤, 앞, 뒤, 앞, 뒤……."

발코니에서 몸을 내밀고 이세벨이 구령을 붙이고 있었다. 기사들의 반수는 그 구령 때문에 오히려 동작이 엉망이 되고 있다는 것을 조금도 깨닫지 못하고.

간신히 지리멸렬한 행진도 끝나고 기사들은 이세벨의 연설에 대비하여 저마다 정해진 자리에 말을 세웠다. 8명은 무대 가장자리에서 객석을 향해 반원을 그리며 늘어섰고, 나머지 3명은 발코니를 향해 우러러보는 자세로 준비가 끝났다.

이세벨은 얼른 창에서 모습을 감추더니 라이트가 발코니로 향해지는 걸 기다려 근엄하게 다시 등장했다.

"오, 영국의 기사들이여!"

그런데 곧 엄청난 잔소리와 놀라운 욕설이 터져나왔다. 빨강 망토를 걸치고 있던 얼 앤더슨은 화들짝 놀란 표정으로 말 위에서 엉거주춤 덩굴 사이를 더듬대면서 수선을 피웠다.

홀 한가운데쯤에서 파페튜어와 나란히 서 있던 콕크릴 경감은 못 참겠다는 듯 비웃음을 터뜨렸다.

"제기랄! 어디랄 것 없이 야외극은 한결같이 저 모양이군! 켄트에서도 별 볼일 없던 것들이 늘 저런 법석을 떨더니만."

이세벨은 붉으락푸르락 있는 대로 성질이 뻗쳐 발코니에서 몸을 쑥 내밀었다.

"뭘 하는 거야, 얼! 라운드 스피커가 꺼져 있잖아!!"

"스위치가 안 보여!"

어쩔 줄 모르고 허둥대던 얼은 마침내 손으로 라이트를 가리며 홀에 있을 포트를 찾았다. "내가 말했잖소, 너무 높다고! 내 팔이 뭐

4피트나 되는 것도 아닌데."
 기사들이 킥킥대면서 말 위에서 어깨를 들먹였다.
 "스위치를 더 내려서 달아야 한다니깐! 빨리 찰리티에게 대책을 세우라고 해요." 이세벨이 히스테릭하게 소리쳤다.
 탑 아래 이세벨의 오른쪽에 서 있던 조지 엑스마우스가 말 위에서 올려다보며 대답했다.
 "우리 엄마는 지금 스코틀랜드에 있어요. 여기 일은 다 끝났다고 하던데요."
 이세벨은 찰리티의 인간성에서 그녀의 일솜씨까지 싸잡아 온갖 험담을 늘어놓았다. 그런데 하필이면 그때 얼이 간신히 스위치를 찾아내서 스피커가 제 기능을 다하게 되었으므로, 그녀의 끝도 없는 욕설과 불평이 갑작스런 큰소리로 장내에 쩌렁쩌렁 울려 퍼졌다. 어금니를 악물고 참고 있던 기사들의 의지도 마침내 박장대소로 바뀌었다. 이세벨은 장식용 난간에 기대 몸을 한껏 밖으로 내밀고, 상처받은 자존심을 회복하려고 가장 만만한 포트를 애꿎은 희생자로 삼아 듣기에도 섬뜩한 욕설을 퍼부었다. 전시장 곳곳에서 일하고 있던 인부들과 설명에 열중하고 있던 참가자들은 저마다 일손을 멈추고, 말문도 닫고, 따발총처럼 쏟아져 나오는 인신 공격용 시퍼런 험구에 배꼽을 단단히 움켜쥐고 오래도록 경청하고 있었다.
 이윽고 주변 상황을 의식한 이세벨이 갑자기 안으로 모습을 감추는가 싶더니 가파른 사다리에서 굴러떨어지듯 탑에서 내려와 아치를 통과했고 마침내 무대 끝까지 나오더니, 콕크릴 경감과 파페튜어 사이에 서서 얼굴이 새빨개지도록 웃고 있는 포트를 눈이 찢어져라 하얗게 흘겨보았다.
 "미안, 정말 미안해요, 이사벨 양. 너무 우스워서 도저히……흡!"
 입술을 물어뜯어 간신히 웃음을 억누르고 배배 꼬인 배꼽 주위를 문지르던 포트는 그럼에도 조금은 두려움을 느끼고 이세벨을 올려다 보았다.
"설마 진짜 화난 것은 아니겠지요? 그저 농담일 뿐인데······."
"뭐가 우스워, 응? 우스울 일 하나도 없어요!"
이세벨은 화가 머리끝까지 나 있었다. 그녀의 말투에는 나중에 어디 두고 볼 테니 단단히 각오하라는 그런 의미가 담겨 있었다. 그녀는 팩 돌아서더니 곧장 아치를 빠져나가 대기실로 달려가 쾅쾅 부서져라 문을 두들겼다. 밖에서는 무슨 일이 있었는지 전혀 짐작도 못하고 있던 베틸레이가 깜짝 놀란 얼굴로 문을 여는 모습이 모두의 눈에 들어왔다. 이세벨은 문을 걷어차듯 분장실로 들어갔다.
"저 아치에는 절대로 커튼이 필요해!" 포트가 말했다. "객석에서 대기실이 마치 손바닥 안처럼 훤히 들여다보이는 걸."
커튼을 치면 기사들이 드나들 때 휘감기기 십상이라며 파페튜어가 주의했다.
"구슬을 이은 주름이 좋겠군." 포트가 단호하게 결론을 내리더니, 듬성듬성한 발처럼 보일 테니까 안성맞춤일 거라며 중얼중얼 혼잣말을 했다.
무대에서는 얼이 한 번에 실수없이 스위치를 정확하게 누를 수 있도록 기사들끼리 이런저런 방법을 의논하는 동안 말들은 얌전히 기다리고 있었다. 마더디어의 부모로부터 물려받은 재능이 뜻밖에도 크게 도움이 된 순간이었다.
"앤더슨씨와 제가 말의 앞발을 받침대에 올리고 있는 것은 어떨까요? 그럼 스위치까지 쉽게 손도 닿을뿐더러 말들이 모두 앞발을 높이 들고 서 있으니 미적인 효과도 생기지 않겠어요? 마치 로열······. 뭐라든가 하던 라이언과 유니콘처럼 말이에요."
출처는 자신이 없는지 말꼬리를 흐렸다.

"하지만 그렇게 하면 적기사가 말 엉덩이 쪽으로 질질 미끄러져 내려가는 그런 장면도 눈에 띄게 되지 않을까?" 얼이 걱정했다.

"깃발을 버팀대로 써서 꼭 매달려 있으면 돼요."

브라이언이 지긋지긋하다는 투로 말했다. '안장이 수평 상태가 아니라고 겨우 1분도 가만히 앉아 있을 수 없다니 기가 막히군!'

포트는 일 초라도 빨리 이곳에서 벗어나 사랑스런 이세벨과 화해를 하고픈 생각에 엉덩이가 들썩들썩했다.

"좋은 생각이군요! 근사한 장면도 연출되고, 앤더슨 씨는 중요한 순간만 잠시 깃발에서 손을 떼고 스위치를 누르면 되니까 다 좋아요. 어쨌거나 당신 손은 스위치 바로 옆에 있을 거니까, 몸을 조금 앞으로 구부린다고 해서 객석에서는 아무도 눈치챌 수 없을 겁니다. 에, 또 그리고……."

그는 해산하라는 신호로 손뼉을 치더니 콕크릴 경감에게 소개되던 중에도 서두르는 기색이 역력해서 한두 마디 판에 박힌 인사를 건성으로 던지고 분장실을 향해 날 듯이 달려갔다.

"내가 누군지 전혀 모르는군!" 콕크릴은 짜증스러워했다.

"콕키, 당신은 늘 경찰의 후광을 입고 있으니까 나타나기만 해도 켄트 사람들이 벌벌 떨고 화제의 중심이 되는 것도 당연한 생각이 드시겠지만……."

"그럼 콕크릴 혼자서는 아무 가치도 없다는 소리냐?"

콕크릴의 불편한 심기가 목소리에 그대로 실려 있었다.

얼은 거의 몇 년 만에 생기발랄한 파페튜어를 보는 것 같았다. 무대 뒤에서 함께 온 몸집이 작은 노인을 모두에게 자랑스럽게 소개하면서 그의 주무대이기도 한 켄트에서 그가 얼마나 주목받는 대상인지, 또 그의 지위며 공적을 조잘조잘 참새처럼 늘어놓는 파페튜어의 모습에는 쾌활한 어린 처녀 시절을 방불케 하는 분위기가 떠돌았다.

기사들은 긴 망토자락을 펄럭이며 아치를 지나 무대에서 물러 나왔고, 말 잔등에 올라가 있던 그 우아한 모습과는 달리 어딘지 균형이 무너지는 꼴사나운 모습으로 간신히 말에서 굴러 떨어지듯 내려왔다. 그 가운데에는 자신의 의지와는 상관없이 뒷문으로 해서 마구간까지 실려간 뒤에야 마부의 도움으로 겨우 말에서 내려온 기사도 있었다.
 이윽고 일동은 전시장 밖 어느 술집에 모두 모여 앉았다. 얼은 천박하게 여자 종업원을 희롱했고, 브라이언 투 타임즈는 영국을 방문 중인 외국인들이 좋아하는 엄숙한 검은 모자를 쓰고 구름 한 점 없는 맑은 하늘이었음에도 치렁치렁한 매킨토시를 팔에 걸고 있었다.
 수잔 베틸레이는 남자들이 무색해질 주량을 과시했고, 조지는 얼떨결에 따라오긴 했지만 아무래도 자기가 함께 있을 곳이 아니라는 생각에 그만 돌아가야겠다 싶으면서도 좀처럼 적당한 기회를 잡지 못해 미적대고만 있었다. 포트는 구석자리에 조그맣게 몸을 움츠리고 옆에 앉은 이세벨에게 좀 전의 일로 호되게 경을 치고 있었다.
 이세벨은 일단 콕크릴 경감을 소개할 기회는 주었지만 이내 등을 돌리고 상처받은 명예를 빙자하여 이 물러터진 만만한 영감을 이 기회에 크게 한번 쥐어짜려는 계산에 골몰했다. 콕크릴은 이쯤에서 돌아가는 게 좋다는 생각에 "그럼 집까지 바래다주마, 페피"라고 눈짓을 하면서 술집을 나왔다. 집으로 향하던 이층버스에 나란히 앉아 경감은 파페튜어의 가냘픈 손을 잡았다.
 "그들 가운데 누가 편지를 보냈는지 도무지 짐작이 안 가더구나. 주의해서 관찰해 보았지만 말이다. 종이 조각은 그곳에 가득 널려 있었다고 했지? 그리고 8명의 인간이 그곳에 있었고, 편지를 받은 너희 3명과, 그 브라이언 투와이슨지 뭔지 하던 남자와 베틸레이 양, 포트 씨, 그리고 조지라고 하던 소년과 어머니. 그 애 어머니는 오늘 자리에 없었고…… 그들 가운데 누가 한 짓인지 알 수가 없군. 하긴 그저 단순히 겁이나 주자는 어리석고 비열한 장난인지도 모르겠다만."

한시도 손에서 놓은 적이 없는 담배를 말려고 그는 호주머니를 뒤졌다. 그런데 호주머니 안에서 1시간 전만 해도 없던 물건이 손에 잡혔다. 작은 종이쪽지를 펼쳐보면서 콕크릴은 태연하게 말했다.

"흠! 이제 소년의 어머니는 범인이 아니라는 게 증명되었으니, 7명으로 줄어들었군."

한구석에는 선이며 X표시며 하는 것들이 빼곡이 그려진 종이. 그리고 다른 면에는 같은 연필로 쓰여진 비뚤비뚤한 글씨. 그러나 이번에는 조금 더 길었다.

——콕크릴 경감, 당신은 이게 그저 단순한 장난이라고 생각하시겠지? 하지만 전시회 첫날밤을 기대해 보시게. 이세벨, 파페튜어, 앤더슨, 이 가운데 과연 누가 제일 먼저 죽게 될까?

4

　전시회가 시작되기까지의 긴 시간을 반신반의하는 불안한 마음으로 초조하게 하루하루를 숨막히게 지내야 하는 것은 참으로 견디기 힘든 일이었다. 코웃음을 치고 말 것 같은 이세벨도 이제는 완전히 겁에 질려 있었다. 공포에 사로잡힌 세 사람은 이마를 맞대고 콕크릴 경감의 호주머니에서 나온 4번째 편지에 대해 이런저런 가능성을 의논해보았다.
　콕크릴도 그 편지를 상당히 중요하게 생각했다. 어쩌면 단순한 장난일지도 모르지만 협박의 글귀에는 농담처럼 내뱉는 장난이라고 하기에는 너무 잔인한 울림이 있었다. 또한 그 협박장을 감쪽같이 집어넣을 수 있는 한정된 인간의 얼굴을 하나하나 떠올려 보아도 도대체 누가 이런 섬뜩한 장난을 쳤을지 도무지 짐작이 가지 않았다.
　다소 못미더워하면서도 콕크릴은 그 종이쪽지를 런던경시청으로 가져갔다. 전문가들의 필적 감정은 저마다 달라서 자신 있는 결론은 내리지 못했다. 종이쪽지는 그들에게 일임하고, 콕크릴은 다시 회의에 전념하면서 틈틈이 파페튜어와 연락을 취하기로 했다. 무관심하고 차가운 시선으로 인생을 살아온 그녀가 시시각각 다가오는 죽음의 공포를 눈앞에 두고 새삼스레 생을 의식하게 된 것인지, 파페튜어는 조금씩 달라져 갔다.

세 사람은 하릴없이 마냥 그날을 기다리고 있었다. 목요일, 그리고 금요일이 느릿느릿 지나갔고 지루한 주말이 이어졌다. 그리고 월요일과 화요일은 갑자기 날개라도 돋친 듯 정신 없이 넘어갔고, 눈 깜짝할 사이에 화요일 밤이 돌아왔다. 내일이 바로 공연이었다.

이세벨 돌은 침대에 웅크린 채 끓어오르는 공포에 휩싸여 있었다. 만약 장난이 아니라면? 그들 가운데 누군가 내가 한 짓에 대해 진심으로 화를 내고 있다면? 자기는 이미 오래 전에 모두 잊어버렸다 한들 수많은 무정하고 억울한 처사에 대한 복수일 수도 있는 법이다! 정말로 나를 죽일 생각이라면! 이제 2시간만 있으면 12시다. 그리고 내일이 되는 것이다.

이세벨은 안절부절못하다 발작적으로 수화기를 집어들었다. 얼을 부르자. 그리고 차라도 함께 마시면서…… 그러면 우리 두 사람에게 똑같이 내려앉은 재액에 대해서 적어도 의논이라도 할 수 있을 거야. 아아, 안 돼! 얼은 전화가 끊어졌지. 정말 등신이야! 에잇, 멍충이!'

이세벨은 대신 파페튜어의 집 번호를 돌렸다.

"여보세요? 페피?"

"예." 파페튜어의 목소리는 착 가라앉아 있었다.

"죽을지도 모를 사람끼리 얘기라도 하면 마음이 좀 편해질 것 같아서 전화했어. 내일이 제삿날이니까 말이야. 얼에게도 걸려고 했는데 그쪽은 전화가 끊겼거든. 페피, 넌 어때? 기분은 괜찮아? 무섭지 않니?"

"그저 그래요. 일찌감치 자리에 누웠는데 생각이 많아서인지 좀처럼 잠이 안 오네요. 저어, 실은 내일 어떡하나 하고 걱정하고 있었어요. 전시회 말이에요. 제가 굳이 가야 할 의무는 없잖아요? 맡은 역도 없으니. 그래서 억지로 무리해서 갈 필요까지는 없지 않나 싶어서요. 물론 여느 때 같으면 베틸레이 양이라도 도왔겠지만."

"바보! 지금 그런 걸 따지게 됐니? 사람들이 북적대서 숨도 못 쉴 곳에 뭣하러 일부러 찾아가니? 우리야 일이니까 하는 수 없이 가야 하지만. 공연을 이제 와서 그만둘 수는 없거든. 집에 있어. 일부러 자진해서 위험한 곳에 나올 필요 있겠니? 어차피 일이 생겨도 전시장에서 생길 텐데."

"그렇겠네요. 하지만 이런 일도 있을 수 있잖아요. 만일 범인이 우리 행동을 훤하게 알고 있다면, 모두 전시장에 모이는 것을 기다렸다가 혼자 있는 나를 습격할지도 모르잖아요?"

"왜 그런 바보 같은 소리를 하니?"

이세벨은 덜컥 화를 냈다. 그러나 다시 한번 곰곰이 생각해보니 파페튜어가 전시장에 오면 자신이 죽을 확률은 3분의 1이지만, 집에만 틀어박혀 있으면 전시장에는 얼과 자기뿐이다! 이세벨은 허겁지겁 말머리를 돌려 파페튜어도 역시 전시장에서 할 일이 많다고 집요하게 설득했다.

"하긴 페피가 없으면 비틸레이 혼자서는 아무것도 못하지. 너를 마치 의상 담당 조수처럼 생각하고 있으니깐. 게다가 내일 밤이면 틀림없이 허둥대며 쩔쩔맬 게 분명해. 게다가……."

"알겠어요. 그럼 갈게요. 나 혼자 안 가는 것도 어쩐지 비겁한 생각이 드니까요. 하지만 이세벨 양, 정말 불길한 생각이 들지 않아요? 이런 일은 자주 있잖아요. 신문에도 가끔 나는 사건이고……."

내일 밤에는 우리도 '신문에 나게' 되려나? 파페튜어는 '신문에 나온' 적이 있다.

——연인에게 배반당한 청년 장교 자살!

그녀의 목소리가 어두워졌다. "물론 십중팔구 누군가의 장난이 분명하겠지만 혹시라도……만에 하나라도 있을 수 있는 일이니……하지만……."

"그만 해! 너 때문에 오히려 기분이 더 나빠졌잖아!"

이세벨은 불안이 더 밀려왔다. "영감에게 전화하는 편이 차라리 나았겠다. 포트는 적어도 나를 걱정해주니 말이야. 참! 그러고 보니 아닌 게 아니라 그에게 전화할 일도 있었네. 내일 저녁에 그가 차로 태워주겠다고 했거든. 혼자서 가기보다는 그 편이 훨씬 마음 든든하겠지."

탈칵, 전화가 끊겼다.

페피는 정말 바보천치야! 어휴, 하리타분한 맹꽁이 같으니. 게다가 자기 생각뿐이 못하고, 친구 따위 아무 소용없다니깐! 그냥 아는 사람과 무슨 차이가 있어? 무슨 일만 벌어지면 하나같이 내빼기 바쁘고 전혀 도움이 안 돼. 말랑말랑한 그 영감……? 뭐 그리 마음에 드는 편은 아니지만 사정이 이러니 일단 친하게 지내야지. 요즘 들어 사이도 벌어지고 분위기도 좀 험악했지만 그래도…….

이세벨은 다시 수화기를 들어올렸다.

포트는 이세벨의 부탁을 화해의 손짓으로 해석하고 기쁨으로 가슴이 터질 것만 같았다.

"물론이죠! 제가 당연히 차로 모시러 가야죠. 그런데 이세벨 양, 가는 길에 어딘가 들러서 한잔하지 않겠어요? 5시 반이면 바도 문을 열었을 테니. 하지만 나는 애드벌룬이 올라가는 1시간 전까진 전시장에 도착해야 하는데……그럼, 차로 하시겠어요? 저어……나와 함께 가면 공연이 시작될 때까지 꽤 오랜 시간을 기다려야 할 텐데 괜찮겠어요? 전시장을 이리저리 둘러보며 시간을 때워야 할 텐데 그래도?"
아냐, 가만 있어봐! 만약 그 편지를 보낸 자가 이 에드거 포트라면 어떻게 하지? 그의 헌신적인 행동도 치밀히 계산된 연극이고 모두 신뢰를 얻기 위한 트릭이었다면? 그러고 보니 뭐든지 건성건성 대충 넘겨버리잖아. 모든 것이 진심이 아닌 것 같은 생각이 진작부터 들었어. 제일 처음 만났을 때부터 그랬어. 내가 부인에게 일러 바칠까봐 전전긍긍하기 전부터도. 그리고 내가 부인에게 고백한다거나 하는 일은 절대 없을 거라고 약속하고 나자, 환심을 사려고 걸핏하면 선물을 해주기 전부터도. 맞아! 그 모든 일이 시작되기 훨씬 전부터 어쩐지 위선적인 데가 있었어. 바보처럼 이상한 데 열을 올린다든지 하잖아. 그것도 어딘가에 열중한다는 자체에만 의의를 두고 미련할 정도로 심취하면서 사실은 내가 아니라 자기 자신을 아끼고 달래는 듯한 위선적인 그의 모든 욕망들! 그 모든 것이 내 신뢰를 획득하기 위한 속임수였다면? 아니면 전에는 진심이었다 해도 지금에 와서는 선물을 보내는 것이 점차 버거운 부담으로 느껴지기 시작했다면? 그리고 내가 '양심의 가책' 때문에 부인을 찾아가 모든 사실을 밝힐지도 모른다고 진짜로 걱정하고 있다면?

"아니, 안 되겠어요. 역시 혼자 가는 편이 낫겠어요. 그럼 내일 봐요, 포트, 6시 조금 전까진 도착할 거예요."

수화기를 놓고 다시 침대에 웅크리고 누웠지만 이세벨은 좀처럼 잠을 이루지 못하고 말똥말똥 뜬눈으로 시계바늘이 느릿느릿 이 긴 밤을 훑는 것만 지켜보고 있었다. 일곱 사람. 그 가운데 파페튜어와 얼과 자기가 협박장을 받고 있는 셈이다. 그러니 그것을 쓴 사람은 나머지 네 명 가운데 들어 있다고 봐야 한다. 그리고 에드거 포트는 그네 사람 가운데 한 명이고.

마침내 아침이 밝아왔다. 오전 시간은 꾸물꾸물 지나갔다. 그리고 지금은 어느덧 5시. 등줄기를 타고 흐르는 공포와 씨름하면서 이세벨은 그래도 일단 치장을 시작했다. 꽉 끼는 새틴 브래지어에 팬티. 육체의 곡선에 빈틈없이 휘감기는 가볍고 매끄러운 꽃무늬 실크 드레스. 벌꿀 빛 머리카락을 안개처럼 흐트러지게 빗어 올리고 마스카라로 두 눈을 강조한 뒤, 도톰하고 육감적인 입술에 립스틱을 칠했다.

'고독하군! 마치 외톨이로 버려진 느낌이야. 친구는 헤아릴 수 없이 많은데도 이 세상에 인간이라곤 나 혼자뿐인 것 같아.'

이세벨은 택시를 잡아타고 혼자서 엘리시온 홀로 향했다.

곳곳에 목수들의 막바지 공사가 한창이라 전시장은 귀청이 찢어질 듯한 맹렬한 소음을 내지르고 있었다. 그럭저럭 90%는 완성된 듯했다. 조명은 환히 비치고, 라운드 스피커도 잉잉 울렸고, 늘어서 있는 집이며 오두막이며 아파트의 방과 욕실과 욕조들은 쇠붙이에서 법랑에 이르기까지 눈에 띄는 곳은 모조리 구석구석 광택이 나도록 닦여 있었다. 젊은 여성들은 저마다 소형 마이크를 입에 대고 있었고, 출품자들은 뒤에서 기다리고 있었다.

"얼마나 편안하지 해먹에 한번 누워 보십시오……."

"생닭을 이리로 넣어주시면……."

'꽃시계'는 감탄해서 바라보고 있는 구경꾼들에게 조금 틀린 시각을 가리키고 있었고, 이틀 전만 해도 아무것도 없던 정원에 인공폭포가 감쪽같이 들어서서 쏴쏴 시원한 물줄기를 쏟아 붓고 있었다.

나무로 된 회전문 근처에는 즐거워 보이는 군중들이 서로 밀거니 당기거니 하고 있었다. 이 위험한 곳에서는 단 일분이라도 지체하고 싶지 않아 아슬아슬한 시간에 도착했던 이세벨은 '출연자'라고 적힌 빨간 출입증 덕택에 우선적으로 들여보내졌다. '급랭 전기냉장고'라든가 '증기밥솥' '극락 변기'니 하는 장사진을 헤치고 이세벨은 걸음을 재촉했다. '폭신폭신 침대'를 선전중이던 신사 양반들이 그녀를 보고는 휘이익! 휘파람을 불어댔고, '보온 접시받침대'를 담당하고 있던 머리카락이 붉은 청년은 나중에 한잔하자며 추파를 던졌다. 이세벨은 이 모든 것들을 한꺼번에 뭉뚱그려 절레절레 고개를 저어 보이면서 무대 뒤 꼬질꼬질한 자기 분장실——안전한 보금자리——을 향해 대포알처럼, 날아가는 토끼처럼 정신없이 달려갔다.

 그런데 왜 그곳으로 가는 거지? 다른 곳보다 더 안전하다는 보장이라도 있는 걸까? 어쩌면 그곳이야말로 가장 위험할지도 모르는데?

 그러나 어둠 속에서 숨을 곳을 찾는 야생동물의 본능이 이끄는 대로 이세벨은 말들이 흥분해서 땅바닥을 긁고 있는 희끄무레한 마구간을 지나 자기 분장실로 뛰어들었다.

 '이제 공연만 시작하면 돼! 설마 모두가 보고 있는 앞에서 탑에 있는 날 어쩌지는 못하겠지.' 이세벨은 그렇게 생각했다.

 복도에서 베틸레이가 기사들을 재촉하는 소리가 들려왔다.

 "자, 빨리 서두르세요. 이제 10분밖에 남지 않았으니까요……. 아, 브라이언 씨! 잘 됐군요. 당신은 거의 준비를 끝냈으니…… 엑스마우스 씨는…… 예에, 좋아요. 어머, 포트 씨, 예. 빈틈없이 진행 중입니다. 그런데 앤더슨 씨 혹시 못 보셨어요? 모두 모였거든요. 앤더슨 씨만 빼고는……."

 '아마 얼도 나와 똑같은 생각을 한 모양이군.' 이세벨은 생각했다. 위험한 곳에서는 단 1분도 더 있고 싶지 않다는. 나 말고도 겁에 질려 있는 인간이 더 있다는 생각을 하니 어쩐지 안심은 되었지만, 두 사람이 다 이런 반응을 보인다는 것은 결국 그 협박장이 단순한 장난이 아니라고 믿는다는 증거이기도 했으므로 더한층 가슴이 콩닥거렸다.

통통한 손이 문을 더듬는 소리가 났다. 포트의 목소리가 조심스럽게 들려왔다

"이세벨, 안에 있어요?"

그녀는 당황해서 문으로 달려가 찰칵하고 쇠를 채웠다. 마지막 순간까지 이 방에서 단 한 발짝도 움직이지 않고 있다가 단숨에 대기실을 가로질러 사다리를 타고 탑으로 올라가는 거야. 거기는 안전할 테니까. 5천 명이나 되는 인간들이 지켜보고 있으니까 절대 안전할 거야. 물론 사다리에다 무슨 흉계를 꾸며놓았을 수도 있겠지. 삐걱대던 사다리가 더 흔들릴 수도 있고. 하지만 그런 경우는 최소한 미리 예상이라도 되니까 어떻게든 조심만 하면 큰 위험은 피할 수 있을 거야.'

실크 드레스를 휙 벗어 던지고 서둘러 발목까지 오는 가운으로 갈아입었다. 양옆이 내려오는 뾰족 모자를 쓰고, 모자 꼭대기에서 하늘하늘 흘러내리는 시폰 베일을 보기 좋게 늘어뜨렸다. 의상을 갈아입으면서 파페튜어와 얼을 잠깐 떠올렸다.

협박장을 받은 또 다른 두 사람. 멍청하고 말이 없는 파페튜어——마치 영혼이 빠져버린 듯한 그녀의 얼굴이 사나흘 사이에 마치 다른 사람처럼 변하고 말았다. 예의 그 극단적인 무관심이 사라지는 대신 더 어둡고 경직된 표정이 된 것이다. 그리고 낙천적인 허풍쟁이 얼——그래, 어느덧 20년은 되겠지? 하여간 옛날부터 그 모양이었는데, 화려한 연극을 한 꺼풀만 벗겨보면 단순히 신경질적인 사내에 지나지 않는 얼. 그나저나 꽤 대단하군! 이제 10분밖에 안 남았는데 아직도 나타나지 않고 버티다니.

이세벨은 여기까지 생각하다 갑자기 머리끝이 쭈뼛해졌다. 만약 오늘밤에 얼이 전시장에 모습을 드러내지 않는다면? 거기에 페피조차 나타나지 않는다면? 아아, 바보! 멍충이!! 여기까지 오겠다는 것

은 일부러 위험에 몸을 내맡기는 짓이 아니냐 말이다. 하여간 제정신이 아니야. 아, 나는 왜 이토록 순진할까! 목숨이 벼랑 끝에 매달려 있는 판국에 이딴 말도 안 되는 야외극에 도리를 지킬 필요가 어디 있다고…… 만약 얼과 파페튜어가 끝까지 오지 않는다면 여기는 나뿐이다! 협박장엔 이렇게 써 있었는데…….
—— 이세벨, 파페튜어, 앤더슨, 이 가운데 과연 누가 제일 먼저 죽게 될까?
그때였다. 파페튜어의 목소리가 들려왔다. 달래는 듯한 말투였다.
"하지만 얼도 왔어요, 베틸레이 양…… 지금 옷 갈아입고 있어요."
이세벨은 벌컥 문을 열고 잰걸음으로 대기실로 들어갔다. 기사들 사이를 밀어붙이듯 걸어가는 이세벨의 뒤를 파페튜어가 황급히 따라갔다.
"저어, 이세벨 양. 말해둘 게 있어요. 내가 억지로 콕크릴 경감을 사정해서 끌고 왔어요. 앞자리에 앉아 계세요. 좀처럼 허락을 해주지 않아서, 시간 안에 올 수 있을까 얼마나 조바심을 쳤는지 몰라요."
가쁜 숨을 몰아쉬며 여기까지 말하더니 뒤돌아보면서 중얼거렸다.
"너무 늦었네. 빨리 가서 베틸레이 양을 도와줘야 해요. 기사들은 정말이지 못 말리겠어요. 어찌나 꾸물대는지원!"
마침내 기사들이 말을 타고 하나 둘 대기실로 들어왔다. 브라이언은 숙연한 자세로 흰말을 타고 대열의 맨 앞에 서서 아치를 나갈 신호를 기다리고 있었다. 이세벨은 쑥대밭처럼 어질러진 대기실을 종종걸음으로 잽싸게 빠져나갔다. 남자들 가운데 누군가 나를 해칠 기색은 없는지 사방팔방으로 경계를 하면서. 하지만 주석 갑옷에 몸을 감추고 기다란 망토를 늘어뜨리고 있으니 누가 누군지 도무지 알 도리가 없다. 만약 누가 자기를 덮친다 가정하면, 지금이야말로 바로 그

때가 될 것이다. 어수선한 대기실을 가로질러 필사적으로 안전한 항구, 희미한 어둠이 깔린 고요한 탑에 이르렀다. 이세벨은 탑 입구에 서서, 태어나서 처음으로 교태를 부릴 목적 없이 부풀어 오른 봉긋한 가슴에 손을 얹었고, 한쪽 발을 사다리에 걸쳤다. 위를 쳐다보던 이세벨은 그만 흠칫 굳어버렸다.

사다리 한가운데쯤까지 올려다보던 그녀의 눈에, 입구에서 스며드는 어슴푸레한 조명을 받고 사악하게 빛나고 있는 뭔가가 들어왔던 것이다.

혼자 남게 된 콕크릴 경감은 무대를 마주 보는 안성맞춤인 자리에 앉아 게임이 시작되기를 좀이 쑤시도록 기다리고 있었다. 영국인과 야외극이라! 야외극 따위 아무 흥미도 없으면서 다들 왜 그렇게 보러 다니는지 그로서는 도무지 이해할 수가 없었다. 야외극을 꾸며서 무대에 올리고, 또 그것을 구경하는 것이 이미 국민성의 하나처럼 인식되고 있는 것이다. 그리고 또 조금이라도 이름이 알려진 사람이면 좋든 싫든 어쩔 수 없이 야외극을 보아야 하는 경우가 생기게 마련이었다. 콕키도 북켄트에서는 지방 야외극이란 야외극은 하나도 빠짐없이 봐야 했고, 산처럼 운집한 사람들의 물결을 차가운 눈초리로 둘러보면서 모두 제정신이 아니다 싶어 늘 망연자실하곤 했다. 그런데 런던까지 와서, 더군다나 여기서는 명사 축에도 못 끼는데 왜 야외극까지 구경해야 하는지 낭패도 이런 낭패가 없다 싶어 혀를 끌끌 찼다. 하지만 짜증만 낸들 별 도리가 없으니 담배 한 개비를 아주 공들여 마는, 그다지 근사하게 보이지 않을 일에 온 신경을 집중시켜 지겨운 시간을 최대한 죽여 보기로 했다.

갑자기 찢어질 듯한 나팔 소리가 울려 퍼지더니 구경꾼들의 눈이 일제히 무대 위로 향했다. 얼떨결에 경감도 덩달아 텅 빈 무대로 눈길을 주었다. 우아하게 만들어진 양치식물과 수국 산울타리 사이로 팟! 라이트가 켜지더니, 식물들의 뿌리께에 숨겨놓은 풋라이트가 성벽과 탑 밑의 아치를 대낮같이 밝혔다. 포트 씨가 이름 붙인 '듬성듬성한 모기장' 같은 가리개가 대기실에서 기다리고 있는 기사들의 모습을 객석에서 안 보이게 가려주고 있었다. 객석의 술렁임이 갑자기 딱 멎었다. 드디어 막이 올라간 것이다, 바로 저 무대에서. 내용이야 어떻든 다들 공짜니까 하는 마음들일 것이다. 지금까지 각양각색으로 얼룩진 바다였던 객석이 일제히 탑을 올려다보면서 상기된 얼굴들로 한 색깔을 이루었다.

다시금 나팔소리가 울려 퍼지면서 한층 더 화려하게 풋라이트가 켜지자, 이에 화답이라도 하듯 무대 아래 황량한 광장의 강렬한 조명이 조금씩 어두워졌다. 그리고 웅장한 음악 소리와 함께 아치에 걸어두었던 주름 커튼이 갈라지면서 '영국의 기사, 아름다운 조국의 상징'들이 거창한 차림새로 말을 타고 등장했다.

흰말이 당당히 앞으로 나아갔다. 은빛 가면은 번쩍이고, 은빛 장대에 매달린 흰 깃발은 드높이 펄럭였다. 긴 망토 역시 말 잔등에서 허리를 감싸듯 흘러내렸으며, 매끄러운 벨벳 의상도 빛을 받아 번뜩였다. 천천히 무대를 돌아 정면을 향했을 때, 벌어진 얼굴 가리개 너머로 기수의 푸른 눈동자가 한치의 흐트러짐도 없이 내내 객석을 향하고 있는 것을 콕크릴은 보았다. 그러나 갑자기 방향을 바꿔 오른쪽으로 걸어갔고, 열 마리의 검은 말들이 좌우로 나뉘면서 그 뒤를 따랐다. 기사들은 탑 아래서 다시 집합하게 되자 백기사를 중심으로 ㄷ자 형태를 만들기 위하여 대열에서 떨어져 약속된 위치로 갔다. 찰리티가 몇 주 전에 X표로 설명하던 그 지시대로 기사들은 절도 있게 움직였다. 벨벳망토를 휘날리고 작은 박차를 착착 울리면서 기사들은 질서정연하게 안장 위에서 자세를 가다듬었다. 쇠사슬 장갑을 낀 오른손으로 움직이지 않도록 깃발을 단단히 잡고, 왼손으로는 구질구질한 복잡한 장식이 달린 고삐를 꽉 움켜쥔 채.

드디어 '그랜드 체인' 차례였다. 그리고 '그랜드 체인'과 함께 큰 위험을 감수해야 하는 도약을 말들에게 시켜야 하는 것이다! 양쪽에서 나온다…… 상대와 나란히 선다…… 그리고 마지막 '그랜드 체인'의 들쭉날쭉한 엇바꿔 돌기에 이르기까지 보조를 잘 맞춰 한 점 흐트러짐 없이 착착 박차를 울리며, 펄쩍펄쩍 안장에서 뛰어오르며, 망토를 펼쳐 우아하게 행진을 계속하였다.

구경꾼들은 박수갈채를 터뜨렸고, 다시 음악이 바뀌면서 말들의 걸음이 느려지더니 기사들은 찬양의 그림을 몸으로 직접 그리기 위하여 저마다 야외극의 마지막 위치에 가서 섰다. 그러나 막상 무엇에 대한 찬양인지는 여전히 아는 이가 없었다. 8명은 반달 같은 무대 곡선에 따라 얼굴 가리개 너머로 객석을 뚫어져라 쳐다보았고, 탑 양옆으로는 왼쪽에 푸른 망토, 오른쪽에는 붉은 망토의 말이 앞발을 지긋이 나무로 만든 받침대 위에 올리고 참을성 있게 서 있었다. 그리고 하얀 말만 객석과는 등을 돌리고 아치를 마주보고 섰다. 매끄러운 빛을 내는 기사의 흰 벨벳망토는 말 등에서 엉덩이까지 자락이 드리워져, 보일 듯 말 듯한 말꼬리만 살짝 그 밑에서 흔들리고 있었다.

풋라이트가 천천히 탑을 훑으며 기어오르더니 지금까지 깜깜했던 창을 비춘다. 그러자 발코니에 세워져 있는 나지막한 난간에서 이세벨의 몸이 기분 나쁠 정도로 천천히 앞으로 나오는가 싶더니 너무도 조용하게, 그대로 곧장 무대 바닥으로 떨어졌다. 어렴풋이 '털썩!' 하는 둔탁한 소리만 울리고.

5

 이세벨의 몸이 바닥에 부딪히는 소리와 함께 삽시간에 얼어붙은 공연장의 침묵은, 한 여인이 기적처럼 내지른 쇠를 자르는 듯한 끔찍한 비명 소리로 마침내 무너졌다. 공포와 경악에 휩싸인 콕크릴이 저도 모르게 용수철처럼 몸을 일으킨 그 순간, 무대 전체는 장난감 세계로 돌변했다. 조악한 은박지로 만들어진 성벽, 모형 탑, 장난감 말에 올라탄 장난감 병정…… 어린이가 줄을 맞춰 잘 세워놓은 듯한 움직이지 않는 병사들. 극명하게 조명이 내려 비추는 무대 한 구석에는 반원을 그린 대열이, 탑의 양측에는 앞발을 높이 든 자세로, 아치 한가운데서 바지랑대처럼 서 있는 흰말까지 지금은 모두 바닥에 못이라도 박힌 듯 굳어 있었다.
 이윽고 멈춰 섰던 시간이 다시 움직였다. 장난감들의 태엽이 다시 감긴 것이다. 페인트를 칠한 기사들의 작고 둥근 머리통이 축 위에서 천천히 돌더니 뚫어져라 한곳만 응시하였다. 흰말은 뻣뻣하게 뒷걸음질치면서도 뒷다리 부근에 쓰러져 있는 은빛 영혼을 밟지 않으려 안간힘을 쓰고 있었다. 그러다 갑자기 고개를 똑바로 들더니 아치에 늘어뜨려진 주름을 향해 돌진했고, 곧 보이지 않게 되었다.
 적기사는 나무 받침대 위에 올려놓은 말의 앞발을 내리고 멈칫멈칫 어설프게 말에서 내려오더니 용수철이 달린 발처럼 휘청휘청 쓰러질 듯 앞으로 나아가 시체 앞에 무릎을 꿇었다. 털썩 소리와 함께 물결처럼 펼쳐지던 그의 빨간 망토가 콕크릴 경감의 시야에서 은빛 영혼을 가렸다.
 봇물처럼 앞으로 밀려드는 인파를 팔꿈치로 가르고 콕크릴은 필사적으로 무대를 향해 진격했다.
 "비켜요! 경찰이다! 비키라니까!!"
 무대 끝에 세워놓은 산울타리를 헤치며 위로 올라가려 했을 때, 적기사가 흐느적흐느적 일어서서 물끄러미 시체를 바라보는가 싶더니 홱 등을 돌리고는 비틀비틀 아치를 빠져 나가버렸다. 콕크릴이 불러 세우는 것도 귀에 들어오지 않는 성싶었다. 은사슬로 만들어진 우스꽝스러운 장갑을 낀 손으로 고통에 복받치는 사람들이 곧잘 하듯 투구의 앞면을 감싸고.
 콕크릴이 무대로 올라섰을 때는 이미 적기사의 모습은 보이지 않았다. 브라이언 브라이언과 베틸레이가 아치를 지나 무대로 들어왔다. 브라이언은 갑옷 차림이었으나 투구는 옆구리에 끼고 있었다. 이리저리 두리번거리더니 탑 아래에 쓰러져 있는 이세벨에게 눈길이 머물자 그대로 얼어붙어 버렸다.
 베틸레이가 물었다. "도대체 무슨 일이죠?" 그리고는 브라이언의 시선을 따라가더니 사체로 눈길이 옮겨갔고, 힘겹게 말을 이었다. "얼 앤더슨은 이세벨이 죽었다고 하던데?"
 브라이언 투 타임즈는 어깨에 걸치고 있던 흰 망토를 천천히 풀어서 보기에도 참혹한 그 모습 위에 조용히 덮어주었다.
 콕크릴은 이런 경우 자기 입장이 어떻게 되는지 판단이 좀 어려웠으나, 일단 런던 경찰이 나타나기까지는 자기가 나서서 지휘해도 상관없으리라 싶었다.
"건드리지 마시오. 그대로 가만히 놓아두세요."
말은 그렇게 했지만 어쩌면 아직 숨이 붙어 있을지도 모르겠다는 생각이 들었다. 머리 위에 있는 발코니를 올려다보았다. 잘해야 15피트, 그리 높지는 않군! 얼굴을 덮고 있던 망토를 들쳐보았다.
"진짜 죽었나?"
"얼 앤더슨이 죽었다고 했습니다."
브라이언이 대답했다. 사투리가 굉장히 심했다. 손바닥으로 이마에서 턱까지 쓰다듬고 있었다. 그리고는 같은 소리를 되풀이했다. "앤더슨이 말했습니다. '죽었다'고."
"정말 죽었어요?"
수잔 베틸레이가 되물었다. 햇볕에 그을린, 젊은지 늙었는지 쉽게 짐작이 안 가는 이색적인 어떤 요소가 반짝 빛을 내뿜더니, 그녀의 목소리가 남자처럼 굵은 울림을 일으켰다.
콕크릴은 사체의 가슴 언저리까지 망토를 걷어보았다. 엎드린 자세로 발을 포개고 팔은 기묘하게 꺾여 있었다. 콕크릴은 무릎을 바닥에 대고 그녀의 몸을 살짝 건드려 천천히 돌려놓았다.
이세벨은 분명히 죽어 있었다. 그녀의 얼굴은 더 이상 벌꿀색이 아닌 불길한 자주색으로 변해 있었고, 푸른 입술 사이로 혀를 쭉 빼물고 입가에는 거품이 흘러 넘쳤다. 콕크릴은 반쯤 눈을 벌려 자기를 응시하고 있는 끔찍한 사체의 눈길에 순간 당황하여 고개를 돌렸다. 곁으로 모여들었던 다른 기사들도 몸서리를 치며 슬금슬금 뒷걸음질쳤다.
이때 제복을 입은 두 경찰관과 사복 경관 하나가 군중을 헤치고 무대 위로 올라왔다. 콕크릴은 일어서서 그들을 맞이했다. 사체의 얼굴과 목이 잘 보이도록 한 손에는 벨벳망토 자락을 든 채로. 시폰 베일이 포동포동한 사체의 살에 파고들어 탱탱 감겨 있는 것이 보였다. 콕크릴의 남은 한 손은 호주머니 속에서 증명서를 뒤지느라 부산했다.

"켄트 주 경찰 콕크릴 경감입니다. 어쩌다 보니 마침 여기서 구경하던 터라······."

모호하게 말꼬리를 흐리면서 진지한 얼굴로 물었다.

"담당이 누굽니까?"

사복이 대답했다.

"아, 전, 스타머즈, 이곳 경감입니다. 저 부인은 전시회 관계자였습니까?"

그러면서 사체를 굽어보았다.

"스스로 목을 맨 것 같군요. 베일이 못이나 뭔가에 걸리면서."

당치도 않은 소리! 베일이 못에 걸렸다고 해서 그런 식으로 몸이 앞으로 끌려나오면서 힘없이 밑으로 떨어지지는 않는 법이다. 콕크릴은 참혹한 얼굴 위로 벨벳 자락을 놓은 뒤, 사복을 무대 구석으로 데려갔다.

"쓸데없는 참견이라고 할지 모르겠지만 이게 살인사건이란 것은 곧 밝혀질 겁니다. 전화해서 빨리 인원을 더 보충해 달라고 하는 편이 좋을 것 같군요. 틀림없이 중대한 사건이 될 테니."

드러내놓고 티는 안 냈지만 스타머즈가 지금 자기를 방정이나 떠는 촌뜨기라고 생각한다는 것을 눈치챈 콕크릴은, 낡아빠진 모자를 갖다 붙이듯 뒷머리에 눌러 얹고는 휑하니 등을 돌리고 걸어갔다. 젠장! 뭐 이런 곳이 다 있어! 분노가 부글부글 끓어올랐다.

"저어, 콕크릴 경감이라고 하셨지요? 아! 이제 생각났다. 켄트 병원에서 일어난 사건에서 그 놀라운?"

스타머즈가 그제야 기억을 되살렸다.

"아니, 천만의 말씀! 그건 내가 맡은 사건 중에서 가장 실패작에 속한다오."

콕크릴은 냉담하게 대꾸했다. 그러나 어쨌든 얼마간 기분이 풀린 것도 사실이었다.

이세벨의 추락을 바로 눈앞에서 보고 경악으로 새파랗게 질렸던 군중들도 하나 둘 이성을 되찾기 시작했다. 스타머즈는 부하들에게 짤막짤막하게 지시를 내렸다. 잘 훈련된 셰퍼드처럼 그들은 즉시 명령대로 주렴을 헤치고 대기실로 밀려들어가는 기사들을 양쪽에서 저지했다.

"자리를 비우지 마십시오! 모두 그대로 무대에 계셔야 합니다."

전시장의 모든 출구를 봉쇄하기 위하여 경관들이 더 배치되었다. 스타머즈는 상관에게 보고서를 올렸다.

이때 느닷없이 포트가 무대로 모습을 드러냈다. 헉헉 가쁜 숨을 몰아쉬며 아치에서 달려 나왔던 것이다.

"이세벨, 이럴 수가! 내 두 눈으로 똑똑히 보았어, 그녀가 떨어지는 모습을."

포트의 발이 흠칫 멈춰서더니 더 이상 움직이지 않았다. 콕크릴의 손에서 떨어지던 벨벳망토가 흰자위를 허옇게 드러낸 이세벨의 텅 빈 눈길을 미처 제대로 감춰주지 못했던 것이다.

"으으, 끔찍해…… 이세벨!"

뒷일은 스타머즈에게 맡기고 콕크릴은 아치를 지나 대기실로 들어갔다. 살풍경한 장방형의 실내에는 가구다운 물건이라곤 눈을 씻고 봐도 없었다. 단지 갑옷 한 벌이 축 늘어진 모습으로 벽에 걸려 있었고, 그 위에는 목이 휙 돌아간 자세로 비스듬히 매달려 있는 투구 하나가 못에 걸려 있는 게 고작인 방. 그는 둥근 탑 속을 들여다보았다. 탑 중간쯤에 올라설 수 있는 발판이 있었는데 바깥 아크등 불빛을 받아 대낮처럼 환하게 밝았고, 가파른 사다리는 그 발판에 걸쳐져 있었다. 그 밖에는 아무것도 없었고, 그 누구도 없었다. 경감은 대기실을 가로질러 아치와 마주보는 출입구로 걸음을 서둘렀다. 마침 한 경관이 보초를 서려고 막 그곳에 도착한 참이었다.

"아무도 못 나가게 해야 할걸세. 그리고 자물쇠 같은 걸 함부로 만지지 않도록 유의하게나. 지문을 채취할지도 모르니."

쓸데없는 잔소리라는 것도 안다. 그러나……

대기실 출입구에서 똑바로, 텅 빈 분장실을 지나 임시로 마련된 마구간으로 가는 안뜰까지 복도가 이어져 있었다. 콕크릴은 뛰어갔다.

"앤더슨! 이봐 앤더슨! 거기 있나?"

그때였다. 말똥 냄새를 풍기는 작은 사내가 미적미적 게처럼 걸어 나왔다.

"신사 양반, 무슨 일이라요? 지도 저기서 구경하다 보니 젊은 부인이 떨어지는 것 같던데?"

"당신은 누구요?"

"말을 돌보는 마부입죠, 나리. 무슨 할일이라도 있나 싶어 막 돌아온 참입니다. 클리버라고 헙니다. 빌 클리버."

"기사를 한 사람 보지 못했나? 바로 2, 3분 전에 이리로 들어왔을 텐데? 아니, 어쩜 한 5분은 지났을지도 모르겠네. 하여간 여자가 떨어지고 난 직후일세. 앤더슨! 어디 있나?"

그러나 아무도 없었다. 얼 앤더슨의 말은 그가 비틀비틀 걸어나갈 때부터 무대에 내버려진 채 그대로 어슬렁대고 있었는데, 그가 입고 있던 갑옷은 마구간 바닥에서 제멋대로 나뒹굴고 있었다. 빨간 벨벳 망토 끝에 투구가 조금 엿보였다.

콕크릴은 무대로 되돌아갔다. 스타머즈 경감은 착착 일을 진행시키고 있었다. 그리고 콕크릴의 조언에 따라 전시장에서 가장 가까운 경찰 주차장과, 가장 가까운 교통경찰이 있는 곳으로 부하를 달려가게 했다. 그러나 앤더슨의 소식은 전혀 들려오지 않았다. 그리고 전시장에서도 그의 모습은 더 이상 찾을 길이 없었다.

런던경시청의 찰스워드 경감이 현장으로 향했다는 보고가 들어왔다.

"생판 처음 듣는 이름이군!"

콕크릴 경감의 얼굴에 언뜻 흡족한 표정이 스쳤다.

한쪽에서는 라운드 스피커가 군중들에게 지시를 내리느라 웅웅 벌레소리를 내지르고 있었다.

—— 에, 이 불행한 사고에 대해 뭔가 도움이 될 만한 정보를 갖고 계신 분은 출입구에 서 있는 아무에게도 좋으니 꼭 경찰관에게 말씀해 주십시오.

입장료를 지불한 이상 최대한 늦게까지 어슬렁어슬렁 둘러보겠다고 작정했을 군중들도 앞으로 1시간은 더 여기 있어야 한다는 지시를 듣게 되자 심리적으로 1분이라도 빨리 나가고 싶은 마음에 초조해하면서, 세상천지 이런 법이 어디 있느냐며 입을 모아 불평을 늘어놓으면서 출입구를 막아선 경관들을 험악한 눈길로 노려보았다.

이세벨이 떨어지기 직전에 창에서 보여준 그 끔찍한 얼굴로 이미 사태를 짐작한 대여섯 부인들은 일찌감치 졸도해 있었고, 채식주의자인 노신사는 이세벨도 자기처럼 채식을 했더라면 오늘 같은 일은 일어나지 않았을 거라고 확신에 찬 주장을 했고, 어느 부인이 핸드백을 소매치기당했기 때문에 엘리시온 홀은 어느새 악덕과 살인과 절도의 소굴로 평가되면서 강도가 나오지 않는 것이 도리어 이상할 지경이라는 결론을 이끌어 내던 17명의 청중들은 각자 자기 마음에 드는 시간을 대면서 이세벨이 떨어지기 직전에 총소리를 들었다고까지 증언했다…….

 실은 미의 여왕이 극적인 등장을 할 수 있도록 창으로부터 객석의 주의를 돌리려고 미리 만반의 배려를 해두었던 것이다. 라이트는 모두 무대 바닥 가까이에 모여 있으므로 아무도 창을 올려다보지는 않았을 것이고, 설령 보았다 한들 어두워서 아무것도 보이지 않았을 게 분명했다.

 마침내 경찰이 돌아가고 싶은 사람은 그만 나가도 좋다고 방송했다. 높은 세금을 내고 있는 시민들은, 바로 지금 범인이 활개를 치며 거리로 뛰쳐나갈지도 모르는 판국에 잘도 그런 결론이 나온다고 개탄하면서 너희들이 세금도둑과 무어 다를 게 있느냐며 대들었다. 그리고 지금 이 사건은 계획적인 끔찍한 살인이라고 강하게 주장했지만 경관들에게는 그야말로 쇠귀에 경 읽기 꼴이었으므로 그들이 흥분하는 것도 어쩌면 지당했다.

 스타머즈 경감은 그동안 도착한 셰퍼드 부대에게 지시를 내리느라 정신이 하나도 없었다. 실종된 얼 앤더슨을 제외한 야외극 관계자들을 포트의 사무실에 격리시키고, 런던경시청에서 파견되어 올 찰스워드 경감의 도착을 기다렸다.

 콕크릴은 그곳에 모인 얼굴들을 차례로 살펴보았다. 수잔 베틸레이는 새파랗게 질린 얼굴이긴 하지만 어쩐지 기묘한 흥분을 억누르고 있었고, 브라이언 브라이언과 조지 엑스마우스와 8명의 기사들은 여전히 갑옷을 입은 채로 투구를 옆구리에 끼고 있었다. 포트는 그 동그란 얼굴을 열심히 갸웃거리고 있었다. 헌데……!

 콕크릴은 갑자기 소리를 꽥 질렀다. 치밀어오르는 공포로 얼어붙는 듯한 비명을.

 "파페튜어는 어디 있나?"

 하지만 아무도 아는 이가 없었다.

찰스워드 경감은 런던경시청 소속 경찰학교 출신이었다. 붙임성 있는 미소에 호남형으로, 빗어 붙인 머리칼이 귀 위에서 둥글게 말리면서 마치 가짜 수염을 잘못 붙인 듯한 그런 모습을 하고 있었다. 스타머즈는 간단하게 보고를 마치고 콕크릴 경감을 소개했다.

콕크릴 경감이 보기에는 찰스워드가 자기에게 어느 정도 호의를 표시해야 할지 몰라 잠시 망설이는 것 같았다.

"콕크릴 경감?"

찰스워드는 아랫입술을 깨물며 열심히 기억을 더듬는 표정을 지었다. "어딘가에서 성함을…… 그래! 그래그래, 당신이었군요. 켄트 병원 사건을 참으로 보기 좋게 해결하셨던 바로 그?"

그 사건이 콕크릴의 자존심을 상처 입히는 지름길임을 꿈에도 알지 못하고 그는 덥석 상대의 손을 감싸 쥐었다.

"참으로 기쁩니다. 당신이 여기 계실 줄은! 하여간 편하게 행동하십시오."

"대단히 고맙소." 콕크릴은 떨떠름한 표정을 지었다.

스타머즈 경감은 서둘러 파페튜어를 찾을 수 있도록 간단히 사정을 설명했다.

"즉시 찾도록 하게. 물론 집에도 연락해보고, 하여간 모든 방법을 동원…… 아니, 오히려."

마음에 걸리는 게 있는 것처럼 눈썹을 찌푸리며 찰스워드는 덧붙였다. "자네가 직접 나서는 게 좋지 않을까? 그리고 콕크릴 경감님, 당신도 여기 남아주시지 않겠습니까?"

엘리시온 홀의 야외극을 준비하느라 포트가 사용하던 검은 유리와 크롬제의 책상 모서리에 엉덩이를 올린 찰스워드는, 작은 유리가 들어간 사무실에 늘어서 있는 겁에 질린 얼굴들을 한바퀴 둘러보고는 명쾌하게 말했다.

"그럼 시작해봅시다."

"살인이오, 이건."

콕크릴은 짤막하게 대답했다. 그리고는 담배종이 다발을 찰스워드에게 흔들어 보이며 물었다. "괜찮겠소, 피워도?"

"아? 예! 괜찮습니다. 당신은 살인이라는 의견이시군요?"

"나는 여자가 떨어지는 것을 보았으니까."

호주머니에서 잘게 썬 담배가 들어 있는 주머니를 찾아 더듬거리며 콕크릴이 대답했다. "난간 너머로 떠밀렸소. 실신했던 것도, 발을 헛디딘 것도, 몸을 너무 내밀어서 추락한 것도 아니오. 그 발코니 난간은 꽤 높은 편이니까. 방법이야 알 수 없지만 아무튼 들어올려져 아래로 추락하게 된 거라오."

"계속 주의해서 지켜보신 모양이지요? 그러면서도 떠민 사람은 누구였는지 모른다는 말씀이시고?"

"그토록 낱낱이 지켜보았다는 말이 아니오. 다른 사람들처럼 무대를 보고 있었다는 말이지. 그땐 창에 아직 라이트도 비치지 않았고, 그녀의 의상으로 말하면 스커트가 넓은데다 발목까지 오니까 누가 무릎을 잡고 들어올려 아래로 내던진 뒤 검은 탑 속으로 도망쳤다 한들 보일 까닭이 만무하죠."

"흠!"

"그리고 베일이 못에 걸린다거나 하는 추측은 절대 말도 안 되오."

콕크릴은 단호하게 말했다. 그것만큼은 의심할 여지가 없다고 꼭 주장하고 싶은 것처럼.

찰스워드는 반신반의했다. 이 작은 영감은 어째 아무래도 일부러 일을 크게 벌리길 좋아하는 타입인 것 같다.

"그것이 살인이라는 확고한 신념을 갖게 된 근거입니까?"

"일주일 전부터 이 살인이 예고되었소, 협박장의 형태로."

콕크릴의 가슴속으로 서서히 초조함이 몰려들었다. 파페튜어도 같은 경고를 받았다. 그리고 얼 앤더슨도. 이제 이세벨은 죽었고, 앤더슨마저 무대에서 뛰쳐나가 어둠 속으로 사라져 버렸다. 파페튜어는 도대체 어디에 있는 걸까? 콕키는 명치가 울렁거리면서 싸늘하게 식어드는 것을 느꼈다.

검은 책상에 엉덩이를 걸치고 긴 다리 끝을 포갠 채 찰스워드는 한동안 생각에 잠겼다.

"만약 이것이 살인사건이라고 하면 그 협박장으로 적어도 용의자의 범위는 확 줄어들겠군요?"

"게다가 정황도 한정되었고."

"정황이라면?"

니코틴에 절은 콕키의 손가락 끝이 담배를 이리저리 굴렸다.

"이것은 '밀실살인'을 실제로 연출해 보인 것이오. 더군다나 수천 명의 눈이 지켜보고, 심지어는 자물쇠가 채워진 문밖에서 사람이 지키고 있는 무대 안에서 벌어진 사건이라오. 범인은 틀림없이 이 제한된 장소에 있었을 것이오. 그리고 대기실은 텅 비어 있다시피 아무도 없었으므로 숨을 만한 데도 없고, 미리 숨어든다는 것도 거의 불가능하오. 두 사람을 제외하고는 살인 현장에 있었던 사람은 모두 이 자리에 모여 있소. 또한 그 두 사람을 제외하고는 살인 예고장을 보낼 수 있는 사람들도 마찬가지로 여기 모여 있소. 저기 있는 8명은" 하면서 늘어서 있는 기사들을 가리키며 "그 예고장을 보낼 수 없는 정황에 있었소. 따라서 용의자는 자연히 예고장을 보낼 수 있는 나머지 6명으로 압축되겠죠. 그러나 지금 커크 양과 앤더슨 씨는 이 자리에 없소. 그 두 사람을 제외한 나머지 4명이라면 바로 베틸레이 양, 포트 씨, 엑스마우스 씨, 그리고 브라이언 브라이언 씨, 또는 돌 양이 즐겨 사용하던 이름으로는 브라이언 투와이스 씨가 되는 셈이오."

"브라이언 투 타임즈입니다." 브라이언은 신경질적으로 정정했다.

"그랬군요, 그럼." 찰스워드는 일어나서 문으로 가면서 "8명의 기사들은 이제 돌려보내도 좋다는 말씀이군요?"

"그 전에 증언부터 들어야겠죠." 콕키는 그것도 모르느냐는 듯이 비아냥거렸다. 찰스워드는 얼굴을 붉히며 책상으로 돌아왔다.

조금 무례하게 느껴질 정도로 다리를 높게 꼬고 앉아 있던 수잔 베틸레이가 고개를 들었다.

"제가 문에서 꼼짝도 않았다는 말을 일단은 사실이 아니라는 가정을 세우신 거군요?"

"그렇소." 콕키가 대답했다.

"그러면 내가 범인일 수도 있겠군요?"

"그렇소." 이번에는 찰스워드가 더 빨랐다.

"범인이거나 범인이 아니거나 그 둘 중 하나겠죠"라고 콕크릴이 말했다. "만약 범인이라면 머잖아 곧 밝혀질 것이고, 범인이 아니라면 당신은 '밀실'의 한 구성요소가 되는 셈이죠." 실로 명쾌한 결론이었다.

"밀실 살인사건이라고 하는 것은 늘." 이 선명한 문답에 찬물을 끼얹을 요량으로 찰스워드가 참견하고 나섰다. "해결의 열쇠가 밀실 안에 있었던 적이 없더군요. 범인은 언제나 밀실이 되기 전에 들어가 있다가, 밀실이 더 이상 밀실이 아닌 상태에서 밖으로 나오니까요."

"이번의 정황은 베틸레이 양이 밀실로 드나든 자가 있는지 없는지 말씀해 주시겠지요. 그러나 여기에는 살인 예고장 문제가 또 얽혀있으니까 이른바 밀실 사건의 정의는 이 경우 통용될 것 같지가 않군요." 콕크릴은 의연하게 의자에 몸을 기대고 뼈만 남은 무릎을 드높게 꼬았다. 연장자에 대한 예의조차 모르는 두 사람에게 대항하기 위해서는 똑같이 무례하게 굴겠다는 각오로.

베틸레이는 망설임 없이 제 의무를 수행하려 했다. "아무도 그 '밀실'에 함부로 들어간 사람은 없습니다. 6시 25분 전에 저는 텅 빈 무대로 나가 보았는데, 그곳에는 파리 한 마리 숨어 있을 곳이 없었습니다. 아치를 나와 탑 입구에 서서 불을 켜고 발판 근처도 살펴보았지만 탑 속에는 아무도 없었습니다. 절대로! 저는 텅 빈 대기실을 지나 출입구로 갔고, 그 다음부터는 그 큰 문 앞에서 한 발짝도 움직이지 않았습니다. 포트 씨, 이세벨 돌 양, 커크 양, 그리고 11명의 기사 외에는 아무도 그 문으로 드나든 사람은 없습니다."

"누군가 무대 위로 기어올라와서 숨어들었는지도 모르지요."

포트가 별로 자신 없는 목소리로 중얼거렸다.

콕크릴 경감이 느닷없이 자기가 참견해도 좋겠느냐며 큰소리로 물어서 찰스워드는 가슴이 철렁할 정도로 놀랐다.

"물론입니다! 부디 사양 마시고 언제든지, 무슨 말씀이든 해 주십시오. 저는 신경 쓰지 마시고."

갑자기 허를 찌르는 수법으로 획득한 권리가 자못 만족스러운 듯 콕크릴은 빙그레 미소를 지으며 담배에 불을 붙인 뒤 느긋하게 이야기했다.

"별로 크게 중요한 일은 아니지만, 그저 산처럼 모여 있는 군중들의 눈을 피해 어떻게 무대로 기어오를 수 있을지 도저히 불가능하다는 생각이 들어서 말이오. 나도 사건이 일어난 뒤 기어올라왔지만 이만저만 말들이 많은 게 아니더군. '풀을 헤치고 올라가!' '아! 어느새 발을 무대에 올려놓았어' '어때? 꽤 잘 올라간 편이지' 하면서 말이오."

"영화관 3등석에 앉은 사람들이 앞좌석을 향해 던지는 야유와 비숫하군요." 찰스워드는 이런 비유를 던지고 무척 재미있어했지만 아무도 반응이 없었다.

숨이 막힐 듯한 답답한 분위기였다. 찰스워드는 속으로 이 노인이야말로 누가 들어올려서 떨어뜨린다는 둥 하는 어처구니없는 상상의 나래를 펼치면서 혼자 즐기고 있는 게 아닌가 하는 의심이 들었다. 곧 퇴진해야 할 연세가 되더니 머릿속에는 온통 협박장 생각뿐이군!

경찰이 입구의 문을 노크하더니 찰스워드에게 종이를 건넸다. 갇혀 있던 11명의 눈이 무슨 일일까 하고 일제히 접힌 종이로 쏠리더니 이래선 안 된다고 깨달은 듯이 황급히 눈길을 거두었다. 찰스워드는 찬찬히 2번이나 읽어보더니 호주머니에 넣고 경관에게 지시했다.

"알겠네. 고맙다고 전해주게. 증언이 끝나길 기다리는 중이라는 말도 덧붙이고."

그 보고서의 내용은 다음과 같았다. —— 이세벨 돌은 바닥으로 떨어지기 직전에 이미 사망해 있었다. 사인은 손을 사용한 교살. 시폰 베일이 못에 걸렸다거나 하는 일은 전혀 없었던 것이다. 그녀는 조악한 갑옷과 투구를 걸친 11명의 기사들과 함께 '밀실'이라 부를 만한 장소에 있었다. 그리고 11명의 기사 가운데 한 명은 수천 명의 관중들이 지켜보는 가운데 감쪽같이 무리를 빠져나가 탑으로 올라갔고, 그녀를 목 졸라 죽인 뒤 바닥으로 내동댕이쳤다는 말이 되는 것이다.

작은 사무실 유리창 너머로 전시회 준비가 착착 이뤄지고 있는 것이 앞마당처럼 훤히 내다보였다. 그러나 이세벨의 끔찍한 최후를 목격함으로써 극도로 흥분된 공기가 전시장을 가득 채우고 있었고, 수군수군하던 속삭임들도 이제는 귀가 따가울 정도로 소란스러워져 갔다. 그 '숙면 해먹'을 담당하던 젊은 여인들은 날개 돋친 듯 팔려나가는 매물에 그냥 입을 떡 벌리고 있었다. 다른 출품자들로서는 만약 가능하다면 저 젊은 여인들일랑 전시회 개최중에는 매일 밤 어딘가에서 살짝 낚아채 탑에다 제물로 바치고 싶은 충동마저 일 지경이었다. 언제 그칠지도 모를, 넓은 전시장이 갈라질 듯한 웅성거림은 마냥 계속되고 있었다.

수잔 베틸레이의 가슴속에는 감출 수 없는 불길이 타오르고 있었다. 그러나 그것을 드러내지 않으려고 눈을 내리깔고, 조금 전에 있었던 일을 한 올의 흐트러짐도 없이 또박또박 증언해 나갔다.

"연극은 6시부터 시작이었습니다. 25분전에, 좀 전에 말씀드린 대로 모든 것을 점검했습니다. 무대 뒤 대기실에는 아직 아무도 없었습니다. 분장실도 텅 비어 있었습니다. 마부 빌 클리버가 마구간에서 말들을 돌보고 있었지만 그밖에는 아무도 없었습니다. 무대며 탑, 대기실에도 개미새끼 한 마리 보이지 않았습니다. 틀림없습니다.

25분쯤 되니 기사들이 하나 둘 들어왔습니다. 갑옷이니 준비물을 가지러 대기실로 들어가기 전에 대부분 저에게 인사를 건넸습니다. 그 가운데에는 대기실에서 옷을 갈아입는 사람도 있었습니다. 갑옷 차림으로 말을 타는 게 빨리 익숙해지도록 연습 때에도 늘 갑옷을 입어버릇하니까, 모두 저마다 마음에 드는 장소에서 적당히 옷을 갈아입는 습관이 붙어 있었던 것이지요. 누가 대기실에서 옷을 갈아입었는지는 정확히 알 수 없는데, 갑옷을 걸치고 투구를 쓰고 나면 더 이상 누가 누군지 분간이 안 가게 마련입니다. 그래서 점호를 한번 해 보았습니다. 10분 전까진 앤더슨 씨 외에는 전부 있었습니다. 2, 3분 뒤에 커크 양이 나타나서 얼 앤더슨 씨는 벌써 오래 전에 왔다고 하더군요."

"누군가 혹시 앤더슨 씨와 이야기를 한 사람이 있습니까?"

찰스워드는 그 자리에 있는 모든 사람들에게 물어보았다. 그러나 아무도 대답하는 이가 없었다.

"그러나 어찌 되었건 그 뒤 다른 기사들과 함께 무대로 나갔어요"
라고 말하는 베틸레이. "그러니까 역시 계셨던 게 틀림없겠죠?"

"그렇군! 그럼 그 이야기를 좀더 상세하게 말씀해 주시겠습니까?"

"연습 때와 마찬가지로 브라이언 씨가 제일 먼저 대기실로 들어와 대열의 선두에 서 있었습니다. 저는 침착하게 잘 하라는 그런 인사를 했던 것 같습니다. 다른 기사들도 차례로 들어와 저마다의 위치에 섰습니다. 마구간에서부터 말을 타고 들어오는 사람도 있고, 대기실까지 끌고 와서 올라타는 사람도 있는 등 버릇들은 여러 가지였습니다. 그러다 보니 어느덧 7, 8분 정도밖에 안 남게 되었지요. 커크 양은 꽤 늦어서야 모습을 나타냈습니다."

"일부러 '꽤 늦어서야' 도착하도록 내가 시켰소." 콕크릴이 말했다. "분장실에서 쓸데없이 돌아다닐 필요는 없을 것 같아서 말이오. 그렇다고 그 애는 고용된 처지도 아닐뿐더러 몹시 겁에 질려 있었거든. 그런데도 어쩌다 보니 돕게 되었지만 아마 베틸레이 양이 기다릴 거라고 하면서 말리는 것도 듣지 않고 기어코 가겠다고 고집을 부리더군."

그때 그녀를 말리지 못한 것을 지금 얼마나 후회하는지 콕크릴은 솔직히 인정하려들지 않았다. 그러나 메마른 그의 가슴속에서는 고집불통인 성격과는 정반대로 파페튜어의 안부를 걱정하고 자신의 경솔함을 탓하며 쿵쿵 가슴을 치고 있었던 것이다. 겁에 질린 아름답고 가엾은 파페튜어!

"뭐 여하튼, 그 뒤에 곧 돌 양이 자기 분장실에서 나와서 종종걸음으로 대기실로 들어갔습니다. 커크 양이 뒤따라가서 무슨 말을 하더군요. 그리고 돌 양은 곧 탑으로 들어갔고, 커크 양은 대기실을 나와 분장실로 갔습니다. 기사들이 모두 준비가 되었는지 어떤지 둘러보려고 말입니다. 어느 분장실이건 복도건 그 시간쯤에는 이미 인기척이라곤 전혀 없었습니다."

"그래서 당신은?"

"뒤이어 한두 기사가 좀 늦게 들어오더군요. 사람 수가 전부 모였다는 것을 확인하고 나서 저는 곧장 문을 닫고, 방해하지 않도록 문 앞에 작은 의자를 놓고 앉았습니다. 그 뒤에는 계속 앉아만 있었고 한 걸음도 움직이지 않았습니다. 시간이 너무 지겨워서 휘파람은 조금 불었습니다만."

"어떤 노래를 불렀습니까?"

찰스워드는 타이밍을 놓치지 않았다. 콕크릴은 비위가 뒤틀렸다. 대학 출신 경감들은 대개 이 모양이다. 원, 세련된 질문을 했다고 거만을 떠는 꼴이라니!

베틸레이가 눈을 동그랗게 떴다. "무슨 노래랄 것도 없어요. 아는 게 하나밖에 없으니 당연히 그 노래를 불렀지요. 〈다비뇽의 다리〉라고."

"그럼 절대 움직이지 않았다는 말씀이군요?"

눈앞에 놓인 현안에 초점을 맞추는 것으로 콕크릴은 찰스워드의 거드름에 가차없이 보복했다.

"몸은 움직이지 않았어요."

"중요한 질문인데" 찰스워드는 굉장히 뜸을 들였다. "만약 무슨 이유로…… 가령 그것이 살인과는 아무 관계도 없는 이유로 말입니다, 만약 그 의자에서 일어난 일이 있다면 솔직히 말씀해 주십시오. 지금 이 자리에서 분명히 밝히지 않으면 나중에 당신 입장이 굉장히 곤란해질 수도 있으니까요."

"기사들이 무대로 나가고 난 뒤 탑으로 들어가 이세벨을 죽일 가능성이 있는 사람은 오직 저뿐이라는 말씀이시군요?"

찰스워드는 가볍게 고개를 끄덕였다.

"참으로 예리한 두뇌를 가지셨군요!"

"양심 또한 더없이 예리한 편이지요!" 수잔 베틸레이는 차갑게 대꾸했다. "그 양심에 걸고 맹세합니다만, 난 그 자리에서 절대 움직이지 않았습니다."

"그렇다면 그 뒤 아무도 안에 들여보내지 않았습니까? 커크 양이라든지 포트 씨조차도?"

포트가 황급히 끼어 들었다. "이런저런 일이 있어서 저는 대기실이나 분장실에는 드나들었지만 그 후 곧 밖으로 나와서 구경꾼 틈에 있었습니다. 제 할일은 더 없는 것 같았거든요. 베틸레이 양이 아주 능숙하게 모든 일을 처리해 주었을뿐더러 기사들도 다 모였고, 이세벨 아니, 돌 양도 분장실에서 옷을 갈아입고 있었거든요. 그래서 객석으로 나왔습니다. 효과면을 확인도 하면서 객석의 반응도 보고 싶었거든요. 잘하는지 어떤지 보고 싶었어요. 앞으로도 참고가 될지 모르는 일이라서." 그는 혈색 좋은 이마의 땀을 훔쳤다. "그런데 어찌된 노릇인지 갑자기 돌 양이 떨어지는 게 보였습니다."

11명의 기사, 이세벨. 그리고 '밀실'에 가까운 장면. 11명의 기사들이 수천 명의 눈앞에서 말을 타고 늠름한 위용을 자랑하는 동안 누군가 한 사람은 탑으로 올라가 손으로 그녀의 목을 졸라 죽인 뒤 바닥으로 내던진 것이다.

찰스워드 경감의 부하 비드 형사부장이 도착하면서 증언은 잠시 중단되었다. 탄탄하고 큰 몸집의 형사부장은 아주 유순한 인상으로 머리 위에는 드문드문 서리가 내려 있었고, 딱히 다림질이 필요치 않은 실용 위주의 양복을 입고 있었다. 우선 얼 앤더슨의 방부터 한번 살펴보고 온 뒤였다. 장소에 어울리지 않는 레인코트를 입고 있는 낯선 노인 앞에서 보고를 해도 좋을지 어떨지 몰라 찰스워드에게 눈짓으로 확인을 하고서야 비드 형사부장은 비로소 입을 열었다.

"그런데 말입니다, 더 이상한 것은 침실의 슬리퍼가 보이지 않는다는 사실입니다. 꽤 의미심장하지 않습니까?"

찰스워드는 머리속으로 바로 그 의미심장한 의미를 곰곰이 헤아렸다.

"멀리 튀었다는 말인가? 아! 비드, 이 분은 켄트 주의 콕크릴 경감님일세."

비드 형사부장의 얼굴에는 경외감과 감격이 뒤섞인 놀라운 표정이 떠올랐다.

"아니! 정말입니까? 스완즈메어 마을에서 일어난 자갈길과 관련된 사건을 해결하셨던 그 유명한 콕크릴 경감님이란 말씀이십니까? 피죤스포드의 토막 살인도 정말 대단했지요!!"

"페론즈 파크 병원의 마취약 사건은 또 어떻고!"

콕크릴 경감은 떫은 얼굴을 했다.

"그렇습니다. 그때는 정말 운이 없으셨지요. 허긴 그럴 때도 있겠지요. 찰스워드 경감님, 우리도 데본셔 요트 사건 때는 결국 두 손 들지 않았습니까?"

런던 사람치고는 참으로 보기 드문 인종이군! 정말 호감이 가는 사내다. 무엇보다 시력이 좋은 점이! 콕크릴 경감은 아주 흐뭇해졌다.

"앤더슨의 슬리퍼가 방에서 없어졌다고?"

"그렇습니다. 게다가 면도기니 칫솔 같은 것들도요. 물론 어딘가에 박혀 있을지도 모르겠습니다. 아주 이 잡듯이 철저하게 다 살펴본 것은 아니니까요. 하지만 제 생각에는 틀림없이 그 양반은 내뺀 것 같습니다. 이 근처도 물론 경계를 하고 있겠지요?"

털의 윤기가 빠진, 늙고 영리한 테리어 종처럼 비드는 고개를 살짝 갸우뚱했다.

"항구며 역 할 것 없이 모두 손을 써두었으니 물샐틈없이 지키고 있을 겁니다." 찰스워드는 콕크릴을 향해 대답했다. "그러니까 멀리 가지는 못했을 겁니다. 이 건물 안에 있었던 것이 불과 1시간 전이니까."

"이 건물 안에 틀림없이 있었다면 말이지."

콕크릴은 아리송한 답변을 했다. 아는 척 배배 꼬는 말투도 찰스워드만의 전매특허는 아닌 셈이다.

한편 8명의 기사들은 이세벨의 죽음과 관련된 상황에 대해 저마다 진술했다. 실직중인 연극 배우들이 대부분이었으므로 더러는 과장된 열기로, 또는 너무 지겹다는 투로 마지못해 말하는 그들의 모습은 어쩔 수 없이 굉장히 연극적인 느낌이 들었다. 포트는 포동포동한 손을 쉴 새 없이 바꿔가며 팔짱을 낀 채 말없이 자리에 앉아 있었다. 브라이언 투 타임즈는 의자 끝에 걸터앉아 쭉 뻗은 다리로 콩콩 바닥을 울리고 있었다. 언제부턴지 베틸레이가 옆자리에 있었다. 브라이언의 푸른 눈동자는 초조와 분노로 이글댔다. 베틸레이가 그런 낌새를 차리자 그는 정말이지 경멸한다는 투로 말했다.

"영국 경찰의 실력이 어떤지 본때를 보고 있는 셈이군! 도대체 말장난들만 치고 있지 하는 일이 없지 않아. 참으로 한심스런 경찰이다!"

"그야, 저 사람들은 떠들기만 해도 그 뒤에는 수많은 사람들이 동원되어서 착실하게 일하고 있으니까요. 지문을 채취하고, 신원을 파악하고, 그 외에도 여러 가지 조사를 하지요. 저들은 아무렇지도 않은 표정들을 하고 있지만 실은 저마다 능구렁이가 서너 마리씩은 들어 있을걸요?"

베틸레이는 일부러 들으라는 듯이 덧붙였다.

"어떤 얼굴을 가장하든 나로서는 별로 신경 쓸 이유도 없지만서도요."

말속에 어쩐지 뼈가 들어 있는 듯하여 브라이언은 베틸레이의 얼굴을 빤히 들여다보았다.

"당신은 적어도 제제벨의 죽음을 크게 슬퍼하지는 않는 듯하군요?"

한 치의 물러섬도 없이 베틸레이는 브라이언의 눈길을 되받으면서 대꾸했다. "복수란 참 근사하군요!"

브라이언은 잠시 그 말의 의미를 되새김질하더니 이윽고 결론에 도달했다는 태도로 천천히 입을 열었다.

"그렇죠!"

베틸레이의 몸이 그에게로 바싹 기울었다. "조금 전부터 몇 번이나 말하고 싶었습니다만 혹시 제가 할 수 있는 일이 아직 남아 있다면?"

그는 야릇하게 머리를 움직였다. 당황한 기색으로 턱을 잡아당기면서 무언가 곰곰이 생각하더니 문득 고개를 들었다. 도무지 이해가 가지 않는다는 표정이었다.

"도대체 그럼 무엇을 하시겠다는 말입니까?"

"무엇이라뇨? 당신에게 도움이 되는 일을 말씀드리는 거죠."

"날 위한? 절 위해서 무슨 일을 하시겠다는 겁니까?"

"당신이 대열에서 선두였다고 말씀하셨지요, 좀 전에?"

그는 다시 턱을 내렸다. "그래요. 제가 대열의 선두였습니다. 당신은 저를 보고 말을 했다고 증언했죠."

"그거예요!"

"하지만 당신에게 그것을 증언해달라고 할 필요는 없습니다. 모두 알고 있으니까요. 제가 있었던 것을 말이죠. 무엇보다 그 사람은 더 뒤에 살해된 것입니다. 그때는 이미 난 무대에 나가 있었고요."

"그래요, 물론 잘 알고 있어요. 틀림없이 그랬지요." 그녀는 눈썹을 살짝 들어올리면서 일어나 가려다가 "난 그저 당신이 그걸 잘 알고 계셨으면 하는 것뿐이죠"라는 말을 남기고 사라졌다.

비드 형사부장이 노트를 손에 들고 8기사들의 증언을 모두 듣고 나자 찰스워드는 그들을 풀어주었다.

"이름과 주소도 받아두었고…… 당신들은 모두 돌 양과는 일과 관계없는 교제는 전혀 없었다고 알고 있겠습니다. 기껏해야 일 끝나고 술집에서 한잔하는 정도였고, 야외극 준비중에 한두 마디 건넨 게 고작이라고요. 그렇지만 미리 말씀드리겠는데 그 증언에 대해서는 우리들도 마땅히 참인지 거짓인지 조사할 것입니다. 혹시 달리 하실 말씀이 있는 분은 안 계십니까? 아니면 이것으로 OK입니까?"

기사들은 호국연극협회 덕분에 배우게 된 가성을 한층 더 갈고 닦아서 지당하신 말씀이라고 싹싹하게 합창하듯 소리 지르고서야 간신히 집으로 돌아갈 수 있었는데, 이것으로 자기들은 이 사건과는 아무 관계가 없는 입장이라는 것을 인정받게 된 셈이었다. 그 '살인 예고장'이 제물들에게 나뉘어졌을 때에는 그들 가운데 이 엘리시온 홀에 와 있었던 사람은 아무도 없는 것이다. 또한 오늘 무대 가장자리의 반원형 대열에서 벗어난 자도 없었고, 의심의 건덕지도 없는 용의자까지 강제로 끌어다 놓고 사건을 한층 더 복잡하게 할 필요는 없다고 찰스워드는 생각했다. 그러므로 풀어주는 것이 마땅했다.

경찰의가 검은 손가방을 들고 나타났다. 찰스워드는 사무실 밖에서 이야기를 나눴다.

"이런, 수고가 많네. 조사는 다 끝났나?"

"이제 겨우." 한 손으로 검은 가방을 빙글빙글 돌리면서 경찰의는 쾌활하게 대답했다. "그녀가 살았을 땐 품에 안는 맛이 그만이겠던 걸!"

"이제 와선 모두 의미 없는 일이야. 그런데 교살에 대한 보고서 말인데 절대 확실한가? 그게 사실이면 이쪽은 굉장히 어려워지거든. 못이나 뭔가에 베일이 걸렸다는 건 도저히 있을 수 없다고 생각하는군, 자네는? 저 보기 드문 철판 담쟁이가 여기저기 튀어나오게 박혀 있는데도 말이지? 그것도 엄청 굵은 것이 말이야."

"무릴세. 베일은 목에 휘감겨 있었는데, 아마 지문이 남지 않도록 하려고 조심한 듯하네. 그리고 그 베일 위로 어떤 자가 손으로 목을 졸랐네. 베일로 목을 조른 게 아니란 말일세. 그 덩굴줄기도 물론 아니고. 아! 그 줄기 말인데, 우리가 검사를 시작한 뒤로 자넨 아직 사체를 살펴보지 못했겠지? 실은 말일세, 움직여 보았더니 줄기니 뭐니 하는 온갖 잡동사니들이 함께 나왔다네. 그렇지만 사인은 손을 사용한 교살이 분명하네."

경찰의는 기분 좋게 가버렸다. 최소한 15피트는 떨어져 있던 11명의 인간들 중 어느 누가 무슨 방법으로 이세벨을 교살할 수 있을지 논증하는 문제 따위는 그와는 아무 상관도 없었기에.

콕크릴은 그 잡동사니라는 것이 무엇인지 보고 싶어서 엉덩이가 들썩거렸으나 한편으로는 파페튜어의 안부를 걱정하는 마음이 한결 강했다. 찰스워드는 용의자의 진술을 빠짐없이 받도록 비드 형사부장에게 지시를 내리고, 다시 한번 사체를 보러 밖으로 나갔다. 콕크릴은 물론 그를 따라 나갈 필요도 의무도 못 느꼈지만 그렇다고 이대로 남아서 형사부장에게 진술할 입장도 아니었으므로 슬며시 방을 빠져나가 스타머즈 경감을 찾아다녔다.

"무슨 뉴스라도?"

스타머즈는 고개를 저었다. "전혀. 집에도 안 돌아왔고 전화한 곳도 없고 조사한 바로는 친구 집에도 나타나지 않은 모양입니다. 게다가 이 건물 안에도 없어요. 적어도 이 근처는. 구석구석 빠짐없이 훑었는데도 말이죠."

"생사는?" 콕키는 무표정하게 물었다.

"어느 쪽도 확실하지 않습니다. 물론 여긴 숨을 곳이 많으니까 아직 희망을 걸고 있지만 말입니다."

"알겠어요, 알았다고요." 콕키는 울화가 치밀었다. '손자 녀석이 귀여워 어쩔 줄 모르는 할아비도 아니고 이거야 원!' 생각하니 자기 꼴이 더 우스워 그는 횡하니 돌아서서 걸어가 버렸다.

대기실을 지키고 있던 경관이 콕크릴이라면 당연히 자유롭게 출입할 권리를 가지고 있다고 생각했기 때문에 경감은 거들먹거리며 안으로 들어갔고 아치를 지나 무대로 나갔다. 전시회를 보러 온 구경꾼들의 호기심어린 시선을 차단하려고 사체에는 널빤지로 급조된 칸막이가 세워져 있었고, 찰스워드가 쪼그리고 앉아 진지하게 들여다보고 있는 참이었다. 콕크릴이 안으로 들어가니 힐끗 뒤돌아보았다.

"커크 양에 대한 뉴스라도 있습니까?"

"아니, 아무것도."

"앤더슨도 감감무소식입니다." 다시 한번 사체로 눈길을 돌리면서 찰스워드가 말했다. "이런 물건들이 나왔습니다."

기이하게 꺾여 있던 이세벨의 팔과 다리도 지금은 편안하게 쭉 뻗고 있었다. 목면으로 된 시트에 덮여 누워 있는 그 모습은 참으로 고요하고 침착해 보였다. 살아 있을 때라면 절대 이러고 가만 있지 않았겠지만 지금은 참을성 있게 얌전히 기다리고 있었다. 서늘하고 쓸쓸한 시체보관소로 자기를 데리고 갈 날을.

콕크릴은 무릎에 손을 짚고 몸을 구부렸다.

"뭐지, 이건? 밧줄인가?"

5피트 정도의 밧줄. 다른 하나도 같은 길이였다. 꼼꼼하게 꼬아놓은 튼튼한 밧줄로 양쪽에 비슷한 고리가 만들어져 있었다.

"사체를 뒤집을 때 스커트 밑에서 굴러 나왔답니다."

찰스워드가 설명했다.

콕키는 두 줄을 모두 집어 올려 매듭을 살펴보았다. 니코틴에 절은 손가락으로 빙글빙글 돌려가면서 가득한 호기심을 불태우고 있었다.

"흠! 참으로 암시적이군!"

"예에." 찰스워드의 대답은 크게 자신이 없어 보였다. 머리 위의 발코니를 올려다보면서 "밧줄을 던진다거나 하는 그런 용도는 아니었을까요? 14, 5피트 정도니까요. 기사가 깃발을 세우고 지나니까 밑에서는 아치의 높이가 적어도 12피트, 그리고 발코니가 3피트 이상, 여자의 목은 더 높아서 4, 5피트 이상이겠군요. 그럼 모두 합쳐서 에……" 하고 열심히 덧셈을 했다. "대충 20피트라고 보면 되겠군요. 적어도 말이지요. 그러니까 5피트짜리 밧줄이라면 도저히 불가능하군요. 게다가 매듭이 2개나 있는 것도 꽤 이상하지 않습니까?"

"참으로 복잡하군!" 콕키의 눈에는 한줄기 빛이 떠올랐다. "그러나 중요한 문제겠지. 아치 양측의 기사들은 앞발을 높이 든 자세로 서 있는 말 위에 있었으니까 그들의 높이로…… 어디 보자…… 어깨에서 한 9피트쯤 될까? 팔을 들어올리면 거리는 더 좁아지겠지. 그리고 그 밧줄을 위로 던진다. 밧줄은 5피트, 그리고" 잠시 생각하더니 "그렇지만 이 줄은 아직 새것이어서 저토록 선명한 녹색 담쟁이덩굴이라면 흰색은 단박에 표가 날거야. 아니, 라이트가 아직 담쟁이를 비추지 않았을지도 모르지. 구경꾼들은 기사들만 바라보았을 테니까."

"그렇군요." 찰스워드는 점점 흥분했다. "절묘하군! 어떻게 생각하십니까, 경감? 그런 일이 가능할까요?"

콕키는 전혀 동요하지 않았다. "물론 사인은 손을 사용한 교살이고 그것은 어떤 제한된 조건을 일컫는 것이겠지. 하지만 당신의 생각도 불가능한 것만은 아니겠지. 만약 이 밧줄로 어떤 방법을 쓸 수 있었다면 말이오."

두 사람은 동시에 손에서 꿈틀거리는 밧줄을 눈앞에 떠올리며 잠시 숙연해졌다. 이 굵은 밧줄 끝이 몇 가닥으로 갈라지면서 가느다란 손가락이 되어 따뜻하고 통통한 목을 칭칭 얽어매면서 파고드는 광경을.

문제의 밧줄을 본래대로 종이에 싸면서 찰스워드는 조금 기운이 빠지는 듯이 말했다.

"그렇다면 이 두 개의 밧줄은 도대체 어디에 쓰인 걸까요? 이상한 노릇이군! 사체와 함께 떨어진 건 분명해 보이는데……." 잠시 후 조금 기운을 되찾았다. "범인이 예비로 들고 왔던 것일 수도 있겠군!"

이 범죄에 '예비' 같은 건 아마 없을 것이라고 콕크릴은 생각했다.

"뭐 다른 건 없소?"

"여기, 이겁니다." 찰스워드는 작은 셀로판 봉투를 호주머니에서 끄집어냈다. 타이프로 친 종이 한 장이었다. 단지 이번에는 X표니 그림이 안 들어 있는.

"놀랍게도 이건 시랍니다! 아니, 운문이라고 해야 옳을까?"

"그 정의는 일단 넘어가고 들어나 봅시다." 콕키는 재촉했다. "BBC 제3방송 담당자도 아니니 말이오."

"이미 모두 암기해버렸지요."

찰스워드는 가락까지 붙여서 낭랑하게 읊었다.

오, 아름다운 이세벨!

그대를 찬양하는 자
남몰래 간직한 뜨거운 사랑을
살며시 그대에게 전하노라.
보잘것없는 이 선물을 보낸 사람은 누구?
그 이름은 왼편에 늘어선 수수께끼의 기사!

시를 암송한 그는 콕크릴을 뚫어져라 쳐다보았다.
"이것을 어떻게 이해하시렵니까?"
"실로 암시적이군!" 콕크릴은 또 그렇게 말했다.
"이세벨의 왼편에 늘어선 기사라면 얼 앤더슨이겠군요?"
콕키는 귀를 긁적였다. "해석을 어떻게 하느냐에 달렸겠지. 정면에서 왼쪽인지 이세벨을 기준으로 왼쪽인지."
찰스워드는 머릿속으로 시 구절을 다시 한번 읊어보았다.
"아! 딴은 그렇군요."
그는 사체를 덮고 있는 시트를 제치고 보기에도 참혹한 이세벨의 얼굴과, 허공을 잡고 있는 통통한 손을 애처롭게 바라보았다. "죽은 카나리아 같지 않습니까? 새장 바닥에서 발톱을 오므리고 쓰러져 있는."
은빛 의상의 주름에 가려 있던 이세벨의 유일한 장신구인 다이아몬드 브로치가 가슴에서 반짝 빛을 던졌다.
"이 종이는 가슴속에서 나왔어요."
"꽤 험하게 다뤘군!" 콕크릴은 엄격하게 꼬집더니 셀로판 봉투를 곁눈질하면서 물었다. "무슨, 이를테면 핀 구멍 같은 것은 없었소?"
찰스워드는 깜짝 놀란 듯 상대를 빤히 보고 있더니 "아! 예. 2개. 아마 가슴에서 종이를 끄집어낼 때 이렇게 찢어진 모양입니다만……"

"흠! 실로 암시적이군!!" 되풀이하는 콕키.

'그토록 암시적이라면서 위대하신 선생께선 왜 그 이유는 말해주지 않는 거야?' 울컥 반감도 일었지만 찰스워드는 그런 감정 따윈 속으로 삼키고 생뚱스럽다는 듯이 그저 눈썹만 들어올렸을 뿐이다.

"이게 중요한 포인트라고 생각하시는군요?"

"아마 결정적인 포인트라고 봐야겠지"

찰스워드는 드러내놓고 비웃었다.

"이걸로 범인을 알 수 있다는 말입니까?"

"물론."

콕키는 그의 얼굴을 쳐다보면서 태연하게 대답했다. "이 시를 정확하게 판단하면 범인이 누군지 알 거요. 그리고 15피트나 떨어져 있으면서 무슨 수로 이세벨의 목을 양손으로 조를 수 있었는지 하는 것도. 하여간 누가 범인이 아닌지는 이것이 명확하게 가리키고 있구려. 그리고 앤더슨을 어디서 찾아야 할 것인가 하는 새 방법도 말이오."

그는 다시 쭈그리고 앉아 시트로 사체의 얼굴을 본래대로 가렸다. 그러나 그의 손과 머리는 따로따로 움직이는 듯했다.

"반드시 그렇다는 말은 아니네. 이 살인의 유일한 방법이 꼭 하나만은 아니니까 말일세. 대충 생각해봐도 하나, 둘, 셋…… 그래, 일단 세 가지는 되겠군. 그러나 이 밧줄과 종이쪽지와 브로치와 특히 이 시, 이것을 종합해보면 역시 어떤 특정한 선이 나오게 되지. 특히 이 종이에 핀 구멍까지 있으니 더욱 말일세. 따라서 적어도 아주 중요한 단서라는 것은 분명하지."

나달나달한 펠트 모자를 새하얀 은발로 뒤덮인 커다란 머리에 갖다 붙이듯 아무렇게나 올려놓더니 콕키는 가든가든 날렵한 태도로 가버렸다. 시건방진 풋내기야. 이제야 나를 알아보겠느냐는 듯이.

중앙 복도를 급히 달려온 한 경관이 분장실 바로 앞에서 콕크릴을 붙들었다.
"경감님, 발견했습니다! 스타머즈 경감이 기다리십니다."
말이 끝나기 무섭게 왔던 길을 되돌아 미로 같은 통로를 빠져나가다가 어둡고 작은 어느 방의 출입문을 활짝 열었다.
스타머즈의 지시 아래 무대 배경에 사용되었던 안쪽 벽에 세워진 무거운 널빤지를 남자들이 셋이나 덤벼들어서 들어올리는 참이었다.
"이봐, 조심해. 넘어지면 큰일 나. 그래, 어, 위험해! 조심하라는 소리 안 들려? 바보 같으니!"
거미줄투성이인 어두침침한 구석진 벽에서 짙은 녹색 벨벳망토로 둘둘 말려 있는 커다란 짐짝 같은 것이 나뒹굴고 있었다.
실로 감쪽같은 장소였다. 몇 번을 들여다보았다 한들 어지간해선 그 짙은 천 아래 내밀어진 가늘고 흰 손가락은 좀처럼 눈에 들어오지 않았을 것이다.

6

 포트의 작은 사무실에서는 베틸레이, 포트, 마더디어가 번뜩이는 둥근 의자에 앉아 돌아가도 좋다는 허락이 떨어지기를 염원하는 얼굴로 말없이 기다리고 있었다. 브라이언 투 타임즈는 우리 속 사자처럼 좁은 사무실 안을 왔다갔다하면서 안절부절못했다.
 "영국 경찰들이란 정말! 뭐가 빌어먹을 훌륭한 경찰력이야! 2시간이나 지났건만 도대체 무엇 하나 해결도 못하면서. 정말 미치겠군, 이런 젠장!"
 브라이언이 한번만 더 '미치겠군, 이런 젠장!'을 되풀이하면 베틸레이가 진짜로 돌아버릴 그런 지경이었다.
 "여기 갇혀서 한 발짝도 밖으로 못나가다니, 이거야 원 입석표를 들고 기차를 탄 것도 아니고!" 문을 열고 목을 내밀어 보초를 서고 있는 경관에게 벌써 열 번도 넘게 같은 불평을 해댔다. 보초를 맡은 경관 역시도 '자기는 그저 명령대로 할 따름이니 어쩔 도리가 없다'는 소리만 앵무새처럼 되뇌었다.
 찰스워드가 젊고 튼튼한 팔로 파페튜어를 가볍게 안고 나타났다.

퉁퉁 부은 얼굴을 한 콕크릴이 그 뒤를 따랐다. (팔 힘 따위가 무슨 소용이야! 문제는 머리라고 소리라도 지르고 싶은 심정일 터였다)
"여기 내리게."
유일한 팔걸이의자를 끌어와서 코키는 망설일 틈도 주지 않고 명령을 내리면서, 무슨 일인가 하고 몰려드는 구경꾼들을 밀어냈다. "괜찮아! 기절했을 뿐이니까. 집채만한 망토로 빙빙 감겨서 질식하기 일보 직전이었어, 가엾게스리."
갈색으로 절은 손가락을 물주전자에 찔러 넣더니 찰싹찰싹 경쾌한 소리를 내며 파페튜어의 얼굴을 두들겼다.
"자, 정신 차리렴. 어서 눈을 떠보라니까."
파페튜어가 축 늘어진 머리를 움직여 안도와 신뢰를 담아 그의 팔에 뺨을 비비니, 콕키는 한 손으로 그녀의 어깨를 감싸고 가볍게 토닥였다.
"분장실에 갇혀 있더구나. 산더미처럼 세워진 널빤지 그늘에 박혀서 말이야." 흘깃 브라이언을 노려보면서 퉁명스럽게 덧붙였다. "자네가 그랬다고 하던데?"
"내가?"
브라이언은 눈이 휘둥그레지면서 한동안 뒷말을 잇지 못했다.
여전히 번쩍번쩍하는 갑옷을 입고 흰 망토를 걸치고 투구를 옆구리에 낀 채 한 손으로 금발을 움켜쥐고 있는 그 모습은 장소와는 너무도 어울리지 않았지만 참으로 당당하고 아름다웠다.
"도대체 내가 왜 그녀를 가둡니까? 뭣 때문에 그런 짓을?"
파페튜어는 콕크릴의 팔에 기대고 있던 얼굴을 돌려 그를 올려다보았다.
"저 사람이 틀림없어요! 절대로 확신해요. 뒤에서 망토를 씌워 빙빙 감고는 질질 끌고 가더니 그 끔찍한 구석으로 밀어넣었다구요. 그리고…… 그리고는 '다쉬 오마'라고 했어요. 진짜예요! 저 사람은 '다시 오마'라고 해야 할 때면 늘 '다쉬 오마'라고 하잖아요? 저 사람이 분명해요." 부르르 몸서리를 치면서 그녀는 눈을 감아버렸다. 다시금 그 공포가 떠올라 머릿속이 하얗게 된 것이다.

브라이언은 지금이라도 얼굴 살을 찢고 터져 나올 듯한 굉장한 분노를 드러냈다.

"내가 어디로 끌고 갔다고? '다쉬 오마'라는 소리를 했다고? 참 환장하겠네! 우선, 첫째로, 무엇보다, 저 여자가 이세벨에게 뭐라고 하는 걸 보고 나서는 더 이상 얼굴도 마주치지 않았는데? 그때면 이미 난 말을 타고 무대로 나갈 순서를 기다리고 있었어. 야외극이 끝날 때까지 한번도 말에서 내려온 적이 없어."

"저는 복도로 되돌아갔습니다." 브라이언을 무시하면서 파페튜어는 이야기를 계속했다. "분장실을 차례로 들여다보면서 미처 준비가 덜 된 기사들을 채근했지요. 그때 어떤 사람의 목소리가 분장실에서 흘러나왔습니다."

그녀는 괴로운 듯 큰 숨을 들이키더니 갑자기 소리를 빽 질렀다.

찰스워드가 친절하게 물이 담긴 컵을 건네주었다. 콕키는 거칠게 응원했다.

"자, 정신을 바짝 차려야 해. 어서 얘기를 계속해 보렴."

"죄송합니다. 그 사람은 저를 부르고 있었습니다. '파페튜어'라고 했는지 '커크 양'이라고 했는지는 잘 기억이 나지 않지만, '갑옷을 입어야 하는데 좀 도와주십시오. 혼자서는 영……' 하고 말했습니다. 물론 저는 조금도 이상하게 생각하지 않았습니다. 누구랄 것 없이 갑옷은 입을 때마다 한바탕 소란이 일어나는 법이니까요. 그래서 보통 때도 늘 도와주곤 했더랬어요. 그래서 서둘러 복도로 달려가 그 분장실로 들어갔습니다. 그제야 이상하다는 생각이 들더군요, 늘 사용하는 분장실과는 조금 다르다는 것을 깨달은 것이지요. 온갖 물건들이 나뒹굴고 있어서 굉장히 좁았거든요. 그렇지만 갑옷을 걸치고 투구를 쓰고 얼굴 가리개를 내린 한 사람이 서 있기에 얼른 입히려고 다가갔는데 느닷없이 끌어안더니 머리에서부터 두꺼운 천을 뒤집어씌운 것입니다."

"그랬군! 그럼 내 얼굴을 본 건 아니잖소?"

브라이언이 되물었다.

"당연하지 않습니까? 얼굴 가리개가 내려와 있었는걸요. 그렇지만 소리를 들었어요. '다쉬 오마'고 하는 말을요. 당신 목소리를 내가 모를 줄 알았어요?"

그는 험악한 그녀의 표정에 아연실색해서 파페튜어를 물끄러미 바라만 보았다. 한참 후에 그는 입을 열었다.

"내 목소리는 누구라도 흉내낼 수 있을 겁니다. 나는 발음이 이상하니까요. 그렇지만 도대체 누가 내 목소리를 흉내낼 필요가 있겠습니까?"

파페튜어는 이번에도 그의 말은 들은 척도 하지 않았다. 그 무섭고 끔찍한 경험을 이 자리에서 하나도 남김없이 털어놓지 않으면 안 된다는 놀라운 충동에 휩싸이기라도 한 듯이, 만약 이대로 가슴에 담아두면 미쳐버리기라도 할 것처럼 그녀는 숨도 쉬지 않고 단숨에 쏟아놓았다.

"저 사람이 나가는 것은 듣지 못했습니다. 너무 뜻밖의 일이어서 정신도 없었고, 내던져진 충격에 멍해져 있었나 봅니다. 게다가 머리에 뒤집어씌운 두꺼운 천도 있었구요. 어떻게 해서든 헤어나고 싶었지만 아무 소용없었습니다. 그저 기사 한 사람이 말을 타고 복도를 지나가는 소리가 났고, 또 한 사람이 그 뒤를 따르고 있는 듯한 소리가 들렸을 뿐입니다. 그래서 정신없이 소리를 질렀지만 망토 때문에 전혀 들리지 않았던 모양입니다. 게다가 저 사람이 행여 문 밖에 있을지도 모른다는 생각을 하니 무서워서 더 이상 소리칠 수도 없었어요. 되돌아오면 그걸로 끝이라고 생각했기 때문입니다. 그 뒤 한동안 쥐 죽은 듯이 고요했습니다. 그런데 누군가가 불고 있는 낮은 휘파람 소리가 들려왔습니다. 그러고 나서는 문을 두드리는 격렬한 소리가 꽤 먼 곳에서 들려왔고, 그리고, 그리고 다시 저 사람의 목소리가 들려왔습니다. 무, 무슨 말을 하는지는 분명치 않아서 잘 알아들을 수가 없었습니다. 그러나 틀림없이 같은 목소리였습니다." 그리고는 콕크릴의 어깨에 몸을 기댔다. "그 소리를 들으니 온몸이 떨려서 아무 것도 할 수가 없게 되었는데 너무 무서워서 아마 그대로 기절해버렸던 모양입니다. 그 뒤에 일어난 일은 아무것도 기억하지 못합니다."

콕크릴은 이 이상 브라이언의 입을 막아두면 분노와 경악이 걷잡을 수 없어지리라 생각했다.

"이런 어처구니없는 일이 또 있을까! 내가, 내가 왜 그런 짓을 해야 하쥐? 그녀에게 내가 왜 그런 몹쓸 짓을 해야만 하냐고?"

그야말로 중상을 입고 길길이 날뛰는 곰과 똑같았다. 푸른 두 눈은 이글이글 불길을 내뿜고, 너무 흥분해서 머리칼마저 곤두서 있었다.

"내 목소리를 흉내내는 건 식은 죽 먹기보다 더 쉽다니까!"

"그러고 보니 당신은 그 목소리가 어쩐지 입 속에서 웅얼거리는 듯하다고 말했지요?"

수잔 베틸레이가 파페튜어에게 물었다. 그녀는 브라이언 투 타임즈의 치켜 올라간 얼굴에서 한시도 눈을 떼지 않고 있었던 것이다.

찰스워드는 조금 전부터 상당히 흥분한 기색을 보였다.

"그럼, 누군가가 브라이언 씨의 목소리를 흉내내보지 않겠어요? 시험삼아 말입니다."

"그건 즉 모든 기사들이 그럴 기회를 가지고 있었다는 말이 되지요."

기다렸다는 듯이 수잔 베틸레이가 곧바로 항의했다. "전부가 말이에요. 그 무렵 대기실 안은 전쟁터나 다름없었거든요. 기사들로 꽉 찬 통조림처럼, 콩나물시루나 매한가지였어요. 11명이나 되는 기사들이 죄다 말을 타고 있었으니 대체로 어떤 모양새였을지 충분히 짐작되시겠지요, 경감님? 게다가 말들은 한시도 가만히 있지를 못하고 앞으로 나가려 하거나, 말굽을 울리거나, 목을 흔들죠. 어디 그뿐입니까? 기사들 대부분이 말을 잘 다루지 못해서, 그 가운데는 마지막 순간까지도 고삐만 움켜쥐고 입만 딱 벌리고 있는 사람도 있었을 정도니까요. 하여간 그곳은 사람과 말로 몸도 쉽게 못 틀 정도였습니다. 누가 누군지, 어떻게 알 도리가 있겠습니까?"

"망토 색으로 구별할 밖에는?"

무언가 그것과 관련된 어떤 기억의 휘장을 펼치려고 하는 것처럼 거기에는 콕크릴 경감의 잠재의식을 건드리는 특별한 울림이 있었다. 색과 관련된 어떤 것, 기사들을 구별하는 방법과 관련된 그 무엇이…… 그러나 어느 틈엔지 그것은 다시 단단한 껍질 속으로 숨어버렸다. 베틸레이는 속사포처럼 일방적으로 떠들기 시작했다.

"물론 망토 색으로 구별할 수도 있겠지요. 어느 기사든 제 앞사람의 망토 색만으로 알아보았으니까요. 그러니 선두에 선 사람이 아치에서 나와 장소가 좀 넓어지면, 뒤에 남은 사람들은 저마다 정해진 위치에 갔던 것입니다. 망토는 하나하나 색깔이 달랐으니까요."

찰스워드는 파페튜어에게 몸을 돌렸다.

"그 분장실에 있던 기사는 망토를 걸치고 있었습니까?"

"어깨에 걸치고 있었습니다."

파페튜어는 증오에 찬 눈길로 브라이언을 노려보았다.

"하얀 망토였어요. 바로 당신 색깔이잖아요!"

한순간 고무풍선에 뚫린 구멍으로 푸시식 바람이 새면서 모두의 눈앞에서 쭈그러드는 그런 분위기로 바뀌었다. 그러나 그 구멍은 곧 저절로 막혔고, 풍선은 다시 탱탱하게 부풀어올랐다.

"그 망토가 혹시 안을 겉으로 뒤집어놓은 것이 아니었습니까? 안은 모두 하얀색이니까요." 브라이언은 갑자기 몸을 돌려, 좀 전부터 입도 뻥긋하지 않은 채 안타까운 표정으로 파페튜어만 가슴 아프게 지켜보고 있는 마더디어의 얼굴을 지긋이 들여다보았다. "넌 왜 아무 소리도 않고 있지? 의심받고 있는 건 나와 너, 단 둘뿐이라고! 얼 앤더슨은 사라졌어. 그러나 만약 그자가 여기 있었다면 의심받을 사람은 너와 나, 그리고 얼 앤더슨이겠지. 자네 망토는 청색, 앤더슨은 빨강, 그러나 속은 다 흰색이니까."

"굳이 되풀이할 필요도 없는 말이지만 커크 양을 말고 있던 망토는 짙은 녹색이었네."

아무래도 콕크릴 경감에겐 무슨 꿍꿍이가 있어 보였다. 그럼에도 불구하고 다시 '실로 암시적'이네 뭐네 능청을 떨면서 저 혼자 기쁨에 넘쳐 있다면 참으로 가만두지 않겠다고 찰스워드는 단단히 벼르면서 계속 곁눈질을 했다.

마침내 이세벨의 사체가 실려갔다. 지문, 발 모양, 측량, 사진 같은 갖가지 조사가 비로소 끝이 난 것이다.

"여러분 모두 무대로 나와 주십시오. 베틀레이 양에게 돌 양이 떨어진 뒤에 일어난 사실을 다시 한번 처음부터 끝까지 재현해 보이고 싶어서요." 찰스워드가 말했다.

베틀레이가 앉아 있던 동그란 작은 의자는 아직도 대기실 문 밖에 그대로 남아 있었다.

"기사들이 한 사람도 빠짐없이 무대로 나가는 것을 보고 바깥에서 대기실 문에 자물쇠를 걸고 자리를 지키기 위해 의자에 앉았습니다. 나팔이 울리고, 철커덕거리며 쇳조각들이 부딪히는 소리를 내면서 기사들이 무대로 나가는 소리가 들렸습니다. 모두가 무대에 나가고 나서는 거의 아무 소리도 들리지 않았습니다. 한참 후에——아마 한 12분쯤 지났겠지요——돌 양이 등장하는 곡으로 바뀌었는데 갑자기 중간에서 음악 소리가 딱 멈추더군요. '아아, 드디어 연설이 시작될 모양이군!' 하고 저는 짐작했습니다. 그런데 어디선가 희미하지만 날카로운 비명소리가 들려왔습니다."

"구경하던 어떤 여자였지!" 콕크릴이 고개를 끄덕였다. "기억나."

"그러자 곧이어 말굽소리가 대기실에서 난다고 생각했는데, 털썩하고 뭔가가 떨어지는 소리가 들려왔습니다. 그리고 사람이 움직이는 기척이 났습니다. 저는 도대체 무슨 일일까 하고 대기실 문을 열려고 하였습니다. 바로 그때 브라이언 씨가 입구로 와서 안에서 문을 열었습니다. 투구는 쓰지 않았고, 한 손은 이마에 대고 얼이 빠진 얼굴을 하고 있었습니다.

그리고 열에 들떠서 하는 헛소리처럼 이렇게 얘기하더군요. '발코니에서 뭐가 떨어지는 바람에 말이 이리로 뛰어들었다'고요."

브라이언은 도저히 가만히 듣고 있을 수만은 없다는 내색을 보였지만, 찰스워드가 이야기를 계속하라고 재촉했기에 그녀의 빠른 말투는 계속 이어졌다. 두 사람의 눈길을 피하면서.

"제가 '뭐가 떨어졌는데요?'라고 물으니 틀림없이 이세벨 같다고 했는지 이세벨밖에 더 있느냐고 했는지 하여간 그런 대답을 했습니다. 한마디로 넋이 나가서 제정신이 아니었습니다. 저는 대기실로 들어가 안에서 문을 잠갔습니다. 대기실을 지나고 있을 때 앤더슨 씨, 그러니까 적기사를 만난 것입니다. 아마 우리는 '무슨 일입니까?'라는 그런 비슷한 물음을 했을 것이고, 그 사람은 그저 '이세벨이 죽었어'라고만 하면서 그대로 나가버렸습니다. 그는 손으로 얼굴을 감싸고 있었습니다.

우리는 그대로 아치로 가긴 했습니다만 무대로 나서도 될지 어떨지 판단이 잘 안 서서, 그곳에서 슬쩍 옆으로 돌아서 탑으로 들어가 돌 양이 있는지 없는지를 먼저 찾아보았습니다. 돌 양의 모습은 보이지 않았습니다. 그래서 틀림없이 떨어졌다고 믿었습니다. 내려와 보니 브라이언 씨는 탑 입구에 기대어 저를 기다리고 있었습니다. 온몸의 힘이 다 빠져버린 모습으로. 하지만 억지로 기운을 차려 저와 함께 무대로 나갔습니다."

비록 엄청난 속도로 이야기를 했지만 한 마디 한 마디 충분히 되씹어 확인하면서 주의를 기울이고 있는 것이 역력했다. 또한 브라이언의 눈길도 피하고 있었다.

그러나 브라이언 투 타임즈는 더 이상 입을 다물고 있을 수가 없는 모양이었다. 눈은 흥분해서 희번뜩였고, 번쩍번쩍 빛나는 단단한 갑옷 사이로 살짝 드러난 목둘레에는 굵은 핏줄이 일어나서 벌레처럼 꿈틀거리고 있었다. 엄격하고 도전적이며 다소 납득할 수 없다는 눈초리로 수잔 베틸레이 앞으로 걸어나왔다.

"도대체 무슨 말입니까? '나는 문을 열려고 했습니다' '브라이언 씨가 와서 안에서 문을 열었습니다'라뇨? 말도 안 돼! 거짓말에도 분수란 게 있는 법이오. 당신이 쾅쾅 문을 두들기면서 덜컹덜컹 흔들쥐 않았습니까? 그래서 내가 다가갔던 거요. 문은 안에서 잠겨 있었고요. 나는 고리를 풀어 당신을 들어오게 했쥐요, 그렇지 않습니까?"

이번에는 찰스워드를 보면서 브라이언은 말했다.

"제 말은 깜짝 놀라서 겁을 먹고 바지랑대처럼 꼿꼿이 서버렸습니다. 저는 발코니 바로 밑에 있었거든요. 시체가 말꼬리의 아슬아슬한 곳에 떨어졌던 게 틀림없습니다. 말은 벌떡 몸을 일으키고 두세 번 푸르릉거리더니 느닷없이 앞으로 내달렸습니다. 나는 말타기가 익숙합니다. 그렇지만 얄궂은 갑옷을 걸치고 있어서 몸놀림이 자유롭지 못했습니다. 말이 아치를 빠져나갔을 때에 그만 말에서 떨어졌던 모양입니다. 정신을 차려보니 대기실 바닥에 나뒹굴고 있었죠. 머리에는 커다란 혹이 솟아 있었고요. 말은 태연한 얼굴로 제 옆에 서 있었어요. 마치 '당신 지금 뭐 하오?' 하며 묻기라도 하는 얼굴로. 문이 쾅쾅 울리고 있었습니다. 또다시 머릿속이 띵해졌지만, 문 두들기는 소리가 나면 자동적으로 달려가 여는 게 인지상정 아닙니까? 저도 당연히 그렇게 했습니다. '무슨 일입니까?' 하면서 말입니다."

브라이언은 턱을 잡아당기고 이마 너머로 베틸레이 양을 노려보았다.

"왜 지금 와서 '내가 문을 열려고 했다'는 그런 어처구니없는 거짓말을 하는 겁니까? 문은 자물쇠가 걸려 있었습니다. 밖에 있는 베틸레이 양이 절대 열 수 있는 문이 아닙니다."

수잔 베틸레이는 역습했다.

"그럼 말씀드리겠는데, 자물쇠를 채운 것은 누굽니까?"

그는 과장되게 어깨를 들썩였다. "어쨌든 난 아니오."

"그렇지만 그 문이 안에서 자물쇠가 채워진 적은 한번도 없어요." 그녀는 찰스워드를 보면서 말했다. "그런데 이번에만 특별히 그렇게 했던 모양이군요?"

찰스워드는 생각했다. '도대체 왜 이리 지리멸렬하지!'

콕크릴 경감은 의미심장하게 베틸레이를 응시했다. "무슨 일이 생겼는지 보려고 대기실로 들어왔을 때, 안에서 문을 잠갔다고 말했지요?"

"그러는 게 좋을 것 같아서요. 무슨 변고가 있었다면, 아무나 뛰어들어서는 곤란할 것 같아서요."

콕키는 갑자기 포트의 얼굴을 쳐다보았다.

"그럼 당신은 어떻게 해서 대기실로 들어갔습니까?"

포트의 토실토실한 볼에서 피란 피는 단숨에 자취를 감추었다.

"저 말입니까? 저는…… 그러니까 저는…… 말하자면…… 그…… 객석에서 보고 있었는데, 이세벨 양이 떨어지는 것을 보고……."

"앤더슨 씨가 나가면서 자물쇠를 풀었겠지요. 포트 씨가 들어온 것은 그 뒤니까." 찰스워드가 끼어들었다.

콕크릴은 티 없이 맑고 밝은 이 덜떨어진 청년의 숨통을 단번에 끊어놓고 말 듯한 무시무시한 눈초리로 그를 노려보았다. 찰스워드는 태어나서 사람에게서 그런 눈길을 받아본 건 처음이었다.

"흥! 고맙구면. 그쯤이야 나도 생각했지. 그러나 포트 씨가 과연 똑같은 대답을 해줄지 어떨지 확인하고 싶었을 뿐이었네."

포트는 어찌할 바를 모르고 손만 문지르면서 거의 풀이 다 죽은 목소리로 똑같은 소리를 되풀이했다.

"저는 객석으로 나와 연극을 보고 있었습니다. 이세벨 양이 떨어지는 것을 보았습니다. 정신없이 무대 뒤로 달려갔습니다, 복도를 지나 대기실로. 문은 잠겨 있지 않았습니다. 밀었더니 열리길래 대기실을 지나 무대로 나갔던 겁니다."

"앤더슨 씨가 나오는 걸 보셨지요?"

"아닙니다. 아무도 만나지 않았고 보지도 못했습니다." 버선목처럼 뒤집어 보이지도 못한다는 답답한 얼굴로 그는 여전히 손을 비비면서 거의 울상이 되어 대답했다. "가엾은 이세벨!"

그때 베틸레이가 갑자기 지금까지 평온을 가장하고 있던 표정을 벗어던졌다. 분노로 이글거리는 갈색 눈동자, 불끈 힘주어 잡고 있는 가무잡잡한 손, 앞으로 쑥 내민 단단하게 각진 턱, 그녀의 얼굴에는 증오가 생생하게 떠올랐다. 강한 턱, 일자로 꼭 다물린 보기 좋은 입술의 선, 뼈가 튀어나오도록 움켜쥔 주먹에는 깜짝 놀랄 만치 남자 같은 분위기가 엿보였다.

"가엾은 이세벨이라구요! 차라리 가엾은 제제벨이라고 하는 게 어때요? 얼 앤더슨은 늘 그렇게 부르잖아요. 하긴 그 여자는 제제벨이라 불리는 게 훨씬 잘 어울리죠. 뿌린 대로 거둔다고 그런 꼴을 당해도 아무럼, 싸고말고요! 온갖 짓을 다 당했으면서도 이제 와서 새삼스레 슬퍼할 필요가 있나요, 포트 씨? 그 여자가 당신을 어떻게 만들었는지는 그 누구보다 본인이 더 잘 알잖아요? 나이도 지긋한 양반이 그런 여자의 꽁무니나 쫓아다니다니!

조지 엑스마우스 군, 너도 피해자지? 아직 세상의 더러움을 모르는 순결한 청년 앞에서 그 여자는 저속한 교태를 자랑했으니까.

파페튜어 커크 양, 당신 또한 아무리 미워해도 분이 풀리지 않을 만큼 원한을 갖고 있을 거예요. 제 하고 싶은 대로 이리저리 끌고 다니다 앤더슨 같은 사내에게 냉큼 밀어붙였으니…… 하여간 단 한번이라도 좋은 일을 한 적이 없는 여자라구요. 모두 그 여자의 피해자들 아닌가요? 조니가 무슨 짓을 당했는지 다들 잘 알고 있잖아요!"

목소리가 갈라지더니 마침내 그 목소리 속에 눈물이 스며들었다. 그러나 그녀는 다시 한번 목청을 높여, 증오를 가득 담아 난폭하게 부르짖었다. 그 목소리에는 엄청난 고통과 함께 대단한 자부심이 깔려 있었다.

"그 여자는 푹푹 썩어버린 쓰레기이자 탐욕스럽고 냉혹하며 또 부도덕한…… 어떻게 그런 '가엾은 이세벨'이라는 소리가 다 나오세요? 그 여자는 말 그대로 '제제벨'이에요. 아무리 죽었다고는 하지만 그런 여자가 없어져서 난 정말 속이 후련하다구요."

그리고는 홱 등을 돌린 채 걸어가서 손으로 얼굴을 감싸고 한동안 꼼짝도 하지 않았다.

"제제벨이라!"

콕크릴 경감은 저 높은 곳에 있는 작은 창과 발코니를 물끄러미 바라보았다. 그러더니 "여기, 제제벨 높은 탑에 올라"라고 갑자기 낭독조로 "곱게 화장하고 정성 들여 머리를 빗어 올리고는 창 밖으로 내다보는데" 하면서 만감이 교차하는 표정으로 주위의 얼굴들을 차례차례 둘러보았다.

비드 형사부장의 눈이 빛났다. "그들이 곧 이를 아래로 떠밀었구나.——경감님, 분명히 세 내시들이었지요, 여기서 그들이라고 하는 것은?——그 피, 벽에 튀어서 철철 흘러내리고, 말은 곧장 그 몸을 짓밟고 지나고, 개가 몰려들어 그 살을 먹으리라. 남은 것은 해골과 손바닥과 발뒤꿈치뿐이더라 *(구약성서에 나오는 제제벨의 죽음과 관련된 설화를 인용함)*."

"늘 이상한 곳만 먹다 남기는군!" 찰스워드가 말했다. "발뒤꿈치만이라니? 그냥 다 먹어치우지 않고……."

"말이 시체 위를 밟고 지났다고 하는 구절은 틀립니다."

브라이언이 나섰다.

"하긴!" 그 의미를 곰곰이 생각하던 콕키는 고개를 끄덕였다.

"말은 절대로 시체를 밟지 않는다지?"

비드가 면목 없는 얼굴을 했다. "게다가 피도 나오지 않았습니다"라고 자신이 너무 앞질러 간 것을 솔직히 인정했다. 그리고 떨떠름한 얼굴로 "또 개도 없었고"라고 덧붙였다.

"내시도 그렇지?"라고 지적하는 찰스워드.

"참 가관이군!"
브라이언이 윙윙 울리는 목소리로 입 속에서 중얼거렸다.
전시회의 손님들도 어느덧 그 수가 줄어들었다. 실로 놀라운 하루였다. 집에 도착하자마자 틀림없이 가슴을 칠 게 뻔한 불필요한 물건을 산더미처럼 사들이느라 지쳐버린 여자들은 한바탕 쏟아져 내리는 여름 소나기를 피해 앞다투어 버스에 올랐다. 그 뒤에는 당장이라도 울화통이 터져 버릴 것 같은 얼굴을 한 남편들이 '오! 정말 멋져'라고 찍혀 있는 육두구(肉荳蔲, nutmeg) 씨앗을 가루 내는 기구며 '아! 너무너무 잘 들어'표 레몬 자르는 칼이니 하는, 그 밖에도 여러 가지 최상급 형용사가 붙어 있는 갖은 편리한 기구들을 산더미처럼 끌어안고 북적대는 인파를 헤치는 데에만도 고생이 이만저만 아니었다. 젊은 여자 판매원은 오늘 매출과 수수료를 놓고 직원과 한바탕 입씨름을 벌였고, 실제로 공연하는 팀들은 꽃시계가 10시를 가리키면 바로 돌아갈 수 있도록 싹싹 주위를 정리하고 있었다. 이 시계는 10분 정도 늦었다 빨랐다 하므로 아침은 아침대로 또 저녁은 저녁대로 모두 제 좋을 대로 해석해서 시간을 벌겠다는 속셈들이었다.
무대를 가렸던 가리개도 이제 모두 실려 나가는 중이었다.
"이제 그만 돌아가시는 게 좋겠군요, 여러분."
찰스워드는 굶주림과 피로로 축 늘어져 있는 사람들에게 말했다. "오랜 시간 붙잡아두어서 정말 죄송했습니다. 여러분은 모범적인 용의자였습니다!" 이렇게 말하고는 조금 어색했는지 슬쩍 웃어넘겼다. "머잖아 곧 다시 뵙게 될 겁니다. 아마 여러 번 말입니다. 그리고 이미 주소도 알고 있습니다. 물론 자기 주소를 떠나서는 안 된다는 강제적인 명령은 내릴 수 없지만 혹시라도 떠나게 되면 미리 연락을 주십시오." 그리고 만약 이 의무를 거절한다면 드러내놓고 표는 안 내겠지만 굉장한 혐의가 걸릴 거라고 덧붙였다. 그로서는 꼭 위협하겠다는 생각이 아니라 그저 솔직히 자기 의견을 밝혀두는 것에 지나지 않는 성싶었다. 그리고 파페튜어를 돌아보면서 말했다.

"파페튜어 양은 콕크릴 경감님이 데려다 주실 겁니다."

모두 일어나서 뿔뿔이 흩어지자, 그는 인기척 없는 넓은 전시장의 희끄무레한 무대에 혼자 서 있었다.

"밀실!"

문은 바깥에서 잠겨 있었다. 유일한 출입구에는 자물쇠뿐 아니라 보초까지 세워진 문, 짧은 두 개의 밧줄, 음산한 시, 다이아몬드 브로치…… 그리고 지금 한 남자는 실종중이다. 그렇지만 살인이 일어났을 때는 말을 타고 있었으므로 그는 범인일 수가 없다. 또한 살인 예고장을 받아들고 겁에 질려 있던 한 여성은 좁은 방에 갇혀 있었지만 큰 위해는 가해지지 않았다. 무엇보다 골치 아픈 부분은 바로 11명의 남자가 수천의 인간들이 지켜보는 앞에서 누가 누군지 분간이 가지 않는 복장으로 공연에 정신이 없을 때, 머리 위 10피트나 되는 높은 곳에서 한 여자가 손으로 목이 졸려 탑에서 내던져졌다고 하는 기괴한 사실인 것이다.

그는 터벅터벅 아치를 지나 대기실로 들어갔다. 12개의 못에 걸려 있는, 지퍼로 입고 벗는 12벌의 갑옷. 그 위에는 희뿌옇게 빛나는 12가지 색깔의 벨벳망토가 늘어뜨려져 있었다. 망토 위에는 얼굴 가리개가 달린 12개의 주석 투구가 아무렇게나 못에 매달려 있었다. 하양, 빨강, 파랑, 노랑, 보라, 오렌지, 군청, 초록……. 초록색! 그는 저벅저벅 다가갔다.

초록색 망토가 늘어뜨려진 그 아래에는 여벌의 갑옷이 걸려 있었고, 그 위에는 씨익 기분 나쁜 웃음을 짓고 있는 주석 투구가 매달려 있었다. 찰스워드는 그 주석으로 된 갑옷의 배를 꾸욱 찌르며 원망했다.

"에잇, 이 상해빠진 정어리 통조림 같은 주석 녀석아! 네가 입이라도 있다면…… 응?"
눈도 없고 이빨도 없는 그 투구는 그를 보며 또다시 씨익 기분 나쁜 웃음을 흘렸다.

7

 그 해 런던에서 있었던 회의에서 켄트 주 경찰이 다소나마 이익을 본 것이 있었다손 치더라도 그것이 반드시 그들의 대표 콕크릴 경감의 충실한 출석 태도에서 비롯된 것은 절대 아니었다. 콕키의 마음은 내내 뜬구름을 잡고 있었고, 쉴 새 없이 낙서만 해댔다. 말에 탄 남자를 표시하는 X표를 죽 그려놓더니 그 위에다 작은 갑옷과 펄럭이는 깃발, 치렁치렁 자락이 끌리는 망토를 보탰고, 다음에는 엘리시온 홀의 야외극 무대와 대기실 배치도…… 그리고 나서는 좌우가 서로 다른 얼굴을 그렸다. 거기에 페이지보이(pageboy. 똑바로 내린 머리를 안으로 말아 넣은 여자들의 헤어스타일)로 자른 숱 많은 곱슬머리를 동그스름하게 덧붙였다. '공작처럼 잘라보면 어떨까? 아니면 나무통에 심어놓은 식물처럼은?' 그는 그 페이지보이를 작은 나무통 형태로 고치고 그 위에 작은 나무를 한 그루 세워보았다. '요즘 여자들의 머리 꼴을 생각하면 이것도 그리 이상할 건 없군!'
 그러다 보니 그의 생각은 어느새 파페튜어에게 되돌아갔고, 동료에게 우물쭈물 사정을 설명한 뒤 자리에서 일어나 밖으로 나갔다.

파페튜어는 두려운 밤을 하얗게 지새우다 아침녘에야 간신히 잠이 들었는데, 바로 그의 전화로 잠에서 깨어나 황급히 수화기를 들었다.

"어떠냐, 페피?"

"괜찮아요, 콕키. 고마워요."

"그래도 역시 무섭지?"

"그야 물론 조금은…… 이세벨이 정말로 죽었잖아요. 그리고 아마 얼도 그렇겠지요. 그러니까 남은 것은 이제 나뿐인데, 언제 어디서 어흥! 하고 덮쳐올지 마음이 조마조마한 것도 어쩔 수 없지요."

말이 끝나기 무섭게 신경질적인 웃음소리가 그 뒤를 이었다.

"좀 기댈 만한 남자 친구도 없냐?"

"네, 전혀."

그리고는 변명하듯 말했다. "생각해보세요, 늘 얼과 함께였잖아요. 그리고 그 사람이 런던에 없을 때는 남자 친구 따위 내겐 성가실 따름이었거든요. 무엇보다 나돌아다니는 걸 귀찮아하니까요. 얼이 이곳에 있을 때는 자꾸 불러내니까 귀찮아도 그냥 함께 돌아다니긴 했지만 그렇지 않으면 대개 집에 있었어요."

"하여간 지금은 집에서 나가지 않도록 하렴. 내가 무슨 대책을 강구해볼 테니."

콕키는 철컹 소리가 나게 전화를 끊고는 늘 그렇듯 낡은 모자를 머리에 갖다 붙여 올리더니 전화 부스를 나왔다. 젠장, 차라리 유모가 되어 페피 옆에 찰싹 붙어 있는 게 훨씬 숨통이 트이겠군! 콕키는 진절머리를 치면서 혀를 끌끌 찼다. 얌전하고, 어여쁘고, 믿기지 않도록 얼이 빠져 있는 그 처녀애가 어쩐지 자꾸만 신경이 쓰여서 뭔가 힘이 되어주고 싶다고 느끼는 것은 도대체 무슨 까닭일까?

그는 생각에 골몰하면서 걸음을 재촉했다. 런던의 태양 아래 낡아 빠진 레인코트를 팔에 걸치고 걸어가던 콕키는 갑자기 걸음을 멈추더니 방향을 바꿔 오던 길을 거슬러 올라갔고, 거기서 다시 한번 방향을 틀어 캔징턴 쪽으로 향했다.

브라이언 투 타임즈는 흔히 '서비스 룸'이라 부르는, 욕실이 붙어 있는 작고 밝은 다락방에 세들어 있었다. 아침 식사는 청결한 상에 차려서 방까지 갖다주었다. 상을 들고 오는 어린 처녀는 계단을 4층이나 올라와야 하므로 밥상을 놓고 갈 즈음이면 얼굴에는 어느 정도 지친 기색이 엿보이지만, 아름다운 꽃무늬가 들어간 실크 가운을 걸치고 머리칼을 거위꼬리처럼 사방팔방으로 뻗치고 있는 브라이언을 한 번이라도 볼 수 있다면, 그런 계단쯤 이미 아무런 문제도 아닐 만큼 그에게 푹 빠져 있었다.

그러나 콕키는 거위의 엉덩이털 같은 꼴을 하고 있는 녀석에게 반하고 싶지도 않았고, 오전 11시가 다 되어 가도록 여전히 그런 꼴을 하고 서성댄다는 것이 실로 파렴치한 행위처럼 느껴져 속으로 굉장히 분개하고 있었다. 간이 팔걸이의자에 앉아 종이와 담배를 꺼내들고 도대체 어디서부터 시작해야 할지 잠시 머릿속으로 정리해보았다.

"바로 조금 전에 말일세, 커크 양과 얘기했다네."

간신히 그렇게 말문을 열었다.

"그 젊은 부인 말이지요. 정말 기가 막힌 소리만 골라 하더군요! 도대체 내가 그 여자를 방에 가둘 필요가 어디 있습니까? 생각할수록 울화가 치미는군, 정말!"

"실은 그 얘기를 좀더 분명히 하고 싶어서라네."

브라이언이 용수철처럼 의자에서 튀어 올랐다. 가운 호주머니에 양손을 푹 찌르고 손바닥만한 방 안을 우리에 갇힌 맹수처럼 초조하게 어슬렁거렸다. "난 그 소동이 있었을 때에는 죽 대기실에 있었습니다. 물론 말을 타고요. 그 시간 내내 말 위에 있었는데 어떻게 그 방에서 아가씨를 묶을 수 있다는 말씀입니까?"

"그렇지만 어떤 사람은 말을 탄 채로 꽤 높은 곳에 떨어져 있는 다른 젊은 여자도 목 졸라 죽이니까!" 콕키는 심술궂게 응수했다.

"하여간 그 기적 같은 마술을 펼친 것은 어쨌든 저는 아닙니다."

브라이언은 점점 짜증이 나는 듯했다. "내가 왜 이세벨 돌 양을 죽여야 하느냐구요? 왜 파페튜어 커크 양에게 그런 짓을 하지 않으면 안 되는 거죠? 난 겨우 2, 3주 전에 처음 만났을 뿐인데. 두 사람 다 말입니다."

"하지만 자네는 조니 와이즈를 알고 있네. 그리고 두 사람은 다 그의 죽음과 관계가 있고."

브라이언은 색깔이 옅은 자기 머리칼을 움켜쥐었다. "놀랍군요! 조니 와이즈라고요? 하긴 그 청년과는 분명히 아는 사이입니다. 그렇지만 그뿐이에요. 파티에 함께 갈 그런 정도의 친구. 그저 그런 사이였죠. 좋은 청년이었고 모두가 좋아했으며, 사람의 마음을 끄는 그런 매력이 있었습니다……. 그렇군요……. '참으로 좋은 청년'이라고 해야겠군요! 흔히 말하는 '골든 보이'라는 말에 딱 들어맞는, 누구에게나 사랑받는 청년이었습니다. 저 역시도 다른 사람들처럼 그를 좋아했죠. 그렇지만 그저 아는 친구 정도의 가벼운 사이였습니다.

그가 영국에 온 뒤로는 편지에 늘 파페튜어의 이야기를 썼습니다. 그리고 두 사람 사이에 놓여 있는 이세벨 돌 양과의 관계도. 그래서 저는 영국에 와서 이세벨 양을 찾아갔던 것입니다. 조니가 어떻게 죽었는지 상세히 알고 싶었기 때문이었죠." 브라이언의 푸른 눈은 분노에 떨었고, 눈빛이 험해졌다. "그 여자 둘이 조니를 죽였다는 소문은 과연 사실이라고 생각했습니다. 이세벨 돌과 파페튜어 커, 바로 그 두 여자가."

늘 넋이 빠진 듯한 사랑스럽고 가엾은 페피. 사실 그녀도 이미 그날 밤 죽어버린 것이나 다름없었다. 지금 살아 있는 것은 단지 빈 껍

데기뿐.

"그 애는 겨우 소녀에서 어른이 되었을 무렵이었소."

콕키가 설명했다. "즉 어린애와 다를 바 없었다는 말이오. 어린애를 술에 취하도록 만든 그 두 사람, 이세벨과 앤더슨은…… 그 애는 자기가 지금 무슨 짓을 하고 있는지도 몰랐던 게 분명하오. 문득 정신을 차려보니 그 청년은 현관에 우뚝 서 있었고, 자기는 얼에게 안겨 있었다고 말하더군. 그러나 앤더슨은 처음부터 욕심이 있었을 터이고, 이세벨은 거기에 가담한 거겠지. 그러니 똑똑히 봐두란 듯이 그 청년을 안으로 들어오게 했을 거야.

나는 약혼했을 무렵의 페피를 잘 알고 있소. 쾌활하고 귀여운 처녀였다오. 뭐 그렇다고 '그레타 가르보'까지는 아니지만, 당시 유행하던 그런 미인과는 달리 선량하고 아름답고 밝은 처녀로 마음깊이 조니 와이즈를 사랑하고 있었다오. 지금의 그 애를 보면 감히 상상이나 할 수 있겠소? 그날 밤 이후 그 애는 마치, 마치 낙엽처럼 살아왔다오. 후회와 슬픔으로 마비된 가슴을 안고 매일을 견뎌왔다오.

그러다 이제 간신히 마비 상태에서 벗어났소. 헌데 지금 페피를 기다리고 있는 것은 과연 무엇이오? 그 애는 친구도, 마음을 기댈 그 무엇도, 몸을 지킬 수 있는 방법도 전혀 모른다오. 그럼에도 밤마다 그 애를 괴롭히고 있는 것은 서서히 모습을 드러내는 죽음의 공포뿐이지."

볕에 그을린 그의 손가락에서 생담배가 연기를 피워 올리도록 내버려둔 채 그는 문득 눈을 들었다. "그래서 말인데, 자네가 그 애의 친구가 되어줄 수는 없겠나? 좀 도와주시게."

브라이언은 더 이상 어슬렁거리지 않았다. 콕크릴은 이토록 고요히 서 있는 그를 처음 보았다. 손때가 묻은 후줄근한 벽에 브라이언의 금발이 마노처럼 선명히 떠올랐다.

"그러면 당신은 제가 살인을 했다고 생각지 않으십니까?"

"사람을 죽일 수 없는 인물이라 생각한다오." 콕키의 목소리에는 위엄이 깔려 있었다. "그리고 내가 어떻게 생각하는 게 중요한 게 아니라, 지금은 이 일이 우리에겐 훨씬 더 다급하다네."

브라이언은 빙긋 웃었다.

"저는 절대로 사람을 죽이지 않았습니다. 그러니까 그 아가씨도 이제 제가 옆에 붙어 있으면 아무 걱정 없을 겁니다. 제가 안전하게 지키겠습니다."

마치 이 중대한 의무를 단 한시도 미뤄둘 수 없다는 듯이 그는 옷장으로 달려가 양복을 꺼내놓고, 서랍을 휘저어 깨끗하게 세탁된 와이셔츠를 찾아내더니 아주 익숙한 기계적인 손놀림으로 옷을 갈아입기 시작했다. 단추가 채워진 상태로 와이셔츠에 목을 집어넣으면서 그는 말했다.

"내가 그 아가씨를 가둔 게 아니라고 경감님께서 분명히 확인해주셔야 합니다."

"자네 말대로 말을 타고 있었다고 내가 말해 두리다."

"그건 아가씨도 이미 알고 있어요. 그런데도 그럴 리가 없다는 것이죠. 말을 타고 있으면서 어떻게 아가씨를 덮쳤다고 생각하는 것인지, 원!"

"아마 말을 타고 있었다는 사실을 믿고 있지 않는 거겠지."

콕키는 재미있다는 듯이 대답했다.

브라이언이 팔을 집어넣으려고 와이셔츠 안에서 요동을 치니까 소매 자락이 이리저리 제멋대로 춤을 추었다.

"제가 말을 타고 있었던 것은 세상 사람들이 다 아는 일이죠. 부탁이니 다른 사람들에게도 제발 좀 물어봐 주십시오."

"이미 다 확인한 사실이네."

"그런데도 경감님은 못 믿으시겠습니까?"

"문제는, 파페튜어가 믿느냐 마느냐 하는 것이지."

"그런데 도대체 달리 또 어떻게 생각할 수 있다는 얘길까요?"

단추란 단추는 모두 튕겨져 나올 듯이 와이셔츠를 뒤집어쓰면서 브라이언은 비명 같은 큰 소리로 물었다.

콕키는 숙고했다. 그리고 천천히 입을 열었다.

"글쎄, 다른 어떤 방법이 있을까 하는 문제네만…… 가령 자네가 계속 말 위에만 있었던 건 아니라는 생각은 가능하지. 어떤 기사는 말을 타고, 또 어떤 이는 고삐를 잡고 서서, 더러는 말에 발을 걸쳐놓고, 또 더러는 말에서 내려오고 있을 때였으니까. 따라서 파페튜어는 자넨 틀림없이 대기실에서 말을 타고 제자리에 서 있었다, 그러나 그 뒤 슬그머니 말에서 내려와 뒤로 돌아가 자기를 어떻게 하고는 아무 일 없었다는 듯이 능청스런 얼굴로 다시 말을 집어 탔는지도 모른다, 말은 훈련이 잘 되어 있으니 그동안 혼자서도 얌전히 서 있었을 것이다, 뭐 그런 생각 아니겠나?"

브라이언은 쓴웃음을 지어야 했다.

"참으로 간단하게 말씀해 버리시는군요. 그러나 실제로 저는 말에서 단 한번도 내린 적이 없습니다. 그곳에서 움직이지 않고 가만히 서 있는 것이 제가 맡은 일 가운데 하나였으니까요. 기사들이 모두 제 뒤를 따라와야 했고, 바로 앞에 있는 망토의 색이 움직이는 대로 모두 빈틈없이 행동해야 했습니다. 다시 말해 모두 제 하얀 망토 뒤에 서 있는 셈이쥬요."

"파페튜어는 말일세," 콕키는 담배를 손가락으로 비틀었다. "기사들이 모두 방금 자네가 말한 대로 했다고는 생각하고 있네. 즉, 자네의 망토 뒤를 모두 철저하게 따랐을 거라고."

브라이언은 재미있어졌는지 푸른 눈동자가 생기 있게 움직였다.

"그럼 말안장에 있던 것이 제가 아니라는 말씀이십니까?"

"비단 자네뿐 아니라 다른 사람들도 모두 그럴지 모른다고 말하고 싶은 게지."

브라이언의 얼굴색이 달라졌다.

"무슨 의미입니까?"

"별 거 아닐세. 그저 파페튜어는 그렇게 생각했을 거라고 내가 짐작하는 것뿐이라네."

콕키는 좀 전에 했던 말을 다시 한 번 되풀이했다. 손에 들고 있는 담배를 마느라 미처 딴 생각할 겨를이 없다는 듯이.

"그 애가 남아 있던 여벌의 갑옷 의상을 마음에 두고 있을지도 모른다고 추측한 것뿐일세. 그것을 자네가 마구간에서 안장에다 태우고 말의 엉덩이를 한번 힘껏 내려친 것은 아닐까 하는 생각이지. 서커스에서 잘 훈련된 말이니까 얌전히 걸어갔을 테고, 아치 바로 앞 어느 특정한 지점에서 정확히 멈춰 섰을지도 모르지. 몇 주나 연습했으니까 말도 잘 알고 있었을 테니까."

"빈 갑옷을 말에게 태웠다는 그런 말씀을 하시다니! 하지만……."

브라이언은 말문이 막혔다. 그가 절규한 것은 이것이 처음이었다. 마치 허공을 더듬대는 몸짓을 했다. 그런 생각을 깨부술 수 있는 무언가를 붙잡으려 하는 듯이. "하지만…… 그래, 맞아! 베틸레이 양이 있잖습니까? 저는 그녀와 얘기를 했습니다. 베틸레이 양은 제가 말을 타고 지나간 것을 분명히 기억하고 있을 겁니다."

"그렇게 말했지." 콕키는 흡족하게 웃었다. "그 한마디야말로 시의 적절했네!"

난처한 지경에서 빠져나와 정말 다행이라는 시늉을 하려고 브라이언은 능청스럽게 손으로 부채질을 했다.

"정말이쥐 가슴이 철렁했습니다. 경찰들이 신문하는 방법을 조금은 알 것 같군요. 하지만 혹시라도 그런 말도 안 되는 헛소리를 경찰들이 믿는다면……!"
"하지만 베틸레이 양이 자네에게 말을 건넨 것은 파페튜어에게 그런 일이 일어나기 전이 아닌가? 그러니 그 정신 없는 틈을 타 자네가 나중에 말에서 내려왔을 가능성은 조금도 없어지지 않았다고 해야겠지. 여벌 갑옷을 대신 말에 싣고, 혼자 살짝 빠져나갔다 다시 돌아올 수도 있었을 테니까."
그러나 이번에는 브라이언도 호락호락 그의 손에 놀아나지는 않았다.
"정말 이상하군요! 그 묘한 여벌 갑옷이 잠시도 가만 있지 못하는 말 위에 얌전히 놓여 있으리란 법도 없고, 게다가 깃발까지 들어야 하는데?"
"깃발은 안장에 고정되어 있네. 문제는 오히려 깃발이 갑옷을 받칠 수 있을까 없을까 하는 것이겠지."
"하지만 그 갑옷에다 '깃발에 잘 매달려 있도록 해!'라고 귀뜸이라도 해준답니까?"
그는 다시 한번 웃음을 터뜨렸다.
"어떻게 경감님께서 그런 어처구니없는 생각을 다?"
"여벌 갑옷을 좀더 유용하게 써먹을 수 있는 방법이 없었을까 그저 생각해본 것뿐일세."
콕키도 함께 큰소리로 따라 웃었다.
"그런 뒤, 제가 만약 페피를 덮친 당사자라면 범인이 틀림없다는 말씀이쉬군요? 그럼 페피 사건 다음은 그 갑옷을 내려주면서 말에게 이제 탑으로 올라가 돌 양을 죽여 버리라고 명령하는 겁니까?"
거울 앞에서 무릎을 구부려 높이를 조절하면서 그는 엉킨 금발에 힘을 주어 꼼꼼하게 빗질했다. 사방팔방으로 뻗쳐 있던 가는 컬이 대충 어느 정도 물결을 이루듯 다듬어지고 있었다. 그러나 지금보다 조금만 더 세게 빗질을 하면 당장이라도 머리밑이 까질 것 같아 보고 있는 콕키의 가슴은 두근두근 쿵쾅거렸다.
"그만 적당히 빗게나! 자칫하단 뇌가 위장으로 다 흘러내리겠네."
"영국에서는 구불구불한 곱슬머리를 하고 있으면 다들 싫어합니다."
도무지 손을 멈출 줄 모르고 브라이언은 거울만 들여다보고 섰다.
"경감님의 파페튜어 양도 아마 곱슬머리가 싫어서 보호자가 되는 걸 허락해주지 않을 겁니다. 그런데 저는 지금 파페튜어 양의 보호자가 되고 싶어서 참을 수가 없는 형편이니까요."
툭 소리나게 빗을 내려놓더니 마침내 경감 앞으로 온 브라이언은 조끼를 끌어당기더니 윗도리를 팔에 걸고 넥타이를 매만졌다.
"준비는 다 되었습니다만, 나가기 전에 잠깐 한 말씀만 드리겠습니다. 여벌의 갑옷이야기로 꽤 즐거운 대화를 나눌 수 있어 정말 기뻤습니다. 그러나 분명히 말씀드리지만 저는 사람을 죽이지 않았습니다. 신께 맹세합니다만, 당신의 파페튜어는 절대 안전할 겁니다."
'나 원, 큰소리는! 하여간 저래서 외국인들은…… 쳇!' 생각은 이렇게 하면서도 콕키는 브라이언이 내민 손을 맞잡았다. "물론 잘 알고 있네."
이리하여 콕키에게도 그 어리석은 회의에 참석할 시간적 여유가 만들어진 셈이었다.
포트는 야외극을 준비하게 되면서 베틸레이에게도 자기처럼 '가정적 호텔'에 묵을 것을 일찌감치 권해주었다. 물론 옛일을 끄집어 내봐야 한도 없을뿐더러 지금은 입맛대로 고를 수 있는 처지도 아니지 않느냐는 전제를 달면서. 단 그 호텔은 침대에서 아침 식사를 하지 못한다는 것이 유일한 단점이었다.

살인이 있었던 다음날 아침 9시, 두 사람은 그 끔찍한 경험을 공유한 데서 오는 묘한 유대감으로 작은 테이블을 사이에 두고 식당에서 함께 아침을 먹었다. 두 사람 다 뜬눈으로 간밤을 지새우다시피 한 터라 피로에 지친 창백한 얼굴을 하고 있었다. 그런데 수잔 베틸레이의 경우는 이 무거운 걱정거리가 오히려 그 당당한 얼굴 생김새에 활력을 불어넣은 건지 오히려 젊어졌다는 느낌이 들었다. 한편 포트는 같은 걱정거리건만 시름에 찌들어 얼굴에는 갑자기 주름이 늘어났다. 포트는 사건을 얘기하고 싶어서 좀이 쑤셨다.

"소처럼 우물우물 아침밥을 먹고 있는 이 태평스런 사람들은 지금 읽고 있는 신문 기사가 설마 우리와 관계 있으리라곤 꿈에도 생각 못하겠지!"

"아마 당신이 가장 견디기 힘드시겠죠, 포트 씨? 하긴 다른 사람들도 기분이 썩 개운한 것만은 아니지만, 그래도 역시 당신이……어쨌든 이세벨 돌 양은 당신 친구였을 테니까요, 물론……."

수잔 베틸레이는 쇠주전자를 들어 자기 잔에 커피를 따랐다.

"예, 정말 깜짝 놀랐습니다. 엄청난 쇼크였지요. 밤새 한숨도 자지 못하고 뒤척이면서 많은 생각을 했습니다. 그래요, 오만 생각을 다 했지요. 그러나 베틸레이 양, 이런 일도 있을 수 있다는 걸 압니까? 뻔히 알고 있으면서도 일부러 여자에게 농락당하는 그런 기분을? 나는 이세벨 양에게 휘둘리는 걸 은근히 즐기고 있었던 셈입니다. 그……일본군에게 점령당했을 때, 당신에게는 새삼스레 설명할 필요도 없겠지요. 나처럼 하나에서 열까지 평생 잊을 수 없는 기억을 가슴깊이 새기고 있을 테니까. 그런 당신이니까 어쩌면 이해할 수 있을 겁니다. 그 괴로웠던 기억——공포, 고통, 초조, 육체적인 곤궁의 한가운데서도 인간이란 동물은 어떻게 해서든 마음의 허기를 채울 수 있는, 그래요…… 인간이 당연히 누려야할 사치와 즐거움과 휴식 같은 것을 끝없이 동경하는 법이죠. 평온하고 아늑하고 마음을 부드럽게 해줄 그 무엇인가를."

이세벨이란 여자가 과연 에드거 포트에게 즐거움과 휴식을 주었을까? 게다가 한술 더 떠서 마음을 평온하게 하고 부드럽게 해주었다니 이 무슨 끔찍한 망발이람! 수잔 베틸레이는 도무지 이해가 가지 않아서 머릿속이 뒤숭숭해졌다. 이세벨은 늑대만한 친절도 없는 여자다. 그러나 그 끔찍한 경험을 하고 난 뒤 아내가 신경에 손상을 입어 결국 정신병원에 가게 되면서 가정은 엉망진창이 되었고, 오랜 세월 쌓아온 지위도 잃어버리고 친구마저 떠났으며, 꼬리에 꼬리를 물고 엄습해오는 불행의 뒤안길이라면, 그가 이세벨의 달콤한 매력의 포로가 되어 한때 자신을 망각한다고 해도 크게 이상할 건 없었다.

"그런데 이세벨이 이렇게 갑자기 없어졌는데도 어쩐지 난 진심으로 슬프지가 않습니다. 분명 커다란 충격이고 굉장히 무서웠지만, 어쩐지, 도무지…… 웬일인지…… 역시 진짜로 사랑하지는 않았다는 말이겠죠? 나는, 그 뭐랄까, 그저 예쁜 여자 생각으로만 내 머릿속이 꽉 차주었으면 하고 바랐어요. 초콜릿이라든가 꽃, 혹은 이세벨이 함께 식사하자고 날 부르지나 않을까 하는 그런 기대감만 갖고 싶었던 거죠. 한 마디로 말해서 사랑에 빠졌다고 착각하고 싶었던 겁니다."

포트는 늘어진 눈꺼풀을 들어올려 베틸레이를 물끄러미 바라보다 불쑥 내뱉었다. "누구라도 잊고 싶은 일들은 많으니까요!"

"정말이에요." 베틸레이가 대답했다. (그래서 춤추는 듯한 발밑에 내 마음을 고스란히 갖다 바치기도 했고, 푸른 바다 같은 두 눈에 빠져들기도 했어요……)

"하지만 막상 이세벨이 죽고 나니 내가 기억하는 건 그 끔찍하던 죽은 모습뿐입니다. 마치 그녀가 죽었다는 사실보다 어떤 모습으로 죽어 있는지가 훨씬 더 중요한 결과처럼 말이오."

여자 종업원이 들고 있는 쭈글쭈글한 주름이 들어 있는 잿빛 소시지와 종잇장처럼 얇은 베이컨 한 조각이 담긴 접시를 식탁에 놓게끔, 포트는 앞으로 수그리고 있던 몸을 일으켰다.

"아내는 아직도 병원에서 지내고 있습니다. 그렇지만 전에 비하면 꽤 좋아져서 이제 곧 퇴원도 시간 문제입니다."

포크가 접시 위에서 딸그락딸그락 소리를 냈다. 손이 떨리고 있는 탓이다. 이윽고 참고 있던 포트의 억눌린 감정이 폭발했다.

"아내가 알면 어떻게 생각할까요! 그딴 엉터리, 천한 전시회에 마음이 붕 떠서 자기 남편이 채신머리없이 설치면서 그토록 비열하고 저속한 여자에게 마음을 빼앗기고 있었다는 것을 혹시라도 알게 되면? 그런 짓을 한 것도 따지고 보면 모두 이세벨의 환심을 사고 싶었기 때문이었어요. 그 여자는 야외극에서 여왕 역을 하고 싶어했거든요. 그러니 기어코 나를 끌어들였고, 난 그녀를 기쁘게 해주려고, 그저 함께 있고 싶은 마음에 야외극을 시작하게 되었소.

나 같은 인간이 그런 일을 하겠다는 것 자체가 틀림없이 잘못돼도 뭐가 한참 잘못된 희한한 꼬락서니 아니겠어요? 그런데도 어쩐지 그 주체넘은 짓이 해보고 싶더라구요. 미친 듯이 들떠서 충격적인 어떤 일을 해보고 싶었어요. 행사후원회의 승낙을 얻어내려고 내가 얼마나 고생했는지 이세벨은 아마 상상도 못했을 겁니다. 회원들을 구워삶으려 그 단체에 돈도 수없이 갖다 바쳤지요. 그러나 어떻게 아내에게 이 모든 걸 설명할 수 있겠습니까? 하나에서 열까지 모두가 그저…… 그러니까…… 그저 반작용에 불과했다는 사실을 내가 어떻게!"

복받쳐 오르는 감정으로 절규하면서 포트는 이마의 땀을 훔쳤다.
"만약 혹시라도 이 일이 아내의 귀에 들어가면 틀림없이 일평생 두 번 다시 퇴원할 수 없도록 큰 충격을 받게 될 겁니다. 이세벨에게도 같은 소리는 했지만."
포트는 앞에서 보다 더 당돌하게 말을 끊어버렸다.
수잔 베틸레이는 고요히 입을 열었다.
"아, 그러고 보니 기억나는군요. 돌 양과는 사이가 좋지 않아지셨지요?"
그는 당황하여 말을 가로막았다. "아니에요! 그건 그 바보 같은 야외극 연습 때문에 그랬던 거예요. 정말 별일 아니었어요."
"보기엔 꽤 오래 가는 것 같았는데?"
"그렇게 오래 가진 않았어요." 포트는 숨도 쉬지 않고 단숨에 대답했다. "한 2, 3일 전에 완전히 화해했지요, 방금 말했듯이"라고 단단히 못을 박으면서 "나는 이세벨을 진짜로 사랑했던 게 아닙니다. 그저 멋대로 갖고 놀도록 내버려두었을 따름이죠." 눈을 빤히 뜨고 베틸레이를 바라보면서 의식적으로 덧붙였다. "당신이라면 충분히 이해하시겠죠?"
"왜 하필 납니까?"
수잔 베틸레이는 지나치게 긴장하면서 먹다 말고 토스트 접시를 뒤로 밀었다.
포트는 은근한 미소로 대답을 대신했다. 그윽하고 의미심장한 표정으로, 그리고 도전하듯이.
"왜 이러실까? 당신이 그 남자를 뚫어져라 바라보고 있던 것을 내가 눈치도 못 챈 줄 압니까? 사랑에 빠진 사람은 남의 사랑에도 민감한 법이죠. 그 긴 연습 기간 중에 나는 죽 관찰하고 있었어요. 그래요, 금빛 구름이 당신을 감싸기 시작하던 광경 말입니다! 그 남자가 새파란 눈으로 당신을 볼 때마다, 또는 그 이상한 말투로 애기를 할 때마다, 손가락으로 금발을 쓸어 올릴 때마다……. 당신이 그 남자를 가슴이 저리도록 사랑하고 있다는 것을 내가 모를 줄 알았습니까? 당신은 단지 그 울림이 귓전에 감도는 게 좋아서 내내 그의 이름을 입에 담았고, 그의 옷자락뿐일까요, 그저 그의 옷자락이 끌고 간 자리조차도 손으로 쓰다듬지 않으면 견디지 못했다는 것을!

아니, 그냥 잠자코 들으십시오. 나는 단지 사랑에 빠진 시늉을 하고 있었을 뿐이지만 실로 그럴듯하게 연기를 하고 있었으니 하나에서 열까지 제 심정처럼 훤히 안답니다. 절망의 심연에서 타오르는 파르스름한 불꽃에서, 희망의 정점에서 뿜어져 나오는 터질 듯한 기쁨에 이르기까지."

그는 가무스름한 얼굴과 각진 어깨, 햇볕에 그을린 검은 손을 한 눈앞의 상대를 똑바로 응시했다.

"당신은 브라이언 브라이언을 사랑하고 있어요. 그가 살인자라는 것을 알고 있는 지금 이 순간까지도."

금이 간 접시 한 귀퉁이에 아무렇게나 찍 발라져 있는 마멀레이드 위를 파리 한 마리가 날아들었다. 그 날갯짓 소리를 제외하면 작은 테이블에는 깊은 정적만 흘렀다.

이윽고 그녀가 조용히 입을 열었다.

"당신도 그의 친구였습니까?"

"아니오. 그러나 나는 조니를 알고 있어요."

"그랬군요! 그들은 조니를 죽였습니다, 그 여자와 얼 앤더슨은. 내가 브라이언을 사랑하든 말든 아무 관계없는 일입니다. 그 두 사람은 가엾은 조니를 죽였습니다. 그러니 두 사람 다 죽어 마땅하지요."

"조니와 보통 친했던 게 아니군요?"
"특별한 친분이라고 표현할 만한 사이까지는 아닙니다. 하지만 무척 좋아했던 것은 사실이지요. 조니는 누구에게나 사랑받았으니까요. 태어날 때부터 인기가 좋았습니다. 우리는 나이도 엇비슷해서 함께 테니스를 하거나 골프를 치기도 했고 드라이브도 갔습니다. 그렇다고 무슨 특별한 일이 있었다는 뜻은 아닙니다. 그저 마음이 잘 맞아서 편한 사이였고, 조니도 절 누나처럼 따랐지요. 특히 쌍둥이 동생은 내게서 좀처럼 떨어지려고 하질 않았을 정도로. 천성적으로 외로움을 많이 타서 늘 애정에 굶주린 듯했지요."
베틸레이는 손자국이 나 있는 흐린 유리창 너머로 어수선한 가운데 뜰을 하염없이 바라보다가 마침내 결심이 선 듯 단호하게 입을 열었다.
"예에, 물론입니다. 이세벨을 죽인 사람이 누구든, 나는 무슨 일이 있어도 절대 보호할 거예요!"
"그럼, 그런 의미에서 우리들의 맹세를 좀 더 굳게 하지 않겠습니까?"
포트는 눈을 빛냈다.

찰스워드 경감이 포트를 데리러 왔다. 포트는 사형장에라도 끌려가는 낯빛을 하고 그의 작은 차에 올랐다.
"경감님, 부탁드립니다. 부디 아내에게는 충분히 주의해서 말씀해 주십시오."
"사건에 대해서는 절대 입도 뻥긋 안할 겁니다. 단지 당신에게 들은 말레이시아 시절의 이야기를 부인에게서도 확인해보고 싶을 뿐이니까. 하여간 기록이 죄다 소멸되어서 우리로서는 도무지 손을 써볼 도리가 없어서 그렇습니다. 무엇하나 조회해볼 데가 없으니

원!

 예예, 당신 은행예금에 대해서도 잘 알겠습니다. 그러나…… 물론 잘 압니다. 베틸레이 양에게 당신의 옛날 지위며 여러 가지 이야기를 들었으니 별 문제 있겠습니까? 아니 포트 씨, 어떻게 그런?"

햄프셔티드에 도착할 무렵에는 찰스워드의 속도 뒤집히기 일보직전이었다.

"더 이상 이러쿵저러쿵 간섭하시면 난 이 자리에서 그만 손을 떼고 일반 사복 경관들에게 알아서 처리하라고 지시하겠습니다. 경관들이라면 군말 없이 들어줄 테니까요. 그렇지만 당신 부인에게 병이 있다고 해서 일부러 내가 오지 않았습니까? 모두 당신 입장을 충분히 고려해서 배려한 일인데."

정신병 요양소는 빳빳하게 풀을 먹인 듯한 얄팍하고 길쭉한 건물이었다. 사물을 적절하게 묘사하는 것이 그리 능숙하지 않은 찰스워드조차도, 주변 인물들의 의사와는 상관없이 병자를 홱 낚아채서는 어르고 달래서 침대에 밀어 넣은 뒤 재빨리 탕파(湯婆)나 하나씩 안겨 줄 듯한 그런 느낌을 주는 건물이라고 생각했다.

대기실에 나타난 간호부장은 자기의 의무를 게을리 한 결과에 대한 응분의 보답으로 가엾은 포트의 엄청난 분노를 샀다.

"사태를 정확히 말씀드리겠는데, 약간 착오가 있어서 좋지 않은 기사가 실린 오늘 아침 신문이 부인의 병실에 들어가 버렸답니다." 간호부장은 심술궂은 표정으로 포트를 위에서 노려보았다. "비록 30분 정도이긴 했지만 정말이지 대단한 발작을 일으켰습니다. 울고불고 까무러쳤다가는 다시 히스테리를 부리는 등 이만저만한 난리가 아니었습니다. 덕분에 겨우 좀 좋아졌나 싶었던 상태가 원점으로 돌아가고 말았습니다. 다시 한번 말씀드리지만 포트 씨, 이런 사건은 요양소

측으로서는 참으로 곤란한 일입니다."

포트는 제 귀를 의심하며 멀거니 상대의 얼굴만 바라보았다.

"신문을 보았단 말입니까?"

"제가 일부러 보여드린 건 아닙니다."

"그토록 신신당부했건만……."

"남편께서 그런 파렴치한 일이 없도록 좀더 몸가짐을 신중히 해주셨으면……."

이 문제는 두 사람에게 맡겨두고 찰스워드는 방을 나와 살짝 이층으로 올라갔다. 담당 간호사에게 '포트 부인에게는 미리 연락을 드렸습니다'고 말했고, 또 사실이기도 했으므로 안으로 들여보내졌다. 환자는 창가 의자에 앉아 있었다. 무리하게 활력을 강요하는 이 방 분위기가 포트 부인의 몸 속에 남아 있던 얼마 안 되는 마지막 생기마저 죄다 빨아들이는 듯했다. 그러나 부인은 미소로 응접했다.

"안녕하세요? 그런데 누구시죠?"

그도 나름대로 붙임성 있는 친근한 미소로 화답했다.

"찰스워드라고 합니다. 당신은 누구십니까?"

"포트 부인이에요. 그럼 저를 진찰하려고 오신 게 아니군요? 여긴 모르는 의사들이 너무 많아서……."

"아닙니다, 저는 의사가 아닙니다. 그러나 힘들게 여기까지 왔으니, 방해가 되시겠지만 담배를 좀 피우도록 허락해주시겠습니까?"

찰스워드는 창턱에 앉아 긴 다리를 꼬고 즐거운 미소를 건넸다.

"여긴 참 좁고 답답한 곳이군요. 빨리 쾌차하셔서 나가고 싶다는 생각은 않으십니까?"

포트 부인은 이해가 안 간다는 어리둥절한 얼굴을 했다.

"여기 있으면 안전한걸요!"

찰스워드는 갑자기 머리끝이 쭈뼛 일어섰다. 그렇지! 상대는 정상이 아닌 것이다. 엉뚱한 소리를 하다가는 얄궂은 꼴을 보기 십상이다! 이런 곳까지 오는 게 아니었다고 비로소 후회했다. 내가 왜 덜렁덜렁 이런 곳까지 찾아와서 정신병자와 이런 대화를 나누어야만 하는가! 하지만 별수 없이 이야기를 계속했다.

"지금은 세상도 완전히 변했습니다. 나쁜 세상은 이미 끝이 났지요, 어디든 안전하답니다."

말은 이렇게 하면서도 과연 그럴까 싶은 생각에 찰스워드는 어쩨 크게 자신이 서지 않았다.

"그럼 당신은 이곳을 나가도 괜찮다고 생각하시는 거예요?"

"예, 저는 그렇게 생각합니다. 친구분들도 만날 수 있을 테니 말이죠, 여긴 너무 쓸쓸하잖습니까?"

"친구는 아무도 기억이 나지 않아요." 부인은 조그맣게 웅얼거렸다. "남들이 들으면 놀랄 만치 모든 걸 깨끗이 잊어버렸답니다. 처녀시절밖에 기억하지 못한다니 이상하지 않으세요? 결혼식은 기억나요, 그리고 배를 타고 어디론가 여행하던 기억도 조금. 남편이…… 으음…… 저를 고향에서 배로 데리고 가 주었어요. 자꾸만 말레이시아로 갔다고 하는데 저는 아무런 기억이 없어요. 그저 배를 탄 기억만 남아 있을 뿐이죠, 그것도 아주 조금만요. 하여간 아주 오래된 일이에요. 그리고 다시 배를 타고 돌아오던 기억은 있어요. 그 사이의 기억이 되돌아오도록 죽 이곳에서 요양하고 있는 거지요."

"왜 그 기억을 돌이켜야 하는지 나로서는 이유를 잘 모르겠군요!" 간신히 떠오른 생각을 찰스워드는 곧바로 입 밖으로 밀어냈다. "아마 틀림없이 그 중간에 끔찍한 경험을 해서 기억이 지워졌을 텐데 구태여 일부러 떠올릴 필요가 있겠습니까? 나라면 현재와 미래만 있으면 충분하다고 생각하겠어요. 최대한 현재를 보람되게 살고, 현재를 출발점으로 삼아 새로운 인생을 시작하는 거죠."

'이것도 치료법의 하나일 거야.' 그는 속으로 생각했다. '혹시 나도 모르는 놀라운 기적이 일어날지도!' 그러나 그의 자신감은 또다시 휘청거렸다.

포트 부인은 심각한 표정으로 눈동자를 전혀 움직이지 않았다. 부인의 손가락은 가운을 움켜쥐고 옷깃을 접었다가는 펴고 또 접었다가는 펴기를 반복했다. 신경을 자극하는 그 손끝을 지켜보면서 찰스워드는 가슴이 철렁 내려앉았다.

"오늘 아침 신문 보셨습니까?" 포트 부인이 물었다.

찰스워드는 환자 앞에 놓인 테이블에 얹혀 있는 접시에 천천히 담뱃재를 털었다.

"예, 대충 훑어보았습니다. 이세벨 돌이라는 부인이 살해된 모양이더군요. 분명 댁의 남편이 그 부인을 조금 알고 있는 듯…… 아니, 실은 저도 알고 있습니다. 댁의 남편만큼은요."

"제 남편은 그 여인과 무슨 관계였습니까?"

안간힘을 짜내어 겨우 이 말을 하고 있음이 찰스워드에게도 전해졌다. 그녀는 몸부림을 치지 않으려고 필사적으로 견디는 태도였으며, 손끝은 전보다 더 격렬하게 허무한 움직임을 되풀이하고 있었다.

"어쩌다 알게 된 사이였겠죠." 찰스워드는 최대한 가볍게 받아넘겼다. "신문이란 건 본래 시시한 일들을 잘 꾸며내니까요. 무엇이건 사람들이 '읽을 만한 기사'를 써야 하니까 아무거나 뒤지고 다니는 거지요. 그런데 이세벨이란 여자가 또 그런 의미에서는 대단히 얘깃거리가 많은 사람이거든요. 그녀는 자기 일 친구 일 가리지 않고 일거리를 알아보려 정신 없이 돌아다니다 보니 이럭저럭 사람들도 꽤 괴롭혔던 모양이에요. 그런 면에서 포트 씨가 약간 힘이 되어 드린 것이지요. 그 전시회에는 꽤 출자를 하신 셈이니까요. 그러다 보니 얼굴도 익고 말도 하게 되면서 알게 되는 건 지극히 자연스러운 일 아닐까요? 아마도 포트 씨는 소일거리로 직접 공연에도 관계를 하셨던 모양이더군요. 부인께선 늘 병원에 계시니 남편께서 기분 전환을 좀 하고 싶어하는 것도 이해할 만하지요. 영국에는 친구도 없고 좀 심심하시겠습니까? 게다가 나쁜 일도 아니지 않습니까? 부인도 그렇게 생각하시죠?"

포트 부인의 손가락 움직임이 느려졌다. 그녀는 대답했다.

"예, 아무렴, 그렇고말고요."

"그런데 일이 이렇게 되었으니, 사실 신문에서 떠들고 있는 것은 어떤 의미에서는 뜻밖의 재난이라고 해야 하지 않겠습니까?"

찰스워드는 논리정연하게 이야기를 계속했다. "기사만 보면 추악하고 엽기적이고 끔찍한 사건입니다. 그러나 그것이 모두 사실은 아닙니다. 무엇보다 댁의 남편이 도락삼아 합법적인 야외극을 공연하신 것이 절대 후회할 만한 나쁜 일이 아니니까요. 단지 그 여자가 살해되면서 관계자의 한 사람으로 사건과 연루되어 신문을 받았을 뿐이고, 그것도 댁의 남편 혼자만 그렇게 된 것도 아닙니다. 아시겠습니까? 대단하게 생각하실 것 하나도 없고, 정말 별일 아닙니다."

말은 이렇게 하면서도 찰스워드에게는 확신이 없었다. 환자 앞에서 그 남편을 조금이라도 의심한 것에 양심의 가책을 받은 그는, 그 보답으로 이렇게 제안했다.

"신문사에 아는 사람이 두엇 있으니, 만약 부인께서 원하신다면 쓸데없는 기사는 이제 그만 싣도록 부탁해 보겠습니다."

포트 부인의 손은 딱 움직임을 멈추었다. 창백한 손가락이 고요히 무릎으로 내려앉았다.

"그렇게만 해주신다면 정말 무어라 드릴 말씀이 없지요."

그 감사의 말 속에 이미 남편을 용서할 기분이 담겨 있음을 눈치채고 찰스워드는 마음을 놓았다.

"잘 설명해주셔서 감사합니다. 물론 야외극에 대해서는 남편에게 들어서 전부터 알고 있었고, 돌 양이라는 사람과도 어쩌면 만난 적이 있을 거라는 생각이 듭니다. 기억은 잘 나지 않지만 말입니다. 하지만 신문에 난 사진을 보니 어쩐지 그다지 좋은 인상은……."

"아닙니다. 별로 나쁜 여자는 아닙니다. 친절하고 싹싹하고…… 뭐 하여간 꽤 좋은 구석도 많은 여자였습니다. 아무 것도 염려하실 일 없습니다."

이렇게 어물쩍 넘겨치고 나니 상대의 얼굴에 환한 빛이 돌아오는 것을 확인하고서 찰스워드는 뿌듯한 마음으로 창턱에서 내려와 작별 인사를 했다. 알고 싶은 것은 모두 물어보았다. 포트 부인은 말레이시아 시절을 하나도 기억하지 못했다. 그것도 어쩔 수 없는 일일 것이다.

"이제 그만 가보겠습니다. 대단히 감사했습니다. 덕분에 느긋하게 담배도 피웠고 말씀도 듣게 되었으니 부디 하루빨리 쾌차하시길 빌겠습니다."

말을 끝내고 막 나서려 할 때 갑자기 출입구에 간호부장의 모습이 나타났다. 그 뒤에는 파랗게 질린 포트가 덜덜 떨면서 서 있었다.

"수사과 경감이시라구요? 도대체 여기까지 들어와서 무슨 짓을 하신 거예요? 난 또 밖으로 나갔을 거라고만 생각했는데."

"경감?"

포트 부인은 비명을 질렀다.

"저 사람은 경찰입니다, 포트 부인. 도대체 무슨 말씀을 나누신 거예요? 무슨 말씀을 하셨냐구요? 포트 부인…… 부인!"

단숨에 계단을 뛰어내려와 뒤도 안 돌아보고 밖으로 나온 찰스워드의 등뒤로, 간호부장의 찢어지는 쇳소리와 함께 미친 듯이 울려 퍼지는 환자의 높은 웃음소리가 숨 돌릴 겨를도 없이 뒤쫓아 나왔다.

 파페튜어가 자기를 비호해줄 기사 따위 아무도 없다고 하소연한 뒤로 마치 주제넘은 중매쟁이 할멈처럼 용기백배하여 어떻게 해서든 보이프렌드를 구해 그녀를 위로하려고 거리로 뛰쳐나간 콕키의 그늘에는, 단 일분이라도 그녀의 고통을 지울 수만 있다면 솜털도 안 벗겨진 젊은 목숨을 초개같이 바쳐도 후회하지 않을 딱 한 인물이 깊은 사랑의 열병으로 몸을 뒤틀고 있었음에도 모두로부터 깨끗이 잊혀져 있었다.

 지금 그에게 남아 있는 유일한 기쁨은 그나마 '마마'가 멀리 스코틀랜드에 가 있다는 사실뿐이었다. 송곳같이 날카로운 눈으로 자기의 마음속을 꿰뚫어보면서 아들의 이 애타는 마음에 성급하게 함께 괴로워한다면 아마 자기는 도저히 참기 힘들 것이다. 인조 오카피 (okapi, 기린과의 포유류. 아프리카 콩고 지방의 삼림에서 서식) 가죽과 비틀어 올린 자작나무로 장식한 참으로 보기 드문 쇼윈도 같은 기묘한 작은 집에서, 그는 머리를 싸매고 지난밤의 기억을 모조리 털어 버리려 안간힘을 쓰고 있었다. 그러나 아무리 애를 써보아도 머리에 떠오르는 것은 결국 집으로 돌아오던 길에 이세벨의 집 입구에서 목격한 장면과, 그 때 들은 소리뿐이었다.——파페튜어를 중혼자(重婚者)의 아내로 만들려던 음모, 파페튜어의 애인을 죽음으로 몰아넣은 몇 년 전의 더러운 검은 과거, 그리고 두려워하면서도 조심조심 그 앞을 더욱 헤쳐 나가면 사랑하는 사람이 얼 앤더슨의 품에 안겨 있는 저주받을 광경이었다.

 혐오감으로 부르르 몸을 떨면서 조지는 애써 그 더러운 광경을 기억에서 지워버리려 했다. 그러나 사춘기의 상상력은 더욱더 활기차게 움직이면서 의지와는 상관없이 그를 더욱 추잡한 광경 속으로 끌고 갔고, 즐겼으며, 결국 더한 것까지도!

이윽고 그러한 자기의 모습, 너무도 지저분한 자신의 망상에 몸서리치면서 그는 비틀비틀 일어나 책꽂이 앞에 서서 하나하나 책을 꺼집어냈다.

새커리, 트롤로프, 디킨스…… 마더디어는 새커리의 《허영의 도시》를 뒤적여 풋내기 어린 주인공이 마침내 연인의 마음을 얻는 구절을 읽었다. 다음은 《알링턴의 작은 집》에서 불쌍한 시벌 리가 마셜시 감옥을 거닐면서 자기의 묘비명을 수도 없이 짓고 있는 구절을. 그런데 조지 엑스마우스의 묘비명은 과연 어떤 것이 될까. 혹시?

그는 어머니가 디자인한 알루미늄 장식이 들어간 책상에 앉아, 어머니가 디자인한 종이를 꺼내들었다.

'여기 조지 엑스마우스의 유체가 잠들어 있다. 향년 17세. 사랑하던 귀부인의 명예에 목숨을 걸고…….'

아니다, 이런 일을 종이에 적어두는 것은 위험하다. 그는 '사랑하는 귀부인'을 그저 보통 '부인'으로 바꾼 뒤, 처음 쓴 종이는 잘게 찢어서 성냥불로 태워버렸다. 경찰이 언제 이 집을 수색할지 모를 일이기에.

콕키의 전화로 마음이 조금 가벼워진 파페튜어는 문가에 서서 밖을 내다보았다.

"저, 솔리 부인, 나 간밤에 거의 자지 못했거든요. 그래서 지금부터 좀 자려고 하는데 아무도 들어오지 못하게 좀 지켜주지 않겠어요?"

청소부는 "예에, 그러죠. 괜찮구말구요. 피곤할 땐 그저 자는 게 보약이에요."라고 싹싹하게 대답해주었다. 그러나 알고 보면 이 청소부야말로 지난밤 갓난아기는 칭얼대고, 또 다른 애는 쉴 새 없이 콜록콜록 기침을 했고, 남편인 알프레드는 지병인 위가 아파서 가슴팍에 납덩이를 올려놓은 것 같다며 밤새 신음하고 있어서 조금도 눈을 붙이지 못했는데도 잠시 쉬기는커녕 여느 때보다 더 열심히 쓸고 닦느라 여념이 없었다.

파페튜어는 출입문 밖에 깔린 매트로 슬쩍 눈길을 주었다. 신문과 봉투가 하나 놓여 있었다. 어차피 청구서겠지. 못 본 체 하품을 하면서 침대로 돌아왔다.

찰스워드 경감이 정오에 전화를 걸어왔다. 얼 앤더슨의 아파트로 가는데 함께 가지 않겠느냐, 무슨 없어진 물건이 있으면 당신은 금방 알 수 있을 거라는 게 명목이었다. 파페튜어는 사실 모두의 예상을 깨고 얼의 방에는 거의 가지 않았지만 어쨌든 동행을 약속했다. 찰스워드는 그럼 30분쯤 지나 마중을 가겠다고 했다. 앤더슨에 대해 무슨 소식이 있느냐고 물었지만 유감스럽게도 여전히 아는 게 하나도 없다는 게 그의 대답이었다.

파페튜어는 비단 기모노를 걸치고 문을 열었다. 신문은 아직 매트 위에 있었다. 청구서가 들어 있을 그 봉투도. 그런데 조금전까지 없었던 꽃다발이 접혀 있는 편지와 함께 놓여 있었다. 그 편지에는 그저 B라고만 서명이 되어 있었다.

파페튜어,
콕크릴 경감님은 제가 당신을 분장실에 가두기란 도저히 불가능하다고 말씀하십니다.
그 소동이 일어났을 때 저는 대기실에서 말을 타고 있었고, 그 여벌 갑옷도 제가 알기로는 그때까지 아직 벽에 걸려 있었습니다.
부디 믿어주십시오. 제가 당신에게 위해를 가할 필요가 도대체 어디 있겠습니까?
더 이상 두려워하지 마십시오. 우리가 힘을 합쳐 당신을 지켜드리겠습니다.

그 아래에 콕크릴 특유의 암호처럼 날려 쓴 글씨로 '파페튜어, 이 청년은 충분히 신뢰할 수 있다. 그는 OK야'라고 덧붙여져 있었다.
파페튜어는 다시 복도로 목을 내밀고 청소부에게 물었다.
"누가 꽃을 가져왔죠?"
"근사한 젊은 신사분이었습니다. 아마 외국인이 분명할 겁니다. 날이 이토록 더운데도 레인코트를 입고, 미스터 이든(전 영국 수상)처럼 검은 모자를 쓰고 계시더군요. 급히 들어오셔서 '아직 일어나지 않았군! 신문이 그대로야'라고 문 앞에서 혼잣말을 하시더니, 꽃다발을 제 손에 밀어 넣으시면서 '다시 오겠소'라고 말하고 나서 대포알처럼 쏜살같이 밖으로 뛰쳐나가셨어요. 무슨 급한 볼일이라도 있으셨던 모양이죠?"
"글쎄, 아마 그럴 일은 없으리라 생각하지만."
페피는 너무 엉뚱하다는 생각에 저도 모르게 입가에 웃음이 피어올랐다. 브라이언 투 타임즈가 마치 폭탄이라도 되는 양 꽃다발을 싸들고 와서는 폭발하기 전에 빨리 달아나지 않으면 안 된다는 듯이 허둥지둥 그것을 건네자마자 걸음아 날 살려라 꽁지가 빠지게 달아나는 모습이 눈에 선했다.
"그 사람은 그래요. 늘 어쩐지 부산하게 보이죠."
처음부터 너무 잘 알고 있던 터였다. 브라이언이 그 작은 방에서 자기를 덮친다는 것은 도저히 불가능하다는 것을. 달리 특별한 이유도 없이 파페튜어는 어쩐지 갑자기 마음이 가벼워졌다. '더 이상 두려워하지 마십시오. 우리가 힘을 합쳐 당신을 지켜드리겠습니다'라고! 고마워요, 브라이언 투 타임즈 씨.
기모노 자락을 보듬으면서 브라이언의 편지와 꽃을 침대에 두고,

그 청구서 봉투를 찌이익 열었다. 봉투는 어젯밤 날짜로 소인이 찍혀 있었다. 하지만 청구서는 아니었다. 타이프로 찍힌 짧은 단어가 겨우 한 구절.

─파페튜어 커크, 다음은 네 차례다.

8

 11시에 나타난 찰스워드는 대단히 동정적이기는 했지만 들뜬 기색을 노골적으로 드러냈다.
 "타이프라이터에서 금방 범인이 드러날 거야. 사건에 관계된 사람들이 사용하는 타이프라면 그 수는 극히 한정되어 있을 테니" 하면서 바로 런던 경시청에 연락할 사람을 보내고, 자기는 파페튜어와 비드 형사부장을 데리고 얼 앤더슨의 아파트로 향했다.
 "아, 그리고 콕크릴 경감님이 급히 쓴 메모를 받았습니다. 브라이언 브라이언 씨는 이미 완전히 혐의가 벗겨졌으니 신용해도 좋다고요."
 "호오, 그랬습니까?" 찰스워드는 큰 관심을 보였다.
 "또한 브라이언 씨가 제게 꽃을 보내주셨어요. 어때요, 아주 자상한 분이시죠?"
 "아주 자상하군요."
 어젯밤만 해도 거미집처럼 혈색을 잃고 얼이 빠져 있던 처녀가 밤사이 180도로 변해서 생기에 넘쳐 반짝이는 것을 찰스워드도 비로소 깨달았다.

 차고에서는 운전사가 고물 롤스로이스를 세차하느라 한창 바빴다. 파페튜어는 눈을 크게 뜨고 "안녕하세요?"라고 쾌활하게 인사를 건넸다.

 오늘따라 더 이쁘군! 제 남자가 행방이 묘연해져서 오히려 마음이 편해지기라도 한 걸까? 하여간 배우란 놈들은 그저……!

 얼 앤더슨은 자기 직업에 대해 이곳에서는 한층 더 부풀려 허풍을 떨고 있었다. 자기가 남들과는 다른 세계의 사람이라는 점을 이 근처 주민들 모두의 머릿속에 똑똑히 심어주어야겠다고 작정했던 것인데, 내심 자기는 배우니까 모두들 경이로운 눈빛으로 언제나 자기를 지켜볼 것이고 큰 흥미를 안고 있을 거라고 확신하고 있었다. 그러나 그가 스튜어트 글렌저도 아니고 제임스 메이슨도 아닌 것은 누가 봐도 뻔한 일이었고, 라디오나 신문에서도 그의 이름이라곤 전혀 찾아볼 길 없었으니 그가 진짜 배우라고는 아무도 믿지 않았다. 그러나 그가 허구한 날 여자들을 방으로 끌어들이고 있었기에 흥미만큼은 무진장 갖고 있었다.

 운전사는 찰스워드의 부하에게 벌써 몇 번이나 읊어 거의 암송하다시피 한 정보를 또다시 기꺼이 제공했다.——11시 조금 전에 앤더슨 씨는 모퉁이에 있는 공중전화로 가서 한참 있다 돌아오더니 곧 차를 타고 나갔다. 1시 지나서 돌아오는 차소리에 모두가 잠을 깼다. 그 뒤 차고에서 앤더슨 씨가 나가는 발소리를 들은 것 같은데 자기 혼자만 아는 일이니까 어쩜 꿈인지도 모르겠다. 선잠을 자고 있었으니까 라고.

 그렇지만 운전사의 마지막 증언은 사실 찰스워드에 앞서 비드가 방문했을 때 이러쿵저러쿵 하도 태클을 받다보니 그렇게 진술하게 된 것뿐이었다. 지금도 비드의 눈이 무서워 내키지는 않지만 떨떠름하게 이렇게 진술하고 있는 것이지, 속으로는 절대 꿈이 아니었다고 굳게 확신하고 있었다.

그는 모자 챙을 들어올리고 후유 하고 한숨을 내쉬었다. 이렇게 더운 날씨에 햇볕이 쨍쨍 내리쬐는 데서 경찰들과 떠들어대는 것은 별로 달갑지도 않은 일일뿐더러 목이 바짝바짝 타들어가서 아주 죽겠다는 태도로, 찰스워드는 목이 타면 물을 마시면 될 것 아니냐는 듯이 냉큼 자리를 뜨면서 파페튜어를 따라 새빨간 작은 차 옆을 지나 사다리 위에 있는 얼의 방으로 올라갔다.

"야외극 전날 오후였어요. 만나지 않는 날에도 거의 매일 밤 전화를 하는 편이지만 보다시피 지금도 여기 전화는 끊겨 있잖아요? 그날 밤 10시 무렵에 이세벨이 전화해서 얼과도 나중에 통화할 생각이라고 했는데 요금을 못 내서 전화가 끊어진 사실을 뒤늦게 떠올렸어요. 그래서 말랑말랑, 아니, 포트 씨에게 대신 전화해야겠다고 하더군요. 하지만 진짜 전화를 했는지 어떤지는 잘 모르겠어요."

찰스워드는 비드를 뒤돌아보았다. "포트의 호텔을 체크해보게."

그리고는 기분마저 음울해지는 그 방을 빙 돌아가며 손으로 가리키면서 파페튜어에게 질문했다.

"뭐 없어진 것은 없습니까?"

일단 경찰의 손에 철저하게 수색되었을 그 방은 또다시 예전 상태로 되돌려져 있었다. 파페튜어는 홀에 있는 모자걸이에 눈길을 주더니, 다음은 침실과 욕실을 들여다보았다.

"음, 모자가 없어요. 레인코트도. 그리고 보니 어젯밤 비가 조금 내렸지요. 그리고 또 실내 가운과 슬리퍼도 보통 이곳에 놓여 있을 텐데 안 보이고, 침대에는 파자마가 없는 것 같군요. 면도기며 칫솔, 속옷 같은 것들도요."

그녀는 문득 입을 다물었고, 눈을 동그랗게 뜬 채 우뚝 멈춰섰다.
"그런데 도대체 뭣 때문에 욕실 커튼마저 떼갔을까요?"
"커튼이라고 했습니까?"
"예, 안이 들여다보이는 비닐로 된 것인데 빨간 다리를 한 갈매기가 그려져 있었습니다. 얼은 그것이 전투기 같다고 혼자 굳게 믿으면서 거꾸로 걸어두었어요. 하지만 그런 걸 왜 들고 갔을까요? 그리고 또 가긴 어딜 갔다는 말일까요?"
그녀는 궁지에 몰린 눈빛으로 찰스워드를 물끄러미 바라보았다. 겁에 질렸다기보다는 도무지 종잡을 수 없다는 그런 황망한 표정으로, 또 설령 겁에 질려 있다고 해도 그것은 얼의 두려움이지 마치 자기와는 아무 상관이 없다는 듯이 보이는 눈빛이기도 했다. 찰스워드는 어깨를 크게 들었다 놓았다.
"어쩌면…… 알고 보면 또 큰일이 아닐 수도 있습니다. 아마 그럴 겁니다. 갑자기 급한 일이 생겨서 누굴 만나러 갔을 수도 있으니까. 누군가에게 전화를 걸러 나간 것은 틀림없어 보이니까요. 병석의 어머님을 뵈러 허둥지둥 달려갔을 수도 있겠지요. 설마 뒤에서 이런 소동이 벌어지고 있는지는 까맣게 모르고. 또 그 어머니라는 사람도 산골짜기 첩첩산중에서 눈 때문에 갇혀 있거나 홍수로 교통이 차단되어서 3주간이나 신문도 못보고 있을 수도 있겠지요. 성미카엘 축일이 다가오는데도……."
"그 사람은 어머니가 안 계세요. 벌써 오래 전에 돌아가셨지요. 아마 여자 친구일 거예요. 늘 갑자기 달려가곤 하거든요. 한마디 말도 없이. 카사노바라도 된 줄 아는 거겠죠. 그래요! 틀림없어요. 경감님 저랑 내기라도 하실래요? 그 사람은 당장 필요한 몇 가지만 꾸려서 급히 어디론가 사랑의 보금자리로 뛰어든 거라구요."
"하지만 아무리 사랑의 보금자리라 해도 설마 욕실 커튼까지야 떼

갖고 가겠어요?"

마침내 비드가 끼어들었다. 아무리 말도 안 되는 헛소리라 해도 이젠 어느 정도 익숙해졌다고 자부하고 있었는데, 그럼에도 불구하고 이건 참 보기 드문 진묘한 대화였던 것이다.

"설마 갈매기에 대한 어떤 페티시(fetish, 맹목적으로 열광, 숭배하는) 같은 건 그에게 없었겠죠?"

비드 형사부장은 '페티시'란 말이 아프리카 토인들이 쓰는 둥근 모자를 가리키는 것이라고 믿었기 때문에 더욱 황당한 표정이 되었다.

엘리시온 홀에서는 포트, 수잔 베틸레이, 그리고 마더디어가 풀이 팍 죽어서 무대에서 어슬렁거리고 있었다.

"오호! 범인은 꼭 범죄 현장으로 되돌아온다고 하던데." 바로 맞은편 가게에서 황급히 점심을 먹어치우고 달려온 찰스워드는 세 사람을 보면서 쾌활하게 농담을 건넸다. "보아하니 여러분 모두 현장에 모이지 않았습니까! 이래 가지고는 모두 집단 살인이라는 혐의를 얻을지도 모릅니다. 아, 집단 살인이라면 무리에 의한 살인을 가리키는데, 그렇다고 꼭 빙 둘러싸고 죽였다는 그런 소리는 아닙니다. 하하!"

페피와 드물게 보는 침착한 태도를 하고 있는 브라이언 사이에 서 있던 콕크릴 경감은, 앞으로 어떻게 해야 할지 막막하기 그지없는 이런 상황에서도 같은 경찰 동료가 이따위 어리석은 농담이나 픽픽 던지며 쓸데없는 시간을 보내고 있는 것을 신랄하게 관찰하면서 마음 한 구석으로 흡족한 희열을 느꼈다. 찰스워드 경감이 제제벨 사건에서 보기 좋게 '발을 헛디딜' 것은 불을 보듯 뻔했다. 그러면 경멸과 함께 마치 초보자처럼 취급되고 있는 나 콕키가 대신 등장하여 하나에서 열까지 제대로 된 밥상을 다시 차릴 것이다!

"찾아갔었지요." 브라이언은 파페튜어에게 이렇게 말했다. "이제 악한이 아닌 걸 아셨으니 함께 점심이나 했으면 하고요."

"점심은 콕크릴 경감님과 함께 먹었어요, 브라이언 씨. 그리고 그 길로 이리로 왔고요. 하지만 꽃은 감사히 잘 받았어요. 정말 예쁘더군요. 미안해요, 제가 터무니없는 소리 해서…… 당신을 의심하는…… 하지만 망토도 하얗고 목소리가 꼭……."

"제가 당신의 안전을 지키겠습니다, 페피."

브라이언은 다정하게 말을 건넸다.

찰스워드는 포트를 한쪽으로 불렀다.

"부인 일은 정말 죄송스럽게 생각합니다. 그 간호부장이란 여자만……."

"이젠 돌이킬 수 없게 되었습니다, 경감님!" 포트는 작지만 또박또박 통절한 음성으로 대답했다. "아내는 이제 일어나지 못합니다. 언제쯤 나을까 하는 희망도 모두 물거품처럼 사라졌고요."

"하지만 분명히 밝혀두고 싶은 것은, 저와 얘기할 때는 아무 이상도 없었다는 겁니다. 나는 아무것도 묻지 않았고 아무 말도 하지 않았습니다. 그저 아주 편하고 사이좋게 얘기만 나눴을 뿐입니다. 그런데……."

"말레이시아에서의 제 정사(情事)며 이세벨 돌 양 이야기, 전시회에 대해서 말이죠? 절대 아내 귀에는 들어가지 않도록 내가 그토록 마음과 돈을 썼건만 이젠……." 입을 앙다문 핏기 없는 포트의 얼굴은 한층 더 창백해졌다. "그러니까…… 나는…… 아내를 그곳에 두려고 나는 막대한 입원비를 지불해야 했는데…… 하여간 나로서는 단 하루도 마음 편할 날 없는 무거운 짐을 이고 있는 기분이었습니다. 번잡한 세상사는 귀에 들어가지 않도록 고이 쉬게 해두자고 늘 그렇게 마음먹었지요. 아시다시피 상태가 그러니……."

포트는 마지막으로 적어도 이 말만은 해두어야겠다는 신랄한 어조로 덧붙였다.

"하여간 미리 말씀드리겠습니다만, 오늘 당신이 내 아내를 방문함으로써 이 사건에 관한 내게서 얻을 수 있는 모든 단서는 이제 사라져버렸습니다!"

찰스워드는 굳이 이의를 제기하지는 않았다. 이 작은 사내를 더 화나게 해서 펄펄 날뛰게 해봤자 이득이 없다고 생각하고는 아무 소리도 못 들은 체 무대 중앙으로 돌아가 살인 현장을 다시 한번 살펴보면서 처리해야 할 일이 무엇인지 곰곰이 생각해보았다.

눈에 띄는 모든 지문과 발자국은 지금까지 증언한 용의자들의 말이 올바르다는 사실을 뒷받침하고 있었다. 베틸레이는 틀림없이 대기실 입구의 문을 쿵쿵 두들겼고, 브라이언 브라이언은 분명 문을 열어주었다. 문 밖에서 안으로 잠긴 자물쇠를 푼다는 것은 인간의 힘으로는 무리였을 테니까. 얼 앤더슨이 비실비실 퇴장했을 무렵은 기사들도 모두 투구와 갑옷을 입고 있었다. 따라서 당연히 로맨틱한 극적 효과를 높이면서도 지문을 남기지 않는 점에서도 참으로 효과적인 사슬로 엮은 쇠장갑도 끼고 있었던 것이다. 그러나 이세벨이 떨어지고 나서 곧 허둥지둥 달려온 포트의 두터운 손바닥 흔적은 문 밖에 선명히 남아 있었다. 파페튜어가 갇혀 있던 분장실에서는 단서가 될 만한 지문은 하나도 발견되지 않았다. 그러나 이 또한 쇠장갑이 원인인지도 모를 일이었다.

찰스워드는 주변에 모여 있던 일동에게 말을 걸었다.

"여러분, 얼 앤더슨의 소식을 알고 싶어하실 것으로 짐작합니다만 실은 아직 아무 단서도 없습니다. 어젯밤, 다시 말해 살인이 일어나기 하루 전날 밤에 그는 집을 나와서 전시장에 나타난 것을 마지막으로 오리무중 소식을 알 수 없습니다. 필요한 물품은 옷가방에

챙겨 갔다고 보입니다. 또는 그가 달아난 것처럼 위장하려고 누군가 일부러 그렇게 꾸몄는지도 모르고요. 결국 문제의 초점은 이것이겠지요. 얼 앤더슨은 살해당했을까, 아니면 그가 범인일까?"

두 가지 가정 모두 여기 모인 사람들의 원하는 바는 아닌 듯했다. 파페튜어가 말했다.

"만약 범인이라고 하면 얼에게 동기가 있어야 할 텐데 그에게는 이세벨을 미워할 이유 따윈 전혀 없어요."

마더디어는 갈등이 심해지면서 사지가 뒤틀렸다. 말해야 하나 말아야 하나 하고. 전시장의 소란이 아득해지면서 사랑하는 이의 목소리가 써늘하게 지나갔다.

"얼은 절대 이세벨을 죽일 리 없어요. 그런 짓을 할 인물이 못되는걸요. 그토록 냉혹하고 잔인한 모략가는 아니라고요."

휑하니 넓은 방. 12벌의 갑옷이 나란히 매달려 모두를 지그시 지켜보고 있었다. 아니, 모두가 아니었다. 오로지 그를 말이다. 이루 말할 수 없이 혼란스럽고, 불행하며, 벼랑끝까지 내몰린 다급한 조지 엑스마우스를. 갑옷은 텅 빈 눈길로 그를 응시했다. 마침내 그의 입에서 불결한 사실들이 터져 나왔다.

"얼 앤더슨은 잔인한 모략가입니다! 아무렴요. 그 자는 파페튜어, 당신과 결혼할 생각이었어요. 하지만 그 자식은 이미 결혼한 몸이라구요!"

파페튜어의 뺨으로 단숨에 피가 몰려들었다. "거짓말!"

"정말이에요. 나는 두 사람이 하는 말을 들었어요. 그 자와 이세벨이 하는 소리를."

그 작자야말로 그때 파페튜어를 끌어안고 있었던 장본인이 아니던가! 그런데 왜 또 그 남자를 두둔하려는 걸까? 그러나 파페튜어의 얼굴에 떠오른 절망적인 경악을 눈으로 보게 되자 그의 마음은 갈갈

이 찢어졌다. 조지는 무겁게 말을 이었다. "그렇지만 이제 아무것도 마음쓰지 마세요, 파페튜어. 두 사람 다 죽었으니."

"왜 그런 말을 하는 거지?" 찰스워드가 서둘러 끼어들었다. "앤더슨이 죽었다는 걸 어떻게 아느냐고? 지금 얘기로 그에게 살인의 동기가 있다고 하는 사실을 증명하는 것이라면 거기까진 이해하지만, 그가 죽었다는 것은 좀 말이 안 되지. 안 그래?"

"단순한 염원일 뿐이야."

소년의 얼굴을 애처롭게 바라보면서 콕키가 나섰다.

조지 엑스마우스는 백짓장처럼 하얘졌다.

"저, 저는…… 그저……."

그러나 찰스워드는 이미 마더디어에게는 흥미를 잃고 있었다. 이 소년은 사건의 시작부터 끝날 때까지 말을 타고 있었으니까. 아무에게 주목도 못 받으면서도 제 혼자 마음이 들떠서 본 것도 없을 게 뻔해! 그는 이제 비로소 그럴싸한 동기가 떠오른 실종중인 앤더슨에게 모든 정열을 아낌없이 바치기 시작했다.

"앤더슨은 옷가방을 들고 집을 나가 살인 전날 밤은 어딘가 다른 곳에서 보냈다. 이유는 잘 모르겠지만 아마 범행 후 멀리 달아나려고 미리 준비를 했던 모양이지. 아슬아슬한 시간이 되어서야 겨우 전시장에 모습을 드러냈고, 분장실이나 마구간에서 옷을 갈아입었다. 어쨌거나 그가 옷을 갈아입는 모습을 본 사람은 아무도 없으니. 그리고 통로에서 커크 양을 기다렸다가 그 작은 방으로 유인한 다음 망토로 둘둘 말아 구석에 처박고는 밖에서 문을 잠갔지."

"그럼 그게 얼이라는 말이에요? 얼이 브라이언의 목소리라도 흉내냈다는 말이?"

"그라면 배우니까 누워서 떡먹기였을 겁니다."

브라이언은 어깨를 들었다 놓았다.

"그런데 저를 왜 가둘 필요가 있었을까요?"

찰스워드는 짐작조차 할 수 없었다. "일을 벌일 때 당신이 방해하지 못하게 해놓을 생각이었겠지. 기사들을 뒤에서 돕는 게 당신 일이잖소?"

"저와 베틸레이 양의 일이에요."

"하지만 베틸레이 양은 대기실 문을 지키느라 꼼짝 못할 거라는 걸 그는 알고 있었겠지."

포트는 무어라 입을 열려다 그만 단념한 듯했다. 찰스워드는 계속 얘기했다. "그후 그는 대기실로 들어갔소. 말은 그냥 내버려두고. 서커스용이었으니 내버려두어도 말은 가만히 있었겠지. 그리고 어수선한 틈을 타서 탑으로 올라가…… 그래, 탑에 올라갔을 거야!"

"하지만 그랬다면 이세벨이 눈치챘을 텐데요?"

"안다 한들 별 의심이야 했겠소? 코흘리개 적부터 친구였는걸. 어쩌면 발판 밑에 숨어 있었는지도 모를 일이지. 창으로 빛이 흘러나오면 안 된다고 발판의 전기는 켜지 않았을 테니까 딱 적당한 어둠이었겠지. 이세벨은 늘 창과 탑 입구에서 새어드는 불빛에 의지해 사다리를 타고 올라갔을 거고. 그런 다음……."

"그런 다음" 콕크릴 경감은 정중하기 이를 데 없는 어투로 그 말꼬리를 가로채 "이세벨을 교살하고, 12분 후——관중들이 주목하는 가운데 자기가 앞발을 높이 들어올린 말안장에 떡 하니 앉아 있을 때——방금 교살되어 내던져진 것처럼 보이도록 꾸몄다는 말이군. 정말 대단한 솜씨야, 놀라워!"

그럼 누군가 공범이 있다? 도대체 누가 있다는 소리지? 다른 사람들은 모두 무대에 있었잖아! 수잔 베틸레이와 포트는 예외지만. 아! 파페튜어도 있었군. 그러나 왜? 그들 가운데 누군가가 얼 앤더슨의 살인을 도왔다면 도대체 어떤 방법을 썼는지 도무지 짐작조차 안 가는군. 그러나 여하튼 누군가 공범이 있었다고 가정해 보자.

베틸레이는 포트나 파페튜어 그 어느 쪽도 대기실에는 없었다고 다시 한번 분명히 증언했다. 그러면 두 사람 가운데 하나가 여벌 갑옷이라는 투명망토를 입은 덕택에 이세벨에게 들키지 않고 안전하게 탑에 들어갔다고 가정해 본다면? 그렇지만 탑에서는 또 어떻게 나올 수 있으랴?

이세벨이 떨어진 직후 베틸레이가 뛰어들었을 때에는 탑이며 대기실에는 갑옷을 입었든 안 입었든 어슬렁거리는 사람이라곤 그림자도 없었다니까. 여벌 갑옷은 제대로 벽 중앙에 걸려 있고, 한 벌짜리 투구도 바로 위에 박힌 못에 매달려 있었지.

그럼 앤더슨이 이세벨을 죽이고 능청스럽게 다시 말을 탄 뒤, 베틸레이가 탑으로 숨어들어가 가장 효과적인 순간을 노려 사체를 떠밀었다고 하는 것은 어떨까? 아니, 틀렸어. 만약 그렇다고 하면 이세벨은 밑으로 떨어지기 훨씬 전에 숨이 끊어져 있어야 하는데 검시 결과 불과 2, 3초 전에 죽었다고 하니까 절대로 말이 안 된다. 게다가 무엇보다 브라이언은 문이 안에서 잠겨 있었다고 했으니까 베틸레이는 들어왔을 리가 없어. 더욱이 일부러 기다리고 있다가 시체를 내던질 이유 따위 처음부터 없지 않는가!

게다가 고리 매듭이 두 개나 되는 이유도 수수께끼다.

"참으로 쓰잘 데 없는 소리군!" 우매한 영국 경찰의 언제 끝날지 모를 자문자답에 넌더리가 난 브라이언이 짜증스럽게 쏘아붙인 뒤 파페튜어에게 제안했다. "출품자 클럽에 가서 차라도 마시겠습니까?"

출품자 클럽이라는 것은 그저 휑하니 넓기만 한 을씨년스런 휴게실로, 둥근 유리탁자 몇 개와 똑바로 정좌하든지 옆으로 드러누울 수밖에 없는 등의자가 몇 개 늘어서 있는 곳이었다.

이제 겨우 전시회 이틀째인데 나무탁자와 유리 사이에 끼워진 붉은 종이는 어느새 찻물이 성대하게 떨어져 기분 나쁜 황갈색 반점으로 얼룩져 있었다. 이 클럽이 회원에게 베푸는 은혜가 있다고 한다면 전 시장 그 어디보다 위생시설은 그나마 조금 낫다는 점이었다.

3시쯤이면 과자도 전부 동이 나고 가벼운 비스킷 종류도 품절에 토스트도 취급하지 않는다고 하는 그런 꼬락서니였지만.

"저 있는 곳으로 가시죠. 차를 대접할 테니."

마치 미리 계산이라도 해둔 듯이 '모두 끝났습니다'는 말이 떨어질 때마다 브라이언이 붉으락푸르락 얼굴색을 바꿔가며 몇 번이나 일어서서 종업원을 부르고 허무한 주문을 되풀이하는 것이 차마 보기 딱해서 파페튜어는 그렇게 제안했다.

"과자는 아마 다 떨어졌을 겁니다. 그렇지만 메뉴에 시꺼멓게 연필로 줄이 쳐진 것을 보면서도 애써 근엄하게 그걸 주문하는 사람도 그리 흔치는 않겠죠?"

"괜찮습니까, 영국에서는 젊은 부인의 집을 찾아가도?"

"젊은 부인일 뿐 아니라 침실 겸 응접실 겸 거실이기도 한 집이죠." 페피는 깔깔 소리내어 웃으며 "그렇지만 여기는 런던, 시절 또한 1947년이죠. 게다가 콕키가 당신은 신뢰해도 좋다고 하셨거든요. 그것도 그냥 말로만 하신 게 아니라 정식으로 글까지 써 주셨잖아요?" 브라이언의 팔짱을 끼고 빤히 그의 얼굴을 들여다본다. "혹시 무서워하는 거 아니에요?"

"당신은 이제 무서워하지 않는군요, 파페튜어. 참으로 기쁜 일입니다." 브라이언의 푸르른 눈이 빛났다.

콕크릴 경감은 찰스워드와 함께 무대에 남아 있었다.

"앤더슨이 범인이라는 가정인가! 혹시 자네는 그 시를 잊어버린 건 아닌가? 또 그 다이아몬드 브로치도 말일세."

"그런 물건은 이 사건과 밀접한 관계가 없습니다."

콕키는 어깨를 으쓱했다.

"글쎄…… 과연 그럴까? 나는 살인이 일어난 1시간 전후에 있었던 모든 일들은 자네의 흥미를 끌기에 충분하다고 생각하는데?"

"하지만 그런 일이 꼭 1시간 전후라고 하는 한정된 시간에 일어난 것인지는 아무도 모르지 않습니까? 이세벨 돌은 그 브로치를 몇 년 전부터 가지고 있었을지도 모르고 시를 적은 종이도 어쩌면 품에서 한시도 떼어놓지 않았을 수도 있잖습니까?"

"몸에다 꼭 붙이고 말인가?"

"뭐, 그런 일도 있을 수 있겠죠. 여자들은 흔히 그러지 않습니까?"

"체체벨은 아마 안 그럴걸!"

"그럴까요…… 아니, 그렇대도 상관없습니다. 그럼 앤더슨이 범행 1시간 전에 그 브로치를 보냈다고 하는 건 어떨까요. 당신이 하고 싶은 말도 그게?"

"나는 앤더슨이 주었다는 말은 하지 않았소. 그저 이세벨이 손에 넣었다고 말하고 있을 뿐이지. 만약 그것을 직접 건네줬다면 그 시는 아마 필요 없었겠지. 부러 신비적인 냄새를 풍길 필요는 없었으니까 말이오. 그녀는 시를 먼저 받고, 그 뒤에 브로치를 손에 넣었다고 하면 어떻게 될까?"

찰스워드는 어깨를 들썩했다. "그럼 그렇다고 하지요. 그래서 어떻다는 말입니까? 이세벨은 그 시를 가슴에 넣고 옷 위에서 브로치를 고정시킨 뒤 자기가 있어야 할 자리로 갔다. 탑에 올라가 창 밖을 내다보며 자기를 사모할 기사가 있는 왼쪽으로 감사의 마음을 표하며……."

"어떤 자세로?" 콕크릴은 손을 잡고 일일이 가르쳐야 하는 어린애를 상대하듯 자상하게 상대를 이끌었다.

"글쎄요…… 어쩜 몸을 밖으로 내밀면서…….”
"객석에서는 보이지 않을까?”
"아니오. 발코니는 칠흑처럼 어두웠을 테니까요. 그렇지만 그 기사는 바로 밑에서 위를 우러러보고 있는 자세였겠죠.”
"그리고는?”
"그리곤 기사의 팔이 갑자기 10피트나 늘어나 이세벨을 끌어내려 발밑에 쓰러뜨리고는 목을 졸라 죽였단 말인가!”
찰스워드는 보기에도 한심한 표정을 짓고 있었다.
"그래. 말 그대로지!”
찰스워드는 진지한 눈빛으로 상대의 얼굴을 똑바로 쳐다보았다. 그러다 갑자기 불이 붙은 것처럼 허둥지둥 행동을 개시했다.
"여러분, 모두 무대에서 내려와 주십시오. 막을 열어주게, 비드. 밧줄은 없나? 밧줄이 필요해. 아! 거기 있는 굵은 끈도 괜찮겠네.”
그것을 집어 들고 날듯이 뒤로 돌아가더니 어느새 탑의 창에서 모습을 드러내고는 초록 주석으로 만들어진 담쟁이 사이로 손을 늘어뜨려 더듬더듬 무언가를 찾았다. "이거야! 여기에 못이 빼곡이 박혀 있어.” 그리고 콕키를 불렀다. "묶은 매듭이 2개나 있었다는 것은 무슨 의미일까요?”
"말했듯이 그 부분이 실로 알쏭달쏭한 수수께끼 같은 구석이지.”
콕키가 대답했다.
"그럼 우리들의 눈을 속이기 위한 트릭이라고 보는 것은 어떨까요? 매듭이 2개 있으면 무슨 의미가 있는 듯이 보이기 십상이니 말이죠. 잎을 숨기기엔 숲이 최고인 것처럼.”
찰스워드는 들뜬 기색을 감추지 못했다.
그는 끈으로 커다란 고리를 만들어 좁은 창을 둥글게 감싸는 형태로 펼쳐지도록 3개의 못에 걸었다. 그 끈 끝에 다른 한 끈을 묶어 10

피트 정도의 길이로 만들더니 창에서 왼쪽으로 늘어뜨렸다. 끈은 탑 중간까지 왔다. 그는 창으로 쏙 들어가더니 어느새 불쑥 무대 위로 되돌아왔다.

비드는 흐뭇해하는 두 얼굴을 비교해보면서 어안이 벙벙했다.

"그럼 그 남자가 피해자에게 창에서 목을 내밀도록 꾸며놓고 스위치를 찾는 체하면서 밧줄을 잡아당겼다는 말씀이시군요. 그리고 그 고리 매듭이 못에서 벗겨지면서 그녀의 목으로 떨어진다, 그러면 그는 줄을 휙 잡아당겨 창에서 끌어내렸단 거군요? 하지만…… 잠깐만요! 이건 아니에요!" 비드는 눈썹을 모으고 드문드문 흰 서리가 내린 머리를 저었다. "미안하지만 좀 성급한 결론 같습니다, 찰스워드 경감님? 의사는 그 여자가 등 뒤에서 양손으로 목을 졸린 거라고 했으니까요. 떨어지기 바로 직전에 말입니다. 그것만은 절대 움직일 수 없는 사실이지요."

"이봐요 영감, 이러니저러니 참견할라치면 당신도 아마 곧 움직일 수 없게 될 걸!"

찰스워드는 말이 발을 올려놓던 받침대에 올라가 손을 뻗쳐 휙 끈을 잡아당겼다. 끈은 스르륵 벗겨져 바닥에 또아리를 틀었다.

"비드, 쓸데없는 소리는 나중에 하고 여기에 좀 누워봐. 방금 15피트에서 떨어졌다 생각하고." 그리고는 콕크릴에게 몸을 돌리며 물었다. "당신이 하시고픈 말씀이 바로 이것이죠. 아닙니까?"

"시와 브로치를 가리킬 때만 해도 틀림없이 그런 의미였을 걸세."

콕키가 이렇게 조건을 달며 일부분만 인정하더니 다시 한번 그 시를 큰소리로 읊었다.

"오, 아름다운 이세벨!
그대를 찬양하는 자

남몰래 간직한 뜨거운 사랑을
살며시 그대에게 전하노라.
보잘것없는 이 선물을 보낸 사람은 누구?
그 이름은 왼편에 늘어선 수수께끼의 기사!

물론 앞에서도 얘기했듯이 두세 가지 다른 방법도 생각해볼 수 있겠지만 말일세."
찰스워드는 다른 두세 가지 방법까지 신경 쓸 겨를이 없었다.
"그럼 난 말에 올라탄 적기사가 되겠네. 이세벨을 끌어당겨서 떨어뜨린 뒤 마치 궁지에 몰린 멧돼지처럼 말 위에서 위협하듯 뒤돌아본다. 백기사가 조금 골치 아픈 수선을 피우고 있지만 그것도 어느 정도 예상한 일이지. 말이란 결코 시체를 밟지 않는다고 했는데 이번에도 그랬어. 백기사는 앞으로 내달렸고, 덕분에 거추장스러운 것들이 없어졌다. 그리고 1, 2초 정도 더 기다린다. 이윽고 말에서 내려와 이곳으로 걸어와서 보기에도 참혹한 모습으로 변한 이세벨 옆에 무릎을 꿇는다. 망토가 물결치듯 펼쳐지면서 손을 가린다……."
"끄으으윽!" 비드 형사부장이 숨이 넘어갈 듯이 비명을 질렀다.
"숨을 못 쉬겠어요! 제발 그 손 좀……."

"관중들이 보는 앞에서 해치웠단 말인가!"
사건의 대담함에 등골이 서늘해진 찰스워드의 목소리가 떨렸다. 그는 벌떡 일어나 방금 비드를 목 졸라 죽이는 연기를 했던 자기 손을 혐오스럽다는 듯이 찰싹찰싹 때렸다.
"그것도 제일 앞줄에 앉아 있는 나, 콕크릴의 눈 앞에서 말이지?"
라고 말하는 콕크릴 경감. 그로서는 끔찍하다거나 살이 떨린다거나 하는 어설픈 감상에 사로잡혀 있기에는 시간이 너무 아까웠다.

"밧줄을 풀어 스커트 속에 숨긴 뒤, 슬픔으로 멍해진 것처럼 비실비실 아치를 빠져나갔군!"

비드는 아픈 목을 쓰다듬으며 간신히 일어났다. 찰스워드는 이제 겨우 손을 다 때린 것 같았다. 콕크릴 경감은 지금이라도 풀어질 것 같은 담배를 입으로 가져가 깊이 빨아들였다.

"그럼, 이제 남은 것은 앤더슨의 그 뒤의 행적을 쫓는 것뿐인가?"

즉시 다음 행동을 하고 싶어서 몸이 근질근질해진 찰스워드가 이렇게 말했다.

"그리고 체포하는 것이겠죠?" 비드도 큰 기대를 걸었다.

"당연히 체포해야지. 경감님, 그렇지 않습니까?"

콕키는 머리를 갸우뚱했다. "방금 자네는 앤더슨이 어떻게 움직였는지 먼저 알아내겠다고 했나?"

"어젯밤 파페튜어 커크 외에 그와 말을 한 사람이 있습니까?"

"파페튜어도 말한 적 없네."

"설마! 농담이시죠? 틀림없이 말했습니다."

"그러나 증언은, 그녀가 베틸레이 양에게 앤더슨이 왔다고 한 말뿐이네."

"그거야…… 말은 하지 않았어도 얼굴은 보았는지도 모르지요."

"글쎄, 그것도 크게 기대할 수 없어 보이는걸." 콕키는 전혀 타협할 생각이 없어 보였다. "베틸레이 양은 분장실 복도에 있었어. 왤 앤더슨이 오지 않았다고 한차례 소란을 떨었지. 페피는 대기실 입구에 서 있었고, 그리고 그가 이미 한참 전에 와 있다는 얘기를 했어. 옷을 갈아입는 중이라고. 그렇지만 이렇게도 생각할 수 있겠지. 페피는 앤더슨의 갑옷이 늘 걸려 있던 장소에서 없어진 것을 보고, 마구간이나 어딘가에서 갈아입는 중이라고 단순히 그렇게 짐작했을 수도 있지 않겠나?"

 찰스워드는 이토록 자잘한 일에 신경을 쓰는 것이 지나치다고 생각했다. 파페튜어가 어쨌든 그 뒤에 지독한 꼴을 당한 것은 사실이니까 얼 앤더슨의 입으로 지금부터 마구간에서 옷을 갈아입는다고 했거나 말거나 그런 건 전혀 문제가 안 된다고 생각했다. 그런데 이 노인은 조그마한 일을 꼬투리삼아 늘 일을 크게 벌리길 좋아하는 성격 같다. 그는 잠시 생각한 뒤 이렇게 말했다.
 "그럼 이렇게 합시다. 저는 경시청으로 들어가 사건부터 정리해야 하니까 도중에 커크 양 집에 잠깐 들러서 물어봅시다. 게다가 그 새로운 예고장 일도 있고 하니 말입니다. 지금까지 일어난 사실로 미루어보아 큰 위험이 닥칠지 모른다는 경고도 일단 해줘야겠지요. 철저한 경계가 필요하다는 사실을 말입니다."
 콕크릴은 찰스워드의 소형차 앞자리에서 짧은 다리를 포개고 무릎 위에서 모자를 만지작거리면서 베이즈워터로 향했다.
 "덕분에 많은 도움을 받았습니다. 그 힌트 덕분입니다." 찰스워드는 남이 대신 져준 자기의 등짐을 그저 번드르한 몇 마디로 입발림하면서 은근슬쩍 때우려는 기색이 역력했다. "어쨌거나 저도 시간이 더 있었으면 거기까지 생각이 미쳤을 테지만 지금은 머릿속이 복잡해서. 제가 수사 주임이니 뭐니 하는 입장에서 사건을 지휘하노라면 이런저런 잡다한 골치 아픈 일들이 수두룩하니까요······."
 '회의 기간 중 틈틈이 시간 날 때마다 느긋하게 돌아다니면서 듣기에만 그럴싸한 추리를 꾸며내는 당신과는 근본적으로 틀립니다, 이 몸은!'

 과자도 없이 차를 마시면서, 파페튜어는 그녀의 새로운 기사에게 아침에 배달된 우편물과 함께 섞여 있던 그 예고장 이야기를 털어놓앉다.

"그런데 도대체 누가 그런 것을 보냈을까요, 파페튜어 양?"

"저는 도무지 짐작이 안 가요. 물론 경찰에게는 벌써 알렸어요. 어젯밤에 부친 모양이에요. 하긴 전시장에서 돌아올 때라도 얼마든지 기회가 있었고, 또 제가 도착하기 전에라도 넣어둘 수 있었겠죠. 어쨌든 이 근처 우체통에다 넣은 것은 분명해요."

"필적으로 뭔가 알 수 있지 않을까요?"

"타이프로 친 거여서 일단 모두가 사용할 가능성이 있는 타이프를 조사한다더군요."

"하지만 페피, 그건 무의미하다고 생각하는데요. 아무 타이프라이터 가게에라도 들어가서 시험삼아 몇 마디 두들겨보는 정도라면 누구라도 가능할 테니까요. 일년 내내 '날쌘 갈색 여우가 미련퉁이 개를 덮쳤다'고만 칠 필요는 없을 테니까요."

우편 집배원이 왔다는 신호인, 연속해서 두 번 두드리는 노크 소리가 나더니 콕키와 비드와 찰스워드가 동시에 우르르 들어왔다. 찰스워드는 갈색 종이 봉투를 안고 있었다.

"화사한 모자라도 샀습니까, 커크 양? 아니면 누군가가 선물한 특별히 포장된 꽃다발인가? 불결한 집배원의 손에서 재빨리 구출해내서 저희들이 대신 들고 왔습니다."

콕키는 부디 모자만큼은 아니길 속으로 기도했다. 전에 모자와 관련된 어떤 사건을 맡은 적이 있었기 때문이다. 프란체스카 하트의 그 야말로 희극이라고밖에는 표현할 길 없는 그 콩알만한 모자가 죽은 그녀의 머리 위에 살짝 얹혀 있었던 것인데, 분명 그 사건은 실패하지는 않았을 것이다…… 아니었나? 그는 말했다.

"찰스워드 씨가 물어볼 게 있다고 하시는구나, 페피. 그리고 하실 말씀도 조금."

"어머, 물어보세요, 찰스워드 씨."

모자를 산 기억은 없으므로 소포의 내용물이 궁금했던 파페튜어는 건성으로 대꾸했다. 풀기 어렵게 꽁꽁 묶여 있는 매듭을 풀려고 여기저기 부산하게 아무 끈이나 잡아당겼다.

브라이언이 그녀의 손에서 소포를 빼앗았다.

"제가 풀어보겠습니다."

찰스워드는 사실을 확인하려고 파페튜어가 실제로 앤더슨을 보았는지 어떤지 물었다.

"아니오, 보지는 못했습니다. 그저 그 사람의 갑옷이 보이지 않아서 그렇게 생각했을 뿐입니다."

참으로 빈틈없는, 영감의 말 그대로가 아닌가!

브라이언과 파페튜어는 어떻게 해서 그 살인이 이루어졌는지 찰스워드가 대략적으로 추리하는 것을 눈이 휘둥그레져서 듣고 있었다.

"아무래도 충분히 경계하시라고 당신에게 말해둘 필요가 있을 것 같아서요, 커크 양." 찰스워드는 거드름을 부리며 말했다. "그 살인 예고장은 오늘 당신의 손에 도착했으니까요. 얼 앤더슨이 이토록 천지를 분간 못하고 날뛰게 되면 당신도 크게 위험해질 겁니다."

"얼 앤더슨을 찾지 못하면 체포장도 발부할 수 없어서 그래, 페피." 콕크릴이 설명을 거들었다. 내심 런던 경시청의 솜씨가 왜 이리 성의가 없고 허점투성일까 한탄하지만 그것까지는 신경쓸 필요가 없었다.

"두말하면 잔소리죠, 말해 무엇하겠습니까?"라고 잘난 체하는 찰스워드.

"그렇겠지. 그러니 그 지당한 얘기를 내가 대신 해두는 걸세."

브라이언과 파페튜어는 두 사람을 뚫어져라 쳐다보았다. 브라이언은 무릎 위에 놓인 소포 꾸러미를 무의식적으로 손을 놀려 끈을 풀고 있었는데 마침내 손놀림이 멈췄다.

"도대체 무슨 말씀들 하십니까?"

참으로 말귀가 어두운 사람들이군. 정말 놀라워! 찰스워드는 벌떡 일어나 모자를 손에 집어 들었다.

"커크 양에게 경고를 하고 있는 겁니다. 오늘 아침에 두 번째 예고장도 왔고 해서요. 그가 어디 있건 틀림없이 커크 양을 노리고 있으니까. 그렇다고 너무 걱정은 하지 마십시오. 저희들이 충분히 경계를 서고 있으니 말입니다. 게다가 커크 양도 얼 앤더슨이 범인이라는 사실을 알고 있으면……."

"얼 앤더슨이라고?" 느닷없이 콕키가 부르짖었다. "무슨 소리하는 거야! 얼 앤더슨이 뭐, 뭐, 도대체 뭐라고?"

"범인이죠! 당연한 얘기 아닙니까? 좀 전부터 우린 그 얘길 하고 있었잖습니까? 범인이 곧 적기사이고, 적기사가 곧 얼 앤더슨이라고!" 찰스워드는 푸르르 분개했다.

파페튜어는 느릿느릿 거의 무의식적으로 손을 뻗었다. 얼만 떠올리면서 그저 기계적으로 손을 움직였다. 상자 뚜껑을 열고 멍하니 속을 들여다보았다. 종이 테이프로 가득 채워진 상자. 그리고 그 속에 엷고 투명한 전투기 모양을 한, 또는 거꾸로 뒤집힌 갈매기 그림 같은 …… 얼의 욕실 커튼!

그녀는 눈을 동그랗게 뜨고 그대로 얼어붙었다. 나머지 사람들의 눈도 화등잔만해졌다. 그러나 아직 그녀의 마음에는 경악이 파고들 여지가 없었다. 얼 생각으로 가득 차 있었던 것이다.

너무도 잘 알고 있던 얼, 다른 건 몰라도 늘 다정하게 자기를 대해주던 얼, 설령 스산한 마음속에서 일어난 감정이긴 하지만 그토록 좋아했던 얼…… 사람을 죽였다니!

그녀는 비닐 커튼으로 둘둘 말려 있는 것을 조금씩 펼쳐보았다.

검은 머리칼, 납빛 얼굴, 검붉게 뒤엉킨 핏덩어리……. 그리고 영혼이 빠져나가 버린 얼 앤더슨의 푸른 눈이 똑바로 자기를 응시하고 있었다.

9

 이세벨이 살해당한 다음날 밤, 팔짱을 낀 한 쌍의 남녀가 그만 풀더미 속에서 뒹굴고 있던 얼 앤더슨의 목 없는 시체 위에 주저앉았었는데, 그런 일이 있고 나자 어쩐지 두 사람 사이가 어색해졌다는 그런 기이한 일이 발생했다.
 장소는 메이든헤드로 향하는 도로에서 바로 손닿을 곳에 있는 풀이 무성한 언덕으로, 사체 근처에는 흔해빠진 빵 자르는 칼이 떨어져 있었다. 날은 붉게 녹슬어 있었고, 단서가 될 것을 염려해서인지 손잡이는 일부러 새까맣게 태워놓았다. 현장에서는 피도 흐르지 않았고 몸싸움을 한 흔적도 찾아볼 수 없었다. 한두 개 눈에 띄는 발자국은 이미 그 형태가 흐릿해져 있었고 그나마도 피해자의 발자국으로 보였는데 사체 근처에서 나뒹굴고 있던 구두와 모양이 일치했다.
 여러 가지 사실로 미루어 죽은 지 48시간은 지났다는 게 전문가들의 의견이었다. 그러니 시간은 더 거슬러갈 수도 있다는 말이었다.
 "사후경직은 자네도 알다시피 흔히 머리와 목부터 시작되네. 그런데 이 경우는 목이……."

이 무슨 기분 나쁘고 처참한 얘기란 말인가! 찰스워드는 후들거리는 다리를 억지로 타일러 시체안치소의 한 작은 방 안을 머리라도 감싸고 싶은 심정으로 둘러보았다.

"뭐라도 좋으니 좀더 확실한 정보는 없겠나?"

"그런 소리 말게. 난들 어디 좋은 줄 아나? 방금 아침밥을 먹었는데 오자마자 이 목 없는 시체가 날 반겨주더군!"

찰스워드는 해부대 위에서 배를 길게 갈라놓은 동체를 들여다보았다.

"머리와 몸체가 각기 다른 사람일 수는 절대 없겠지?"

"체스터튼을 흉내내는 그런 말투는 부디 참아주게. 그런 소설 같은 일은 절대 없으니까! 목 없는 시체가 걸핏하면 그런 곳을 굴러다니는 것도 아니고, 하여간 이번 주에는 이것 하나가 고작일세. 머리가 발견되었고 동체가 나타났는데, 더 기이한 우연을 하나 더 알려줄까? 그 둘이 희한하게도 딱 들어맞는다네!"

"이세벨 돌 사건을 한번 맡아보게. 그러면 어딘가 모르게 소설처럼 느껴질 테니."

찰스워드는 퉁퉁 부은 얼굴을 했다. "탑과 투구 쓴 기사에 성서 이야기만 해도 정말 진절머리가 날 지경인데 콕크릴인지 하는 작은 악마 같은 영감이 일일이 앞질러서 추리를 해대고 있으니 진짜 못 참겠네. 성질이 나서 못 살겠다고! 나는 전혀 생각도 못한 것까지 그 영감은 이미 다 예상하고 있단 말일세."

상대를 하고 있는 병리학 의사 리틀 존은 손톱만한 동정의 기색도 없이 콕크릴이라는 경감이 혹시 목없는 살인을 전문으로 맡지는 않았냐며 해부대 위에 누워 있는 시체를 가리켰다.

"이게 무엇을 의미하고 왜 이럴 필요가 있었는지 아직도 모르겠나?"

"범인은 그 가엾은 처녀를 위협해서 혼을 빼놓을 작정이었던 게지. 그렇지만 시체를 통째로 보낼 수야 없는 일. 15파운드나 뭐 그 정도일걸? 소포의 무게 제한 말이야. 사인은 목이 잘린 게 아니겠지?"

"아직 그것까지 확인해볼 시간은 없었지만 아마 그렇지는 않을 걸세. 물론 단정은 금물이네만 흔히 말하는 둔기로 머리를 먼저 맞았네. 머리 뒤에 심한 타박상이 있으니까. 그러고 나서 목이 졸렸어. 아마 그 여자처럼 등 뒤에서 손으로 조른 것이겠지. 대개 동일한 수법을 쓰는 경우가 많으니까. 그러고 나서 곧 목을 잘랐고, 어떤 녀석이 한 짓인지는 모르겠지만 하여간 칼로 조금씩 조금씩 열심히 잘랐네. 아주 서투른 솜씨의 형편없는 칼질이야. 하긴 결코 쉬운 일은 아니었을 테지. 기분도 그리 좋지 않았을 게 뻔하고, 아마 엄청나게 시간이 걸렸을걸? 녀석도 예상 밖이라 분명 적잖이 당황했을걸세."

"녀석? 그럼, 여자는 못한다는 소린가?"

"설마 못하기야 할라구. 그저 설마 여자가 이런 짓을 하지는 않겠지 하는 순수한 내 감정에서 그렇게 말한 것뿐이라네. 단순히 감상적인 내 편견일 수도 있어. 뒤통수를 한 번 세게 내려친다, 이건 애라도 할 수 있지. 하지만 목을 조르려면 꽤 힘이 필요해. 하지만 상대는 이미 의식이 없는 상태니까 목에 적당한 것을 감아 숨이 끊어질 때까지 계속 힘을 주다보면 결국 끝나게 되어 있어. 그러면 이제는 칼질할 차례지. 점심때까지는 깨끗이 정리해서 서류로 만들어놓겠네."

찰스워드는 길 건너 찻집에서 울화통의 원인인 콕크릴 경감과 마주쳤다.

"여기 종업원들은 '아가씨'라고 부르지 않으면 아예 돌아볼 생각조차 않는군!"

그러나 콕크릴은 이런 경청을 쓰지 않고도 종업원을 뒤돌아보게 했다. 두 사람은 커피를 주문했다.

"저는 오늘 아침 목에서 쓴물이 넘어오도록 쥐어 짜였습니다." 찰스워드가 넋두리했다. "제 상관은 도무지 말귀를 알아듣지 못합니다. 하여간 이번 일은 미리 손을 써두었다면 충분히 막을 수 있었다고 생각하는 모양입니다. 그 살로메(Salome, 유대 왕비 헤로디아의 딸로 신약성서에 의하면 의붓아버지인 헤롯왕 앞에서 춤을 춘 대가로 세례 요한의 목을 요구했다고 함) 연극을 말입니다."

"커다란 접시에 담긴 얼 앤더슨의 목이란 말인가?"

"실은 큰 접시에는 담겨 있지 않았고," 찰스워드는 재치 있는 자기 말에 점점 흥이 났다. "단지 그 접시야말로 서커스용의 늙어 비틀어진 말이라고 해야겠죠."(특히 고기 담는 '큰 접시'와 '말'은 철자가 같은 'charger')

"하여간 자네 상관은 무슨 수를 내야 한다고 생각하겠지?"

"음, 그런 모양입니다. 하지만 도대체 제게 무슨 수를 내라시는 건지 참 막막할 따름입니다. 전 그 남자를 백방으로 찾아보았습니다. 생사를 불문하고요. 그런데 설마하니 토막이 나서 풀밭에 뒹굴고 있을 줄은 꿈엔들 짐작이나 했겠습니까?"

다른 가게들처럼 이곳도 당근을 설설 깎아서 그레이프프루트 잼에 올린 뒤 '마멀레이드'라 부르는 엉터리를 토스트에 바르면서 찰스워드는 분개했다. "모르긴 몰라도, 당신은 앤더슨의 목이 욕실 커튼에 싸여 파페튜어 커크 앞으로 우송중이라는 사실을 분명히 알고 계셨을 겁니다."

"아닐세, 거기까지는 몰랐네. 앤더슨이 죽었을 거라는 짐작은 했네만."

"왼편 '수수께끼의 기사'라는 말을 듣게 되면서 부터입니까?"

"이세벨은 왼쪽 기사가 얼 앤더슨이 틀림없을 거라고 생각했을 테지. '수수께끼'라는 말은 머리 속에서 비로소 알게 되는 것 아닌가?"
그는 예의 그 짧은 시를 읊었다.

　오, 아름다운 이세벨!
　그대를 찬양하는 자,
　남몰래 간직한 뜨거운 사랑을
　살며시 그대에게 전하노라.
　보잘것없는 이 선물을 보낸 사람은 누구?
　그 이름은 왼편에 늘어선 수수께끼의 기사!

"보다시피 참으로 많은 것을 이야기하고 있지 않나, 안 그런가?"
"정말 그렇군요, 그래요!" 찰스워드는 의욕을 불태웠다. '실로 암시적이군!'
"제일 먼저 느낀 점은, 이세벨 돌은 결코 그런 시를 몸에 지니고 다닐 만한 여자가 아니라는 사실이네. 그러니까 급한 김에 가슴속에 집어넣었다는 얘기가 되겠지. 어디다 간수해야 할지 몰라서 말이네. 만약 분장실에서였다면 당연히 핸드백 안에 넣었을 테니까, 다시 말해 그녀가 그 봉투를 손에 들게 된 것은 의상을 갈아입고 난 뒤이고, 그때도 말했듯이 시의 내용으로 미루어 글을 쓴 본인이 직접 건네준 것이 아니라 누군가에게 대신 전하게 했거나, 그녀의 눈에 잘 띄는 곳에 그냥 놓아두었을 거야. 따라서 그 모든 점으로 짐작하건대, 아니 논리적으로 따져보아도 그 봉투와 브로치는 이세벨의 눈에 잘 띄는 탑 속에 놓여 있었을 게 분명해. 물론 달리 구체적인 어떤 증거가 있는 것은 아니지만."
"그 브로치가 '선물'이라는 확실한 증거가 없는 것도 사실이지요."
"물론 그것도 사실이지만 그녀의 몸에서 다른 보석은 전혀 없었네.

그리고 브로치 핀이 종이에 꽂혀 있었던 점으로 추측해보면 그녀는 우선 그 종이를 가슴에 넣고 옷 위에서 브로치로 고정시켰다는 걸 알 수 있네. 게다가 그 브로치는 아주 새것이었지."

"그래서 그녀는 발코니로 뛰어올라가 한껏 몸을 내밀고……"

"'수수께끼의 기사'를 보려고……"

"얼 앤더슨이 아닌 그 기사를." 찰스워드는 문득 떠오른 생각을 불쑥 덧붙였다. "그러나 그 '그대를 찬양하는 자, 남몰래 간직한 뜨거운 사랑을 살며시 그대에게 전하노라'란 구절이 문제는 문제군요. 앤더슨이 이세벨의 아름다움에 '남몰래 간직한 뜨거운 사랑'을 전한 본인일지도 모를 일이니까요. 가령 그가 느닷없이 고백해야겠다는 열정에 휘말리게 되었다고 하면, 그도 이세벨이 자기의 사랑 고백을 듣고 크게 놀랄 거라고 생각할 테니까요."

"그야 다이아몬드 브로치를 보낸다면 보통 놀랄 일이 아니라고 생각하겠지. 하지만 그럴 일은 없을 거네. 앤더슨은 실업중인 배우였으니까."

설령 배우는 아니라 하더라도 일찍이 한번도 실업이라는 우울한 처지를 겪은 적이 없는 인간 특유의 우월감을 드러내놓고 표를 내면서 콕키는 말을 이었다. "하여간 주당 4파운드나 고만고만한 임금으로 가짜 갑옷을 걸치고 말을 타고 빙빙 도는 일거리나 떠맡을 정도로 전락한 처지니까. 허나 그 브로치는 꽤 값이 나가는 물건이었지."

"그 사내의 돌아가신 어머니의 유품이라든지 친척에게서 유산으로 물려받은 것일 수도 있잖습니까? '무슨 일이 있어도 소중히 간직해야 한다, 얼. 나중에 꼭 부인이 될 여자에게 주어야 해'라고 하면서."

"그랬다면 1948년도의 유행이 아니지 않겠나?"

"하긴요."

참으로 복장을 뒤집어놓는 영감이다. 찰스워드는 부드득 속으로 이를 갈았다.

콕크릴 경감은 나달나달한 모자에 손을 뻗어 거추장스럽기 짝이 없다는 투로 머리에 두들겨 붙이더니 가까운 의자 등에 걸쳐져 있던 허름한 레인코트를 집어 들면서 단숨에 어깨에 걸치고 일어섰다. 이번에는 시간 절약을 위해서 "아가씨"라고 종업원을 불렀다.

"제가 내겠습니다."

콕크릴에게 얻어먹었다가는 뒷감당이 어렵다는 듯이 화들짝 놀라 일어난 찰스워드가 휘휘 손사래를 쳤다.

"아니야, 그건 안 될 소리지."

콕키는 암산해서 정확하게 제몫만 꺼내놓았다.

두 사람은 나란히 거리를 걸어갔다. 주름이 잡힌 좋은 양복을 입은 장신의 청년과, 주름이 본래 어디에 있었는지조차 짐작이 가지 않는 바지 차림에 레인코트를 어깨에 척 걸치고, 덥수룩한 은발에 낡아빠진 모자를 아무렇게나 갖다 붙인 체구가 작은 중늙은이가 함께.

"게다가 그날 전시장에서 얼 앤더슨을 본 사람이 하나도 없다는 사실이 좋은 증거지."

돈을 치르느라 대화가 갑자기 끊어진 상태였음에도 콕키는 아랑곳 않고 얘기를 계속했다. "파페튜어는 그의 갑옷이 없어졌다는 사실을 지적했네. 그러나 누구라도 그것을 가져갈 수 있었겠지. 마침 옷을 갈아입느라 다들 정신이 하나도 없었을 테니까. 가장 멋진 변장 아닌가? 갑옷은 말일세."

"잠수복만 빼고요." 찰스워드가 대답했다.

콕크릴 경감은 불쾌한 기색이 역력했다.

"이런 경우에 잠수복을 끌어들이는 것은 분명 어불성설일세. 누가 봐도 뜬금없는 소리라고! 그따위 귀신 씨나락 까먹는 소릴랑 제발 집어치우게."

어깨에 걸치고 있던 레인코트를 휙 하니 다른 어깨로 옮기면서 콕키는 갑자기 방향을 바꿔 길을 가로질렀다.

"여기서 그만 헤어지세나. 난 회의에 참석해야 하니까!"

돌대가리 같은 놈! 좀 가르쳐주려고 나름대로 애를 쓰고 있건만 시건방지게 잠수복 같은 헛소리나 픽픽 내던지다니. 젠장! 요즘 젊은 것들은 그저……!

조지 엑스마우스는 파페튜어 커크를 찾아갔다가 허무하게 돌아왔다. 붙임성 있는 청소부는 '어젯밤 커크 양이 끔찍한 충격을 받아서 방에만 꼭 틀어박혀 아무도 만나고 싶어하지 않는다, 게다가 지금은 마침 방에 어떤 신사 분이 와 계신다, 굉장히 잘생겼는데 외국 사람처럼 보인다'고 일러주었다. 조지는 들고 갔던 커다란 꽃다발을 건네주고는 걸레를 질경질경 씹는 처참한 기분으로 흐느적흐느적 돌아와야 했다. 하여간 아침부터 야릇한 기분이었다. 밤새 한숨도 자지 못해서 머리가 어지럽고 몸 상태도 좋지 않아 현기증마저 일었다.

그런데 집으로 돌아와 보니 경찰이 기다리고 있었다. 조지는 인조 오카피 가죽이 씌워진 소파에 앉아 아픈 머리통을 감싸 안았다.

찰스워드는 방문 목적을 설명했다.

"얼 앤더슨의 소식은 들었나?"

"너무 끔찍하더군요."

조지는 흐트러진 부드러운 다갈색 머리칼에 손가락을 집어넣었다.

"실은 그래서 자네가 협력을 해주었으면 싶어서 왔네. 물론 얼 앤더슨이 이세벨 돌을 죽였을 가능성이 이로써 완전히 없어졌다는 소리는 아니야. 사실 나와 아주 제한된 몇 사람만이 그 수법을 알고 있는데, 아무튼 그 뒤에 그 역시도 살해된 것이라 생각하네. 십중팔구 복수였겠지. 그러나 이세벨이 살해된 전날 밤 이후 아무도 그의 모습을 본 사람이 없네. 그러므로 이세벨이 죽었을 때에는 그도 이미 죽었다는 추리도 성립하지. 그러나 문제는 야외극에서 누가 과연 그의 대역을 맡았느냐 하는 것일세.

 그래서 말인데, 자네는 이세벨이 죽기 전에 적기사의 뒤를 따라 무대를 돌았을 테고, 그녀가 떨어지기 직전까지 1분이라는 시간 동안 아치를 사이에 두고 말에 올라탄 자세로 그와 마주보고 있었던 셈일세. 그러니 그 적기사가 누구냐 하는 점에 대해서 가장 분명한 정보를 얻을 수 있으리라 생각한다네. 혹시 무슨 특별히 기억나는 사실은 없나? 어떤 이상한 점은?"
조지는 멍하니 입만 빼끔 벌리고 상대의 얼굴을 들여다보았다.
"그럼 경감님은…… 어떤 다른 인간이 앤더슨 씨의 갑옷을 입었다는 말씀입니까? 앤더슨 씨가 아예 야외극에 나오지 않았다는? 누군가 그로 변장하려고 그를 죽였다는 말씀?"
"누군가 그를 죽인 것은 틀림없는 사실이지. 그리고 그로 변장을 했고."
"한데 만약 그렇다고 하면 누구라도 의심스럽고, 하나같이 수상하겠죠. 생각만 있다면 누구든 가능한 일이니까요."
조지는 열심히 반문했다.
"글쎄, 꼭 그렇다고는 할 수 없겠지. 예를 들어 자네는 아니잖나? 자넨 틀림없이 말을 타고 무대에 나와 있었으니까. 브라이언 브라이언도 아니지. 그도 역시 제자리를 지키고 있었으니까. 마찬가지로 다른 8명의 기사들도 그럴 가능성이 없어. 하지만 여기에는 조건이 필요하지. 야외극의 진행을 잘 아는 인간이 아니면 안 된다는 사실이야. 그리고 대기실에 마음대로 들락거려도 크게 남의 이목을 끌지 않을 사람이 아니면 곤란하고."

'그럼 이제 남은 것은 파페튜어 커크 뿐이군…….' "파페튜어는 아닙니다!" 조지는 황급히 소리쳤다. 그러나 이렇게 말해보았자 아무도 자기 말을 받아주지 않을 거라고 생각하여, 그때 파페튜어는 그 작은방에서 둘둘 말린 채 갇혀 있었다는 점을 지적했다.

고맙게도 찰스워드는 파페튜어를 제외시켜주었다.

"자, 이제 남은 사람은 수잔 베틸레이 양과 포트 씨로군. 그런데 베틸레이 양은 안으로 잠겨 있는 문 바깥에 있었으니까……."

조지는 머리털을 움켜쥐었다. 백짓장 같은 얼굴에는 눈만 동그랗게 열려 있어서 마치 겁에 질린 어린애처럼 입술을 떨면서 공포에 질린 목소리로 말했다. "그럴 리가! 설마 포트 씨가?"

"이제야 서광이 비치는군!"

찰스워드는 비드 형사부장에게 기쁜 듯이 말했다.

"하지만 그럴 리가! 도대체 무슨 이유로 그 사람이 이세벨 돌 양을 죽이겠습니까? 그는 이세벨 돌 양을 좋아하고 있었단 말입니다. 보통 관계가 아니란 말이에요. 그러니까…… 뭐냐 하면…… 음…… 그냥 친구 관계는……."

조지는 우물쭈물했다.

포트 씨는 나이가 많다. 한 50은 되었을 것이다. 아니, 60일지도 모른다. 그런 노인네가 과연 보통 관계가 아닐 수도 있는 것일까? 만약 그런 일이 가능하다면 그 두 사람은 도대체 어떤 관계였단 말인가! 이세벨 돌은 '보통 관계'의 선을 넘어선 게 분명해 보였다. 척 보면 금방 표가 나는 법이다. 설령 그런 경험이라곤 전혀 없는, 이제 겨우 17년 6개월에 불과한 내가 봐도 알 정도였으니.

"포트 씨는 이세벨과의 관계가 흔히 하는 말로 보통 관계가 아니라는 사실이 부인에게 알려질까 봐 대단히 겁을 먹고 있었어. 그러니 이세벨 돌은 그것을 빌미로 포트 씨를 협박했을 가능성도 있지."

"그렇다고 얼 앤더슨 씨를 죽일 이유는 없지 않습니까?"

찰스워드가 방정맞게 몸을 움직였고, 플라스틱과 스틸 파이프로 만들어진 의자가 그때마다 비명을 질렀다. 왜 포트가 앤더슨을 죽여야 했지? 이것이 문제로군!

"자네 입으로도 한 가지 이유를 들지 않았나, 야외극에서 그로 변장하기 위함이라고?"

"하지만 단지 그만한 이유로 포트 씨가 사람을 죽이겠습니까? 아무런 원한도 없는데……"

"아아, 그렇겠지. 또 설령 죽였다손 치더라도 목을 뎅겅 잘라서 엽기적인 그런 꾸러미로 만들고, 또 용의주도하게 교외 우체국까지 가서 소포로 부치지는 않겠지. 하지만 부인에게 일러바치겠다고 협박해서 하는 수 없이 이세벨을 죽이려는 계획에 가담했다면 또 모르지만."

"하지만 앤더슨도 이세벨에게서 협박을 받았는걸요!"

"그렇군! 게다가 그 예고장이며 분장실에서의 재난, 그리고 목이 우송되어 온 앤더슨의 일도 그렇고. 그런데 이 세 사람, 그러니까 이세벨, 앤더슨, 파페튜어에게는 공통된 사실이 하나 있어. 바로 그 조니 와이즈 사건이야."

"그렇다면 포트 씨는 말레이시아에 있을 때 조니 와이즈를 알고 있었겠군요."

찰스워드는 찰리티의 책상 위에 잡다하게 놓여 있는 물품 중에서 연필을 집어 들고 근처에 있던 종이에 무심코 낙서를 시작했다.

"말레이시아에 있을 무렵 조니 와이즈를 알고 있었어. 그러나 단지 알고 있었다는 것만으로는 복수를 하겠다는 생각까지는 하지 않을 텐데? 특히 친한 친구라면 또 몰라도 그냥 친구라는 이유만으로 그를 위해 살인까지 하겠다는 사람은 드물지. 그것도 오랜 세월 마음속으로 벼르고 별러 하나하나 빈틈없이 계획을 세운 뒤에 저지르는 잔혹하고 야만스런 그런 살인은 말일세."

"어느 정도 친분이 있었는지가 가장 문제겠군요?"

비드 형사부장이 한 마디 거들었다. 털썩 주저앉으면 가느다란 그 의자가 괴로움에 못 이겨 크게 비명이라도 지를까 저어하는 것처럼 의자 한 끝에 살짝 엉덩이를 걸치고 있던 비드가 처음으로 입을 연 것이다.

"그런데 세 사람 모두 조니 와이즈와는 지극히 평범한 사이였다고 하더군요. 당연한 일이겠지만. 포트 씨는 참 괜찮은 청년이었다는 정도로만 기억한다고 했습니다. 그러나 부인은 무척 귀여워했다는 군요. 참, 포트 씨는 조니 와이즈가 죽은 자기 아들과 아주 닮아서 부인이 더 귀여워했다고 그랬습니다. 그러나 아주 잘 알지는 못한다고 세 사람이 한결같이 입을 모으더군요. 일본군 덕분에 서류는 모두 타버렸고, 그의 친구며 가족들은 죽었는지 살았는지 행방이 묘연하니 세 사람이 하는 말을 액면 그대로 받아들일 밖에 달리 뾰족한 수가 없습니다."

"저는 그 조니 와이즈란 사람을 전혀 모릅니다."

조지가 조심스럽게 말했다.

"그가 죽었을 때 자네는 한 9살쯤 되었을 걸세."

조지는 무시당한 듯 얼굴빛이 싹 달라지는 걸 스스로도 깨닫고 황급히 말머리를 돌렸다. "가족은 어떻게 됩니까, 조니의?"

"그의 가족은 아버지, 어머니, 그리고 둘인지 셋인지 모를 형제가 있는 모양이더군. 와이즈란 성을 가진 남자가 일본군의 침략이 시작되었을 무렵 곧 전사했다네. 그가 조니와는 어떤 관계인지 우리로서는 알 도리가 없네. 그러니 정석대로 하면 범인은 그 쌍둥이의 한쪽으로 형의 복수를 하려고 벼르던 상대를 죽였다고 하면 좋겠지만, 이 쌍둥이 역에 어울릴 만한 인물이 등장 인물 가운데서는 찾아볼 수 없으니 아무래도 이건 아니란 말이겠지."

아마도 그 등장 인물들로 짐작되는 인형을 찰스워드는 종이에 죽 그려놓고 있었는데, 얘기를 하면서 가볍게 용수철 표시를 집어넣었다.

"조니가 죽은 것은 스물두셋 무렵. 그러니 살아 있다면 지금은 한 서른쯤 되었겠지. 그런데 포트 씨는 오십대 중반, 얼 앤더슨은 사십대 중반, 자넨 열일곱, 브라이언 브라이언은 서른아홉 살이야."

"본인이야 그렇게 말하겠지요." 조지가 뼈 있는 말을 했다.

"아니, 거짓말은 아닐 거야. 서른을 갓 넘긴 사람과 마흔 줄에 들어서려는 사람과는 확연한 차이가 나니까. 눈도 그렇고 머리색이며 이빨, 걷는 모습, 또 몸놀림으로도 충분히 표가 나지. 브라이언은 이미 청년이라고는 할 수 없는 나이일 거야. 만약 범인이 쌍둥이 가운데 한 명이라고 해도 브라이언 브라이언은 아니야. 또 그럴 만한 인물도 없고."

그는 브라이언 투 타임즈에게도 용수철을 달아 삭제해야 할 그룹에 집어넣었다.

초점은 또다시 포트에게 넘어갔다.

조지는 처음부터 다른 인간의 아이디어를 도용하여 돈벌이를 하고 있는 어머니 덕분에 관찰력만큼은 충분히 길러져 있었다. 오랜 시간 곰곰이 생각에 잠겨, 어린애처럼 가느다란 머리칼을 손가락으로 쓸어 올리거나 비비 꼬고 있더니 조지가 마침내 입을 열었다.

"곰곰이 생각해보니 적기사가 아치를 빠져나갔을 때 어쩐지 굉장히 작아 보인다고 느꼈습니다. 평상시의 앤더슨보다 어쩐지 몸집이 작은 것 같다는. 그때는 별로 뚜렷이 의식했던 것은 아니지만 지금 돌이켜보니 좀 의아하게 생각됩니다. 그때는 분명 제가 그렇게 생각해서 그러려니 했습니다만. 비틀비틀 걸어나가는 모습이 어쩐지 쓸쓸하고, 가슴 아프고, 묘하게 비장한 느낌을 주더군요. 마치 이 끔찍한 장소에서 도저히 더 이상 참고 견딜 수가 없다는 듯이. '아무렴, 그럴 만도 하겠지. 오랜 세월 알고 지내던 사이였으니 그럴 수밖에' 저는 그렇게 생각했습니다. 그때만 해도 얼 앤더슨이라고 믿었으니까. 너무도 끔찍한 얼굴을 하고 있더군요. 그가 이세벨을 안아 올렸을 때 언뜻 보았을 뿐이지만."

"언뜻 보았을 뿐이라고?"

"예, 망토가 펼쳐지면서 곧 그늘 속으로 묻혀버렸거든요. 이런! 뭐가 뭔지 도무지 영문을 모르겠군. 머릿속이 뒤죽박죽이야!"

엉망으로 얽혀 있을 엑스마우스의 머릿속을 정리해줄 정도로 찰스 워드는 한가롭지 못했다. 그는 벌떡 일어섰고, 의자는 비로소 안심한 듯 '끄으꺽' 하는 긴 한숨소리를 내뱉었다. 찰스워드는 방안을 서성댔다. 좀 전까지 낙서를 하고 있던 종이를 둘둘 말더니 갑자기 조지의 코앞에 불쑥 내밀었다.

"살인 방법 따위에는 신경 쓰지 않아도 돼. 그보다는 적기사 역을 대신한 게 포트 씨가 분명하다는 가정을 한번 해보지 않겠나? 무슨…… 어떤 사소한 일이라도 괜찮네. 이 가정을 뒷받침할 그 어떤 증거를 혹시 기억할 수 없겠어? 무대를 돌고 있을 때 설마 말을 걸거나 하지는 않았겠지만 무슨 특수한 몸놀림이라든가 움직임은 보지 못했나? 아무리 하찮은 것이라도 상관없네. 특별히 눈길을 끈 특징적인 것은 하나도 없었나?"

갑옷으로 단단히 무장한 사내가 과연 어떤 개성 있는 특징을 드러낼 수 있을지는 찰스워드도 전혀 짐작이 가지 않았다. 그러나 어쨌든……

"기사는 앞이 잘 보이도록 얼굴 가리개를 모두 올려두었을 테지?

그러니까 자네는 적어도 1분은 그 자의 얼굴을 똑바로 쳐다보았을 거란 말일세. 그러니 조금이라도 그 얼굴이 기억날 거야. 콧대의 선이 어땠다거나, 이마라든지 눈 같은 것 말일세. 어땠나?"

조지 엑스마우스는 "눈은?"이라는 힌트에 벼락이라도 맞은 듯이 어떤 장면이 떠올라 곰곰이 기억을 더듬었다.

"눈이라고 하니 생각나는 게 있습니다. 말이 바지랑대처럼 꼿꼿이 서버렸을 때 브라이언 브라이언이 공포에 휩싸여 눈을 동그랗게 뜨고 제 쪽을 보았습니다. 순간 저는 어찌할 바를 몰라 마주보고 서 있던 적기사를 쳐다보았지요. 그런데 얼 앤더슨의 눈 색깔은 분명 푸른색인데 그때 내가 본…… 그날 밤 날 바라보던 그 눈은…… 갈색이었어요! 그래요, 틀림없어요."

찰스워드가 참으로 고대하고 고대하던 대답이 비로소 조지의 입에서 떨어진 것이다.

파페튜어는 울 저지로 된 스웨터에 검은 바지 차림새로 햇볕이 쨍쨍한데도 몸이 으슬으슬 춥다면서 담요와 새털이불을 뒤집어쓰고 있었다. 몹시 초췌해 보였다. 얼굴에 핏기라곤 없이 머리털만 금빛으로 넘실댔지 뺨은 쏙 들어가고 눈동자에도 생기가 없었다. 예전처럼 다시 몸만 살아남은 듯한 고통이 입가에 어려 있었다.

브라이언은 조용히 침대 귀퉁이에 걸터앉아 파페튜어의 손을 잡았다.

"그만 생각하세요, 페피. 그런 일이 있었다는 건 깨끗이 잊어버리는 겁니다. 언제까지 가슴을 앓을 생각입니까? 그 사람은 이제 아무것도 알지 못합니다. 더 이상 그의 평화를 어지럽힐 것은 아무것도 없으니 말입니다. 모든 것을 잊고 자, 좀 주무세요. 내가 옆에서 지키고 있을 테니 마음 푹 놓고 한숨 붙이세요."

전화가 울렸다. 브라이언은 팔을 뻗어 수화기를 들어올렸다.
 "여보세요? 예, 그렇습니다. 말씀하십시오." 그리고는 파페튜어가 눈치채지 못하게 수화기를 든 채로 전화를 끊었다. "잘못 걸었습니다. 여기로 오는 전보가 아닙니다."
 그는 수화기를 놓더니 그 손을 다시 파페튜어에게 뻗었다. 파페튜어는 두 손으로 그의 손을 잡아 뺨에 갖다댔다. 그리고 그대로 잠 속으로 빨려 들어갔다. 브라이언은 연민이 담긴 다정한 눈길로 오래도록 그 모습을 지켜보고 있었다.

 아무래도 콕크릴 경감은 회의석에서 지긋이 엉덩이를 붙이고 앉아 있을 수 없도록 운명지어진 모양이었다.
 "전화입니다!" 하고 불러내자, 퉁명스런 얼굴로 회의실 밖 복도에 마련된 전화 부스로 들어갔다. 기억에 선명한 높고 명료한 음성이 단숨에 귓속으로 날아들었다. "코옥키? 나, 페트! 분명 당신이죠?"
 "누구?" 콕키는 부러 심드렁한 목소리로 되물었다. 하지만 누군지 그는 벌써 알고 있었다. 이 젊고 활기찬 목소리만 들으면 제 아무리 무뚝뚝한 콕키라 할지라도 금방 야들야들 온몸이 녹아 내리는 것 같으니까.
 "어머! 당신에게 전화해서 '코옥키? 나, 페트!'라고 말하는 젊은 여자가 달리 또 있다는 말이에요?"
 "설마! 그런 간 큰 짓을 할 처녀는 아마 없을걸. 내가 있는 곳을 알아낸 것으로도 모자라 경찰회의중에 전화로 불러낼 배짱 좋은 여성이라면 딱 한 사람 알지만. 바로 프란체스카 하트지! 무슨 일이지, 이 말괄량이 아가씨야?"
 "내 사랑 콕키!" 프란체스카는 꺄르륵 넘어갔다.

"그놈의 '내 사랑'은 제발 그만두렴. 도대체 또 무슨 바람이 불었냐?"

"콕키, 당신은 정말 제게 너무너무 감사해야 돼요. 이번 사건에 꽤 집념이 대단하신 것 같던데 놀랄 만한 우연으로 제가 어떤 정보를 얻었거든요. 며칠 전 화요일 밤이에요. 저는 피카딜리 서커스 지하철 입구에 있는 공중전화에 있었는데요, 옆에 있던 사람이 그 시체로 발견된 사람에게 전화를 걸고 있더라구요. 얼 앤더슨! 맞죠? 오늘 아침 신문에서 보았어요."

"누가 얼 앤더슨에게 전화를 걸었다고?"

"예에. 10시 좀 넘었는데, 전 좀처럼 택시가 안 잡혀서 집에 갈 걱정에 발을 동동 구르고 있었어요. 아기가 몸이 좀 좋지 않거든요. 어머! 콕키, 저 엄마가 됐어요!"

"그거 축하할 일이군! 그래, 넌 밤 10시에 피카딜리 서커스 공중전화 부스에 있었다는 말이지. 그래서?"

"그런데 전화벨이 울려도 아무도 받질 않는 거예요. 그래도 집에 아무도 없을 리가 없어서 끊지 않고 계속 기다렸어요. 그러다 보니 옆 칸에 들어 있는 사람 소리가 그대로 들려오더라구요. 잘 아시잖아요, 그런 일쯤. 통화하고 있으면 몰라도 가만 있을 때는, 들을 생각이 없어도 옆 사람 말소리가 그대로 들려오잖아요. 남자였어요. 이렇게 말하더군요. '얼 앤더슨 씨 계십니까?'라구요. 나는 이상하다고 생각했어요. 그래서 지금도 선명히 기억하는 거예요. 왜라뇨? '백작(earl. 얼)'이라고 부를 때는 '경'인지 뭔지 하는 경칭을 붙여야 하는 거 아니에요? 틀려요?"

"글쎄다, 알고 지내는 백작이 없어서 어떻게 불러야 할지는 모르겠다만 이 경우는 그 남자의 이름 같구나. 예명인지는 알 수 없지만."

"그거야 저도 나중에 알게 되었지요. 하여간 그때는 참 별일이라고 생각했어요. 다시 한번 집으로 전화를 걸려고 B버튼을 누르고 다시 처음 했던 과정을 되풀이하느라 그 뒤에는 무슨 말을 했는지 못 들었어요. 그런데 여전히 집에서는 아무도 전화를 받지 않는 거예요. 그러니 다시 옆 남자의 말소리가 들려오더라구요. 이번에는 '놀라운 찬스'니 '미키 볼컨'이니 하는 소릴 하면서 꽤 오래 얘기하지 않겠어요. 그래서 나도 모르게 귀를 기울이게 되었어요. 아이, 그렇잖아요. 누군가에게 '놀라운 찬스'가 돌아왔는데 더구나 '미카엘 볼컨'에게 인정까지 받게 된다면 정말 근사한 얘기잖아요."

"그런데 영화제작자라고 하면 왜 일년 내내 미카엘 볼컨의 이름뿐이냐?"

"하긴, 하지만 어쩔 수 없어요. 늘 그런걸요. 게다가 그쪽 세계에선 모두 '미키'라고 불러요. 얼 앤더슨이라는 배우도 한물 갔던데 혹시 미카엘 볼컨이 전혀 거들떠보지도 않았다는 뭐 그런 얘기예요?"

"아마 미카엘 볼컨은 얼 앤더슨이란 배우의 존재조차 몰랐을 거다."

"뭐 어쨌거나 그 사람은 이렇게 말했어요. 미키 볼컨이 얼 앤더슨을 절찬하더라고요. 그 외에도 여러 사람의 이름을 들먹였는데 그 얘긴 잘 못 알아들었어요. 왜 안 그렇겠어요. 아무리 기다려도 전화를 안 받아서 피가 바짝바짝 마르는 기분으로 전화국에다 집 전화가 고장이 아닌지 알아봐 달라고 부탁하고 있었거든요. 그래서 간신히 통화가 되었죠. 하지만 그 전에 이 말은 들었어요. 그 남자가 '그럼 OK로군' 하더니 '11시 반에 골든 골리웍에서 만나자'며 길을 설명하더니 '자기는 빨간 카네이션을 달고 있을 거'다'고 했어요. 얼 앤더슨은 그 사람을 몰랐던 모양이에요. 그제야 겨우 집에서 전화를 받았어요. 내 쪽 전화가……. 유모가 하필이면 목욕중이었던 모양이에요. 그리고 애도 멀쩡하다고 했고. 한데 말이에요, 굉장히 이상한 일이 일어났어요. 제가 A버튼을 누르지도 않았는데 전화가 저절로 걸려서 동전이 그대로 튀어나왔어요. 어떻게 생각하세요, 콕키? 그토록 오래 기다렸으니까 공짜로 통화 좀 했다고 해서 뭐 그리 나쁠 건 없겠죠?"

유모가 목욕을 오래 했다는 이유로 전화 요금을 슬쩍 떼먹는 여자친구를 상대로 지금 윤리 의식에 대해 한가롭게 잔소리를 하고 있을 틈이 콕키에게는 없었다.

"그 '골든 골리웍'이라는 것은 무엇이고, 어디 있는 거냐?"

"볼썽사나운 술집이죠. 메이든헤드 거리에 있어요. 튜더풍의 겉모습에, 들어가면 붉은 가죽과 크롬 천지예요. 전에는 창고로 쓰이던 곳이 댄스플로어가 됐는데 지금도 여전히 창고 냄새가 나죠."

"흠! 프란체스카, 그 남자의 특징을 말해주지 않을 테냐?"

그러나 그 요구는 무리한 상담이었다. 그 남자는 전화 부스 안에서 전화통에 몸을 구부리고 있었고, 실로 짠 모자에 잘못 본 게 아니라면 레인코트까지 입었다. 게다가 가장 나쁜 소식은 그가 등을 돌리고 선 자세로 있었다는 사실이었다.

"남자인 건 확실하겠지?"

"남자처럼 입었던 건 틀림없어요."

프란체스카도 자신감을 잃은 듯했다. "그렇지만 설마 여자가 남자로 변장한 건 아닐 거예요. 물론 내가 그 사람을 잘 살펴본 것은 아니지만 말이에요. 전화 부스를 사이에 두고 등을 돌리고 서 있었고, 어차피 그가 그 찬스를 얻게 된 얼 앤더슨도 아니잖아요. 그러니 나로서는 전혀 흥미가 생길 까닭이 없잖아요? 그래요, 내 의견을 묻는다면 고작 모자에 레인코트를 걸쳤다는 정도겠죠. 분명한 건 그것뿐이네요. 하지만 그날 밤 피카딜리에 그런 차림새를 하고 있었던 사람은 아마 헤아릴 수 없이 많을 거예요. 마침 이슬비가 내리고 있었으니 그날 밤 대부분의 사람들은 레인코트를 입고 있었을 게 틀림없어요."

콕크릴은 하늘이 아무리 맑아도 레인코트를 입고 있는 한 남자를 알고 있었다.

"어떤 목소리였니? 따로 설명을 하지 않아도 잘 알겠지만…… 뭐랄까, 어떤 특징이 될 만한 것은 없었니?"

"글쎄요…… 굉장히 흔한 목소리였어요. 나이를 많이 먹은 것도 아니고, 그렇다고 특별히 젊은 목소리도 아니었어요. 높지도 낮지도 않고, 걸걸하거나 갈라진 소리도 아니었어요. 그래요, 아주 평범한 보통 목소리였어요. 예? 무슨 얘기를? 아니요, 외국인 같은 발음은 전혀 없었어요."

콕크릴은 경시청으로 전화해서 찰스워드에게 이 사실을 알렸다.

"어느 쪽이냐 하면 체구가 작은 편에 속하는 남자이고, 아주 평범한 영국인의 목소리입니까?" 찰스워드는 굉장히 흥분해서 목소리가 점점 높아졌다. "얼이 실종된 밤에 말이지요? 흐음, 그렇겠군요. 앤더슨 같은 사람은 무슨 일자리만 생길 것 같으면 어디든 바람처럼 날아갈 거니까요. 그래서 그걸 미끼로 메이든헤드로 불러냈군요. 그래서 그곳에서 만났고, 어떤 핑계로 차를 세운 뒤 어두운 골목길 같은 데로 끌고 가서 머리를 한대 꽝 쳐주고 목을 졸라 죽인 다음 풀밭으로 끌고 가서 목을 뎅겅 잘라버렸겠군요. 작은 체구에 극히 평범한 영국인의 목소리라! 그런데 그날 밤 에드거 포트는 9시 이후에는 호텔을 나가지 않았다고 했습니다. 물론 알리바이는 없지요."

갑자기 '딱' 하고 손가락을 퉁기더니 찰스워드는 주먹으로 책상을 보기 좋게 한방 먹이면서 부르짖었다.

"드디어 꼬리를 잡았다!"

일이 이렇게 되고 보면 또다시 하릴없이 회의석에 얼굴을 들이밀고 가만히 앉아 있을 수도 없을 것 같아서 콕키는 모자를 들어 머리에 갖다 붙이듯 올려 쓰고는 허둥지둥 입구로 내려갔다. 메이슨 리용에서 이른 점심을 해결하고 변함없이 생각에 잠긴 얼굴로 하이드 파크를 지나 베이즈워터 거리로 이어지는 어귀에 섰다. 베틸레이가 공원 입구에서 가까운 벤치에 홀로 앉아 있는 것이 눈에 들어왔다. 그는 방향을 바꿔 벤치로 다가가 인사말은 생략하고 바로 말을 걸었다.
"안 그래도 당신을 만났으면 했다오."
수잔 베틸레이는 펼치고 있던 신문을 내려놓았다. 마치 신문으로 얼굴을 가리고 실컷 울기라도 한 것처럼 눈언저리가 붉었지만 말씨는 무뚝뚝했다.
"음, 그러셨어요?"
콕키는 베틸레이 옆에 엉덩이를 내리고 짧은 다리를 기어이 포갰다.
"말하고 싶은 게 있었소. 조심하지 않으면 어처구니없는 일이 당신에게 벌어질지도 모르니까. 그러니 다시 한번 생각해주었으면 하는 마음에서."
그녀는 지극정성으로 신문을 접었다. 그리고 여전히 퉁명스런 목소리로 "음!" 하고 신음하더니 "무슨 말씀이시죠?"라고 물었다.
수잔 베틸레이는 콕키가 좋아하는 타입이었다. 흔히들 하는 말로 그녀는 '시원시원한' 여성이었다. 주관이 분명하고 타협하지 않는 성격인 것이다.
콕키는 물었다.
"당신과 그 브라이언 투와이즌지 뭔지 하는 사내와는 어떤 관계입니까?"

수잔 베틸레이는 갈색 눈동자를 동그랗게 열었다.

"브라이언 브라이언과 제가 무슨 관계냐 하는 말씀이십니까? 당연히 아무 관계도 아닙니다!"

"그렇지만 아무리 생각해도 내 보기엔 당신이 그를 보호하려고 하는 것만 같아서 말이오. 당신은 그 사람 때문에 거짓말을 하고 있는 게 분명해요. 아마 런던경시청은 머잖아 그의 행적을 남김없이 파헤치게 될 테고, 그러면 당신 입장이 불편해지지 않을까 나는 그 점을 염려하는 거라오."

"당신은 그 사람을 용의자 속에서 떼어놓지 않았습니까? 그러면서 적극적으로 후원하고 있는 셈이고요. 파테튜어 커크 양과 연애 사업이 잘되기를."

"아, 그 때문이었군!"

"그 때문도 저 때문도 아닙니다. 애시당초 무슨 이유가 있었던 것도 아니었으니까."

수잔 베틸레이는 부아가 치미는 듯 거칠게 내뱉었다.

콕키는 예의 그 종이와 담배통을 꺼내, 갸우뚱한 나무 벤치에 앉아 있는 베틸레이 옆에서 담배말기에 전념했다. 잠시 후 그는 감정이 하나도 담겨 있지 않는 건조한 목소리로 툭 내던졌다.

"그를 사랑하나 보군."

굳이 눈은 들지 않았지만 무릎 위에 놓인 볕에 그을린 베틸레이의 손에 꽉 힘이 들어가더니 매니큐어를 칠하지 않은 맨 손톱이 살 속으로 파고드는 것을 콕키는 놓치지 않았다. 이윽고 그녀가 한숨처럼 쏟아놓았다.

"브라이언 브라이언을 사랑하다니 나도 바보 중에 상 바보예요."

"사랑이란 게 어차피 머리로 결정하는 게 아니니까 누구든 어느 정도는 바보가 되지."

베틸레이는 들은 척도 하지 않았다.

"이 나이에! 서른을 넘긴 지도 까마득한 이런 나이에 내가……사랑에 빠져, 사춘기 소녀도 아니면서 실연의 상처로 홀짝홀짝 눈물이나 짜고 있다니!" 그러면서 자기의 손과 튼튼해 보이는 건장한 다리와 평평하고 널찍한 손톱으로 눈길을 옮겼다. "누가 나 따위를 사랑해주겠습니까? 이런 나를! 고집 세고 아무 재주도 없는 사내 같은 나를…… 동성애자가 아니면 어느 남자가 나를 상대나 해주겠습니까?" 부스럭부스럭 신문을 펼치더니 얼굴을 가렸다. 검게 탄 뺨에 방울방울 눈물이 굴러 떨어졌다. "보십시오, 이런 내 꼴을! 이토록 괴로워하는 중에도 나는, 나는 이토록 보기 싫은 꼴을 하게 되니까. 마치 어릿광대의 어설픈 연극처럼 신문으로 얼굴을 덮고 찔끔찔끔 눈물을 빼고 있다니. 내게는 눈길조차 주지 않는 사람을 그리워하면서 마치 실연이라도 당한 것처럼 연극을 하고 있다니…… 정말 못 봐주겠죠? 여성학의 감상적인 연극도 아니고 정말 눈뜨고 볼 수가 없군!"

손등으로 쓰윽 눈물을 훔친 베틸레이는 갑자기 허리를 꼿꼿이 펴더니 마치 딴사람처럼 냉정한 목소리로 말했다.

"이런, 참으로 몹쓸 꼴을 보이고 말았군요. 그저 부끄러울 따름입니다. 하지만 아무리 경멸하신다 해도 저는 조금도 상관하지 않을 겁니다. 가장 지독하게 저를 경멸하고 있는 건 다름 아닌 바로 저니까요."

콕키는 겨우 완성된 담배를 천천히 입으로 가져가 물었다.

"난 경멸 따위 하지 않는다오. 무엇보다 그 사내는 꽤 매력적이니 말이요. 게다가 나만큼 나이를 먹으면 당신 역시도 여전히 어린애처럼 보이니까, 여학생처럼 사랑에 고뇌한다고 해도 조금도 어색하게 보이지 않는구려. 그런 건 상관없지 않겠소? 그러나 내가 걱정하는 건 당신이 그 남자를 위해 거짓으로 증언하고, 그 때문에 스스로를 망치지나 않을까 하는 염려뿐이라오."

"그리 말씀하시는 경감님도 경찰이 아닙니까?"

베틸레이는 내가 그리 쉽사리 호락호락 넘어갈 줄 아느냐는 듯이 반문했다.

"아니, 그렇기도 하고 그렇지 않을 수도 있다오. 적어도 이것은 순수하게 당신을 걱정해서 하는 나 개인적인 충고에 불과하오. 다시 한번 생각하지 않으면 아가씬 대단히 불리한 처지가 될 거고, 나아가서는 그에게도 도움이 되지 못한다오."

콕키는 숱 많은 눈썹 아래로 그녀를 지긋이 바라보았다. "이봐요, 베틸레이 양…… 아니, 그냥 들어보오. 나는 근 40년 가까운 세월 동안 여러 증인들이 진술하는 오만가지 증언을 다 들어봤소. 야외극이 시작되기 직전 말을 타고 있는 브라이언에게 당신이 말을 건넸다는 증언을 했을 때, 설마 내가 당신 눈의 움직임도 간파하지 못했다고 생각하오? 페피가 습격당한 그 시각에 대한 증언도 마찬가지였소. 하여간 그건 모두 거짓말이오. 그렇지 않소?"

"뭐가 거짓말이란 말씀입니까?"

"아가씨가 브라이언에게 말을 걸었다는 사실."

"흥! 말도 안 돼요. 그건 틀림없는 사실이라구요."

베틸레이는 소가 짖는다는 표정을 지었다.

"정말 틀림없는가?"

"신께 맹세하겠어요. 자, 이걸로 만족하시겠어요?"

"흐음, 대단히 만족하네."

콕키는 니코틴에 전 손톱으로 길게 뻗어 있는 재를 퉁겨 떨어뜨렸다.

"만약 브라이언 씨가 실제로는 말을 타고 있지 않았다고 말씀하신다면……."

"아니오. 난 그런 말은 하지 않았소. 그 점은 이미 검토해보았으니 말이오. 나와 그, 둘이서 말이오. 그렇지만 역시 이상해. 나로서는 역시 당신이 그를 감싸려고 그렇게 증언했다고밖에는……."

"초점이 조금 빗나간 것뿐이겠지요, 당신의 직감이."

한순간이긴 했지만 베틸레이의 눈동자에 자랑스런 승리감이 만족스럽게 스치고 지나갔다. "게다가 무엇보다 브라이언에게는 의심스러운 점이 하나도 없지 않습니까? 파페튜어 커크 양에게 일어난 일은 접어두더라도 그 사람이 이세벨을 죽이기란 절대로 불가능하니까요. 그것은 분명하잖아요?"

"알고 있소. 그렇기 때문에 더더욱 당신이 사실을 왜곡해서 사건을 꼬이게 만드는 것은 결코 당신이나 우리에게 도움이 되지 않는 그런 소리를 하고 있는 것이라오."

윤이 잘잘 흐르게 손질된 밤색 말 등에 거만하게 올라탄 기수가 승마 도로를 새침하게 지나갔다. 햇빛에 번쩍이는 말굽쇠가 부드러운 흙을 퍽퍽 찍으면서. 차가 한대 다가왔다. 검은 차체는 육중하게 번쩍였다.

"포트 씨예요. 경감님이 모두 엘리시온 홀에 모이라고 했거든요."

"살인 현장을 재현할 생각이군."

콕키는 벌레라도 씹는 표정이었다. 수잔 베틸레이는 의아해하며 그런 얼굴을 들여다보았다.

"무슨 불만이라도?"

"아니오. 단지 켄트에서는 그런 짓은 하지 않는다는 것뿐이오."

콕키는 조금 허풍을 떨었다. 사실 켄트에서도 딱 한번 살인 현장을 재현한 적은 있었다. 그렇지만 일부러 그런 소리까지 할 필요가 어디 있으랴. "더욱이 사건의 마지막 단계에서 한다면 또 모르겠지만 이제 겨우 발걸음을 떼어놓은 주제에! 내 생각엔 솔직히……."

하지만 포트가 벤치 근처에 차를 세우고 엘리시온 홀까지 함께 가자고 권하니 콕크릴은 기꺼이 그 호의를 받아들였다. 운전석 옆에는 마더디어가 앉아 있었다. 유난히 핏기가 없어 보이는 그 얼굴은 마치 병이라도 든 듯하여 콕크릴은 물끄러미 조지를 바라보다가 말을 걸었다.

"무슨 일 있었나? 몸 상태가 썩 좋지 않아 보이는데?"

"예, 썩 좋지 못합니다."

앞 유리창만 뚫어져라 내다보면서 조지는 울분을 터뜨리듯 대답했다.

포트는 공원을 가로지르는 넓은 도로를 신중하게 운전했다. "조지는 내게 미안한 짓을 했다고 생각하나 봅니다. 내 눈 색깔이 어떠니 하는 그런 물음 때문에 말이죠." 그렇게 끙끙 앓을 필요까진 없다는 듯이 조지에게 빙긋 웃어 보였지만 그의 얼굴도 초췌하기는 마찬가지였다.

사건은 이렇게 된 것이었다. 조지 엑스마우스는 1시간 넘게 고민고민하다가 도저히 양심의 가책을 이기지 못하고 포트를 찾아가서 하나에서 열까지 모든 사실을 털어놓았던 것이다. 경찰이 찾아왔던 이야기며, 자기 입으로 결정적인 증언을 해버린 사실을.

포트의 음성은 불안으로 떨렸다. "그래서 조지는 마치 내게 당장 혐의가 씌워지기라도 한 듯이 걱정하고 있답니다. 콕크릴 경감님, 여기서 당신이 그러니까 미리 앞질러서 걱정할 필요는 조금도 없다고 한 말씀만 해주신다면……."

그러나 콕크릴은 전혀 반응이 없었으므로 그는 자기에게 씌워진 혐의를 구체적으로 꼬집어 설명했다. "얼 앤더슨의 눈 색깔은 청색입니다. 그런데 조지는 이세벨이 죽었을 때 보았던 적기사의 눈이 갈색이라고 주장하는 겁니다. 경감님, 이런 바보 같은 소리를 들어보셨습니까?"

이미 수잔 베틸레이는 마음의 가책에서 완전히 해방된 표정이었다.
"뭐가 바보 같습니까? 당신은 분명 대기실을 들락거리고 있었잖아요? 얼 앤더슨의 갑옷인들 마음만 먹으면 쉽게 손에 넣을 수 있었을 거면서. 그때 살짝 숨어들어 의상을 훔친 뒤 감쪽같이 되돌아올 수도 있었을 거예요. 그 동안 당신의 모습을 지켜보고 있는 사람은 아무도 없었을 테니까. 그리고 무엇보다 그 다이아몬드 브로치를 살 능력이 있는 사람은 당신밖엔 없지 않겠어요?"

"입에서 나오는 대로 함부로 지껄이다니!" 핸들을 잡은 손을 어쩔 줄 몰라하면서 포트는 입술까지 파르르 떨며 짐승처럼 울부짖었다. "무슨 헛소리야! 믿지 마, 모두 거짓말이니까!"

"그리고 당신에게는 이세벨 돌을 죽여 버리고 싶은, 참으로 그럴싸한 이유까지 있잖아요? 그 여자는 당신 부인에게 두 사람의 관계를 일러바칠 생각이었으니까. 그리고 보니 당신은 협박당하고 있지 않았나요?"

"아니야!" 분노로 떠는 포트는 냅다 고함만 질렀다. "그런 일이 있을 턱이 있나! 협박 같은 건 없었어. 단지 그녀는 스스로의 양심에 가책을 느낀 나머지 아내에게 낱낱이 털어놓고 잘못을 비는 게 올바른 태도라고 생각했을 뿐이야." 얼굴은 흙빛이 되었고 핸들을 잡고 있는 손은 속을 채운 장갑처럼 힘이 없다. "물론 이세벨이 아내에게 그런 얘기 하는 것을 원치 않은 건 사실이지만."

포트는 갑자기 아내에 대해 봇물 터지듯 많은 넋두리를 단숨에 늘어놓았다. 마치 다른 사람이 함께 있다는 사실은 까맣게 잊어버린 듯이, 제 자신과 자기 관에 못이라도 박아 넣는 투로 스스로를 질책하는 격렬한 말들을 쏟아 놓았다. 아내가 얼마나 고생을 거듭했으며, 또 얼마나 의연하고 당당하게 그 고난들을 이겨왔는가를. 마침내 그 고난도 끝이 보인다 싶자 기력이 탈진하여 기어이 쓰러져버리더니 지금껏 망상에 시달리면서 얼마나 많은 고뇌와 끝없이 싸우고 있는가를. 그리고 찰스워드가 찾아와 어떤 끔찍한 결과를 갖다주었으며, 자신이 범한 죄와 그 대가로 그녀가 어떤 새로운 고통을 더 받게 되었으며, 자기는 또 얼마나 견딜 수 없는 양심의 가책에 시달리고 있는지를.

"이세벨 돌 따위는 아내의 행복과 견주면 내게는 서푼어치의 가치도 없는 존재였어……. 그런데도…… 아아, 그런데도 왜 이런 일이! 그런 몹쓸 여자와 얽히다보니 인두겁을 쓰고는 차마 못할 짓을 아내에게 저지르고, 마침내…… "

포트의 중얼거림은 좀처럼 그칠 줄 몰랐다. 켄징턴 윗길을 돌아 엘리시온 홀로 향하는 도로를 차가 마치 알아서 굴러가듯 혼잡한 차량 사이를 누비며 달려갔다. "만약 아내가 저 상태로 영원히 퇴원하지 못한다면 내가 아내의 목을 조른 것이나 진배없어. 내가 아내의 마음을 죽여 버린 것이야."

침묵을 깨고 베틸레이가 말했다.

"그런데도 이세벨은 죽이지 않았다고 말씀하시는 겁니까?"

"내가 어떻게 죽일 수 있어!" 그는 필사적으로 반박했다. "물론 난 그 우스꽝스러운 갑옷 따위도 절대 걸치지 않았어. 그때 객석의 사람들 틈에 끼여 서서 보고 있었지."

"하지만 알리바이는 없지요, 포트 씨?"

마더디어가 뚱한 얼굴로 거들었다. "그 전날 밤도 마찬가질 거야. 얼 앤더슨 씨가 살해된 밤 말이에요. 어디 그 밤뿐이겠어요? 야외극 전날 하루 몽땅 알리바이가 없어요. 오전에 연습할 때 외엔 말이죠."

"반드시 포트 씨만 알리바이가 없는 건 아닐 걸?" 콕크릴이 재빨리 참견했다. 일이 정말로 재미있어지려면 아직 멀었는데 벌써 눌어붙기라도 하면 큰일이라는 듯, 소스 냄비에 얼른 찬물을 한 바가지 더 끼얹은 것이다.

용의자들끼리 서로 싸우게 만드는 것은 콕키의 주특기였다. 그러다 보면 늘 어떤 큰 수확을 얻게 되기 때문이다. 그는 무심코 창 밖으로 눈길을 주었다. 런던은 흐린 잿빛 눈으로 콕키를 물끄러미 지켜보고 있었다.

"그날은 볼일 때문에 하루 종일 눈코 뜰 새 없이 바빴어."

포트는 어깨를 곧추세우고 말했다. "대부분의 시간을 아내 곁에서 보냈고, 밤에는 일찍 잠자리에 들었어. 다들 그렇게 하지 않았나? 아마 그렇게 했을 거야. 푹 자고 나서 내일 저녁 공연에 대비하라고 내가 그렇게 당부했으니까. 그렇지? 두 사람도 여기에 대해서는 이의를 제기할 수 없을 거야."

베틸레이와 마더디어도 그 명령대로 일찍 잠자리에 든 것은 사실이니까 앤더슨이 살해된 시간은 자기들 또한 알리바이가 없다는 점을 인정했다. 이미 전부터 살인이 있다면 야외극 전날 밤에 일어나리라고 모두 추측은 하고 있었지만, 일이 막상 이렇게 되고 보니 이제 아무도 그 점에 대해서 의심하는 사람은 없었다.

"나는 10시쯤엔 벌써 자려고 누워 있었다." 포트는 기세가 등등해서 말을 이어나갔다. "그 뒤 바로 이세벨에게서 전화가 왔고, 그렇지만 지금 와서 그 사실을 증명할 길은 없어. 이세벨은 죽어버렸으니까."

"얼 앤더슨도 마찬가지죠!" 수잔 베틸레이는 몸을 앞으로 내밀어 한 손은 운전석 등받이에 대고 또 다른 손은 무릎을 꼭 잡고 있었다. 그녀의 얼굴에는 채 20분도 지나지 않은 좀 전의 고뇌는 이미 흔적도 없이 깨끗이 사라지고, 대신 보기에도 섬뜩한 집념만 어른거렸다.

포트의 몽실몽실한 어깨가 갑자기 성을 내며 치켜 올라갔다. 손은 단단히 핸들을 잡았고 발은 세차게 액셀을 밟았다. 자동차는 교묘하게 버스 사이를 빠져나가 대포알처럼 모퉁이를 도는가 싶더니 택시를 추월했다.

"그래, 당신 말대로 앤더슨은 죽었어." 포트의 목소리는 새로운 자신감에 지탱되면서 싸늘한 울림을 주었다. "그러나 내가 앤더슨을 죽여야 할 이유는 눈곱만치도 없지!"

"갑옷 의상을 빌리기 위한 이유만 빼면 말이죠?"

옆에서 협공하는 마더디어.

포트는 두 손을 핸들에서 떼고 높이 들어올렸다가 갑자기 툭 떨어뜨렸다. "앤더슨이든 누구든, 고작 그런 하찮은 이유로 내가 사람을 죽일 인간으로 보이는가? 개소리도 쉬엄쉬엄 짖으라구! 그런데 왜 하필 나만 갖고 그러지? 너희 두 사람은 나불나불 제멋대로 지껄이면서 나를 범인 취급하는데, 왜 나만 못살게 구는 거지? 너희 둘 중 한 사람일 가능성도 있을 텐데?" 바로 등 뒤에 있던 베틸레이를 덮칠 듯이 얼굴을 가까이 가져가면서 "댁은 어떻게 했지, 베틸레이 양? 응? 가슴에 손을 얹고 한번 생각해보는 게 좋을걸? 당신은 이세벨을 벌레보다 더 싫어했잖아? 조니 와이즈가 그렇게 죽은 게 모두 그 여자 탓이라고 생각하면서. 안 그래?"

"몇 번을 얘기해야 내 말을 알아듣겠어요? 조니 와이즈와는 그저 친구에 지나지 않았다고 하는데도……."

"게다가 이세벨은 당신의 소중한 브라이언 브라이언까지 차지해 버렸지? 당신이 그 남자에게 홀딱 빠져 완전히 넋을 잃었다는 사실을……."

조지가 휙 뒤돌아보면서 눈을 커다랗게 떴다. 베틸레이는 내뱉듯이 거칠게 말했다.

"그만하시죠, 헛소리는!"

"그리고, 너도 그래." 한 손을 높이 들어 핸들에 놓더니, 포트는 마더디어에게 손가락 끝을 겨누었다. "멋대로 입을 놀리면서 사람을 죄인 취급하게 하지 않나…… 희한한 헛소리를 증언이랍시고 떠들어 댄다만…… 그래 애야, 넌 어떠니? 너와 네 엄마는 이세벨과는 아주 오래 전부터 아는 사이 아니냐? 우리와는 달리 옛날부터 알고 지냈 잖아? 그래서 물어보는 건데 이세벨과는 어떤 관계니, 응?"

푸르스름한 포트의 잿빛 얼굴을 조지는 질린 기색으로 쳐다보았다.

"나와 이세벨? 나, 나는 그 사람과 제대로 말도 해본 적 없어요. 그리고 또 설령……." 이 충격적인, 이 추악한, 이 더없이 불쾌한 시비가 참으로 억울하고 절통했으므로 조지는 애써 정신을 바짝 차렸다. "설령 내가 무슨 일이 있었다손 치더라도 그게 어쨌다는 말입니까? 적어도 나는, 나, 나는 젊고 자유로운 몸이잖아요? 댁 같은 사람과는 다르다고요. 자기가 한 짓은 나 몰라라하면서……."

엘리시온 홀에 도착했다. 차는 서고, 포트는 등받이에 몸을 기댔다. "말버릇하고는! 아직 머리에 피도 안 마른 것이……"

"조지의 말에도 일리가 있어요." 수잔 베틸레이는 조지를 편들었다. 가슴에 묻어둔 비통한 사랑을 파헤쳐 만천하에 드러낸 배신자에게 가하는 응징인 셈이었다. "사랑이라고 하는 것이 꼭 젊은이들만의 전유물은 아니지요. 이 점에 대해서는 당신도 나와 같은 생각일걸요?"

포트는 한쪽 눈썹을 들어올렸다.

콕크릴 경감은 고요히 시트에 등을 묻고 태풍이 휘젓고 다니는 모습을 묵묵히 지켜만 보았다. 사람들로부터 오랫동안 꾹꾹 눌러둔 진실을 끄집어내려면 말싸움이 최고다. 언쟁을 하다 보면 갑자기 바깥 공기를 쐬게 된 신경들은 초조하고 불안해지게 마련이고, 오래된 상처에서도 새삼 붉은 피가 뿜어져 나오는 법이니까. 따라서 그는 내내 한마디도 섞지 않고 단지 불씨만 일으킬 생각이었는데, 이들에겐 그나마도 거의 필요가 없었다.

손톱만한 양보도 없이 맹수처럼 으르렁거리며 야만스럽게 서로가 서로를 할퀴고 물어뜯었다. 감추고 싶어하는 오래된 상처를 들쑤셔면 과거의 원한을 다시금 펼쳐놓았다. 모욕을 주고, 시퍼렇게 날이 선 톱날로 서로를 상처 입히고, 가슴에 묻어둔 비밀스런 사연도 사정없이 까발리고 마는 것이다.

에드거 포트는 자신의 허무한 연애 소동에 발끈하여 파페튜어를 사모하는 마더디어의 보답 받지 못한 순정을 조롱했고, 수잔 베틸레이의 나이 값도 못하는 연정을 비웃었다. 조지는 젊은 여자에게 얼이 빠져버린 노인을 백치니 천치니 하면서 욕했고, 베틸레이는 그의 아내가 병이 든 원인을 폭로했다……. 마침내 그녀와 조지 엑스마우스는 공통의 적에 대해 연합 전선을 구축한 뒤 숨돌릴 틈도 주지 않고 죽을 둥 살 둥 적에게 달려들어 사정없이 물어뜯었다. 마침내 포트는 비명을 질렀다.

"이세벨 돌의 죽음에 대해서는 너희들이 죄가 없다고 주장하듯 나 역시도 죄가 없다. 그렇지만 너희들이 죄가 없다고 하는 말에 대해서는 입에 침이라도 바르라고 충고해주고 싶군. 왜냐? 범인은 너희 두 사람이기 때문에! 혼자서 했는지 둘이서 공모했는지는 모르겠지만."

"말도 안 돼! 우리들이 왜 이세벨을 죽입니까?"

"신만은 그 이유를 아시겠지. 하지만 파페튜어 커크와 브라이언은 꽤 친해 보이더군! 너희 두 사람 가운데 하나는 파페튜어를 사랑하고 있고, 또 다른 누구는 브라이언에게 마음을 빼앗기고 있으니." 그는 차 문을 열고 밖으로 나갔다. "너희 둘 중 하나거나 너희 둘 다겠지. 달리 그런 짓을 할 사람이 또 어디 있겠어? 누가 이세벨을 죽이든 내 알 바 아니야. 그 여자가 죽은 걸 기뻐하더라고 소문이 나도 난 조금도 개의치 않는단 말이야. 그러나 너희들은 나를 범인이라고 했어. 그러니 그 대가를 받아야겠지!"

차 주위를 돌면서 문이란 문은 모조리 열었다. "자, 모두 빨리 내리시게나. 모두 탑으로 가야지. 틀림없이 너희들이 해치웠을 거야. 너희 둘 중 누구든, 어느 한쪽은 분명할 거야. 지금부터 내가 그것을 증명해 보이겠어!"

쾅, 쾅, 쾅, 차 문을 닫고 그는 앞장서서 엘리시온 홀로 들어갔다.

엘리시온 홀 회전문은 마냥 즐겁게 돌아가고 있었다. 그들이 인파를 헤치고 안으로 들어가니 판매원이며 설명하던 담당자들은 일손을 놓고 등 뒤에서 그들을 손가락질하면서 손님들의 호기심을 부채질했다. 여기저기 설치된 스피커에서는 지금 돌아가고 있는 레코드의 노랫소리가 귀청이 찢어져라 흘러나왔다. 서로 밀고 당기는 인파를 헤치고 발길을 재촉하노라니, 어떻게 해서든 물건을 팔아보겠다는 판매원들의 호객소리가 잠시도 멈출 줄 모르고 곳곳에서 날아들었다.

그런데 무대 뒤로 이어지는 문을 넘어서니 그 소동과 높은 고함 소리는 단숨에 가라앉았고, 대기실로 한 걸음 더 들어가니 마치 딴 세상처럼 정적마저 감돌았다. 갑옷만 12벌이 벽에 매달려 있을 뿐 텅 빈 공간에는 먼지만 소복했다. 갑옷이 걸려 있는 못과 그 위에 매달린 투구까지는 거리가 꽤 있어서 마치 1피트는 더 되는 목 위에서 저마다 말도 안 되는 기묘한 방향을 응시하고 있는 듯했다. 텅 빈 검은 눈으로 멍하니.

방 한복판에 브라이언과 파페튜어를 데리고 찰스워드가 서 있었다. "여러분들이 이 자리에 모여주시면 여러모로 편리하게 일이 끝날 것 같아서 이렇게 한꺼번에 불렀습니다. 한두 가지 어떤 사실을 좀 확인하고자 합니다."

그리고 조지 엑스마우스에게 눈짓을 하여 가까이 서게 했다.

"자넨 오늘 아침 이세벨이 떨어지기 직전에 적기사의 눈을 보았다고 했네. 혹시 그 눈을 지금 이 자리에서 알아볼 수 있겠나?"

대답은 식은 죽 먹기였다. 한두 마디면 충분할 테니. 그러나 자기의 대답 하나로 사람 목숨이 왔다 갔다 한다. 조지는 파랗게 질려 부들부들 몸을 떨면서 간신히 입 속에서만 웅얼댔다.

"가, 갈색 눈이었습니다."

"그 얘긴 들었네. 그럼, 지금 이곳에서 갈색 눈을 하고 있는 사람은 누구인가?"

조지는 어쩔 수 없이 사람들의 얼굴을 둘러보았다. 파페튜어, 브라이언, 베틸레이 양, 포트 씨······. 잿빛, 청색, 갈색 눈이 둘. 그는 반항이라도 하듯 어깨를 조금 으쓱했다. 답은 이미 뻔하지 않은가? 그런데 왜 굳이 내 입으로 그 소리를 하게 만드는 거지!

찰스워드는 천천히 포트 쪽으로 고개를 돌렸다.

콕크릴 경감이 갑자기 참견했다.

"경감, 포트 씨가 어떤 추리를 하나 했다오. 어떻소? 일단 그것부터 들어보는 것이?"

에드거 포트가 말레이시아에 있을 때 불꽃놀이 축제를 주관한 경험은 없을지 모르지만——이세벨 돌이 그에게 그런 경험이 있을 거라고 말한 것은 도대체 언제를 말하는 것일까?——그 지역 아마추어 연극 연구회의 일원으로 이따금 《무단 퇴장》에서 장교 역을 맡아서 회원들로부터 갈채를 받기도 했던 것이다.

지금이야말로 그는 왕년의 실력을 되살려 종횡무진 무대를 주름잡으면서 루스 드레이퍼 뺨치는 실로 교묘한 연기로 베틸레이 양과 마더디어를 혼자서 도맡아 1인 3역을 훌륭하게 처리하고 있었다. 만약 그의 연기가 그토록 엄청난 진지함을 동반하지 않았더라면 찰스워드는 아마 바닥을 구르며 포복절도했을 것이다. 그러나 콕크릴 경감의 날카로운 눈빛은 예사롭지 않게 번쩍였다.

"경감님, 베틸레이 양과 엑스마우스는 제게 온갖 혐의를 덮어씌우고 있습니다. 하지만 해볼 테면 해보라고 하십시오. 나 역시도 순순히 당하지만은 않을 테니까."

모든 것이 연극적이었다. 브라이언이라면 "참 과장이 심하쉬군!" 하면서 벌써 한마디했을 것이다. 그렇지만 막상 당사자는 창백한 얼굴을 딱딱하게 굳히고 납 같은 눈을 하고 있었다. 그는 지금 목숨을 걸고 싸우고 있는 것이다.

"5시 반, 베틸레이 양 도착한다. 무대는 이상이 없는지 아치 너머로 확인한다. 탑 속을 들여다본다. 갑옷 의상을 살펴본다"고 하면서, 마치 개가 마음에 드는 전봇대의 냄새를 맡으며 빙빙 도는 것처럼 갑옷에서 갑옷으로 옮겨갔다. "모두 괜찮군!" 안도와 만족스런 표정이 멋들어지게 풍겨 나왔다. "베틸레이 양은 대기실 문 바로 밖에다 자리를 마련한다." 틀림없이 그녀가 그곳에 앉았던 사실을 표현하기 위하여 그는 한동안 그 자리에 가만히 서 있었다. "기사들이 삼삼오오 무리 지어 나타난다. 갑옷을 들고 어떤 이는 분장실로, 또 어떤 이는 마구간으로 사라진다. 다음에 말이 끌려온다." 이 10인의 기사들을 혼자서 연기하기란 그로서도 역부족이었는지 이 장면은 생략했다. "한편 조지 엑스마우스 군이 도착한다."

"저는 6시 20분 전에 왔어요!"

겁에 질린 조지의 목소리가 떨렸다.

"그는 대기실로 들어간다." 항의는 무시되고, 대기실로 들어가는 조지 역에 몰두하면서 포트는 계속했다. "우선 갑옷을 내린다. 분장실인지 마구간인지는 잘 모르겠고 어쨌든 옷을 다 갈아입었다."
 그는 일동을 복도로 손짓했다.
 찰스워드는 행여 가짜 조지가 마구간에서 옷을 갈아입는 무언극을 보게 되지나 않을까 마음을 졸였다. 그러나 포트는 이때 벌써 가짜 갑옷은 걸쳤다고 생각하고 있었으므로 으쓱으쓱 걸어가는 것으로 만족하고 있었다.
 "그는 작은 분장실로 숨어든다. 그리고 '커크 양, 좀 도와주지 않겠습니까? 갑옷 좀 입혀주십시오!'라고 말을 한다." 포트는 조지가 브라이언의 음성을 흉내낸 것을 다시 자기가 이중으로 흉내낸다는 복잡하고 기묘한 연기를 하느라 얄궂은 소리를 내서 모두를 안절부절못하게 만들었다. "그리고 커크 양을 묶는다." 겁에 질려 발버둥치는 파페튜어와 몸씨름을 하는 장면을 무사히 재현했다. "그리고 대기실로 돌아와 기사들과 함께 말에 올라탄다."
 불과 얼마 안 되는 몇 마디 말로 얼마나 많은 사실이 표현되는지 콕크릴은 톡톡히 가르침을 받은 기분이었다. 그리고 조지가 되어 무사히 말에 올라간 포트가 이제는 이세벨 돌 역으로 변신하는 것을 참을성 있게 지켜보았다.
 "그녀는 분장실에서 나온다. 기사들 사이를 헤치고 종종걸음으로 대기실을 빠져나온다." 폭이 넓은 소형 요트가 바람에 떠밀려 힘차게 허공을 헤치고 전진했다. "이윽고 탑으로 들어가고, 우리들 앞에서 그 모습을 감춘다."
 그는 여기서 잠시 포트로 되돌아와서, 문에서 기다리고 있을 베틸레이로 변신해야 하므로 서둘러 밖으로 달려나갔다. "당신들은 베틸레이 양이 기사들이 모두 무대로 나가는 것을 확인한 뒤 이세벨의 뒤를 따라가서 목 졸라 죽였다고 내가 말할 거라 생각하시겠죠?"
 그는 자못 도도하고 도발적이었다.

"아니, 그렇게는 생각지 않는다네"라고 나서는 찰스워드. "브라이언 씨는 이세벨이 떨어진 뒤 베틸레이 양을 대기실로 들어오게 했다더군요. 문이 안에서 잠겨 있었다면서. 누가 그랬는지는 일단 접어두고라도 문은 틀림없이 기사들이 무대로 나가기 직전에 잠갔을 겁니다. 그 뒤에는 아무도 남아 있지 않았으니까."

포트는 기선을 제압당한 얼굴이었다. 그러나 그리 맥없이 포기하지는 않았다.

"물론이죠. 나도 그 정도는 알고 있습니다. 제 추리는 이렇습니다. 기사들은 모두 대기실에 모여 있었다. 거의 몸을 움직일 공간조차 없었기 때문에 그녀가 살그머니 말 사이로 빠져나가 탑으로 들어가는 것을 아무도 눈치채지 못했다."

"과연 그럴까요?" 찰스워드가 반문했다. "베틸레이 양은 문 쪽에 계속 서 있었어요. 그런데 갑자기 모든 기사들을 헤치고 걸어간다면 반드시 누군가의 눈에 들어왔을 겁니다. 그러니 누군가가 이미 그 사실에 대해서는 증언했겠죠?"

"그러나 당신 입으로 기사들은 제멋대로 돌아다녔을 거라고 하지 않았습니까?"

"그것은 기사들만 가리킨 것이지요. 모두 똑같은 갑옷을 입고 있었으니까, 갑옷만 돌아다니는 것이나 별반 다를 게 없다는."

베틸레이가 깔깔 웃음을 터뜨렸다.

"포트 씨는 분명 이 대단한 연극을 하려고 내가 갑옷이라도 입었다고 말할 심산이겠지요. 여벌 갑옷도 하나 있었으니."

"그럴싸한 생각이군." 찰스워드의 반응은 대수롭지 않았다. "그러면 아무도 당신인 줄 모르겠어. 여하튼 남자인지 여자인지도 분간이 안 되었을 테니…… 하긴 잠수복을 제외하면 갑옷만큼 쾌적한 변장도 또 없을 거야. 게다가 만에 하나 창 밖으로 모습이 보였다 하더라도…… 아니, 그것 참 좋은 생각이군! 하지만…… 참! 얘기가 어떻게 되었지?"

"제가 사다리를 몰래 올라가 돌 양을 목 졸라 죽이는 장면입니다."

베틸레이는 비웃음을 흘리면서 말했다.

"좋아! 내가 돌 양을 죽이는 역할을 맡기로 하죠, 포트 씨."

찰스워드는 아주 즐거운 듯이 그렇게 제안하더니 탑으로 걸어가서 좁은 입구에 섰다. "이것이죠, 당신이 하고자 하는 말이?"

"예."

포트는 커다랗게 고개를 끄덕였다. 그러나 내심 그토록 자신은 없다는 증거가 이마의 땀으로 번져 나왔다.

"베틸레이 양은 이세벨을 죽이고 창에 기대두었다고 생각합니다. 조명은 전혀 비치지 않았으니 깜깜해서 아무것도 보이지 않았겠지요. 그리고 살짝 밑으로 내려와서 대기실을 나갔고, 엑스마우스 군이 문을 잠갔다고. 결국 우리들이 지금까지 생각하던 대로 그 일이 일어났다고 믿게 하려고 말이죠. 그 모든 일이 끝난 뒤 기사들은 무대로 나갔던 겁니다."

그는 사람들을 끌다시피 무대로 몰고 갔다. 관광객 단체처럼 일동은 순순히 탑의 창을 올려다보았다. 찰스워드가 나타나 발코니에서 몸을 내밀었다.

"그리고 엑스마우스가 미리 준비해둔 밧줄을 잡아당겨서 사체를 끌어내렸단 말씀이지요? 안 그렇습니까, 포트 씨?"

"전 이세벨 오른편에 있었던 기사였어요." 조지가 깜짝 놀라서 항의했다. "시에서는 왼쪽이라고 했잖아요?"

콕크릴 경감은 웃음이 담긴 눈으로 슬쩍 찰스워드를 곁눈질했다.

"그때도 말했지만 해석하기 나름으로 이토록 달라질 수 있는 것이지."

포트는 콕크릴을 똑바로 보면서 시의 마지막 구절을 읊었다.
"보잘것없는 이 선물을 보낸 사람은 누구?
 그 이름은 왼편에 늘어선 수수께끼의 기사!"
콕키는 탑을 향했다. "여기서 왼쪽이라고 하는 것은 앞에서도 말했듯이 생각하기 따라서 아치의 그 어느 쪽도 될 수 있소. 이세벨을 기준으로 왼쪽이라고 하면 이 '수수께끼의 기사'는 적기사일 게 뻔하겠지만……."
그러나 그런 말은 지금 귀에도 들어오지 않는다는 듯이 찰스워드는 작고 동그란 포트의 얼굴에 시선을 꽂고 유심히 바라보았다.
"포트 씨, 어떻게 그 시 구절을 알고 있습니까?"
순식간에 찬물을 끼얹은 듯한 분위기로 돌변했다. 포트의 심장이 싸늘하게 식어들고 있는 것은 누구의 눈에도 확연했다. 잠시 후 그는 우물쭈물 변명했다.
"시가 나왔다고 하는 것은 누구나 다 알고 있는 일인데……"
"그렇지만 그 시의 내용은 공개되지 않았습니다. 뭐, 어쨌든 그렇다 치고." 찰스워드는 이 문제는 잠시 보류해 두겠다는 몸짓을 해 보였다. "하여간 하다만 일이나 마저 끝냅시다. 그 얘기는 나중에 다시 하기로 하고."
그러나 맥이 다 빠져버린 포트는 더 이상 현장 재현을 연출할 생각이 없어졌다.
"저는 그저 이세벨은 이미 죽어 있었고, 엑스마우스 군이 미리 준비해둔 밧줄을 끌어당겼을 거라고 말하려던 것뿐인데……."
"이유는?" 콕크릴이 물었다.
"수수께끼를 만들어내기 위함이죠. 베틸레이 양은 절대로 불가능했다는 확증을 뒷받침하여 모두를 조롱하기 위해서. 그런데 그것은 절대 가능한 일이었습니다."

"하지만 나는 그동안 계속 바깥 복도에 앉아 있었다는 사실을 부디 잊지 마시길."

베틸레이가 쌀쌀맞게 말했다.

"문은 틀림없이 안에서 잠겨 있었어요!"

포트는 대답이 궁색했지만 곧 활로를 찾아내 동글동글한 손을 브라이언에게 향했다.

"그건 단지 이 사람이 그렇게 증언한 것에 지나지 않습니다!"

브라이언의 눈에 곧 투지가 맹렬히 불꽃을 일으켰다.

"흥! 이젠 나까지 물고늘어지는 겁니까? 베틸레이 양과 저 소년의 패거리로?" 그러면서 조지의 머리에서 발끝까지 훑어보았다. 마치 죄는커녕 오히려 천진하기조차 한 솜털이 보송보송한 어린 토끼를 포트가 부득부득 끌고 와서 자기 발 밑에 내팽개치기라도 한 듯이.

찰스워드가 황급히 참견했다.

"야외극 연습이 시작되기 전까지 베틸레이 양이나 브라이언 씨는 단 한번도 엑스마우스 군을 만난 적이 없습니다. 게다가 설사 이세벨 돌을 없애려는 생각이 두 사람에게 있었다손 치더라도 브라이언 씨와는 아무 관계도 없는 일일 겁니다. 하여간 너무 비상식적인 추리는 부디 삼가셨으면 합니다. 포트 씨, 브라이언 씨의 증언은 신용할 수 있다고 밝혀졌습니다. 그리고 그 증언에 의하면 문은 분명 잠겨 있었고요."

어젯밤 소나기는 태양의 전제(專制)에 대한 마지막 몸부림이었던 듯, 뜨거운 열기가 이들을 덮쳐왔다. 전시장의 무더위는 아주 끔찍할 지경이었다. 이들 주위에는 전시회의 소음이 울려퍼지고, 악쓰는 군중들의 목소리도 쉴 새 없이 이어지고, 이따금 달콤한 유행가 가락이 스피커에서 흘러나왔다. 발 밑, 더러운 무대 바닥으로 역한 공기가 슬금슬금 기어서 다가오고 있었다.

파폐튜어는 꽃무늬가 들어간 여름옷을 호리호리하게 차려입고 브라이언과 나란히 서 있었다. 인생이란 정말 묘하군! 일주일 전, 아니 사흘 전만 해도 모든 건 먼지투성이의 꿈이었을 뿐인데. 가치 없는 생명을 과감히 내던져버릴 그만한 용기도 흥미도 없어서 마냥 잠자코 견딜 수밖에 없던 허망한 꿈에 불과했는데. 죽어버린 조니와, 생생하게 살아 있는 얼과 함께 살아가던 꿈의 세계. 하지만 이제 얼은 사라졌다. 그런데 이상하게 조니마저 사라져버렸다. 처음에는 그런 사실이 두렵기도 했지만 마음 한구석에선 나도 모르게 안도의 한숨을 내쉬고 있었지. 조니의 추억도, 조니에게 저지른 죄스런 기억도 모두 안개처럼 희미해지고 고요한 회한만이 남았다. 회한은 늘 내 곁을 떠돌고 있다. 언제, 어느 때라도. 하지만 산송장 같은 모습은 더 이상 계속되지 않을 것이다. 어쩌면 이젠 회한 속에서 나는 살아갈 수 있으리라.

다시 한번 마음의 평화를 되찾을 수 있을까? 평화를? 행복이 아니다, 적어도 아직까지는. 그러나 요 며칠간의 끔찍한 경험이 내게 서광을 비추어 준 것만은 사실이다. 분장실에서 겪은 피가 얼어붙는 듯한 소름끼치던 기억. 이세벨의 충격적인 죽음. 상자 속에서 물끄러미 바라보던 죽은 얼의 얼굴에서 느꼈던 광기어린 끔찍함. 처음 협박장을 받고 난 뒤로부터 잇달아 꼬리를 물던 끔찍한 공포를 체험하는 과정에서, 분명 무언가가 희미하게 형체를 드러내기 시작했다. 행복으로 가는 첫 서광과 같은 것이.

그녀는 자신이 위험에 노출되어 있음을 잘 인식하고 있었다. 입에는 담지 않았지만 브라이언이 그날 아침 자기 방에서 받지 않았던 척하던 그 전보가 실은 새로운 살인 예고라는 사실도 잘 알고 있었다. 그러나, 그럼에도…… 서광은 눈앞에서 어른거리고 있는 것이다. 수수께끼와 공포로 뒤범벅된 악몽 어딘가에서 행복을 안겨줄 첫 서광이

제아무리 미약하다 하더라도 비추고 있다는 사실만은 분명히 느낄 수 있었다.

그녀는 브라이언과 나란히 서 있다. 마치 그 브라이언으로부터 힘과 평안이 전해오는 듯하다. 그렇다고 그를 사랑한다는 말은 아니다. 아무도 사랑하지는 않았다. 아마 사랑하게 될 일은 두 번 다시 없을 것이다. 그렇지만……

브라이언은 이제 곁에 있는 파페튜어를 더 이상 의식하지 않고 있었다. 푸른 눈으로 베틸레이의 싸움을 대신 떠맡고 나서려는 참이었다.

"도대체 이 무슨 말도 안 되는 소립니까! 베틸레이 양이 이세벨을 죽이고 그 뒤 엑스마우스가 끌어당겼다구요? 말도 안 되는 소립니다. 이세벨은 떨어쥐기 직전에 죽었습니다. 떨어졌는지 누가 떨어뜨렸는지는 잘 모르겠쥐만 10분이나 지나서는 아닙니다. 그러니 공모할 이유도 없는 셈이쥐요. 만약 베틸레이 양이 이세벨을 죽이고 내던졌다고 가정해봅시다. 그렇지만 말입니다, 베틸레이 양이 대기실을 나간 다음 어떻게 문을 안으로 잠글 수 있겠습니까? 어디 한번 대답해보십시오! 정말 못 들어주겠군!"

검은 펠트 모자를 뒤로 눌러쓰고 브라이언의 등록상표와도 같은 레인코트를 걸친 채, 양손을 내밀면서 포트의 어리석은 짓거리에는 아예 정나미가 떨어진다는 듯이 어깨가 귀에 닿도록 크게 들었다 놓았다. 수잔 베틸레이는 감사와 벅찬 감동의 눈길로 그의 얼굴을 홀린 듯이 바라보았다. 뒷짐을 지고 있던 콕크릴 경감의 엄지손가락이 쉴 새 없이 움직였다.

포트는 이제 마지막 남은 비장의 한 발을 겨냥했다.

"모든 문제는 저 문이 잠겨 있었느냐 그렇지 않으냐 하는 문제로 귀결되는 성싶군요. 그렇지만 베틸레이 양과 브라이언 씨가 공모했다는 가정도 당연히 성립되지 않겠습니까?"

브라이언은 한 손을 들어 모자를 벗고 다른 손으로는 시위라도 하듯 금발을 쓸어 올렸다.

"우리들은 왜 시체가 내던져졌을까 하는 점에 모두 의문을 품고 있습니다."

포트는 브라이언의 태도 따위 본체만체 머릿속에서 떠오른 새로운 생각을 전하기에 여념이 없었다. "그 답을 이렇게 가정해보는 것은 어떻겠습니까? 브라이언 씨가 말을 대기실로 가게 해서 베틸레이 양에게 잠긴 문에 대한 알리바이를 만들 찬스를 주기 위해서라고 하면 말입니다."

백짓장 같은 그의 뺨에 비로소 엷은 핏기가 돌았다. 마침내 크나큰 위기를 탈출했다고 가슴을 쓸어 내리며 흥분하고 있는 것이다. 그러다 그는 흠칫 진상을, 아니 조금만 더 어찌하면 진상을 밝힐 수 있으리란 것을 깨달았다. 그는 난처한 표정으로 말했다.

"죄송합니다, 그러나 꼭 말씀드려야겠기에"

모자를 다시 머리에 올려놓은 브라이언은 누군가 뜯어말리고 싶도록 위에서 눌러댔다. 입으로는 불길이라도 내뿜을 듯한 형상이었다.

"대단하군요! 포트 씨, 정말 놀랍습니다. 우리 두 사람이 살인을 계획했는데, 짝패에게는 살인 역을 억지로 떠넘긴 뒤 아 그래, 나는 고작 비열한 거짓말이나 하는 그런 역을 맡았다는 겁니까? 게다가 한술 더 떠 그 짝패란 것이 여자라고요?"라고 소리친 뒤, 그는 천연덕스럽게 베틸레이를 향해 부러 더 과장되게 지극히 정중한 이국풍의 절을 해 보였다.

조지 엑스마우스는 문득 생각에 잠기더니 그의 말을 따라했다.

"여자라고?"

찰스워드 경감은 빙글 등을 돌리고 생각에 잠겨 두어 걸음 떼어놓더니 곧 저벅저벅 제자리로 돌아왔다. 그리고 끊임없이 이의를 제기하는 브라이언의 입을 그만 다물게 했다.

"자, 자, 모두 잘 알고 있습니다. 물론 그런 어이없는 일은 절대 사실일 수 없겠지요. 당신이 그런 일을 여자에게 떠넘길 그런 인간이 아니라는 것은 만천하가 다 알고 있습니다. 그런데 브라이언 씨, 그때 당신은 말에서 떨어져서 의식이 다소 흐릿하지는 않았습니까? 문이 잠겨 있었던 부분에 대해서 충분한 자신이 있습니까?"

"자신이 있고말고요." 브라이언은 조금도 망설이지 않았다.

"제가 이런 말을 하는 것은 만약 그 점이 불분명하다고 하면" 여기까지 말하던 찰스워드는 느닷없이 행동을 개시했다. "좋아! 한번 해보자고."

그는 순식간에 아치를 빠져나가 곧 탑에서 모습을 드러내더니 발코니에서 위태롭게 몸을 내밀고 소리쳤다.

"됐습니까? 기사들은 모두 무대에 나와 있다고 가정하겠습니다. 베틸레이 양은 대기실이 텅 비는 순간을 노려 이 탑으로 숨어들고요. 저를 베틸레이 양이라고 생각해주십시오. 지금은 이세벨이 등장할 순간을 기다렸다가 눈치채지 못하게 다가가서 목을 조르는 마지막 단계입니다. 건장한 손으로요. 그 일이 끝나면 서둘러 복도로 나가서 문 밖 의자에 앉습니다. 그리고 소동이 좀 가라앉기를 기다렸다가 무대로 나가서 끔찍한 모습으로 변해버린 이세벨을 보고 크게 놀라는 척하는 거지요."

콕크릴 경감은 모자를 뒤통수에 갖다 얹고, 축 늘어진 낡은 레인코트의 뒤 벨트 고리에 느슨히 손가락을 끼우고 탑을 올려다보고 있었다. 찰스워드의 목소리는 그저 막연하게 들려올 따름이었다. 왜냐하면 지금 이 순간 그림맞추기 판 위에서 처음 한 조각이 갑자기 딱 맞는 제자리를 잡았기 때문이었다. 어떤 말, 그것도 채 30분도 안 되는 사이에 들었던 그 어떤 말이 그림맞추기의 첫 조각을 덥석 집어 제자리로 갖다 준 것이다. 더 기묘한 일은 그 첫 조각이야말로 가장 중요하고 결정적인 것이었다. 갑옷을 입은 어떤 형체——바로 범인의 모습이었던 것이다!

보통은 언저리부터 메워 들어가면서 작은 조각들을 하나하나 저마다 적당한 위치에 끼워 넣은 뒤 결정적인 것은 맨 마지막에 '딱!' 소리나게 놓는 법이다. 그런데 이번에는 제일 마지막에 와야 할 것이 맨 먼저 와버린 격이었다. 주어진 모든 단서들이 오로지 한 인물만 집중적으로 가리키고 있는 탓이었다. 그렇지만 아직 메워나가야 할 빈자리는 허허벌판처럼 남아 있었다. 그리고 그 모든 것들이 정해진 자리를 제대로 찾아가지 못하면 지금 이것만으로는 아무 쓸모가 없었다. 밧줄, 문의 자물쇠, 브로치와 짧은 시, 적기사의 갈색 눈동자, 욕실 커튼에 싸여 상자 속에 들어 있던 얼 앤더슨의 목, 파페튜어에게 '다쉬 오마'고 했던 목소리, '미키 볼콘'과의 만남을 주선하겠다며 '골든 골리웍'에서 앤더슨과 만나기로 약속했던 목소리…….

콕크릴 경감은 머릿속에서 퍼즐 한 조각을 두 손가락으로 집어 올려 가만히 뒤집어 보았다. 그러나 곧 그것을 본래 자리로 돌려놓았다. 포트 씨의 눈은 갈색이다. 그리고 그는 적기사의 의상을 손에 넣을 가능성을 갖고 있다. 그리고 어쩌면 그가 말한 이상으로 조니 와이즈와는 깊은 관계일지도 모를 일이다. 그러나 공중전화 부스의 목소리가 얼 앤더슨에게 말을 걸고 있을 때는, 포트는 호텔 자기 방에 있었다. 이세벨 돌이 그의 방에 전화한 것은 틀림없는 사실이므로, 그리고 호텔 교환대에서도 분명 그 전화를 받았다고 증언하고 있으니까.

머리 위 발코니에서 찰스워드의 활기찬 목소리가 들려와서 콕크릴은 사색을 중단했다.

"잘 들으십시오. 제가 베틸레이 양입니다. 라이트가 무대의 기사들을 비추는 것을 기다렸다가 이세벨의 목에 손을 가져갑니다. 그리고 사체를 발코니에서 내던지고, 기사들이 깜짝 놀라 망연자실해 있을 틈에 대기실을 빠져나가"

콕키는 얼간이 같은 짓은 그만두라는 뜻으로 가시 돋친 말을 던졌다.

"무리일세, 그것은!"

"왜요?" 찰스워드도 기분이 상했다.

"기사들은 망연자실해 있지도 않았으니까. 사체는 백기사의 말 가까이 아슬아슬한 지점에 떨어졌고, 그 말은 바지랑대처럼 뻣뻣하게 서 있다가 후다닥 대기실로 뛰어들었지. 베틸레이 양이 대기실을 지나 복도까지 빠져나갈 시간적 여유가 없어. 십중팔구 백기사의 눈에 띄었을 테니까."

찰스워드는 다소 낭패한 기색을 보였지만 여전히 희망을 버리지 못했다.

"그렇지만 백기사가 눈앞이 어질어질해서 미처 눈치채지 못했을 가능성도 있겠지요?"

그러나 브라이언 투 타임즈가 반드시 찰스워드 경감 입맛에 딱 맞게 눈앞이 어질어질해져서 정신을 못 차렸다는 보장은 없었다. 콕키는 이 점을 정확히 꼬집었다.

"백기사는 낙마한 충격으로 눈앞이 빙빙 돌았겠지. 그러나 그가 말에서 떨어진 것은 대기실에서도 훨씬 안쪽이었네. 내가 앞에서 처음부터 다 보고 있었으니까 절대로 틀림없어. 아치를 빠져나가기 전에 떨어진 게 아니야. 그 살풍경한 방을 지나가는 인물이 혹시 있었다면 틀림없이 눈에 띄었을 걸세."

"그렇겠군!"

찰스워드는 발코니 철책에 발을 걸치고 한쪽 팔꿈치를 무릎 위에 올린 채 아래에 늘어선 얼굴들을 굽어보았다. 또한 아래에 있는 무리들도 있는 한껏 목을 빼서 그를 올려다보고 있었다. 파페튜어는 브라이언 옆에 서 있었다. 브라이언은 어느새 자기의 존재 따위는 잊어버린 듯했지만, 그저 그가 곁에 있다는 사실만으로도 어쩐지 마음의 위로가 되었다. 타오르는 밝은 불빛을 받고 서 있는 듯한 풍요롭고 넉넉한 마음의. 살찐 목을 있는 힘껏 뒤로 젖히고 있어서 포트의 뒷목은 올록볼록 층층이 주름이 접혔다. 그는 베틸레이의 꼭 다문 입매와 적의에 불타는 눈빛을 젖 먹던 힘까지 다해 간신히 피하고 있었다. 아무도 입을 열지 않았다.

찰스워드는 간신히 마음을 가다듬고 발코니에 걸쳐두었던 발을 내렸다.

"뭐, 어쨌든 해봅시다. 그것이 불가능하다는 사실을 증명하기 위해서라도, 어디까지 갈 수 있는지 시험해보는 셈치고, 콕크릴 경감, 브라이언 씨의 말이 뻗대고 있던 시간은 대충 얼마나 되겠습니까?"

콕크릴은 잠시 속으로 생각해보더니 브라이언과 눈빛을 주고받으며 상담한 끝에 "한 30초 정도?"라고 대답했다.

"30초? 그쯤 되겠군요. 그럼 해봅시다. 저는 베틸레이 양입니다. 경감님은 브라이언 씨의 역할을 맡아주시지 않겠습니까? 그리고 포트 씨는 말이 되어주셔서 한 30초 가량 뻗대면서 버둥대다가 대기실로 뛰어드는 장면을 부탁드리지요. 좋습니까? 자, 시작합니다! 하나, 둘, 셋, 넷……." 그는 모습을 감췄다.

콕크릴 경감은 말과의 공연은 생략하고 손목시계의 바늘이 정확히 30초가 지나길 아치 앞에서 기다리면서, 길거리 구경꾼들처럼 호기심에 차 있던 일동들을 안으로 들어가게 했다. 찰스워드는 이제 겨우 대기실 한가운데쯤 온 참이었다. 그는 보기에도 벌써 패배감에 어쩔 줄 몰라하는 것이 역력했는데 결국 분함을 참지 못하고 괜한 오기를 부렸다.

"사다리를 내려오는 데만 굉장히 시간이 걸리더군요. 혹시 일부러 30초 이상 밖에서 버둥대고 있었던 건 아니겠죠, 백말 씨?"

"그날 밤을 말하는 거겠지?"

콕키는 도리질했다.

"30초 이상일 리는 없어. 난 30초도 오히려 너무 길다고 생각하니까."

벽에서는 12벌의 갑옷과 투구가 기분 나쁜 웃음을 띠고 이들을 내려다보고 있었다. 있지도 않는 긴 목 위에는 허망한 투구의 눈들이 물끄러미 이들을 향한 채.

"절대 불가능해!" 콕크릴은 마지막 판결을 내리듯 말했다. "그 사다리를 내려와 이 방을 빠져나가고 게다가 문까지 잠가야 하는데?. 안 돼. 들켰을 게 뻔해." 뒷짐을 지고 아치를 빠져나가 무대로 쿵쿵 돌아가 버렸다. 시간 낭비야!

찰스워드는 여전히 미련이 남는다는 듯이 그 뒤를 따라갔다.

"딱 한 번만 더해 보십시다. 굉장히 중요한 문제니까. 만약 이것이 가능하다면······."

찰스워드는 벌레 씹은 얼굴로 일언반구도 없는 콕크릴을 남겨두고 재빨리 아치를 빠져나가 탑으로 들어갔다. 곧 창에서 그의 목소리가 들려왔다.

"준비됐습니까? 지금부터 30초입니다!"

콕크릴이 볼에 바람을 잔뜩 불어넣고 시계바늘을 노려보고 있는 사이, 모두의 귀에는 '쿠당 콰당' 탑 속에서 사다리를 밟고 정신 없이 내려오는 찰스워드의 발소리가 들려왔다. 20초, 25초, 30초…… 얼굴이 빨갛게 상기된 찰스워드가 주름을 홱 열어젖히며 대기실을 들여다보았다. 그러나 이미 아무도 없었다.

콕크릴은 탑 입구로 걸어갔다. 탑에는 아무도 없었다. 조지 엑스마우스가 갈라진 목소리로 중얼댔다. "가능한 일이야! 할 수 있어!" 아직 솜털도 덜 벗겨진 앳된 얼굴을 딱딱하게 굳힌 채 소년은 수잔 베틸레이 앞에 버티고 서서 겁에 질린 눈길을 보냈다.

"그 사람은 충분히 가능한 일이라는 것을 증명했어요. 당신은 이세벨을 죽이고 아래로 내던진 뒤 이 방을 빠져나갈 수 있었어요. 그리고 털컥털컥 문소리를 내서 브라이언 씨가 잠겨 있었다고 착각하게 만든 거예요."

창백한 얼굴을 일그러뜨리고 있는 조지 엑스마우스, 작은 체구에 포동포동한 손으로 진땀을 움켜쥐고 있는 에드거 포트, 온화하고 태연한 얼굴을 가장하고 있지만 눈빛을 반짝이고 있는 파페튜어. 그 파페튜어 옆에서 힘내지 않으면 안 될 당사자가 마치 그녀이기라도 한 것처럼 다정하게 팔을 떠받치고 있는 브라이언. 그리고 수잔 베틸레이는 자신을 덮쳐오는 고통과 공포와 경악을 눈을 꾹 감은 채 견디고 있었다.

그녀는 겨우 입을 열었다.

"설령 그것이 가능하다 쳐도 내가 진짜로 그런 짓을 했다는, 왜 그런 엄청난 생각을 하게 되었니? 그야 물론 나는 이세벨 돌 같은 여자는 눈곱만치도 좋아하지 않아. 냉혹하고 이기적이며 몸가짐도 좋지 않은 인간 중에서도 최하라는 생각은 했지만, 그렇다고 딱히 내가 상관할 바는 아니지 않겠어? 그저 그런 인간이라는 말이지. 무엇보다 난 그 여자와는 별로 친분조차 없었어. 조니 와이즈가 편지로 그녀 얘기를 해서 만났던 것뿐이니까.

그 소문, 그러니까 조니가 이세벨 돌에게 죽임을 당한 거나 진배 없다는 소문이 사실인 것은 알게 되었어. 그래서 죽어도 당연하다는 생각도 했고, 하지만 그렇다고 하필이면 내가 꼭 그녀를 죽일 필요까지는 없지 않겠어? 조니와 나는 그저 편한 친구 사이에 불과했는데. 마음 편한, 그저 만나면 즐거운 친구였을 뿐인 그런 가벼운 사이인데도 그를 위해 살인까지 한다는 소리는 내 살다살다 처음 듣는 얘기야."

"그렇지만 혹시 압니까, 더 깊은 사이였는지. 또는 당신의 연인이었을 수도 있겠지요? 마침 조니는 당신과 나이도 비슷하니까." 포트는 베틸레이에게서 잠시도 눈을 떼지 않고 천천히 같은 소리를 되풀이했다. "마침 당신과 나이도 비슷하니까!"

"게다가 조니 와이즈에게는 쌍둥이 동생이 있었어요."

조지 엑스마우스가 소리쳤다. 그리고 겁에 질린 눈으로 베틸레이의 각진 턱선이며 뼈마디가 굵은 손가락, 가무잡잡한 살갗을 구석구석 염치없이 훑어보더니 갑자기 신음처럼 부르짖었다.

"알았어! 이 사람은 남자야!!"

그리고 갑자기 베틸레이의 블라우스 단추에 덥석 손을 갖다댔다.

이때였다. 벽에 매달려 있는 갑옷 한 벌이 갑자기 움직이면서 저벅저벅 앞으로 걸어나오더니 조지의 손을 매섭게 내려쳤다.

10

퍼즐 한 조각이 또다시 소리를 내며 정확한 자리에 내려앉았다. 이미 한가운데 자리를 잡고 있는 갑옷을 걸친 인물과 한 치 어긋남이 없는 콤비를 이루면서. 찰스워드는 얼굴 가리개를 들어올리고 그 안에서 너무나도 흡족한 얼굴로 콕크릴 경감을 쳐다보았다. 그리고는 꼼짝없이 사로잡혀 있던 조지의 손목을 갑자기 있는 힘껏 내팽개쳤다. 조지는 그 반동으로 스텝이 엉켜서 비틀비틀 뒷걸음질쳤다.
"그런 연극적인 변장이 소설이라면 또 몰라도 현실에서도 통용될 거라고 생각해? 몇 년 동안 남자로 살아온 인간이 어느 날 갑자기 여자로 둔갑해서 여자처럼 얘기하고 여자처럼 걷는다는 게 실제로 가능하다고 생각하냐고?"
이렇게 조지를 닦아세우면서 찰스워드는 손등으로 베틸레이의 깜포롬한 뺨을 쓰다듬었다.
"이것은 면도칼을 한번도 대본 적이 없는 피부야."
마더디어는 얼굴이 새빨개져서 당장에 쥐구멍에라도 들어가고 싶다는 시늉을 했다. 들릴락말락한 모기 같은 소리로 우물쭈물 베틸레이에게 사과했다. "죄송합니다."

 동성이기 때문에 자기가 꼭 지금 베틸레이에게 다가가 위로해 주어야 할 의무까진 없다고 파페튜어는 생각했다. 어쩐지 너무 연극적이고 가식적으로 보일 것 같아 선뜻 결정을 못 내리던 그녀는 브라이언을 돌아보았다. 하지만 정작 브라이언은 연극적이든 말든 그런 걸 신경 쓸 남자는 전혀 아니었다. 오히려 파페튜어보다 선수를 쳐서 뚜벅뚜벅 앞으로 나아갔다.

 "가관이군!"

 이런 말로는 그의 분노가 조금도 가라앉지 않는 게 한눈에 들어왔다.

 "흥! 정말 대단해! 누구든 척 보면 단박에 알 수 있는 일이건만. 아, 이 어리석은 소년은 빼야겠쥐. 이참에 다시 한번 말씀드리지만, 베틸레이 양은 절대 범인이 아닙니다. 문은 안에서 잠겨 있었습니다. 설령 방을 빠져나간다 해도 밖에서 안으로 문을 잠글 수는 없지 않습니까? 문으로 갔을 때 제 어지름증은 이미 말짱하게 나았고 눈도 맑았습니다. 문은 틀림없이 잠겨 있었습니다. 아쉬겠습니까?" 푸른 눈을 번쩍번쩍 빛내면서 그는 찰스워드에게 정면으로 도전했다.

 "베틸레이 양은 절대 남자가 아닙니다. 그러나, 그렇다고 해서 반드시 범인이 아니라는 소리도 아니겠죠." 찰스워드는 투구의 고리를 풀어 훌러덩 머리에서 벗겨냈다. 뒤통수에서 맞물리게 되어 있을 뿐인 그 투구는 얼른 보아 금속으로 만든 주발과 비슷했다. "당신은 문이 잠겨 있었다고 말하는데, 당신과 베틸레이 양이 공모했다고 생각하는 건 아니지만 사후종범(事後從犯)일 가능성도 배제할 수 없겠죠. 조니 와이즈의 복수를 위해 이세벨 돌을 죽였다면 그 인간이 누구든 당신은 두둔할 테니까요. 아닙니까?"

 "물론 두둔하겠지요."

 브라이언은 태연하게 대답했다. "만약 그렇다고 치면 이제 그 갑옷

소동은 또 무슨 의미가 있는 겁니까? 내 말이 이리로 뛰어들고, 베틸레이 양이 문으로 뛰어가는 모습이 보이고 내가 '뭐하는 겁니까?'라고 물으면 '제가 조니를 죽였던 그 제세벨 년을 죽였어요!'라고 베틸레이 양이 대답하고 '그럼 당연히 도와드려야줘요. 빨리 복도로 나가십쉬오. 안에서 문을 걸어둘 테니까'라고 내가 말하는 겁니까?" 그리고는 베틸레이를 보며 싱긋 웃더니 "물론 나는 그녀를 두둔하겠죠. 만약 방금 말한 일이 실지로 일어났다면 말입니다."

"그러나 어쨌든 베틸레이 양의 처음 계산에는 없었던 일일 테지. 당신 말이 바지랑대처럼 발바닥을 땅에 꼭 붙이고 꼿꼿이 서 있다가 느닷없이 대기실로 뛰어들 거라고는 감히 짐작조차 할 수도 없었을 테니까."

찰스워드는 왜 베틸레이가 갑옷을 입지 않으면 안 되었을까 곰곰이 따져본다. "아하! 바로 그 주름 커튼이 문제였군. 바람에 흔들흔들 흔들리고 있으니까 그 사이로 행여 객석에서 대기실을 가로지르는 자기 모습을 볼지도 모른다고 우려했겠지. 게다가 이세벨에게도 자기 모습을 드러내지 않는 편이 좋았을 거고. 만약 일이 생각대로 풀리지 않으면, 그러니까 설령 죽이지 못했을 때라도 그 편이 훨씬 유리할 테니. 만약 이세벨이 거칠게 저항하고 날뛰어서 싸우는 모습이 창 밖으로 보이거나 무슨 예기치 못한 사태가 벌어질 경우라도 변장이나 다름없는 갑옷만 입고 있으면 그야말로 안심이 되었겠지!"

딸깍, 딸깍…… 작은 퍼즐 조각들이 하나 둘 제자리를 찾아갔다. 그러나 그것은 모두 그림판에서도 외진 가장자리로 사건의 배경에 지나지 않았다. 콕키는 타타타타 그림판 가장자리에 나머지 것들을 한꺼번에 끼워 넣었다. 찰스워드는 계속 떠들었다.

"그러다 예상치 못한 일이 생겼지. 그녀가 아직 대기실을 반밖에 가지 못했는데 느닷없이 백기사가 뛰어든 것이야. 그녀는 공포로 온몸이 굳어져서 그 자리에 못 박힌 듯 꼼짝도 하지 못했지만, 백기사는 마침 말에서 떨어지지 않으려고 안간힘을 쓰던 중이라서 윤곽이 어렴풋했겠지. 그저 벽에 세워진 갑옷이라고만 생각했을 거야. 그곳에 갑옷이 있다는 사실은 조금도 이상하게 보이지 않았을 테니까.”

브라이언이 반박했다. “베틸레이 양을 대기실로 들어오게 하고 함께 이곳을 지나갔을 때 갑옷은 분명 벽에 걸려 있었습니다. 당신 말대로라면 투구는 18cm는 더 되는 높은 곳에 걸려 있었는데 갑옷의 목이 눈 깜짝할 새에 그토록 늘어나 있었다면 나는 얼마나 놀랐겠습니까? 안 그렇습니까?”

“아마 알아채지 못했을 테지. 바로 내가 방금 엄연히 유사한 행동을 했건만, 갑옷 하나가 투구를 쓰고 있었는데도 눈치챈 사람이 아무도 없지 않습니까?”

“지금 그 투구는 12벌 가운데 섞여 있었기 때문이지. 그러나 그때는 딱 한 벌 남은 갑옷이 텅 빈 방에 있었을 테니까 사정이 다르네.” 콕키가 참견했다.

“그렇다면 브라이언 씨는 말을 달래느라 정신이 없어서 전혀 알아채지 못한 경우가 되겠군요. 무엇보다 거기까지 관찰할 여유가 없었을 테니까. 갑옷은 무겁고, 적잖이 당황했겠죠. 그 사이 사태를 파악한 베틸레이 양이 얼른 갑옷을 벗고 벽에 기대두었던 투구도 재빨리 못에 걸고, 감쪽같이 문밖으로 나간 거죠. 그리고 복도를 나가자마자 마치 안에서 문이 걸려 있었던 것처럼 두들기면서 소리쳤습니다. 백기사는 후들후들 일어나서 멍한 상태로 문고리를 더듬대며 문을 엽니다. 아마 바깥에서는 있는 힘껏 문을 잡아당기고 있었고, 또 안에서는 안에서 대로 문을 잡아당겼을 수도 있겠지요. 어쨌든 백기사는 미처 정신을 못 차리고 있을 때였습니다. 아니면

문이 잠겨 있었다는 착각을 일으키게 하려는 단순한 술책일지도 모를 일이고, 또 그렇지 않을 수도 있겠지요. 하여간 어느 쪽이든 문은 잠겨 있지 않았을 겁니다. 베틸레이 양은 기사들이 전부 무대로 나간 뒤에도 대기실에 남아 이세벨을 죽인 뒤 아래로 내던졌고, 태연한 얼굴로 밖으로 빠져나왔을 게 틀림없어요."

진지한 태도로 침을 튀겨가며 열성적으로 상황을 설명하는 그의 모습은 참으로 기이했다. 갑옷 위 둥근 목 부분으로 쑥 얼굴을 내밀고 있어서 마치 등껍질에서 목을 길게 내빼고 있는 거북이와 흡사했다.

그 독특한, 부드럽고, 멍하며, 어딘가 얼이 빠져 있는 듯한 파페튜어가 끼어들었다.

"그렇지만 그럼, 제가 들었던 그 휘파람 소리는 누가 불었나요?"

찰스워드는 흠칫 그녀의 얼굴을 빤히 들여다보았다.

"휘파람이라뇨?"

"어머! 말씀드렸잖아요, 찰스워드 씨. 〈다비뇽 다리에서〉라는 가락 말이에요. 제가 그 끔찍한 작은 방에 갇혀 있었을 때 어디선가 휘파람 소리가 들려왔다고……."

베틸레이 곁에서 온몸을 딱딱하게 굳히고 서 있던 찰스워드는 '끄응!' 하는 신음소리를 내지르더니 전신의 힘이 다 빠져나가는 모양이었다.

"너무 하는군요, 커크 양! 어떻게 지금까지 그 사실을 잊고 있었습니까? 왜 좀더 빨리 말씀해주지 않으셨습니까?"

파페튜어는 송구스럽다는 듯이 그의 얼굴을 올려다보았다.

"잊어버린 게 아닙니다. 하지만 굳이 제가 일깨워드리지 않아도 당신이 이제 곧 그 부분을 설명해주실 거라 믿었기에. 제 딴에는 경감님이 먼저 베틸레이 양의 가능성을 설명한 뒤에 역시 불가능했다는 사실을 증명하실 거라 짐작했거든요. 이세벨이 살해당했을 즈음 베틸레이 양은 복도에서 휘파람을 불고 있었으니까 하시면서 말이죠." 그리고 고요히 덧붙였다. "저는 분명히 그렇게 말씀드렸습니다. 그렇지요?"

콕크릴 경감은 조금 전까지만 해도 의기양양하던 찰스워드의 얼굴에 대고 무어라 따끔하게 충고해줄 짬이 없었다. 딸깍, 딸깍, 딸깍. 퍼즐 몇 조각이 서로 닮은꼴을 찾아다니면서 작지만 무리를 이루었고, 자기들이 가야 할 장소로 떠날 때를 대비하고 있었다. 베틸레이에게는 이세벨이 살해된 시각에 확실한 알리바이가 있었다. 브라이언 브라이언도 마찬가지였다. 특히 그에게는 몇천 명이라는 관중들이 지켜보았다는 확실한 증거가. 파페튜어는 작은 방에 갇혀 있었기 때문에 역시 알리바이가 갖춰져 있었다. 그리고 포트는 얼 앤더슨을 죽인 범인이 피카딜리 전화 부스에서 죽음의 외출을 지시하던 시각에 틀림없는 알리바이가 있었다. 그리고 마더디어는……

찰스워드는 방금까지 한 말은 그저 한낱 '추리 게임'에 불과했다는 듯이 빠르고 스스럼없이 모든 것을 떨쳐버리고 또다시 기분을 일신했다. 모두에게 담배를 권하면서 호주머니에서 라이터를 더듬더듬 찾았다. 꼬깃꼬깃한 어떤 종이가 손에 잡혔다. 언제 집어넣었는지 전혀 짐작도 가지 않는 것이었다.

조지 엑스마우스의 집에서 집어넣은 그 종이에는 이런 말이 적혀 있었다.

——이곳에 조지 엑스마우스의 유체가 잠들어 있다. 사랑하는 귀부인의 명예에 그 목숨을 걸고……

그날 밤 파페튜어는 좀처럼 잠을 이룰 수 없었다. 브라이언 투 타임즈는 현관까지 바래주면서 그녀의 손에 입맞춤을 하고 잘 자라는 밤 인사와 함께 서둘러 돌아갔다. 예의 그 검은 모자를 금발에 올려놓고, 사람들의 시선을 끌 좀 특이한 걸음걸이로 긴 레인코트 자락을 펄럭이면서.

가까이 있을 때는 아무도 근접할 수 없는 그의 매력에 미처 깨닫지 못하지만, 떨어져 있으면 브라이언에게는 어쩐지 우스꽝스러운 구석이 따라다니고 있음을 알게 된다. 실로 태연자약하고, 밝고, 자신만만하며, 앤서니 이든풍의 모자에 치렁치렁한 레인코트 자락으로 펄럭펄럭 바람을 일으키고 있는 것이다. 찌는 듯한 열대야에 잠을 이루지 못한 파페튜어는 말똥말똥한 눈으로 자리에 누워 꼬리에 꼬리를 무는 상념에 빠져들었다. 이렇게 된 것을 무작정 기뻐해도 좋은가? 살아갈 힘과 이유를, 어린이에서 그대로 어른이 된 듯한 그 사람에게서 구하여도 되는 것인가. 욱하는 급한 성격에 언제나 자신만만이고 나서길 좋아하는 성격, 친부모가 아니면 좀처럼 사랑하기 힘든 사람을? 게다가 엄청나게 큰 무릎을 덜커덕거리며 걷는 그 남자를?

희미한 어둠 속에서 그녀는 살그머니 미소를 지었다. 사실 브라이언 투 타임즈의 무릎은 굉장히 못생겼다. 그러나 손은 대단히 멋지다. 내 손을 꽉 쥐어주면 어느새 가슴이 따뜻해지고 물결이 밀려오는 듯한 그런 손! 더욱이 외국인이니까 손에 입을 맞추는 것은 그리 진귀한 일은 아니지만 그렇다고 해도 브라이언은 특별하다. 문 앞에서 허리를 깊이 수그리고 살짝 입술을 대면서 부드러운 미소를 짓는다. 하늘빛 같은 푸른 눈동자로 올려다보면서.

도무지 잠이 오지 않았다. 마침내 마음을 정하고 자리에서 일어난 파페튜어는 바지를 주워 입고 면 저지셔츠에 팔을 꿴다. 좁아터진 방은 숨이 턱턱 막힐 지경이다. 신선한 바깥 공기가 그립다. 다른 방 사람들을 깨우지 않도록 살짝 현관을 빠져나갔다. 베이즈워터 교회 종소리가 울려 퍼졌다. 한 번, 두 번, 세 번.

큰길의 모습은 여느 때와는 판이했다. 무서우리만치 고즈넉하고 인기적이라곤 찾아볼 수 없는 풍경. 현관 입구에는 입 주위에 지저분한 흰 고리를 달고 있는 빈 우유병들이 다닥다닥 한 구석에 몸을 웅크리고 앉아서 기다리고 있었다. 차가 와서 저들을 한꺼번에 싣고 가면 깨끗이 세척한 뒤 다시금 신선한 우유를 채워줄 것이고, 저마다 필요한 용도로 쓰일 것이다. 빈터에는 공중도덕이 떨어지고 있음을 드러내듯 보기에도 끔찍한 음식물 쓰레기가 작은 동산을 이루고 있었다. 때때로 흐린 공기가 희미하게 무거운 한숨을 살포시 내쉬면서 썩어드는 악취를 미풍에 실어 옮겼다. 플라타너스 잎들도 사각대면서 쓰레기통이 전하는 이야기를 속삭였다. '존재하는 것은 부패뿐이다, 죽음뿐이다.'

높은 가로등 불빛은 명부(冥府)와 같은 한없이 어두운 그림자를 벽에다 비추었다.

밤늦은 파티에서 돌아오는 피곤한 걸음걸이를 한 어느 부부가 새까만 현관 속으로 빨려 들어갔다. 들뜬 기분도 이미 오래 전에 사라져 바람 빠진 쭈글쭈글한 모습으로, 아침에 저들을 기다리고 있는 건 지긋지긋한 두통과 울렁거리는 위장일 따름이겠지. 아름다운 것들은 하나같이 우리들에게 등을 돌리고 멀리 사라지는 법이다. 오로지 고양이만이 방약무인 제멋대로 돌아다니고 있다. 벨벳 쿠션이 달린 발로 어두운 거리 한 모퉁이에서 다른 구석으로 소리도 없이 이리저리 뛰어오르고 있는 것이다. 이 도도하고 말랑말랑한 사지를 지닌 신사들에게는 닥쳐올 죽음도, 몰락도, 보이지 않는 공포도 아무 거칠 게 없는 것이다. 아홉 번은 되살아날 수 있다는 자신감으로 그들의 생애는 매번 죽음과는 아무 관계없는 유쾌한 모험으로 가득 차 있겠지.

파페튜어는 밖으로 나온 것을 조금씩 후회하기 시작했다. 밤 공기는 사실 기분이 상쾌했지만 작은 방에 있을 때보다 더한 숨막히는 괴로움이 몸을 엄습해왔기 때문이다. 어떤 새로운 위험이라도 다가올 것처럼.

 그녀는 생각했다. '내가 만약 고양이라면 이제 남은 생명은 여섯 개밖에 없는 셈이군. 그 죽음의 협박 하나 하나가 목숨과 맞바꿀 만한 것이라고 해야 할 테니. 그 작은 방에서 당한 습격과 앤더슨의 목…… 그때마다 자신은 이미 죽은 것이나 다름없으니 이제 남은 것은 고작 네 번. 만약 죽음의 협박이 한 생명과 맞바꾸는 것이라면 이제부터 펼쳐질 긴 인생에서 겨우 네 번의 생명은 너무 부족할 것이다. 게다가 살인예고와 살인 사이에는 얼마나 여유가 있을 것인가?'

 파페튜어는 돌연 홱 돌아서서 날 듯이 집으로 달려갔다. 그러나 허겁지겁 서두르는 자체가 오히려 더 무서워져서 그녀는 걸음을 늦췄다. '딱 딱 딱' 조용한 거리에 구두 소리만 울려 퍼졌다.

 '누군가가 내 뒤를 따르고 있다!' 흠칫 파페튜어는 깨달았다. 무슨 위험이 다가오고 있다고 느낀 것은 절대 불안한 심리 탓이 아니었다. 밤이어서도 아니고 산들바람이 불어서도, 또는 시커먼 그림자 때문만도 아니었던 것이다. 살아 있는 제 몸에 붙어 있는 귀가, 온몸의 털이 곤두서는 듯한 뚜렷한 소리를 미처 알아듣기 전에 마음의 귀가 먼저 알아챘던 것이다. '또각 또각 또각……' 가게 사이로 울려 퍼지는 미행하는 불길한 발소리를.

 내가 발을 멈추면 뒤따르는 자도 발을 멈출 것인가? 그러나 차마 멈춰 설 용기가 없었다. 파페튜어는 집요하게 뒤따라오는 등 뒤 어둠을 몇 번이고 뒤돌아보면서 공포로 휘청대는 가냘픈 다리로 종종 내달렸다. 거칠고 높은 쉰 목소리가 갑자기 어둠을 뚫고 울려 퍼졌다.

 "파페튜어, 파페튜어! 달아나지 마. 살인자는 바로 나야!"

 허둥지둥, 파페튜어는 무조건 달렸다. 발은 납덩이라도 매달아놓은 듯 천근만근, 언제 끝날지 모를 기나긴 가게 사이를 달팽이처럼 느릿 느릿 기고 있는 기분이었다. 마침내 자기도 모르게 하느님을 찾았다.

"하느님, 부탁입니다! 이런 어둠 속에 외롭게 남겨진 시간은 정말 싫습니다. 부디 도와 주십시오. 이토록 칠흑 같은 어둠 속에서 저 혼자 남아 목 졸려 죽는 것은 너무 싫습니다. 부디 제가 죽는 것을 뻔히 들여다볼 살인자의 얼굴을 보지 않도록 보살펴 주십시오. 제 목에 그자의 손이 휘감기는 것을 제가 보지 않게끔……."

지금까지 그토록 오래 상상하고 꿈꾸고 계획하고 또 괴로움을 당하며 살다가, 이렇게 갑자기 눈 깜짝할 사이에 목숨이 사라지다니! 탑 속 그늘에 숨어 기다리던 살인자를 문득 뒤돌아보았을 이세벨은 과연 어떤 기분이었을까! 친근한 눈매가 갑자기 살의로 번뜩이는 것을 보고 피가 얼어붙는 듯한 공포가 치밀어 올랐을 얼은 또……. 아아, 하느님! 부디 보살펴 주십시오. 저는 죽고 싶지 않습니다."

여기 보이는 집들 속에서는 사람들이 평화롭게 잠자고 있을 것이다. 다정하고, 친절하며, 믿음직한, 정신이 반듯한 사람들이. 바로 2, 3야드 앞에서, 겁에 질려 도움을 청할 목소리조차 나오지 않는 한 처녀가 부들부들 떨면서 필사적으로 달리고 있을 줄은 꿈에도 알지 못하고.

간신히 마지막 모퉁이를 돌면서 옆 골목으로 접어드니 갑자기 뒤따라오던 발소리가 그친 듯한 생각이 들었다. 가슴을 쓸어 내리면서도 갑자기 격렬한 구토증이 일었고, 온 몸에서는 단숨에 기운이 쪽 빠져나갔다. 후들거리는 다리를 간신히 떼어 옮기며 현관으로 가는 계단을 올라갔다. 신음하며, 흐느껴 울며, 포치에 이르러서 호주머니 속의 열쇠를 찾았다.

이때 어둠 속에서 갑자기 검은 손이 다가오더니 그녀를 덥석 잡아 끌어내렸다. 검은 그림자들이 몇 겹으로 겹쳐지면서 그녀를 덮쳤다.

11

 간소한 호텔 방 낯선 침대에 누워 콕크릴 경감은 전전반측하였다. 도대체 이 런던이란 곳은! 젠장, 매시간 시간을 알린답시고 잠을 깨우고도 모자라 여기저기서 귀가 따갑게 들려오는 시계 소리들은 15분마다 자기들의 존재를 과시하고 있다니! 벌써 3시 반이나 되었다. 숨이 턱턱 막히는 가마솥 같은 방에서 이리 뒤척 저리 뒤척 좀처럼 편한 자세를 잡지 못한 채 그는 지친 머리 속으로 그림맞추기 퍼즐과 씨름을 하고 있다. 이런 염병할! 보란 듯이 내가 이 퍼즐을 모두 끼워 맞춘다 해도 런던경시청 녀석들만 신이 날 뿐이겠지. 게다가 그거야 뭐 할 수 없다손 치더라도 회의에 불성실했다는 죄로 켄트 주 경찰은 무슨 듣기 싫은 잔소리를 먹을지도 모르고. 딱딱한 베개 위에서 그는 뒹굴뒹굴 머리를 움직였다.
 공원에 접한 다락방에서 브라이언 투 타임즈는 잠꼬대를 하면서 어떤 이름을 웅얼거렸다. 그리고 근처 호텔에서는 실용성만 고려한 파자마 차림의 베틸레이가 마치 넋이라도 나간 듯 펜을 움켜쥐고 작은 편지지의 빈 여백을 몇 장이고 메워갔으며, 포트는 좁은 침대에서 살찐 몸을 시체처럼 눕히고 꼼짝 않고 어두운 천장만 노려보았다. 지금까지 드러난 모든 사실과 언제고 가까운 시일 안에 드러날 모든 진실, 그리고 진상이 밝혀질 경우에 일어날 모든 사태를 상상하면서 가슴을 쥐어뜯는 공포로 괴로워하면서.

이세벨은 죽었다. 또한 얼도. 그리고 브라이언 브라이언은 잠자고, 에드거 포트는 어둠을 노려보고, 수잔 베틸레이는 밤새 무언가를 썼다. 그리고 조지 엑스마우스는 베이즈워터의 어느 집 현관 그늘에서 갈대처럼 늘어진 실신한 여인을 팔에 안고 덜덜 떨면서 못 박힌 듯이 서 있었다.

여인의 호주머니에서 열쇠를 더듬어 집어 들고는 소리 없이 문을 열고 마치 질질 끌다시피 그녀를 방까지 안고 갔다. 전에도 한두 차례 온 적이 있어서 집 구조는 제 손바닥 들여다보듯 훤했던 것이다. 다른 한 열쇠로 방문이 열렸다. 간신히 침대까지 끌고 가서 메다꽂듯이 그곳에 눕혔다.

정신이 든 파페튜어의 눈동자에, 걱정스럽게 들여다보고 있는 조지 소년의 얼굴이 들어왔다. 손과 이마는 물에 젖어 차가웠다. 소년이 정신을 차리라고 뿌렸던 것이다. 소년의 얼굴은 기분 나쁠 정도로 새파랗게 질려 있고, 앙상한 손은 보기에도 두려움이 일만큼 부들부들 떨고 있었다.

갈라진 목소리로 소년이 말했다.

"나예요, 얼 앤더슨과 이세벨을 죽인 것은. 잠을 이룰 수가 없었어요. 그래서 당신을 만나러 왔어요."

파페튜어는 자기 몸을 지킬 무슨 무기가 될 만한 것이 없을까 하고 절망스런 표정으로 주위를 둘러보았다. 아무 일 없을 거야. 조지 엑스마우스가 범인이니까. 아직 아이에 불과한, 보기에도 애처로울 정도로 빼빼 마른, 덜덜 이빨을 부딪치고 있는 새파랗게 질린 소년. 하지만 미치광이는 교활하고 굉장히 힘도 세다고 들었는데? 얼 앤더슨도 당해낼 수 없었을 정도니까. 이세벨도 몸을 지킬 수 없었고! 파페튜어는 사력을 다해 마음을 가다듬으면서 어떻게 해서든 소년의 마음을 돌려보려고 시도했다. 그녀는 두려움에 주춤주춤 손을 내밀면서 말했다.

"조지, 하지만 나를 어떻게 할 생각으로 찾아온 건 아니겠지?"

조지는 그녀의 손을 잡고 제 몸을 털썩 침대 위로 던지더니 '으앙!' 울음을 터뜨렸다.

파페튜어는 손이 잡힌 채로 꼼짝도 하지 않았다.

"조지, 울지 마. 혼자서 괴로워하지 마. 응? 뭐든지 내게 얘기해 줘. 그리고 어떻게 해야 할지 함께 생각해보자구." 어느 모로 보나 이 애를 다스릴 곳은 브로드무어 감화원뿐이겠지만! 두려워서 어쩔 줄 몰라하는 가엾은, 그리고 제정신이 아닌, 참으로 끔찍한 소년이라고 파페튜어는 놀라워했다.

조지는 얼굴을 들었다. 눈물 자국으로 뒤범벅된 젖은 얼굴. 파페튜어는 그가 자기의 정신을 일깨울 요량으로 사용했던 젖은 타월로 상냥하게 그의 얼굴을 닦아주었다. 꼬마의 얼굴을 닦는 어머니 같은 심정으로.

"자, 이제 됐어. 말해보렴?"

"난 경찰서에 갈 생각이었어요." 사시나무 떨 듯하며 조지는 말했다. "더는 참을 수가 없었거든요. 그래서 경찰에 가서 자백할 생각으로. 어차피 당신 집 앞을 지나야 하니까…… 그…… 그러니까…… 작별 인사를 하려고 생각했어요. 파페튜어, 나는 밤마다 여기 왔거든요. 당신 방에 불이 켜져 있으면 길에 서서 물끄러미 올려다보았어요. 그리고 불이 꺼져도 나는 하릴없이 돌아다녔어요, 이 주변을. 그렇게 하면 적어도 조금이나마 당신 곁에 있을 수 있다는 생각이 들어서." 지친 기색이 역력한, 열에 들뜬 머리를 감싸 안고 소년은 가련한 목소리로 호소했다. "파페튜어, 나는 당신을 사랑하고 있어요, 너무나."

"어쩜 조지도!" 파페튜어는 무어라 대꾸할 말이 없었다.

"당신도 알고 있었죠? 틀림없이 알고 있었겠죠? 내 머릿속은 당신 생각으로 가득하답니다. 난 잠자리에 드는 게 너무 싫었어요. 잠들어버리면 더 이상 당신 생각을 할 수 없을 테니…… 이따금 꿈에서도 보긴 하지만, 꿈은 모두 실망뿐이었어요. 분명히 나는…… 사람들과는 거꾸로 살았던 모양이에요. 깨어 있는 동안은 황홀한 꿈속에서 살았고, 꿈속에서는 비참한 현실을 보았어요. 당신은 저 같은 건 사랑하지도 않겠지요, 페피? 아마 그럴 거예요. 나 따위 사랑할 턱이 없지요. 당신에게 나 같은 것은 그저 철없는 학생에 불과할 테니. 아무 경험도 없고, 어수선하고, 아직 어른이 되지 못한 마마보이에 지나지 않겠죠. 내 몸 속에도 보통 사람들과 같은 마음이 있어서 제대로 사물도 보고, 사고하고, 그리고 또 이런저런 복잡한 이유로…… 그래서……. 그 때문에 괴로워하고 있을 줄은 당신은 아마 꿈에도 생각지 못했을 거예요. 비록 소년의 마음일지라도 어른과 마찬가지로 깊은 고뇌를 알고 있다고는 상상도 못했을 겁니다. 뿔도 안 난 송아지의 풋사랑이라니 그저 웃음거리일 뿐이지요. 어차피 제 사랑은 흘려 넘길 농담거리에 지나지 않을 거라는 건 저도 잘 알고 있어요. 나처럼 몸만 커다랗고 세련되지 못한 위태로운 애송이가, 못생긴 손발에 못난 짓거리만 골라서 하는 덜된 어른이 감히 사랑을 안다거나 사랑에 괴로움과 고통을 받으리란 것은 도저히 상상도 할 수 없겠죠? 애절함이 뭔지 아마 짐작도 못할 코흘리개라 생각하겠죠. 엄마의 치맛자락에 싸여 있는 젖내가 풀풀 나는 고등 학생 조지가 주제를 모르고 파페튜어에게 열을 올린다고 비웃을 게 뻔해……."
 간신히 말을 마친 조지는 고개를 숙이고 뼈만 앙상한 무릎 사이로 손을 축 늘어뜨린 채 침대 한 귀퉁이에서 미동조차 하지 않았다.
 파페튜어는 고통과 자조에 찬 소년의 목소리에 가슴이 써늘해졌다.
 "자기가 괴로우면 다른 사람의 고통을 알 수 없나봐. 그러나 너와 나는 괴로울 만큼 괴로워해 보았으니 다른 사람들에 비해 서로를 잘 이해할지도 모르겠어. 조지, 나는 캄캄한 구덩이 속에 빠져 있었어. 흔히 회한은 고뇌의 극한이라는 말을 하던데, 내 괴로움의 바닥에는 바로 그런 회한이 있었지. 나는 솔직히 조지에 대해서는 생각도 못해 봤어. 설령 네가 아무리 나를 사랑해 주었을지라도 전혀 짐작조차 하지 못했어. 또 그런 일은 알려고도 하지 않았어. 하지만 나는 그 밖의 다른 어떤 일에도 관심이 없었을 뿐 아니라 그런 것들이 무엇인지 구체적으로 알려고 노력해본 적도 없어. 내 괴로움만으로도 가슴이 꽉 차서 다른 것을 생각할 여유 따위가 전혀 없었던 거야. 응, 알겠니? 네가 어려서도 아니고, 물론 네 말대로 젖비린내나는 고등 학생이어서도 아니야. 어쩐지 미쳤다는 생각까지 하게 된 것은 절대 조지 네 잘못이 아니야. 다 나 때문이야. 내가 나빴어."
 소년은 고개를 들었다. 눈물로 빨갛게 된 눈에는 조금 전까지 가득했던 절망적인 비참함은 이미 눈 녹듯 사라지고 없었다.
 "그랬어요?" 그는 말했다.
 파페튜어는 살인자와 단 둘이서 이 작은 방에 함께 있는 것이다. 그리고 이 소년이 정말로 사람을 죽였다면 분명 제정신이 아닐 것이다. 어떻게 해서든 이 애를 진정시켜야 해. 그녀는 잠시 궁리했다. 그래, 경찰에 가서 자백하려 했다는 이 애의 처음 결심대로 실행하게 만들어야 해. 그녀는 소년의 앙상한 손을 끌어 잡고 나직한 목소리로 다정하게 말을 계속했다.
"그렇지만 조지, 지금은 내 기분도 달라졌어. 그러니 너도 인내심을 가지고 싸워낼 수 있으면 앞으로 뭐든지 다 잘될 거야. 나에 대해서도 잊을 수 있을 거야. 그렇지 않겠니? 어쨌든 나는 조지보다 훨씬 나이가 많은걸. 너도 분명 정말로 네 짝이 될 그런 애인을 만나게 될 거야. 나 같은 여자가 아니라."
소년은 흠칫 손을 뺐다.
"따로 누군가를 사랑하고 있다는 그런 얘깁니까?"
"아이, 그런 말 한 적 없어." 파페튜어는 당황해서 얼버무렸다. "그런 의미가 아니야, 난 그저……."
그러나 소년은 파페튜어의 말이 끝나기를 기다리지 못했다.
"그랬군! 틀림없어! 당신은 브라이언을 사랑하고 있군. 내 존재가 당신 눈에 들어오지 않았던 건 조니 와이즈 탓이 아니었어. 다 그 남자 때문이야."
엷은 침대 커버를 움켜쥔 손가락이 부들부들 떨리더니 찌익 커버가 찢어졌다. "당신은 그를 사랑해. 그러니 나 같은 건 어찌되든 상관도 없었어. 그따위 꼴 보기 싫은 사내를 사랑하고 있었기에 나에게는 눈길도 주지 않았던 거야. 그 자식은 정말 재수없어! 오늘만 해도 아주 경멸하듯 나를 비웃었어. 녀석은…… 내가 큰 실수를 했을 때, 내가 베틸레이 양을 어쩌면 남자일지도 모른다고 했을 때 말이야…… 흥! 그 여자는 어쩌면 남자일지 알게 뭐야! 척 보면 벌써 남자 같고 목소리도 굵으니 남자라고 생각하는 게 오히려 당연하지 뭘 그래! 게다가 나는 분명 옷에 손을 대긴 했지만 그렇다고 찢은 것도 아니야. 아무 짓도 하지 않았는데 왜 그토록 비웃으면서 놀림감으로 삼았는지 이유를 모르겠어!"
"브라이언 씨는 너를 조롱한 적 없어." 파페튜어는 침착하게 대응

했다.
 "아니오, 비웃었어요. 비웃었고말고요! 잘난 척 얕보는 웃음을 웃더니 내가 마치 바보의 표본이라도 되는 양 물끄러미 쳐다보더군요. 그래 좋아, 나는 바보일지도 몰라. 차마 봐줄 수 없는 코흘리개일지도 모르고. 그렇지만 나는 그 녀석이 발가벗고 물구나무를 선다 한들 도저히 하지 못할 일을 해치웠어! 나는 남자를 죽였어. 그리고 그 여자도 해치웠고. 그 금수 같은 앤더슨 녀석은 부인까지 있는 주제에 파페튜어 당신과 결혼할 심산이었지. 이세벨은 거기에 동의했고, 그 일을 빌미로 평생 당신의 등골을 빼먹을 생각을 했겠지."
 파페튜어는 펄쩍 뛰었다.
 "세상에 조지, 어쩜 너는! 그 사람들을 그래서 죽였단 말이니?"
 "당신을 구하기 위해서 한 일이야. 그러니 나는 아무렇지도 않고 오히려 자랑스럽기까지 해. 손톱만한 두려움도 없고, 죽일 때도 무섭지 않았어. 지금도 무섭기는커녕 아주 뿌듯해. 이제 경찰서에 가서 모든 걸 자백할 생각이야."
 파페튜어는 전화로 손을 내밀다가 혹시 소년의 결심이 변하지 않을까 하여 마음을 돌려먹었다.
 "경찰들이 얼마나 깜짝 놀라겠니? 어쩌면 이토록 대담하고 머리가 좋을까, 우리는 완전히 놀림감이 되었군, 하면서 말이야, 그렇지 않니, 조지?"
 "이대로 계속 속여먹을 수도 있겠지."
 기분이 완전히 풀려서 조지는 좀 우쭐거리는 듯했다.
 "그럴 거야. 하지만 우선 내게만이라도 어디 얘기좀 해주렴, 조지? 경찰에 자백을 하든지 말든지 하는 것은 그 뒤에 정하고."
 소년은 의심스러운 눈빛으로 그녀를 찬찬히 훑어보았다.

"파페튜어 양, 당신은 나를 미친 녀석이라고 생각하는 거지요? 얼렁뚱땅 나를 부추겨 경찰에 넘기려고 말이죠."

"경찰에 자백하러 가겠다고 한 것은 너잖니?"

"물론 그야 그렇지만……."

"뭐, 너 좋을 대로 하렴, 조지." 파페튜어는 최대한의 무관심을 강조했다. "너는 나를 위해서 그런 짓을 했다고 하지 않았니? 그런데 내가 어떻게 너를 경찰에 넘길 수 있겠어, 응? 그러니 네 하고 싶은 대로 하라는 말이야."

"그렇군요."

소년은 진지하게 고심한 끝에 이런 대답을 하고는 침대에서 일어섰다. "어떻게 하는 게 좋을지 잘 생각해볼게요."

'이대로 내보내도 괜찮을까, 제정신도 아닌 위험한 애를? 아니야, 방에서 나가면 바로 경찰에 전화하면 되겠지. 그럼 현관도 미처 벗어나기 전에 잡으러 달려올 테니.'

"뭐 어떻게 하든 이제 그만 가는 게 좋겠어. 벌써 4시인걸. 내게 이상한 소문이 퍼지는 건 너도 바라지 않겠지? 내 명예를 지키기 위해 네가 그토록 대단한 일을 해치운 판국에 말이야?"

"그럼요!"

소년의 표정은 진지했다. 파페튜어는 조지 앞에 서서 꾸깃꾸깃 주름이 잡힌 윗옷의 매무새를 고쳐주고, 마치 어린애에게 하듯 흘러내린 머리칼을 쓰다듬어 올려주었다.

"그럼 조심해서 돌아가, 조지. 그리고…… 그리고 어떻게 할지 곰곰이 생각해서 결정하도록 해."

"예."

조지는 어린애처럼 공손하게 대답했다. 그리고 너무도 얌전하게 어두운 복도로 걸어나갔다.

파페튜어는 얼른 문을 잠근 뒤 주먹을 꼭 움켜쥐고 3초간 기다렸다가 전화기를 향해 달음박질쳤다.

이날 아침 찰스워드가 콕크릴 경감에게 전화했다.
"나가기 전에 전해드리고 싶어서요. 엑스마우스 소년이 모두 자백했습니다. 두 사건 모두 자기가 했다고."
"그것 잘 됐군. 이제 나도 마음놓고 회의에 참석할 수 있겠네."
콕키는 털컥 수화기를 놓고 모자를 머리에 갖다 붙이더니 텅 소리가 나게 문을 닫고 성큼성큼 거리로 나갔다.
"젠장, 멋대로 하라지!"
단단히 부아가 나서 있는 한껏 심술을 부리다보니 문득 자신의 꼴이 그야말로 켄트에서 뺨맞고 템스강에서 '대대적으로 화풀이'하는 격과 다를 바 없는 한심한 몰골이라는 생각이 들었다. 그런데 생각해 보니 살아 평생 이토록 그럴싸한 표현을 해본 적이 없던 터라 콕키는 '대대적으로 화풀이'라는 말에 굉장히 흐뭇해져서 상쾌한 발걸음으로 세인트 제임스 공원을 걸어갔다.

수잔 베틸레이가 지나가는 길목에서 기다리고 있었다. 런던경시청으로 가려면 이곳을 지날 것이라고 짐작했던 모양이다. 햇볕에 탄 검은 피부도 저리 가라 할 만큼 핏기 없는 얼굴에는, 고통과 불면으로 가라앉은 어두운 눈이 있었고, 핸드백에 걸려 있는 손가락은 딱딱하게 굳어 있었다.

마침내 결심이 선 듯이 그의 앞을 가로막았다.
"콕크릴 경감님, 좀 전부터 여기서 계속 기다리고 있었습니다. 이 길로 오실지 확신은 서지 않았습니다만 서랜드 호텔에 묵고 계신다는 말은 커크 양에게서 들었기에 이곳을 지나 런던경시청으로 가실 것 같기에……."

"쓸데없는 소리는 그만하고 용건이 뭡니까?"
베틸레이는 핸드백을 열었다 닫았다.
"저, 고백하고 싶습니다."
콕크릴의 눈이 단숨에 빛났다. "무슨 고백을?"
엄청난 더위였다. 부드러운 풀잎들이 햇빛을 안고 다이아몬드처럼 빛났다. 공원 곳곳에 놓여 있는 접는 의자들은 뜨거운 햇살을 이기지 못해 서로 힘없이 기대고 있었고, 유모가 데려온 애들의 손에 끌려나온 개들은 괴로운 발걸음을 질질 끌고 있었다. 한시 바삐 서늘한 나무 그늘 아래 누워서 엷은 핑크빛 혀를 늘어뜨리고 더위를 식히고 싶은 모양이다.
민첩한 참새 같은 노인과, 손이 벌벌 떨리는 멍한 눈길을 한 젊은 여자는 한동안 서로 마주보면서 아무 말이 없었다. 이윽고 베틸레이가 입을 열었다.
"살인했다는 고백을 하고 싶습니다."
"좋지." 콕키는 바로 대답했다. "딱 좋은 장소니까."
그러면서 햇볕에 그을린 상대의 팔에 손을 내밀어 런던경시청 쪽으로 그녀를 돌려세웠다. "어떻소? 바로 저기라오."
"전 당신에게 말씀드리고 싶습니다."
"이건 내 일이 아니라오. 나와는 아무 상관이 없어요. 그러니 저기가서 찰스워드 경감을 만나서 하고 싶은 말을 하도록 하시구려."
"그 사람에게는 말할 수 없습니다. 너무 젊거든요. 친구처럼 지내고 있는 의사에게 진찰 받기 거북한 것이나 마찬가지예요. 너무 젊고 매력적일 뿐 아니라……."
"그래서 나를 고른 건가?" 콕크릴은 흥미진진해졌다.
베틸레이는 우울하게 머리를 흔들었다.
"반드시 꼭 그렇다고는 할 수……."

"하긴, 뭐 아무래도 상관없지만." 콕크릴은 퉁명스럽게 말했다. "난 의사도 아니고 목사도 아니니 고백하고는 인연이 먼 사람이라오. 게다가 회의에도 참석해야만 하니."

쨍쨍 내리쬐는 태양 빛에도 불구하고 완고하게 앉아 있는 녹색 벤치를 스틱으로 가리키면서 콕키는 "시계를 노려보면서 10분만 딱 저곳에 앉아 처음부터 곰곰이 생각해 보시게. 그러고 나서 경시청에 가서 당신이 참을 수 있을 만한, 가장 나이가 많고 매력도 없는 당직형사에게 하고 싶은 말을 모두 하시게. 그럼 그 남자가 속기해서 찰스워드 경감에게 들고 가겠지. 찰스워드 경감은 반드시 그것을 쓰레기통에 쑤셔 박으면서 다시 한번 당신 입으로 그 얘기를 직접 하도록 할 거야. 그렇게 되기까지 당신 마음도 어느 정도는 가라앉겠지."

여자란 대단해! 바짝 마른 오솔길을 걸어가면서 콕크릴은 개탄했다. 살인을 자백하느냐 마느냐 하는 그 마당에서도 성을 배제할 수 없다니! 뒤돌아보니 녹색 벤치에 돋아난 하얗고 둥근 송이버섯처럼 어김없이 지시한 대로 이행하고 있는 베틸레이가 눈에 들어왔다. 잠시 그러고 있게나. 그는 어느 누구에게도 방해받지 않고 좀 전 같은 멋진 말들을 음미하면서 아침 산보를 계속하고 싶었던 것이다. 그는 화이트 홀 전화 부스에 들어가 어떤 번호를 눌렀다.

"프란체스카?"

"어머, 코옥키!"

"전에 피카딜리에서 얼 앤더슨에게 전화 걸었다던 남자에 대한 당신의 증언이 굉장히 도움이 되었다는 걸 꼭 알려주고 싶어서. 정말이야. 큰 도움이 되었어."

"그래요? 하지만 내 증언 때문에 누군가가 교수형에 처해지는 건 아니겠죠, 콕키? 글쎄.. 난 그런 건 싫어요. 나 때문에 누군가가 죽어야 한다는 건 정……."

프란체스카는 과거에 자기 때문에 죽은 사람이 있었다. 그것은 그녀의 과거 탓도 아니고 부주의하거나 냉혹했기 때문도 아니었다.
"아니, 아니야. 그 반대야. 당신은 죄 없는 사람의 알리바이를 제공한 셈이라니까. 오늘 아침 문득 당신 생각이 났는데 이런 얘길 들으면 어여쁜 프란체스카가 기뻐할 것 같아서……. 이 이야길 하려고 허둥지둥 호텔을 나왔고 볼일을 보기 전에 이렇게 전화를……."
"잠깐만요, 콕키. 아기가 우나 봐요." 수화기 너머로 뒤돌아보면서 외치는 고함 소리가 들려왔다. "유모, 아기가 왜 그래요?" 대답하는 소리가 희미하게 들려오더니 느닷없이 털썩 수화기를 놓는 소리가 들려왔고, 점점 멀어져 가는 그녀의 말소리가 아스라이 귀에 날아들었다.
"하지만 이건 맛있는 마그네슘이 들어간 우유예요……. 정말로 영리한 아기들만 먹는 맛있는 거라고요."
콕크릴은 화가 나서 전화기를 쾅 소리나게 끊고 쿠당 콰당 유리문을 밀고 나갔다. '제기럴! 여자들이란 하나같이 그저……'
그런데 런던경시청 입구에는 밀크젤리처럼 새하얀 포트가 부들부들 떨고 서 있었다. 콕키는 완전히 두 손 들었다.
"말하지 않아도 알겠네. 알겠다구! 자네도 자백하고 싶은 게지?"
"그렇습니다."
"좋아, 그럼 찰스워드 경감에게 가시게나."
"자리에 없었습니다. 조지 엑스마우스에게 갔다는군요."
"그건 또?" 콕키는 부러 더 어리둥절한 티를 내면서 눈만 멀뚱멀뚱 떴다. "브라이언 투와이스도 고백하러 올까?"
딸깍, 딸깍, 탁, 탁! 퍼즐 조각이 몇 개 제자리를 찾아갔다. 중앙의 인물을 둘러싼 배경이 빈틈없이 메워지고 있었다. 하나 둘 서서히 좁혀와서 그림맞추기 판이 메워지는 걸 지켜본다는 건 실로 흐뭇했다. 콕크릴은 포트의 팔을 붙잡았다.
 "어쨌거나 함께 들어가세나."
 찰스워드 경감은 마침내 결의를 감행하겠다고 결심한 조지 엑스마우스에게 9시에 불려가 그 집을 방문중에, 베틸레이 양의 도착을 알리는 전화를 받고 런던경시청으로 다시 들어왔다. 그렇지만 설마하니 포트까지 와 있을 줄은 꿈에도 상상하지 못했기에 이 고백 소동이 이미 유행병처럼 번지고 있다는 것을 전혀 알지 못하고 있었다. 조지는 비드 형사부장에게 맡기고 자기는 베틸레이의 자백을 취급하려고 경시청으로 되돌아갔다.
 연달아 터진 그 고백 소동과는 달리 파페튜어와 브라이언 투 타임즈는 공원 나무 그늘에서 더위를 식히고 있었다. 그리고 너무 덥지만 않았으면 아마 두 손을 굳게 잡았을 것이다. 예의 그 레인코트는 단정히 개켜져 벤치 한 구석에 놓여 있었고, 그 위에는 검은 모자가 올려져 있었다. 브라이언은 이 영국 신사다운 액세서리를 단 한시도 손에서 떼지 않았던 것이다.
 마더디어를 떠맡게 된 비드 형사부장은, 보기에도 처참한 요통증세를 일으키고 있는 하얀 느티나무 의자에 몸을 뒤로 확 젖히고 느긋하게 앉아 연필과 수첩을 꺼내들었다.
 "자, 그럼 엑스마우스 군. 계속 얘기해 주게."
 "당신에게 얘기합니까, 경감님이 아니고?"
 "그렇다네. 물론 나중에 경시청에서 함께 정식 진술서를 받겠지만 우선은 내가 먼저 들어본 뒤에 나중에 찰스워드 씨가 필요한 조치를……."
 찰스워드는 조지를 연행할 필요조차 없다고 생각했으나 비드는 그런 얘기까지 해서 이 소년을 실망시키는 것은 피했다.

"내가 기억하기 편하게 좀 적어두겠네. 특별히 공식적인 문서가 되는 것은 아니야." 그럴싸하게 보이려고 비드는 흰 수첩에 의미 없는 속기 문자를 몇 개 적어보았다.

마더디어는 자기의 자백을 공식적인 것으로 만들고 싶어서 견딜 수 없었다. 가능하다면 런던경시청에서, 이왕이면 한 사람의 경감이 아니라 두세 명, 또는 6명 정도의 화려한 경력을 자랑하는 경감들을 앞에 앉혀두고 극적인 자백을 하고 싶다고 간절히 원했다. 이 보잘것없고, 자상하고, 또 자격지심인지 뭔지 웃음을 꾹 눌러 참고 있는 듯한 눈을 가진 형사를 상대로 주절주절 떠들어봤자…… 그러나 그렇다고 해서 달리 도리가 없었다.

마침내 그는 입을 열었다. 얼 앤더슨을 죽인 것은 그가 어느 여성의 일생을 절망의 구렁텅이로 몰아넣으려고 했기 때문이다. 그렇지만 그 여성의 이름은 절대 밝힐 수가 없다. 그리고 이세벨을 죽인 것은 그녀가 얼을 부추겼고, 둘이 짜고 파페튜어, 아! 아니다, 하여간 그 여성의 일생을 말짱 헛것으로 만들려 했기 때문이었다고.

"그 여성에게 충고 한 마디면 모두 끝났을 일 아니었니?"

짐짓 경의를 표하면서 비드 형사부장은 말했다.

조지는 벌컥 화를 냈다. "어떻게 그런 소릴 하실 수 있습니까! '당신이 사랑하는 남자는 악한이며 중혼자에 허무맹랑한 모의를 하고 있습니다'라고요? 마치…… 마치 그런 지저분한 사실을 폭로함으로써 내가 그 여성의 애정이라도 얻고 싶어하는 것처럼? 그런 비열한 짓은 명예를 아는 신사가 할 행동이 아닙니다." 조지는 얄팍한 가슴을 꽝 치더니 비드를 잡아먹을 듯이 노려보았다.

'이놈 보게, 대단한 녀석인걸!' 비드는 어금니로 웃음을 짓눌렀다.

"딴은 그렇군! 그래서 돌 양을 죽였단 말이지. 그런데 어떤 방법으로?" 연필을 긁적이던 손을 멈추고 비드는 고개를 끄덕였다.

"지금부터 말하겠습니다."

조지는 입을 앙다물고 필사적으로 비드의 얼굴을 마주보았다.

비드 형사부장은 제복 가슴 호주머니에 연필을 꽂더니 기묘하게 뒤틀린 의자에게는 정말 안된 일이지만 등받이 깊숙이 몸을 기댔다. 그는 무릎 위에서 가볍게 깍지를 끼고 엄지손가락을 맞대면서 입을 열었다.

"그 방법은 잘 모르는구나, 그렇지?"

"물론 압니다." 조지의 얼굴이 벌개졌다. "하지만 일부러 내 입으로 말할 필요까지 있나요? 당신들이 잘 생각해보면 될 일을."

"그것도 그렇구나." 비드는 가볍게 받아넘겼다. "그래, 그럼 됐다. 그런데 앤더슨은 또 어떻게?"

"전화로 메이든 헤드로 불러내서 죽였어요. 그리고 목을 잘라 상자에 담아 페피에게 보냈고요."

"왜?"

"그거야…… 그러니까…… 살로메 비슷한 거죠. 헤롯왕이 예언자 요한의 목을 원하니까 살로메가 갖다주는 것처럼요. 파페튜어, 그러니까 예의 그 여성은 앤더슨의 목을 원했다는 말이죠."

"글쎄, 아무래도 얘기가 헷갈리는 것 같은데?"

매일 밤 성서를 한두 줄 반드시 읽고 있는 비드는 바로 조지의 잘못을 알아차렸다. 그러나 비드는 자기가 왜 성서를 읽고 있는지 그 이유는 알지 못하였다. 단지 부인의 취향에 따르고 있다는 이유 외에는. 이제는 노트에 기록하지 않고 그는 다시 한번 쐐기를 박았다.

"머리를 상자에 넣을 때 무엇으로 쌌지?"

조지는 성가시다는 듯이 심드렁하게 대답했다.

"다 아시잖아요? 왜 일부러 물어보시는 거죠?"

"모르는군." 여전히 의자 등에 몸을 푹 기댄 채 엄지손가락을 맞대고 비드는 말했다. "잘 들어. 너는 앤더슨을 죽일 가능성은 있었어. 그 남자가 죽은 시각의 알리바이도 없고 네 엄마는 무대 장식을 맡았으니까. 또는 너 역시도 극단 사람들과는 안면이 많을지도 모르니 말을 잘해주겠다고 그 남자를 속이는 건 식은 죽 먹기였을 거야. 일이라고 하면 앤더슨은 자다가도 벌떡 일어나서 달려가는 사람이란 걸 잘 알았을 테니까. 그러니 범인이 했듯이 그의 열쇠로 방에 들어가 손에 잡히는 대로 일용품을 그러모아서 가져갈 수도 있었겠지. 분명 불가능한 일도 아니야. 그러나 넌 하지 않았어. 얼 앤더슨의 방에서 없어진 물건 속에는 욕실 커튼이 들어 있었지. 그리고 잘라낸 목을 둘둘 마는 데 그것을 사용했고, 뭐랄까…… 그래, 피가 배어 나오지 않도록 말이야. 그런데 넌 그것을 몰랐지? 그러니 범인이 아니라는 말이야."

조지는 무릎 사이로 손을 축 늘어뜨린 채 아무 말도 하지 않았다.

"살인이 일어나면 가끔 가다 이런 일이 생기지." 고개를 떨구고 있는 소년을 물끄러미 들여다보면서 비드는 부드럽게 말했다. "너무 끔찍한 일이 주위에서 일어나면, 사람들 중에는 완전히 이성을 잃어버리는 경우가 생긴단다. 또는 다소 정신이 이상해지기도 하구. 너를 예를 들어 보자꾸나. 넌 굉장히 괴로운 입장에 처해 있었겠지? 네 엄마는 똑 소리나는 야무진 부인일뿐더러, 아버지가 돌아가신 탓도 있어서 너의 자유를 속박하면서 가만히 내버려두지 않았겠지. 그래서 이런 험한 일이 생기면 넌 굉장히 동요하게 되는 거란다. 어머니는 멀리 스코틀랜드에 가서 일 때문에 돌아오지도 못하지. 그러니·너는 혼자서 이런저런 번뇌와 망상에 시달리게 되는 거야. 그런데 이 사건에는 한 여성이 관계하고 있다고?"

비드 형사부장은 놀리듯이 말했지만 눈길은 자상하기 이를 데 없었다. "그래서 모두가 그 여성에게 잘 보이려고 하는데 그녀는 어떤 사람에게만 특별한 관심을 보이고 있었겠지. 그리고 넌 어느 누구도 거들떠보지 않았고, 경찰도 도대체 너를 의심할 생각조차 하지 않았을 거야. 그러니 혼자만 의심받지 않는다는 것은 아직 어린애 취급하면서 제대로 어른 대접을 못 받아서 그렇다고 마음이 뒤틀렸겠지? 즉 계획적인 살인을 결행할 용기라든지 또…… 열정이라든지 괴로움이라든지, 분노라는 감정과는 아무 상관도 없는 애 취급을 하는 게 틀림없다고 너는 생각했을 거야.

그래서 너는 나 역시도 의젓한 남자 어른이다. 팔 힘도 세고, 무엇이든 해낼 수 있는 남자라는 사실을 모두에게 알려주고 싶었던 게지. 특히 그 여성에게. 넌 그녀에게 인정받고 싶었던 게 아니었니? 오로지 당신을 위해서 그런 엄청난 짓을 했다고 그녀를 깜짝 놀라게 해서 동정을 받거나 걱정해주길 바랐겠지. 설령 거짓이라는 게 드러난다 해도 평생 그녀의 기억 속에 남아 있을 테니까.

드문 일도 아니야. 그리고 네가 처음도 아니고. 살인 사건이 일어나면 범인도 아니면서 꼭 자백하는 사람들이 있어. 자백하는 방법은 가지가지지만 그렇게 하는 동기는 대개 비슷비슷하지. 아마 너도 내가 말하기 전에는 그런 구체적인 이유는 잘 몰랐을 거야. 그저 어떤 일이 계기가 되어 무작정 행동으로 옮기게 되었을 뿐. 베틸레이 양 때문에 어제 크게 실패를 했지 않았니? 실로 말도 안 되는 의심을 했고, 나중에는 굉장한 수모를 겪게 되었잖아? 어설프게 베틸레이 양의 블라우스에 불쑥 내민 손을 경감에게 아주 모질게 얻어맞고 내려 놓아야 했지. 마치 개구쟁이 소년의 못된 버릇을 고치려는 어른처럼 말이야. 게다가 너의 연적이라고 해야 할 브라이언 씨는 그 여성에게 착 달라붙어서 너에게 경멸의 눈길을 보내면서 '이 어리석은 철부지'라고 불렀지. 그게 너의 분화구를 터뜨리는 도화선이 되었을 거야. 이성을 잃어버릴 정도로 너를 부글부글 끓게 했고, 생각하면 할 수록 분하기 짝이 없었는데 부채질하듯 날씨마저 무더웠지. 화가 머리끝까지 치민 너는 결국 이런 가짜 자백 소동을 벌이고 있는 거야.

어쨌거나 앤더슨은 둘째치고 넌 도저히 돌 양을 죽일 수가 없었을 거야. 돌 양은 떨어지기 직전에 죽었으니까. 이것은 절대 흔들리지 않을 진실이야. 네가 밑으로 끌어당겼을 가능성이 없는 것도 아니야. 적기사 측과 마찬가지로 네가 있던 쪽에도 밧줄이 늘어뜨려져 있었다면 말이야. 그러나 그 밧줄은 시체 근처밖에 없었단다. 말만 타고 있었을 뿐, 적기사처럼 말에서 내려와 시체 앞에 무릎꿇거나 하지는 않았으니까. 적기사에게는 죽일 수 있는 가능성이 있고, 우리들도 이미 조사해봤어. 하지만 너에게는 도저히 가능성이 없단다. 따라서 네 자백은 모두 거짓말이라는 말이 되지."

비드는 일어나 창가로 가서 소년을 똑바로 쳐다보았다.

"모두 거짓말이야!"

조지도 벌떡 일어나 비드 형사부장의 눈길을 맞받았다.

"내가 바로 그 적기사였다니까요!"

12

 경시청 맞은편 제방 벤치에 콕크릴 경감과 나란히 앉은 에드거 포트는 흐르는 템스 강 물결을 눈으로 좇고 있었다. 강한 햇살이 잿빛 수면에 스팽글이라도 흩뿌린 듯 반짝거렸다. 강 건너편에는 진흙을 잔뜩 바른 채 일광욕을 하면서 등을 말리고 있는 악어 떼마냥 화물선이 한 줄로 나란히 서 있었다. 바로 앞에 보이는 돌담 위에는 납작하게 짓눌린 운동화를 신은 한 소년이 햇볕에 그을린 반들반들한 까만 다리를 늘어뜨린 채 낮잠을 자고 있었다.
 애들은 정말 좋겠군. 죄도 없지, 느긋하지…… 뙤약볕 아래서도 저토록 달게 잘 수 있다니! 포트는 서글픈 마음으로 말했다.
 "경감님, 이건 제 고백입니다. 새파란 찰스워드에게는 말하고 싶지 않았어요. 당신에게 털어놓고 싶었습니다."
 "시간 낭비요." 주름투성이의 회색 바지 속에 숨어 있는 짧은 다리를 쭉 펴면서 콕키는 말했다. "아마 찰스워드 경감은 거기까지는 알지 못할 거요. 그러나 난 이미 알고 있어요. 추리가 모두 끝났어요."
 "이세벨 일도?"

"이세벨이 당신을 상대로 장난친 건 모르는 사람이 없소. 그건 노골적인 공갈이라고 해야 하지 않겠소? 양심의 가책을 견딜 수 없다는 둥 헛소리를 하면서 부인에게 편지를 보내 모든 사실을 털어놓겠다고 했다지? 당신은 무슨 수를 써서라도 그 일만큼은 말려야 했을 거요. 그래서 돈도 엄청 쏟아 부었겠지. 선물입네 식사네 하면서. 이세벨이 황금알을 낳는 거위를 함부로 없앤다는 건 감히 꿈도 꿀 수 없도록 말이오. 제아무리 양심의 가책을 받거나 말거나 간에 말이지. 그러나 그 여자는 좀처럼 나사를 죄는 손길을 늦추지 않았고, 사소한 일을 빌미로 싸움을 걸어서 그야말로 위기일발, 위험한 상황이 전개되었지.

야외극 전날 밤, 그녀가 전화를 걸어주었을 때 당신은 가슴을 쓸어 내렸겠지? 그러나 그 전화도 상대가 먼저 탁 끊어버렸어. 이제 선물 따위로는 달랠 수 없을 거라는 걸 노골적으로 드러내듯이 말이오. 당신은 이제 큰일났다고 생각하고 그 길로 밖으로 뛰쳐나왔어. 그녀가 절대로 손을 내밀지 않고는 못 배길 만한 물건을 사서 돌아왔고, 바로 그 다이아몬드지. 그날 밤 당신은 그 다이아몬드 브로치를 전시장으로 가져갔어. 그러나 이세벨은 여전히 험악한 분위기를 피우면서 말도 하려 들지 않았지. 분장실 문을 두들겨도 열어주지 않았고. 그래서……."

"한 가지 빠진 부분이 있습니다." 포트가 말했다. "제가 회장에 도착하니 얼에게서 전보가 와 있었습니다. 야외극에 나오지 않겠다고. 어떻게 해야 할지 몰라 망연자실하던 참에 문득 내가 하면 되겠다는 생각이 떠올랐습니다. 그다지 어려운 일도 아니니까요. 이세벨의 말을 따라 하는 건 아니지만 '말레이 시대'에는 말도 탔고, 연습 기간이 길어서 야외극은 모두 외우고 있었으니까요. 그래서 한순간 이런 생각을 했습니다. 이세벨을 놀려주어야겠다고. 그 브로치를 싫든 좋든 그녀가 받도록 조금 공작을 꾸미기로 했습니다. 단숨에 조잡한 시를 써서 브로치와 함께 탑에 숨겼습니다. 차례가 되기 전에 이세벨 손에 들어가도록. 그러고 나서 적기사의 의상을 입고 태연한 얼굴로 무대에 나가 앤더슨 역할을 했습니다."

"그랬군." 콕크릴은 골똘히 생각에 잠겨 신중하게 맞장구를 치면서 이야기를 계속 유도했다. "그랬더니 이세벨이 아래로 떨어졌다는 말인가?"

"예." 그 광경을 떠올리면서 포트의 통통한 볼은 젤리처럼 푸들푸들 떨었다. "간이 쿵하고 떨어졌습니다. 안장에 붙들어매기라도 한 듯이 멍하니 바라보기만 했습니다. 아무도 움직이지 않았고, 아무도 손도 쓰지 않았습니다. 마치 몇 시간을 그렇게 있었던 것 같습니다. 물론 그녀가 죽었다는 것을 알지 못했습니다. 더군다나 살해되었으리라고는 도저히. 그저 발코니에서 떨어졌다고 생각했습니다. 갑자기 눈앞이 어지러워져서 그랬다고. 그때 제 기분이 과연 어땠는지는 지금도 기억할 수가 없습니다만 어쨌든 겨우 정신을 차린 뒤 이대로 내버려두어서는 안 된다는 생각을 했습니다. 그래서 말에서 내려와 근처로 갔고, 얼굴이 위로 가게 몸을 돌려놓았습니다. 거의 무의식적으로 행동했습니다. 마치 내가 아니었던 것처럼."

"그러나 이세벨이 죽었다는 것은 곧 알아차렸을 텐데?"

갈색 여름 양복 가슴에 작은 손을 살짝 포개고 있는 동글동글한 포트의 모습은 영락없는 두더지였다.

"두 번 다시 쳐다볼 수 없는 얼굴을 하고 있었습니다! 분명 이젠 틀렸다고 바로 알아봤습니다. 어떻게 손쓸 방도가 없다는 것도. 얼굴을 위로 가게 살며시 돌렸습니다. 그러자 가슴에 그 브로치가 달려 있었고, 은색 가운 자락으로 하얀 종이가 비어져 나와 있는 걸 보았습니다. 금세 짐작이 갔습니다. 탑에서 브로치와 시를 손에 넣었지만 마땅히 보관할 장소가 없어서 급히 감춘 것이라고. 저는 당황했습니다. 이대로 두면 사고 조사를 나올 텐데——그때까지도 저는 사고라고만 철석같이 믿고 있었습니다. 이제 모두 들통나고 말 것이라고. 그래서 그 종이를 빼려고 했습니다. 망토가 넓게 펴져 있어서 재빨리 빼내면 아무도 모를 것 같았습니다. 그런데 이게 웬일입니까! 브로치 핀이 종이와 함께 꽂혀 있어서 꼼짝도 하지 않았습니다. 저는 완전히 이성을 상실했습니다. 획 바람 소리가 나게 일어나 시체를 멍하니 내려다보았습니다. 그때였습니다. 이제 엄청난 짓을 저질렀다고 제가 똑똑히 의식하게 된 것은. 신문에 대문짝만하게 그 바보 같은 시가 나오기라도 하고, 또 만일 아내가……."

한동안 괴롭고 목이 메어서 말을 잇지 못하고 있다가 이윽고 이야기를 계속했다. "그때 문득 그래, 아무도 내가 이 자리에 있는 사실을 모른다는 것을 깨달았습니다. 아무도 내 정체를 모른다고. 그래서 너무 슬퍼서 도저히 자리에 서 있을 수가 없다는 듯이 비틀비틀 아치를 빠져나가 마구간으로 달려가서 의상을 내던지고 객석에서 방금 뛰어온 것처럼 무대로 나갔던 것입니다." 애원의 눈길로 콕크릴을 바라보며 "믿어주시겠지요?"라고 포트는 물었다.

"문제는 찰스워드 경감이 믿느냐 않느냐에 달려 있지 않을까 싶은데?"

"설마 당신은 내가 이세벨을 밑으로 끌어당겨서 손으로 목을 졸랐다고 믿는 그 경감과 생각이 같은 것은 아니겠지요?"

"그가 무슨 생각을 하는지 나로서는 영 짐작할 수가 없다네."

콕키는 씁쓸하게 말했다.

포트는 동글동글한 손을 맞잡고 "경감님, 당신이 말씀 좀 해주시지 않겠습니까? 대신 잘 설명해 주십시오. 저는 법에 저촉될 만한 일은 아무 것도 하지 않았다고. 하나에서 열까지 논리에 맞지 않습니까? 찰스워드 경감이라 한들 제가 하는 말에 하나도 거짓이 없음을 아셔야 하지 않겠습니까?"라고 말했다.
 포갠 손을 가슴에 갖다 붙이며 절실한 눈길로 말을 이었다.
 "경감님, 꼭 말씀해 주시겠죠? 도와주시는 거죠?"
 "무슨 말을 하라는 겁니까?" 콕키는 신중했다.
 "무엇이라뇨? 그러니까…… 제가 적기사라는 것이죠!" 포트가 초조하게 소리쳤다.

 한편 경시청에서는, 뙤약볕 쏟아지는 녹색 벤치에서 콕키가 말한 10분간의 고행을 마친 베틸레이가 찰스워드 경감 앞에서 가슴에 쌓아 둔 말들을 청산유수로 풀어갔다.
 "사실을 말씀드리겠습니다. 진상을 고백하겠어요. 얼 앤더슨을 죽인 것도, 이세벨을 죽인 것도 모두 제가 했습니다."
 나무 의자 앞으로 몸을 쑥 내밀고 핸드백을 움켜쥐고 있는 그녀의 눈은 찢어져 올라간 듯이 흰자위만 보였고, 손가락 관절은 진주색으로 빛났다.
 "찰스워드 경감님, 당신은 내가 그 범죄를 저지를 가능성이 없다고 생각하고 계시겠죠? 하지만 사실은 이렇게 된 것입니다. 적기사는 바로 저였습니다."
 찰스워드는 적기사 지원자가 꼬리를 물고 나타난 사실을 미처 알지 못했다. 그래서 고뇌에 찬 상대의 얼굴을 유심히 응시했다.
 "저는 앤더슨을 죽였습니다. 경감님, 당신이 추리하신 그 방법대로입니다. 다음날은 이세벨 차례였습니다. 물론 앤더슨이 오지 않을 걸 알았으므로 저는 그를 대신했습니다. 처음부터 그럴 생각이었습니다. 기사들이 아치를 지날 때, 그 대열에 끼어 들어 야외극에서 맡은 역할을 해냈습니다. 죽 무대에 있었던 겁니다. 밧줄로 이세벨을 끌어내려 목을 졸랐습니다. 그러고 나서 비틀비틀 대기실로 돌아갔습니다. 그 다음부터는 아무 문제도 없었습니다. 대기실 안에서 모두가 멍하니 아무 손도 못쓰고 못 박힌 듯 서 있는 틈에 갑옷을 벗고, 아무것도 모르는 얼굴로 제가 있어야 할 복도로 가기만 하면 되었으니까요. 그 후 방금 적기사가 비틀비틀 밖으로 나가던데 도대체 무슨 일이냐며 사람들이 모여 있는 곳으로 가기만 하면 끝나는 일이었습니다.

그런데 생각지 못한 일이 벌어졌습니다. 사체가 흰말 가까이 떨어지는 바람에 말이 놀라서 대기실로 뛰어들어왔던 것입니다. 나는 그 자리서 꼿꼿이 굳어버린 채 당신의 추리대로 벽에 붙어 서 있었습니다. 설령 브라이언 씨가 말에서 떨어지기 전에 저를 보았다 하더라도 벽에 있던 갑옷이라고밖에 생각지 못했을 겁니다. 여벌 갑옷 의상을 사용했느냐 아니냐 하는 문제가 아닙니다. 왜냐하면 얼 앤더슨의 갑옷을 대신 입었던 게 바로 저였으니까요. 브라이언 씨는 말에서 떨어져 정신을 차리지 못했습니다. 척 보니 그런 것 같았기에 저는 종종걸음으로 서둘러 방을 나갔고, 나가자마자 이내 문을 쾅쾅 두들겼습니다.

안에서 문이 잠겨 있다고 브라이언 씨를 착각하도록 만드는 일은 어린애를 속이기 보다 쉬웠습니다. 그때까지도 넋이 나간 듯 사람이 멍해져 있었고 제가 한 말을 그대로 철석 같이 믿었으니까요. 그 사람은 지금도 문이 잠겨 있었다고 굳게 믿고 있습니다. 자기가 틀림없이 보았다고 생각할 정도로. 사실은 그가 미처 정신을 차리기 전에 제가 그렇게 믿도록 만든 것뿐이었습니다. 그 뒤는 경감님이 생각하시는 그대로입니다. 그 밧줄은 이세벨을 목 조른 뒤 치마 속에 숨겼습니다. 대충 그렇게 된 일입니다."

파페튜어는 야외극이 시작될 무렵부터 휘파람 소리를 들었다고 증언했다. 베틸레이가 불고 있던 〈다비뇽 다리에서〉라는 멜로디를. 그렇지만 페피는 그 직전에 무서운 일을 겪었고, 발견되었을 때는 실신 상태였다. 혹시 그녀는 이미 의식이 몽롱한 상태여서 그 10분간이라는 것이 사실은 꿈이라도 꾼 것은 아니었을까? 일이 이렇게 되고 보니 아무래도 그런 생각조차 들게 되는군.
 찰스워드는 말했다.
 "이제 와서 왜 갑자기 자백할 생각을 하신 겁니까?"
 베틸레이는 어깨를 으쓱했다. "제 할 일은 모두 끝났습니다. 그 두 사람을 죽이겠다는 제 목적은 이미 이루어졌습니다. 이대로 마냥 모른 체 시침을 뚝 뗄 수도 있겠지요. 그렇지만 목적이 달성되고 나면 그런 생각도 없어집니다. 이젠 모두가 성가실 따름으로 살아갈 기력도 목적도 모두 사라진 것이지요." 얼핏 그녀는 일그러진 웃음을 띠우며 "경감님은 어제 저를 두둔해주시더군요. 제가 남자가 아니라고 했을 때…… 분명 저는 남자가 아닙니다. 그렇지만 어째서 모두들 조니 와이즈의 쌍둥이가 남자라고만 생각하는 겁니까?"
 "그럼 당신은 조니 와이즈의 쌍둥이?"
 "여동생입니다. 쌍둥이 여동생." 그녀는 의기양양하게 고개를 똑바로 들고 또렷이 말했다. "그리고 척기사는 바로 쳐였습니다."

 공원 나무 그늘 벤치에서 브라이언 투 타임즈와 파페튜어는 한가롭게 더위를 식히고 있었다. 너무 더워서 손은 비록 맞잡지 않았지만, 파페튜어는 어젯밤의 모험을 이야기했다.
 "이처럼 밝은 태양 아래서는 모든 것이 너무 바보 같아요. 왜 그토록 덜덜 떨었을까 싶어서. 브라이언, 그 애는 단지 영웅 심리에서 그랬다는 걸 잘 알고 있어요. 그렇지만 그때는…… 새벽 3시라는 시간은 누구라도 다소 머리가 이상해지잖아요. 게다가 나는 의지할 사람도 없어서 굉장히 불안했어요. 하나에서 열까지 모두가 다."
"난 당신의 보호자예요, 페피. 내가 함께 있는 한 무서워할 건 아무것도 없어요."
"하지만 한밤중에는 나 혼자잖아요, 브라이언."
달리 특별한 의미가 있어서가 아니라 파페튜어는 단지 호소하듯 말했다.
브라이언 투 타임즈는 얼굴을 붉히고 난처한 표정만 지을 뿐이었다.
두 사람은 점심을 먹기로 하고 슬슬 벤치에서 일어났다. 브라이언은 레인코트와 검은 모자를 집어들면서, 영국 신사들은 왜 모자와 코트가 없으면 거리를 돌아다닐 수 없는지 잠시 생각해보았다. 그러나 마침내 코트를 팔에 걸고 한 손으로는 모자를 빙글빙글 돌리면서 걷는 것으로 오늘은 만족하기로 했다. 그리하여 아무 생각 없이 빙글빙글 손을 돌리다보니 호주머니에서 봉투가 하나 굴러 떨어졌다. 그는 멈춰 서서 종이를 집어들었다.
"아차! 오늘 아침 편지가 온 것을 그대로 집어넣은 채 잊고 있었군. 당신을 만날 생각에 편지 읽을 시간조차 아까워서요, 파페튜어."
봉투를 휘리릭 손가락으로 돌리더니 "더군다나 속달이었다구요! 그런데 누구였더라?"
"뜯어보시면 되잖아요."
나랑 빨리 만나려고 우편물을 뜯어보지 않았다니 브라이언은 정말 다정해!
브라이언은 손가락으로 찌익찌익 봉투를 찢었다.
"수잔 베틸레이! 무슨 일일까?"
빼곡이 적힌 편지를 읽어 내려가면서 이따금 "놀랍군! 무슨 소리야! 도대체 이 사람은!" 하는 감탄사를 입 밖으로 냈다. 그리고 다 읽고 난 편지는 반으로 접어 호주머니에 쑤셔 넣었다. 새파란 그의 눈길은 백만 마일이나 떨어진 먼 곳을 바라보는 듯했다.

문득 그는 정신을 차리고 런던 공원과 파페튜어가 있는 곳으로 되돌아왔다.

"페피, 미안한데 이만 헤어져야겠습니다. 당장 런던경시청으로 가 봐야 해서. 찰스워드 경감께 할 얘기가 있어서요."

"경시청이라고요?" 파페튜어는 펄쩍 뛰어올랐다. "찰스워드 경감님께 하실 말씀이 있다고요? 브라이언 씨, 느닷없이 도대체 무슨 말씀을 하시겠다구요?"

"적기사는 나였다는 말을 하려고."

말이 떨어지기 무섭게 그는 바람처럼 쏜살같이 공원을 빠져나갔다.

찰스워드는 죽음의 게임에서 적기사의 역할을 했노라 주장하는 네 명의 입후보자들을 경시청 자기 사무실로 불러모았다. 콕크릴 경감은 불공평한 심판이 내려지지 않도록 입회했다. 브라이언 투 타임즈는 찰스워드의 책상에 검은 모자를 벗어두고 레인코트를 의자 등에 걸친 뒤 푸른 눈빛을 초롱초롱 빛내면서 담담하게 맞섰다.

"지금부터 말씀드리겠습니다. 이 연속 살인의 범인이 저라는 것을 자백하겠습니다. 이 부인이 말이지요, 저 대신 죄를 덮어쓰고 자백한 모양인데 저로서는 이런 미친 짓을 가만히 두고 볼 수가 없습니다."

그러면서 베틸레이의 초췌한 얼굴을 들여다보더니 가까이 다가가 검게 그을린 그녀의 손을 다정히 잡아주었다.

"다 저 때문에 하신 일이라는 건 잘 알고 있습니다. 그러나 당신에게 살인자라는 누명을 씌우고 제가 어떻게 잠자코 있을 수 있겠습니까? 제가 그럴 수 있다고 생각하십니까?"

그렇게 말한 뒤 브라이언은 다른 사람을 향해 본격적으로 이야기를 시작했다. 베틸레이의 손을 잡은 채로, "오늘 아침 이분은 제게 편지를 보냈습니다. 그러나 아침에 저는 서두르고 있었기 때문에 특별한 용건은 아닐 거라고 생각해서 그냥 호주머니에 집어넣은 채로 집을 나왔습니다. 그러다 좀 전에야 읽어보게 되었습니다. 이 사람은 밤새 생각하고 또 생각하고, 쓰고 또 썼겠지요. 더위 때문에 머리가 살짝 이상해진 게 분명합니다. 아니, 이분뿐이 아닙니다. 모두들 약간씩 머리가 이상해져 있습니다. 편지에는 '당신을 사랑하고 있다'고 했습니다." 브라이언은 잡고 있던 베틸레이의 손을 들어올려 살짝 입술을 갖다댔다. "고맙습니다, 마드모아젤. 우선 감사의 인사부터 해야겠습니다. 사랑받는다는 것은 자랑스러워해야 할 일임에 틀림없으니까요. 그러나 이분은 내가 다른 부인을 사랑하고 있다고 생각하고 있습니다. 그 부인을 사랑하는 사실 또한 저로서는 자랑스러워해야 하겠지요." 그리고는 그 자리에 함께 있던 파페튜어에게 경의를 표하려고 고개를 숙였다.

쓸데없는 헛소리는 그만 집어치우고 빨리 본론으로 들어가는 게 좋을 것 같은데도 잘난 척하고 있는 꼴을 보니 콕키는 부아가 치밀었다. 그렇지만 덕분에 퍼즐 몇 조각이 마술처럼 재빨리 딱 맞는 자리로 떨어져 내렸다. 중앙의 상(像)은 여전히 옴짝달싹하지 않았다.

브라이언 투 타임즈는 겨우 본론으로 들어갔다.

"이분은 제가 범인이라는 것을 알고 있다고 썼습니다. 처음부터 알고 있었다고. 지금은 제가 조니 와이즈의 동생이라는 사실도 알고 있다고. 조니 와이즈에게는 두 명의 형제와 양친이 계셨습니다. 동생 가운데 한 명은 쌍둥이 동생입니다. 다른 한 명은 쌍둥이보다 연상입니다. 저는 조니의 형입니다. 이세벨 돌과 얼 앤더슨을 죽이려고 브라이언 브라이언—— 이세벨은 브라이언 투 타임즈라고 했습니다만. 베틸레이 양은 이 모든 사실을 알고 있었던 것이 아니라 그저 상상력을 발휘한 것뿐이겠지요." 몸을 빙글 돌려 베틸레이를 향해 재촉했다. "어서 말씀해 주십시오."
"거짓말입니다. 저를 두둔하려고 저런 말씀을 하는 겁니다."
그녀는 딱 잘라 부정했다.
콕크릴 경감은 모두가 한결같이 이토록 서로가 서로를 두둔하려고 연기하는 사건은 그 많은 경험을 통틀어서 이번이 처음이었다. 그렇지만 이거야말로 그런 놀라운 사건의 최상급이라 할 만했다. 경감은 흥미진진하여 의자 밖으로 몸을 쑥 내밀고 귀를 쫑긋 세웠다. 그러자 퍼즐의 커다란 한 귀퉁이가 찰칵 보기 좋게 딱 맞아 들어갔다. 그는 "계속해 주십시오" 하면서 베틸레이의 입을 막았다. 이렇게 서로서로 감싸주려고 하는 미덕을 마냥 발휘하게 내버려두다가는 그야말로 끝도 없을 테니.
브라이언은 이야기를 계속했다. "베틸레이 양이 알고 있는 것은 이런 사실입니다. 전에도 모두 들으셨겠지만 백기사가 야외극 10분 전에 의상을 갈아입고 말을 타고 있을 때 이분은 가까이 가서 말을 걸었다고 증언했습니다. 그것은 사실입니다. 그러나 백기사가 아무 대답도 하지 않았다는 것을 이분은 일부러 말하지 않았습니다. 말은 걸었지만 대답은 듣지 못한 것이지요. '실수하지 말고 잘 하세요' 같은 뭐 그런 말을 하면서 갔겠지요. 그러나 '말을 걸었다'는 그 증언을 듣고 저는 그 자리에서 바로 그것을 이용하여 제게 그런 말을 했다고 이용했습니다. 하지만 사실이 아닙니다. 그건 거짓말이었으니까요. 말을 걸었다는 사실과 이야기를 했다는 것은 의미가 전혀 다르니까요. 베틸레이 양은 말을 타고 있던 백기사에게 말을 걸었습니다. 그러나 아무 대답이 없었습니다. 이유는 간단합니다. 아무도 말을 타고 있지 않았기 때문이지요."

웅성웅성 분위기가 들끓기 시작했다. 그러나 콕키는 이미 오래 전에 그랬을 거라고 짐작하고 있었다.

"갑옷만 실어서 무대를 돌도록 말을 훈련시켰을 테지?"

"말을 다루는 것은 아주 익숙해 있었거든요. 그래요, 말씀대로입니다. 5, 6회 정도 시험해보았더니 말은 그때마다 썩 잘 해냈습니다. 하긴 처음부터 서커스에서 훈련된 말이니까요. 설령 누군가에게 들킨다해도, 이를테면 연습중에 누가 알았다 하더라도 별 문제 있을 턱이 없지요. 그냥 장난해본 거다, 포트 씨를 놀려줄 생각이었다고 변명하면 그만이었을 테니까요." 여기서 이번에는 포트에게 절이라도 할 생각을 하고 있는 듯했지만 콕키가 서둘러 재촉했다.

"그래서, 그 다음은?"

"그래서 드디어 밤이 되었습니다. 앤더슨은 죽었고, 그 다음은 이세벨 차례였습니다. 이세벨이든 제제벨이든 좋을 대로 부르셔도 상관 없겠지만 제게는 제제벨이었습니다. 그 여자가 야외극 장소에 데려갔을 때 나는 금방 구약성서의 이야기가 떠올랐습니다. 바로 그런 '탑'이었으니까요! 죄 값을 치를 장소로는 흠잡을 데 없는 무대였습니다. 실로 운명의 장난이라고밖에 생각할 수 없도록 모든 일들이 척척 손쉽게 풀려나갔습니다. 제제벨처럼 살아온 여자가 마침내 제제벨로 죽은 것이죠. 참으로 흐뭇한 이야기 아닙니까?"

웅어리진 브라이언의 하늘빛 눈동자가 진지하게 타올랐다. 콕크릴은 그것을 보고 처음으로 이런 생각을 했다. '이 자는 조금 정신이 이상하군' 이라고.

브라이언은 그 자리에 모인 다른 사람들의 존재는 잊어버린 양 하늘빛 눈동자로 먼 곳을 올려다보며 이야기를 계속했다.

"난 앤더슨을 죽였어요. 물론 동생의 복수를 위해서였지만 그것이

크게 도움이 되었습니다. 야외극에서 적기사 자리가 비었으니 말이에요. 나는 말에 안장을 얹고 갑옷의상을 실은 뒤 말의 엉덩이를 쳤습니다. 말은 얌전하게 달려가 제자리로 가서 차례를 기다렸어요. 그런데 커크 양이 기사들을 독려하면서 돌아다니더군요. 나는 곧 들킬 것 같았습니다. 그래서 망토의 하얀 속이 바깥으로 나오도록 뒤집어서 그녀를 작은 방으로 밀어 넣고 문을 잠가버렸습니다. 위해를 가할 생각은 없었고, 또 보다시피 그 어떤 상처도 입지 않았습니다. 그러나 이제부터 사람을 죽이려는 마당에 그녀의 존재는 대단히 위험했던 것이지요." 브라이언은 갑자기 입을 꼭 다물었다.

콕키는 생각했다. 커크 양에게 경의를 표하느라 또 2분간 침묵하는 거로군!

"그리고 나서 말을 타고 대기실로 들어가 제자리에 섰습니다. 흰말은 야외극 내내 빈 갑옷을 싣고 돌아다녔고, 마침내 시간이 되었을 때 나는 밧줄을 잡아당겨 그녀를 끌어내렸습니다. 그리고 말에서 내려와 무릎을 꿇고 그 자리에서 목을 졸랐쥐요. 그런데 깜짝 놀랄 일이 생겼습니다. 예기치 못한 방해가. 흰말이 대기실로 뛰어든 것입니다. 나는 가만히 있을 수가 없어서 마음의 고통을 못 이기는 척하며 비실비실 말을 따라 대기실로 들어갔습니다. 대기실로 들어가자마자 출입문으로 달려가 나는 문을 잠갔고, 곧 붉은 망토를 벗고 빈 갑옷에 둘러두었던 흰 망토를 걸쳤습니다. 베틸레이가 문을 두들기기에 달려가서 열어주었는데, 말에서 떨어져 어질어질한 것처럼 교묘하게 표정을 관리했쥐요. 그리고 둘이서 무대로 나왔던 것입니다."

찰스워드는 말없이 그의 말을 곰곰이 되씹고 있더니 한참 만에 입을 열었다.

"그러니까 여기에는 제2의 남자가 있군. 베틸레이 양과 당신이 대기실에서 스쳐 지나갔다는 갑옷 차림의 그 기사는 어떻게 되는 거지? 당신들이 지금까지 '적기사'로 부르고 있던 그 남자는?"
브라이언은 베틸레이의 손을 더욱 힘주어 잡으면서 말했다.
"제2의 남자 따위는 존재하쥐도 않습니다. 베틸레이 양은 그때 너무 놀라서 제정신이 아니었으니까요. 우리는 서둘러 무대로 달려나갔어요. 어떤 끔찍한 일이 일어났을까 싶어 베틸레이 양은 마음이 급했으니까. 그리고 벽에 걸려 있던 갑옷 옆을 지나갔습니다. 그래서 내가 기사 한 명이 지나갔다고 말하자, 이분은 제대로 생각도 않고 그렇게 믿었던 것입니다. 아마 나중에는 이상하다고 생각했겠죠. 그러다 예의 그 백기사가 대답을 하지 않았던 것까지 곰곰이 돌이켜 생각하다보니 모든 진상을 알게 된 것이겠죠. 그것도……."
불쑥 말을 끊더니 한참 사이를 두었다.
"저를 좋아해서라고 이분은 말해주었습니다. 모든 것을 추리하고 난 뒤에도, 이분은 조니를 알고 있습니다. 얼마나 좋은 녀석이었는지 하는 것을, 태양의 사자(使者) 같은 제 동생을. 이분은 그 두 사람이 비열한 방법으로 제 동생을 죽인 것을 알고 있습니다. 그래서 저를 살인자라고 생각지 않고 처형자로 생각해 주었습니다. 그래서 더욱더 입을 꼭 다물고 있어 주었던 것입니다."
브라이언은 베틸레이에게 깊이 머리를 숙였다.

그리고 그 절과 함께 마지막 한 조각이 딸깍 떨어졌다. 중앙에는 범인의 모습이——처음부터 그곳에 있었던 상이 여전히 그 자리를 지키고 있었다. 붉은 망토의 기사, 또는 흰 망토라고 해도 상관없다. 하여간 어느 쪽이든 일본군 점령 시대의 경험으로 다소 머리 속이 이상해지고 착란 상태에 빠져 있는 브라이언 브라이언인 것이다. 몇 년간이나 강제 수용소에서 지내면서 '태양의 사자'였던 동생에게 가해진 무법자들의 악의 손길을 저주하고 한스럽게 생각해 왔던 브라이언이었던 것이다.

아직 배경에는 어느 정도 뒤틀린 장소가 없는 것도 아니었다. 그러나 이 부분만큼은 한치의 빈틈도 없이 완벽하게 끼워 맞춘 것이었다. 꽃줄기를 엮은 무대 울타리, 성벽을 흉내낸 벽, 보드지로 만든 탑, 작은 발코니. 라이트가 팍! 하고 들어오면서 서서히 무대를 훑고 올라간다. 번쩍번쩍하는 갑옷을 입고 색색의 망토를 펄럭이며 입장하는 기사들. 흰말에는 하얀 망토를 휘감은 텅 빈 갑옷이 올라앉아 있다……

콕크릴은 기사들이 처음 나왔을 때 가슴속에서 일어나던 가벼운 흥분을 되살려 보았다. 꼬마 때 보았던 동화 속 그림처럼 따각따각 말발굽 소리 요란하게 깃발을 휘날리고 망토를 펄럭이며, 아치를 지나 무대 앞으로 나오는 번쩍이는 투구의 기사들. 객석에 앉아 있는 내쪽으로 말들이 다가온다. 선두 기사에게 라이트가 향하고 그 둥근 빛 속에는……

순간 퍼즐은 산산조각 나면서 흩어졌다. 한가운데 있는 상(像)도 '퐁' 하고 튀어오르면서 허물어져 내리는 파편 위로 아슬아슬하게 몸을 날렸다. 하늘에는 커다란 구멍이 뚫렸다. 그리고 이제 장면은 만화경의 색유리 조각처럼 형태를 잃고 사방으로 뿔뿔이 흩어졌다.

콕크릴은 천천히 의자에서 일어났다. 담뱃진으로 찌든 가느다란 손가락을 들어 브라이언 브라이언을 가리키면서 그는 말했다.

"하나에서 열까지 지어낸 소리야. 처음부터 끝까지. 당신은 절대 적기사가 아니었어. 넌 백기사야. 그리고 백기사였으니 이세벨 돌을 죽이지 않았어. 당신은 범인이 아니야. 내가 증명해 보이지." 콕크릴은 찰스워드를 보면서 말했다. "이 사람은 흰말에 올라타 나를 향해 걸어왔어. 은빛 갑옷차림에 흰 깃발을 들고 흰 망토를 펄럭이면서.

라이트가 그의 얼굴을 정면에서 비쳤지. 투구의 얼굴가리개는 열려 있었어."

그랬다. 콕크릴은 그때 브라이언의 이 푸른 눈을 똑똑히 보았다는 사실을 싫어도 기억하지 않을 수 없었던 것이다. 이 놀라운 퍼즐의 한가운데를 지키고 있던 조각상을.

"나는 내 눈으로 똑똑히 보았어."

콕크릴은 말했다.

13

 그런 이유로 수잔 베틸레이는 용감하게도 비장함을 과시했고, 마더 디어도, 포트도, 브라이언 브라이언도 저마다 서로의 용기를 경쟁한 셈이었다. 그리고 콕크릴, 찰스워드 두 경감은 찰스워드가 안내한 번쩍번쩍 빛나는 술집의 번쩍번쩍 빛나는 바에 기대앉아 처음으로 완전한 의견의 일치를 보았던 것이다. 녀석들을 싸잡아 한꺼번에 명줄을 끊어놓고 싶다는.
 "마침내 그를 붙잡았다고 생각했는데……." 찰스워드는 번쩍번쩍 빛나는 여급에게 맥주잔을 내밀어 같은 것으로 한 잔 더 달라고 손짓하면서 말했다. "당신이 그렇게까지 확실하게 그가 흰말을 타고 있었다고 말씀하시니……."
 "모두 새빨간 뻥이야"라고 말하는 콕키. (실은 새빨간 뻥이라는 말보다는 훨씬 더 천한 말을 사용했지만)
 "떠들어대면서 즉석에서 꾸며낸 것이야. 흰말은 빈 갑옷 따위는 태우지 않아. 내 쪽으로 왔을 때 나는 똑똑히 그 눈을 보았어. 게다가 그 남자는 적기사도 아니었어. 엑스마우스 소년도 말하지 않았나?"

 조지 엑스마우스가 한 말을 찾아 찰스워드는 기억의 책갈피를 이리 저리 뒤적여보았다. ──말이 바지랑대처럼 서 있었을 때 공포에 질린 듯 눈이 휘둥그레진 브라이언 브라이언이 제 쪽을 보고 있었습니다. 그러고 나서 저는 적기사를 보았는데 저를 마주보던 적기사의 눈은 갈색이었습니다.
 찰스워드는 말했다.
 "하긴 지금 와서는 조지도 자기가 적기사였다고 하는 판국이니까요."
 "빌어먹을 개소리야!" 한층 더 비열한 말로 콕키는 자신의 의견을 표현했다. "왜냐하면 그 애가 적기사면 청기사는 또 누구냐는 소리니까."
 두 사람은 동시에 잔을 텅 놓고, 콕키는 손에서 놓아 본 적이 없는 담배를 끼운 손가락으로 한잔 더 달라고 손짓했다.
 찰스워드가 천천히 덧붙였다.
 "예의 그 망토 건도 있으니까요."
 "망토?"
 "적기사의 망토 말입니다. 브라이언은 그것을 무대에서 걸치고 있었다고 말했지만 그것은 마구간에 나뒹굴고 있었습니다. 그러나 그의 말로는 대기실보다 더 멀리는 가지 않았던 것처럼 말하지 않았습니까? 그 베틸레이 양이 지키고 있던 문에서 둘이서 함께 무대로 되돌아왔다고요. 설마 망토가 저 혼자 마구간으로 걸어가지는 않았을 것 아닙니까?"
 "물론이지. 그러고 보니 그 망토 건도 있었군"이라고 말하는 콕키. (망토 건은 그도 그만 깜박 잊어버린 거야)
 이제 모든 것이 말짱 도루묵이 되었고, 처음부터 다시 시작하지 않으면 안 되었다. 적기사의 의상을 입은 브라이언을 중심으로 빈틈없이 짜 올렸던 그림퍼즐이 단숨에 먼지처럼 흩날리는 꼴이 된 것이다.

찰스워드는 말했다. "그림맞추기 퍼즐 같은 것이었죠. 실로 훌륭하게 차곡차곡 쌓아 올라갔었는데."

"호오!" 콕키는 정중한 반응을 보였다. 바 건너편에 있는 여종업원을 눈으로 쫓으며 한 잔 더 달라는 사인을 보내려고 안간힘을 쓰면서.

"처음 두세 곳이 제대로 잘 맞춰졌다고 생각한 순간 갑자기 중심 인물이 한가운데 우뚝 자리를 잡더군요. 실로 드문 케이스였습니다. 우선 제일 먼저 범인의 윤곽부터 드러난 셈이었으니까요. 그 뒤는 범인을 중심으로 하나 둘 끼어 맞추기만 하면 되는 듯했죠."

"그게 바로 위험해." 콕키는 엄격하게 꾸짖듯이 말했다.

고향인 켄트의 술집은 대개 아담하고 천장도 낮았으며 대부분 200년 이상에 걸친 역사를 자랑하고 있었다. 반들반들한 나무로 된 카운터와 최근까지도 가스등이 매달려 있던 벽 구멍을 메운 널빤지, 당연히 네온사인도 없을뿐더러, 눈에 익숙한 맥주의 둥근 물자국도 남기지 않는 새침하고 번쩍번쩍 빛나는 잔받침 같은 멋없는 짓거리도 거기선 찾아보기 힘들었다. 켄트에서는 건너편 바에 서 있는 것은 반세기를 알고 지낸 오랜 친구들이었다. 빌, 조지, 조, 그리고 빌 부인에 조지 부인, 푸둥푸둥 살이 찐 그의 딸…… 그리고 콕크릴 경감이 모습을 드러내면 마치 마술처럼 늘 낯익은 맥주잔이 앞에 나오고, 그것이 빌라치면 어느새 한 잔 가득 감쪽같이 채워지는 식으로, 스커트에 블라우스 차림의 건들거리는 버릇없는 계집애가 쓱 물귀신처럼 다가와서 "무슨 맥주를 마셨더라?"라고 묻는 무례하기 짝이 없는 말버릇은 일찍이 한번도 본 적이 없었다.

"바스." 콕키는 신경질을 부렸다. "B—A—S—S, 바스다. 설마 처음 듣는 이름은 아니겠지?"

"그런 것 같군요." 여종업원은 성질 급한 손님도 꽤 능숙하게 다루었다.

언제나처럼 이런 저기압의 흐름에는 완전히 무신경한 찰스워드를 보면서 콕크릴은 그것도 타고난 복이라고 생각했다. 그는 자신이 빠져든 놀라운 착오에 대해 하나하나 읊어대면서 상사가 도대체 어떤 반응을 보일지 머릿속으로 공황을 일으키고 있었던 것이다. 콕크릴도 그제서야 회의를 빼먹었다는 것을 떠올리면서 상사가 무슨 잔소리를 할까 함께 걱정했다.

"전 이렇게 생각합니다." 찰스워드가 이야기를 꺼냈다. "그는 복수의 일념에 젖어 본국으로 돌아왔지요. 자기 말대로 그런 대의 명분을 갖추고 말입니다. 탑 창에 밧줄로 고리를 만들었고——언제나 들락날락하던 탑이니 특별히 어려울 건 없었겠죠——밧줄도 일부러 두 줄 준비해서 우리의 판단을 어지럽히려고 계획했습니다. 브로치를 사고 그 시를 써서······."

"아니, 그건 아니야. 브로치는 포트야. 아마 시도 그럴 거고. 그는 다 외우고 있었을 정도니까. 포트의 이야기는 아마 진짜일 거야. 브로치를 탑에 숨겨서 이세벨이 찾게 한 다음······."

"그렇습니까? 그럼 우연의 일치라고나 해야겠군요. 덕분에 이세벨은 마지막 행의 수수께끼의 기사를 알아보려고 몸을 쑥 내밀면서 고리 속으로 불쑥 목을 들이밀었으니. 그는 아마 그녀가 객석을 향해 몸을 내밀며 인사할 때를 기다렸을 겁니다. 그러나 일이 그렇게 되자 아무 어려움 없이 그녀를 잡아 끌어내렸고, 그 뒤는 그의 말대로 되었겠죠. 아마 그랬을 겁니다. 그런데 지금은 유감스럽게도 이 명추리가 미궁의 추리로 변했다는 사실입니다."

그는 실패한 사건 해결과 두 사람의 초라한 모습에 대해 쓴웃음을 지었다.

찰스워드의 실패는 곧 콕크릴에게도 그대로 들어맞았다. 그는 이 젊은이가 어느새 차근차근 자기와 똑같은 결론에 도달했다는 사실을 알고 그에 대한 인식을 크게 달리했다. 비록 그 결론이 틀렸다는 것은 접어두더라도.

콕크릴은 선배로서의 위엄을 지니고 이렇게 말했다.

"이보게, 자네는 사물의 순서라는 것을 무시하고 있네. 사소한 일이지만 하나 예를 든다면 포트는 그 시 구절을 알고 있었어. 따라서 그는 그 시를 썼네. 만약 포트가 범인이 아니라면 좌측 기사가 얼 앤더슨이 아니라는 사실을 알 리 없지 않은가? 그러니 그의 고백은 거짓이 아니고, 좌측 기사라고 하는 것은 이 살인과는 아무 관계가 없다고 해석해야 되겠지."

콕크릴의 맥주잔이 비어 있는 것을 보고 찰스워드가 나란히 놓여 있던 자기 잔을 가볍게 손가락으로 가리키자, 여종업원이 금방 쪼르르 달려와서 두 잔을 금세 가득 채워주었다.

"얼굴을 알거든요." 밉상스럽지 않게 그는 득의만면한 미소를 지었다. "저 여자애는 3개월 전부터 얼굴을 익혔지요. 마실 곳을 정하고 그곳에서 얼굴이 통할 정도로 알려진다는 것은 꽤 근사하다고 생각합니다."

맥주를 세 잔째 비울 즈음 두 사람은 의기투합하게 되었고, 여섯 잔쯤 비웠을 무렵에는 대대적인 현장 재현을 하는 것 외에는 달리 해결책이 없다는 결론을 얻게 되었다. 그날 밤 사용한 말을 고용하여 기사를 다시 불러모으고, 오늘 밤 폐장 후에 야외극을 처음부터 다시 재현하게 해서 체로 거르듯 아주 세밀하게 철저히 조사해보자. 그렇게 실지로 검증하면서 상황에 따라 수시로 신문해 간다면 반드시 어딘가에서 무슨 모순을 발견할 것이고 강력한 실마리도 얻을 수 있으리라.

"만약 이것이 미스터리소설이면 마지막 암흑 속에서 범인이 딱 드러나는 건데 말입니다."

찰스워드는 유쾌하게 떠들었다.

"미스터리소설과는 다르겠지"라고 대답하는 콕크릴. "현실은 범인을 잡기 위해서 현장 재현을 하는 게 아니니까. 미스터리 작가라는 작자들은 경찰들의 수사를 한번도 진지하게 다룬 적이 없으니까."

"독자들이 싫증을 내니까요. 만약 사실대로 쓴다면 말이죠. 아마도 미스터리 작가라는 사람들은 독자들만 즐겁게 해주면 그만이라는 식이니까 우리가 이것저것 온갖 것을 비틀어대다가 이것도 아니고 저것도 아니어서 머리가 깨질 정도로 고민한다고는 꿈에도 생각지 않는 모양이에요. 하긴 독자들도 대체로 오락을 목적으로 하니까, 뭐랄까…… 어쨌든 형법 논문이 아니니까 말입니다. 그건 그렇다 치고, 오늘밤 야외극을 재현하는 건 범인을 잡기보다는 의혹이 전혀 없는 사람을 가려내자는 그런 취지?"

"의혹을 가질 만한 사람은 아무도 없지."

콕크릴은 위로 향한 담뱃불을 물끄러미 바라보았다.

"듣고 있나? 수잔 베틸레이는 안에서 잠긴 문 밖 의자에 앉아 휘파람을 불고 있었네. 그리고 페피 커크는 그 소리를 들었고, 만약 그 소리를 듣지 못했다면 사정이 실로 수월해지겠지만 말이야. 우리의 추리를 위해서…… 아니, 자네의 추리를 위해서는 그렇지."

콕크릴은 황급히 말을 바꿨다.

"그리고 포트는, 앤더슨이 죽음의 부름을 받은 시각에는 움직일 수 없는 확실한 알리바이를 가지고 있었고요. 그러니 귀여운 이세벨을 조금 놀려줄 생각이었다는 그의 얘기는 어쩜 사실인지도 모르죠."

"브라이언 투와이스는 객석의 시선을 한몸에 받으면서 흰말을 타고 있었고, 이세벨에게는 손끝 하나 대지 않았어.”

"마더디어 역시 관객석에서 지켜보는 가운데 검은 말 위에서 움직이지 않았고, 브라이언과 마찬가지로 이세벨에게는 손대지 않았어요.”

"또 파페튜어 커크는 둘둘 말린 채 어느 방에 내동댕이쳐져 있었고, 그 방은 밖에서 잠겨 있었지. 얼 앤더슨은 낯선 풀밭에서 뒹굴고 있었어, 비록 목은 없었지만. 만약 포트의 얘기가 진짜라면 고리매듭이 있는 밧줄 두 개와 여벌 갑옷이 문제로 부각되겠지.”

그러자 예의 그 퍼즐 조각들이 다시 본래 자리로 되돌아오려고 그림판 위로 쏟아졌다. 차르륵 차르륵……. 콕크릴은 흥분으로 눈을 빛내며 찰스워드를 바라보았다.

"알았어! 중앙의 상(像), 그러니까 자네와 내 그림판에 서 있던 한가운데 인물은 브라이언 투와이스——제기럴, 말그대로 브라이언 투와이스였어! ——가 아니었어. 그것은 바로…….”

이때 두 사람을 발견한 찰스워드의 동료들이 한 잔 마신 얼큰한 기분으로 이들에게 다가왔다. 하지만 콕크릴 경감의 머릿속에는 이놈저놈 할 것 없이 하나같이 '조지'라는 이름밖에는 기억나지 않았다.

"경감님, 여긴 조지…… 그리고 경감님, 여긴 조지라는 녀석인데…… 아, 경감님, 미처 소개드리지 못했습니다만 여긴 조지라는 친굽니다. 여러분, 이분은 켄트 주의 콕크릴 경감님!”

찰스워드는 콕크릴을 끌어당겨 친구들과 마주보게 하면서 "왜 기억나지 않나? 그 육군병원 사건 말일세? 베콘즈 파크에서 있었던 그 사건으로 완전히 얼굴에 똥칠을 하신 그…….”

딸깍 딸깍 딸깍…… 퍼즐의 한 면이 연달아 맞아떨어지면서 마침내 모든 공간을 꽉 메워갔고, 가장자리에 이르기까지 빈틈없이 완성된 그림이 콕크릴의 머릿속에 떠올랐다. 그러나 찰스워드가 더없이 쾌활한 친구들을 돌려보내고 나서 콕크릴을 향해 무슨 말을 하려다 말았느냐며 정중하게 되물었을 때 '베론즈 파크 사건에서 똥칠을 한 콕크릴 경감'은 모두 잊어버렸다고 시침을 뗐다.

파장을 맞아 관객들은 이미 썰물처럼 빠지고 있는 중이었다. 꽃시계에 의지하지 않고 정각 10시가 되니 장내 스피커에서는 영국 국가 '신이여 국왕을 지키소서'가 성대하게 흘러나왔고, 출점한 가게에서는 선전 담당원들이 곡이 끝나자마자 이곳을 떠나겠다는 굳은 결의로 노곤한 몸을 일으켜 한순간 긴장했다. 천막의 커버를 내리고, 좁은 선반에서 셔터를 끌어내렸다. 상자와 서랍 속에 상품을 정리해 넣고 먼지가 앉지 않도록 커버를 펼쳐 덮어씌운 뒤 내일 개장에 대비해 구석구석 쓸고 닦았다. 조명이 하나 둘 꺼졌다. 종군 당시의 열대 지형용 옷이며 싸구려 목면 여름옷을 걸치고 아픈 다리를 질질 끌고 있는 남녀는, 얼마 안 남은 마지막 안간힘을 쓰면서 숨이 턱턱 막히는 통로를 지나 혼잡한 버스를 타고 집으로들 돌아갔다.

그리하여 집에 도착하면 찜통 같은 더위를 조금이라도 식혀볼 요량으로 농축 가루 주스를 푼 물과 시든 샐러드를 앞에 놓고 '프리 프리 살충제'니 '강력분 설탕'이니 '캔따기 겸용 드라이버' 같은 상품들을 한보따리 풀어놓고 중얼중얼 상품 품평회에 들어갈 것이다. 아마 그들의 귓속에서는 오래도록 선전 문구가 윙윙 떠돌 것이다. '주문은 이리로······' '2파운드 구매하신 고객들에게는 10센트 깎아드립니다······' '자, 이것 좀 보십시오, 어떻습니까? 놀랍지요? 벌써 30분이나 쓰고 있는데도 아직도 이토록 잘 듭니다······'

어두운 전시장 내부에 빛나는 섬처럼 순식간에 무대가 떠올랐다. 찰스워드와 그의 부하들, 콕크릴, 5명의 용의자, 그리고 입회인 자격으로 8명의 기사들이 모였다. 마부 빌 클리버는 마구간에서 말들을 돌보고 있었고, 수위와 관리인 두어 명이 무대 근처를 서성댔다. 전시장에 남은 사람은 이들이 전부였다.
　찰스워드는 일동을 앞에 두고 연설을 시작했다.
"여러분, 무슨 대단한 일이라도 시작되는 것처럼 느껴져서 걱정하실지 모르겠지만 조금도 걱정하지 마십시오. 그저 야외극의 진행 과정을 그대로 다시 재현하면서 혹시 우리들이 뭔가 빠뜨린 것은 없는지 다시 한번 살펴보고자 할 따름입니다. 그렇다고 특별한 인물을 대상으로 하는 것도 아니며, 물론 이 자리서 범인을 체포하겠다는 그런 의도도 없습니다. 단지 양해 말씀 드리고 싶은 것은 가능한 한 신문 기자에게 이런 이야기는 하지 마셨으면 하고 부탁드리고 싶습니다. 신문이 과장해서 기사를 쓰면 여론이 들끓어서 우리는 사건을 빨리 종결지을 수밖에 없어지는데, 그러면 참 곤란하지 않겠습니까?"
　훤칠한 키에 젊고 생기 있는 얼굴로 미소를 지으며 당부하듯 부탁하고 있는 찰스워드는 꽤 호감을 주었으므로, 수위며 관리인들은 부성애 비슷한 감정에 이끌려 결코 이 일을 입 밖에 내지 않겠다고 속으로 굳게 맹세하였다. 늙으신 부모님은 물론이고 잠자리에서 마누라에게도 결코! 그러나 8명의 기사들은 그 정도로 순수하지는 않았다. 잘난 척 으스대는 듯한 옥스퍼드 식 말투부터 귀에 거슬리던 차에 이것 참 재미있는 얘깃거리가 생겼다며 쑥덕쑥덕 귓속말을 주고받더니, 해산과 동시에 전화통으로 달려가서 공동 통신에다 알려서 2, 3기니 정도의 돈벌이를 하겠다고 저마다 속으로 벼르고 있었다. 이들에게는 아내가 없었다. 행여 모친은 살아 있다 한들 '무대에 선다'고 하는 쓰라린 영광 아래 이미 오래 전에 잊혀진 존재가 되었고, 또 오랫동안 만복감이 무엇인지 잊어버린 채 살고 있었다.
　해가 저물고 벌써 몇 시간이 흘렀는데도 후덥지근한 가마솥 열기는 식을 줄 몰랐다. 마치 당장이라도 태풍이 몰려들 것 같은 그런 공기였다. 환히 불 밝힌 넓은 전시장 중앙 무대에서도 같은 분위기였다. 8명의 기사들은 초조하게 대기하였고, 말은 따각따각 말굽을 울리고 무대를 서성댔고, 망토와 깃발은 뜨거운 뙤약볕에 한풀이 꺾인 화단의 고개 숙인 갖가지 꽃처럼 축 늘어져 있었다. 전시장 바깥 공기는 열기와 먼지 때문에 납빛으로 흐려져 있었다. 그리고 이 건물도 먼지가 뽀얀 뜨거운 공기로 가득 채워져 있었다. 안도 바깥도 폭풍이 습격하려고 호시탐탐 기회를 엿보는 듯했다.

이윽고 번쩍 번개가 쳤다. 천둥 소리가 콰르릉 울려 퍼졌다. 대포 소리와도 닮은 굉장한 천둥 소리가 축 늘어진 이들의 기분을 단숨에 쓸어가 버렸다. 찰스워드는 그 소리를 기회삼아 위풍당당하게 설명을 마무리했다. "자, 그럼 시작합시다!"

기사들은 귀찮아서 군소리를 했다. 여기 오느라 미키 발콘과의 중요한 약속을 포기했다고 떠들어대는 사람들이 한둘이 아니었다.

찰스워드는 조지 엑스마우스의 손목을 잡았다. "자넨 스스로 적기사였다고 주장했지? 좋아, 이번에는 자네가 적기사역을 맡도록 해보지. 어떻게 했는지 한번 보여주게나."

소년은 찰스워드의 손을 뿌리쳤다. "그런 이야기는 취소하겠습니다. 난 그저 얘기를 꾸며냈을 뿐이에요. 뭐랄까…… 당신 말처럼 난 그저 그럴싸하게 보이고 싶었을 뿐이라고요. 난 아치 반대편에 있었던 청기사에 지나지 않습니다. 말잔등에서 한 발짝도 움직이지 않았고요."

"지금은 그런 소릴 하지만……."

소년은 궁지에 몰린 표정이 되었다. "글쎄 난 두 사람의 눈을 보고 있었다고 했잖아요! 절대 거짓말이 아닙니다. 반대편에 있었기 때문에…… 내가 청기사였기 때문에 가능한 일이지요. 난 이세벨이 떨어지기 직전에 보았습니다. 백기사의 눈은 푸른색이었습니다. 말이 제

자리에 우뚝 서버렸을 때, 그가 눈을 둥그렇게 뜨고 내 쪽을 보았습니다. 그리고 아치 너머 적기사의 눈은 갈색이었고."

"이제 와서 그런 소릴 해도 소용없어." 찰스워드는 붉은 망토를 집어들어 소년에게 던졌다. "자, 그걸 두르고 이번에는 자네가 적기사가 되는 거야. 청기사는 내가 맡지."

맡은 역할에 따라 기사들은 저마다 미리 불러들인 말에 올라탔다. 이세벨 역을 맡아 희끗희끗한 머리에 푸른 시폰 베일을 늘어뜨린 뾰족 모자를 쓴 비드 형사부장은, 어지러운 통로를 헤치고 민첩하게 탑 속으로 모습을 감췄다. 야외극의 진행 순서대로 흰말을 탄 브라이언 브라이언이 아치를 헤치고 등장하면서 당당히 다른 기사들을 인솔했다. 마지막으로 탑을 중심으로 정해진 위치에 저마다 자리를 잡았다. 비드 형사가 이세벨이 떨어지는 셈치고 베개를 아래로 던졌다. 흰말이 우뚝 멈춰 서더니 대기실로 뛰어들었다. 기사들은 한동안 미동조차 하지 않았다.

찰스워드가 적기사에게 소리쳤다.

"말에서 내려와 시체로 가야지."

마더디어는 완강하게 말 등에 붙어 있었다.

"난 절대 시체 근처에도 안 갔어요!"

"알았어. 이번만 그냥 한번 가보렴."

소년은 마지못해 미적미적 그 베개 가까이 가서 무릎을 꿇었다. 붉은 망토가 벌어지면서 텐트처럼 펼쳐졌다.

"좋아, 그만 일어서서 아치를 지나 건너편으로 가."

베틸레이와 브라이언 브라이언이 아치를 지나 무대로 나왔다. 그 뒤로 조지가 슬그머니 따라왔다. 투구를 벗은 그의 얼굴은 하얗게 질려 있었다.

찰스워드는 물었다. "왜 그래?"

"좀 전에도 말했죠? 저, 저는 그냥 이야기를 지어냈어요. 멋있게 보이려고 그랬단 말이에요. 난, 나는……." 조지는 절규하듯 소리치면서도 필사적으로 말을 이었다. "아무도 내 존재를 인정해 주지 않았거든요. 심지어는 의심조차도 하지 않았어요. 아직 어린애에 불과하니까 사람을 죽인다는 건 감히 꿈도 못 꿀 거라고 모두 속으로 그렇게 단정하고 있었을 거예요. 그러니 당연히 사랑 따위도 할 수 없고, 사랑에 눈이 멀어 사람을 죽인다는 게 어디 가당키나 하냐고……! 게다가 나는, 나는 어제 바보 같은 짓까지 저질렀어요. 사람들 앞에서 베틸레이 양을 몰아세우면서 남자가 변장한 거라는 희한한 헛소리까지 했어요. 나 역시도 그건 어리석은 짓이라고 생각하지만…… 그래도……. 하여간 그런 일이 있었기에 나는…… 파페튜어에게……." 입 속에서 우물우물하면서 소년은 시무룩하게 발 끝을 내려다보았다. "하지만 난 절대로 범인이 아닙니다! 자칫 진짜로 의심을 받을지도 모른다고 생각하니 너무 무서워서…… 나, 나는 완전히 마음이 바뀌었다고요."

늘 그렇듯이 멍한 표정에 애처로운 눈빛으로 물끄러미 바라보고 있는 파페튜어에게 조지는 몸을 돌렸다.

"저는 당신을 사랑하고 있다고 생각했어요. 그런데 지금은 그게 진실이 아니라는 생각이 듭니다. 역시 아니었어요. 막연히 그런 생각이 듭니다. 게다가 나는 내 입으로 내뱉은 거짓말도 초지일관 고집할 용기조차 없습니다. 겁쟁이에다 비겁하고, 아무짝에도 쓸모없는 못난이인가 봅니다."

파페튜어는 가냘픈 손을 내밀어 그의 등을 살짝 보듬어 주었다.

"겁쟁이라는 사실을 스스로 인정할 수 있는 사람은 정말 용기 있는 사람이라고 난 늘 믿었어요." 그리고 찬성을 구하듯 엷은 미소를 짓고 모두의 얼굴을 둘러보았다. 브라이언이 "나도 그렇게 생각합니다" 하고 대답했다.

콕크릴 경감은 "꽤 눈물겨운 미담이군!" 하면서 속으로 중얼거렸다.

"꽤 현명하군. 이제 와서 그런 식으로 앞에서 한 말을 싹 뒤집다니!" 찰스워드는 싸늘한 반응을 보였다.

조지는 당황해서 모두의 얼굴을 하나하나 바라보았다. 방금 이 자리서 파페튜어에게 인정받은 용기도, 어제의 실언에서 뿌리내린 비현실적인 공포 앞에서는 단숨에 조각조각 흩어져버리는 것이었다.

"그렇게 생각하시다니 정말 유감입니다. 하지만 제가 적기사라면 청기사는 또 누굽니까?"

천둥 소리가 보드지로 만들어진 탑을 뒤흔들면서 벽까지 울렸다. 그리고 먼지투성이 무대 바닥도 덜덜거렸다. 그러자 찰스워드는 저벅저벅 앞으로 걸어가 나무 받침대 위에 앞다리를 올린 채 명령을 기다리고 있는 검은 말에게 물었다.

"그렇다면 당신은 누구십니까?"

대답이 없었다. 텅 빈 투구의 동굴처럼 깊고 검은 눈은 등골이 써늘해지도록 멍한 시선을 허공에 고정시키고 있었다. 청기사는 존재하지 않았던 것이다.

조지는 벌떡 몸을 일으켜 뒤도 돌아보지 않고 달아났다.

콕크릴 경감이 대기실 입구에서 그를 잡았다.

"내 이리로 올 줄 알았다. 자, 함께 돌아가자꾸나."

이미 저항할 기력을 잃어버린 소년을 몰면서 그는 무대로 돌아왔다. "너는 벌써 어른이야. 네 입으로도 그렇게 말하지 않니? 어른이 되었으니 늘 어른답게 행동해야지!" 대기실을 가로지르면서 콕크릴은 조지를 타일렀다. "찰스워드 경감은 단순히 어떤 실험을 하고 있을 뿐이야. 이것도 그 가운데 하나지. 그날 밤 넌 무대에서 아무데도 가지 않았어. 내가 객석에서 무대로 기어올랐을 때까지 넌 그 자리에 가만히 있더구나. 또 설령 네가 밖으로 나가서 아무도 모르게 살짝 돌아왔다손 치더라도——사실 기사 하나가 멋대로 돌아다녔다 해도 눈치챌 사람이 어디 있겠니?——무대에 남은 그 텅 빈 갑옷은 어떻게 하겠느냐? 내가 무대에 올라갔을 때는 그런 건 있지도 않았고, 그 뒤에 바로 보초가 세워졌으니까 나중에 꺼낸다는 것도 실은 불가능하지. 자, 힘을 내고 사나이답게 행동하는 거야. 덜덜 떨 필요는 하나도 없으니까.”

소년의 팔을 놓아주면서 앞장서서 아치를 나온 콕크릴은 찰스워드에게 격의 없이 물었다.

"이번 건 아니지, 안 그래?"

"갑옷을 처리할 수가 없을 겁니다." 찰스워드도 곧 동의하면서 조지의 어깨를 탁 쳤다. "미안해. 놀랐는가?"

"아니, 괜찮습니다. 하지만 무서웠습니다, 굉장히." 조지는 솔직하게 털어놓았다. "머릿속이 엉망이 되어서 어린애 같은 짓을 했습니다."

아, 하지만 부디 더 이상은 나를 놀라게 하지마. 제발 부탁이야! 소년은 간절히 빌었다.

전시장 유리 천장에 번쩍 번개가 달음박질쳤다. 머리 바로 위에서는 천둥 소리가 쏟아졌다.

찰스워드는 말했다. "이리하여 우리의 조지 소년은 범인이 아니라는 사실이 증명되었군요." 그러면서 다른 사람들——포트, 브라이언 브라이언, 수잔 베틸레이를 차례차례 돌아보면서 "그럼, 저 세 사람 중 누가 범인일까요?"라고 물었다.

찰스워드는 자기 말대로 이 자리에서 꼭 범인을 체포하겠다는 생각은 없는지도 몰랐다. 그러나 둥근 빛 밖에는 경관들이 요소요소 물샐 틈없는 경계를 펼치고 있었다. 그들은 방금 찰스의 말에서 어떤 신호라도 받은 듯이 경계망을 조금 좁혔다. 아무도 눈치챌 수 없는 세심한 주의를 기울여서 쥐를 서서히 궁지로 몰아넣으려는 기분 나쁜 교활함을 드러내면서.

찰스워드는 말했다.

"당신들 가운데 한 명이야."

포트는 동요하는 기색 없이 그의 눈을 똑바로 되쏘았다.

"도대체 언제까지 계속할 생각입니까? 몇 번이나 같은 짓을 되풀이하고 있군요. 나는 아닙니다. 왜냐하면 앤더슨을 죽일 수 없었으니까요. 브라이언도 아닙니다, 왜냐하면 이세벨을 죽일 수 없었으니까요. 그리고 베틸레이 양도 아닙니다. 왜냐하면…… 왜냐하면……."

"왜냐하면 아직 파페튜어를 죽이지 않았으니까!"

찰스워드는 아무렇지도 않게 받아넘겼다. 경계는 더욱 좁혀졌다.

콕크릴은 다정하게 파페튜어의 팔을 잡고 든든하게 받쳐주었다. 조지가 두 사람 곁으로 다가와 매달리듯 몸을 기댔다. 이제는 포트와 브라이언, 그리고 베틸레이만 남겨진 꼴이 되었다. 갈색 눈, 푸른 눈, 그리고 갈색 눈이 단 한번의 깜박임도 없이 찰스워드를 뚫어져라 바라보고 있었다. 그는 말했다.

"세 사람이 한꺼번에. 모든 것을 단 하나의 목표에 걸고!"

"조니를 위해 모든 것을 걸고." 브라이언이 무겁게 말했다.

번개가 한 차례 더 내달렸다. 천둥 소리가 그 뒤를 이어서 기사들은 숨을 죽였지만 희뿌연 조명 가장자리에서는 경관들이 엄숙하게 제 위치를 지켰다. 찰스워드는 브라이언의 말을 되풀이했다. "조니를 위해 모든 것을 걸고!" 그리고 낮은 소리로 이야기를 시작했다.

"조니 와이즈에게는 양친과 두 형제와 여동생이 하나 있었다. 그는 쌍둥이였는데 다른 한쪽이 여자인지 남자인지는 확실치 않아. 그러나 하여간 그는 가족을 떠나 영국으로 건너왔고, 영국에서 그는 죽었어. 그의 가족들은 일본 점령군 때문에 복수를 하려고 본국으로 귀국할 수가 없었지. 그러나 그들은 끈기있게 기다렸고, 마침내 자유의 몸이 되자 곧바로 계획을 세웠지. 조니의 아버지, 조니의 형, 그리고 조니의 여동생이 머리를 맞대고. 조니의 어머니는 당시의 끔찍한 경험과, '태양의 사자' 같던 아들의 어이없는 죽음으로 정신에 이상이 생겼는데 이 또한 복수의 한 이유가 되었지. 어머니의 병 때문에 실행이 늦춰졌겠지. 그러나 이윽고 그 과거의 기억을 모조리 잃어버린, 혼이 달아나버린 듯한 어머니와 함께 가족은 본국으로 돌아왔다. 그리고 마침내 그 날이 찾아왔고,

죽일 상대는 세 사람. 죽일 사람도 세 사람. 조니를 죽음으로 몰아넣은 한 남자와 두 여자. 처형을 집행할 사람은 한 여자와 두 남자. 이 세 사람은 다음과 같이 자신의 일을 분담했다. 조니의 형이 남자를 죽이고, 조니의 아버지가 한 여자를 죽이고, 한 여자는 조니의 여동생이 맡는다고. 그러나 단숨에 죽일 수는 없었다. 우선 실컷 고통을 맛보게 한 뒤여야 했으니까. 그래서 죽음의 예고를 시작했다. 젊고 강하고 대담한 자가 우선 본보기를 보이지 않으면 안 되었다. 그래서 조니의 형이 앤더슨을 죽였고, 커다란 부엌칼로 목을 잘라냈다."

찰스워드는 잠시 말을 끊었다.

파페튜어와 조지를 데리고 조금 떨어진 구석에 서 있던 콕크릴이 그의 말을 나직이 따라했다. "목을 잘라냈다!"

찰스워드는 이 소리를 듣고 이야기를 계속했다.

"포트 씨는 이세벨 돌을 죽였을지도 모르지만, 얼 앤더슨은 전혀 가능성이 없었어. 분명 그랬을 것이야. 어쨌거나 얼 앤더슨은 사라졌어. 그 다음날 밤 적기사로 분한 조니의 아버지가 이세벨을 해치웠지. 브라이언 씨가 제세벨이라 부르는……."
"언제나 꼭 그렇게 부른 건 아니야." 콕크릴 경감이 끼어들었다.
"…… 그리하여 그녀 역시도 죄값을 치렀어. 흰말이 멋대로 달려갔고, 세 사람은 순간 당황했네. 계획에 차질이 생기지나 않을까 하고. 그러나 그럴 염려는 없었어. 대기실에는 방해가 될 인간은 없었으니까. 조니의 형과 여동생은 대기실 문에서 만나, 문이 안에서 잠겨 있었다고 입을 맞추기로 했네. 그녀는 도저히 이세벨을 죽일 수 없다는 사실을 증명하기 위하여. 그리고 조니의 아버지는 두 사람이 무대로 돌아오는 도중에 대기실에서 마주쳤어. 아마 얼굴을 마주보았을 때 해치웠다는 어떤 신호를 보냈겠지."
콕크릴 경감은 이러다 쓸데없는 소리가 길어지면 큰일이다 싶어 참견을 했다. "알겠네, 알겠어. 그래서 그 다음은?"
"다음은 마지막 한 사람, 가장 중한 죄를 지은 사람의 차례였어. 조니가 사랑한 처녀, 조니를 배신하고 죽음으로 내몬 처녀. 그러나 우선은 고통을 주고 겁을 주어서 고양이의 놀림감이 된 쥐처럼 실컷 원한을 풀지 않으면 안 되었지. 그 한편으로는 그녀가 얼마나 불성실한 여자인가를 증명하기 위해서 조니의 형은 푸르른 눈동자로 그녀를 현혹시켜 그녀의 마음에서 조니를 향한 눈곱만한 추모의 정마저 완전히 걷어낼 생각이었어.

그녀를 죽이기 위해서 조금도 서두를 필요는 없었지. 조니의 여동생은 느긋하게 시간을 가늠하고 있었다. 이미 세 사람 모두 정신이 조금씩 이상해져 있었어. 조니도 그렇고. 단지 애인이 다른 남자 품에 안겨 있는 것을 본 것만으로, 변명도 사과할 틈도 주지 않고 뛰쳐나가서 자살을 한다는 것 자체가 이미 정신의 평형이 결여된 증거가 아니겠는가? 조니의 어머니도 아들이 죽자 곧 광기의 심연으로 빨려 들어갔지. 즉, 이들에게 광기는 세상 사람들이 흔히 말하는 '집안 내력'이었던 것이야. 정상과 이상의 경계를 아슬아슬하게 곡예하는 가벼운 광란 상태!

조니의 여동생은 복수를 하려고 시간을 듬뿍 할애했네. 파페튜어의 차례가 될 때까지 모든 것을 계획대로 진행시킬 필요가 있었지. 세 사람 모두가 사라질 때까지 절대로 자기들의 계획을 방해받지 않아야 했기 때문일세. 이미 두 사람은 해치웠으니 그녀에게는 느긋하게 시간과 정성을 들이고 싶었던 거겠지. 또는, 단순한 이유지만 기회가 적당치 않았을지도 모르고. 지금까지 파페튜어에게 목숨이 붙어 있는 것도 알고 보면 이런 이유 때문인지도 모르지."
침묵이 이어졌다.

유리 천장에 생쥐들이 모여 운동회라도 하는 듯 소리를 내면서 빗방울이 쏟아졌다. 빗소리 외에는 헛기침 소리 하나 들리지 않았다. 중앙의 7사람을 둘러싸고 있는 8명의 기사들과 그들을 또 둘러싸고 있는 경관들. 누군가 꿀꺽 마른침을 삼켰다. 찰스워드는 포트, 브라이언 브라이언, 수잔 베틸레이와 마주 보았고, 콕크릴은 파페튜어의 팔을 부축하면서 얌전히 지켜만 보았다.

갑자기 파페튜어가 소리를 질렀다.

"브라이언! 제발 아니라고 말 좀 해봐요!"

파페튜어는 콕크릴의 손을 뿌리치고 브라이언 앞으로 달려와 그 손을 감싸쥐었다.

브라이언은 몸을 구부려 파페튜어의 입술에 가볍게 입을 맞췄다.

"이젠 작별해야겠군, 페피."

그리고는 콕크릴 경감을 돌아보았다.

"당신은 다 알고 있죠, 안 그렇습니까?"
"물론."
 콕크릴은 이렇게 대답하면서 뚜벅뚜벅 앞으로 걸어나와 파페튜어의 가녀린 손목을 힘주어 잡았다.

14

그리하여 다시 한번 야외극이 펼쳐졌다. 진짜 마지막 공연이. 기사들의 갑옷에, 펄럭이는 망토자락에, 깃발에, 또다시 마지막 라이트가 환하게 내려꽂혔다.

"처음부터 해주게." 콕크릴이 말했다. "갑옷을 벗고 맨 처음부터."

그리고 찰스워드를 돌아보면서 "괜찮겠나?"라고 일단 물어보는 시늉은 했다.

"당신이 하는 일이라면 분명 무슨 의미가 있겠지요."

심드렁한 얼굴로 찰스워드가 대답했다.

"굉장한 추리였네. 일족이 총동원된 살인이라니!" 콕크릴이 말했다. "그러나 아주 황당무계한 추리는 아닐 겁니다. 물론 확증은 하나도 없지만. 증거라곤 처음부터 하나도 없었어요! 장부는 모두 불타버렸으니까요. 극동 지역의 서류 말입니다. 지금 일하고 있는 사람들은 하나같이 새 얼굴들뿐이어서 사건에 관해 좀 물어보려고 급하게 전보를 치면 '해당자 없음!'이라는 답장만 돌아오더군요. 그러니

……."
"아니, 대단한 추리였네."
 콕키는 부드럽게 말했다. 그는 파페튜어의 손목을 잡아끌었고, 그녀도 거역하지 않고 고분고분 끌려갔다. 사람들이 저마다 불평을 털어놓으며 항의를 하는 와중에도 그녀는 물처럼 고요하고 냉정했다. 콕키는 사람들의 항의 따위는 완전히 무시했다.
"한 번만 더 그날처럼 해봅시다. 기사들은 대기실에서 말을 타고 있고, 파페튜어가 그곳에서 모두를 불러모은 뒤 여벌 갑옷을 들고 밖으로 나간다. 설령 누군가 그 모습을 보았다 한들 아무도 의심하지 않았을 거야. 의상을 입도록 돕는 것이 파페튜어의 일이었으니까.
 그녀를 빈방으로 몰아넣은 사람은 아무도 없었어. 스스로 들어가 그곳에서 갑옷을 입었지. 의상을 다 입고 난 뒤 어수선한 대기실로 되돌아와 자연스럽게 기사들 틈에 끼어들었지. 모두 아치에서 빠져나가자 그녀 혼자 대기실에 남았다. 벽에 붙어 서서 마치 빈 갑옷처럼 보이게 하면서……."
"그렇지만 이 사람은 제 휘파람 소리를 들었어요."
 베틸레이가 작은 소리로 항의했다.
"물론 들었고말고. 그 구절까지 알고 있어. 하지만 대기실에서 들었던 것뿐이지."
 이것을 마지막으로 기사들은 아치를 빠져나가 무대로 나갔다. 찰스워드가 그 뒤를 따라갔다. 비드 형사부장 뒤에서 그는 야외극의 전개를 지켜보았다. 투구를 쓴 인물이 높은 탑에서 잠깐 모습을 드러냈다. 베개가 내던져졌고, 그 베개는 흰말의 뒷다리 쪽에 아슬아슬하게 떨어졌다. 말은 곧 바지랑대처럼 우뚝 멈춰 섰다가 아치를 지나 대기실로 뛰어들었다. 찰스워드가 부지런히 그 뒤를 따라갔다.

방 한가운데는 콕크릴에게 고삐를 빼앗긴 말과 기수가 있었다. 그리고 중간쯤 되는 벽에 투구를 쓴 인물이 기대 있었다.

콕크릴은 말했다.

"백기사는 이리로 뛰어들었다. 말에서 떨어져서 눈앞이 어질어질해서 벽에 기대 있는 투구를 보았다 해도 별로 이상하게는 생각지 않았을 것이야. 파페튜어는 미리 문에 자물쇠를 걸어두었다. 백기사는 베틸레이 양이 문을 두들기는 소리를 듣고 비틀비틀 문으로 걸어가서 그녀를 들어오게 했고."

백기사 대신 콕크릴이 직접 가서 문을 열었다. 아치 입구에는 호기심에 찬 기사들의 얼굴이 나란히 늘어서 있었다. 콕크릴은 특별히 쫓아낼 생각도 하지 않았다. 사실 설명도 이미 끝났으니까.

"적기사로 변신한 포트 씨가 들어와 서로 엇갈렸고, 그는 밖으로 나간다. 그리고 베틸레이 양과 브라이언 씨는 아치를 지나 무대로 나간다. 꽤 오랜 시간 동안 대기실은 비어 있었다. 그 사이 베틸레이는 의상을 벗었고, 그 작은 방으로 들어가 안에서 문을 잠그고 도어 밑으로 열쇠를 바깥 복도로 밀어던졌다."

그리고 손목이 잡힌 파페튜어에게 천천히 고개를 돌렸다.

콕크릴만큼은 절대 연극적인 행동을 하지 않는다. 그는 단지 조용히 조리에 맞게, 질서정연하게, 그러면서도 한편으로는 날카로운 어투로 설명하는 것이다.

"파페튜어, 그 누구보다 복수의 일념에 불타올랐던 것은 바로 너겠지? 조니 와이즈에게는 그를 위해 비탄에 잠겨줄 양친과 형제자매라도 있었겠지만, 네게는 그 남자가 연인인 동시에 미래이기도 했을 테니, 너의 생활은 조니가 있어야만 비로소 성립할 수 있었겠지? 나는 그 무렵의 너를 뚜렷이 기억하고 있단다, 페피." 그리고 흰말에 올라탄 브라이언을 손가락으로 가리키면서 "얼마 전 브라이언 씨에게도 애기했지만 넌 쾌활하고 밝은 아가씨였어. 늘 기쁜 듯이 하나에만 몰두하는 사랑에 빠진 순진한 처녀였지. 그런데 그 모든 것을 한순간에 빼앗겨버렸어. 그 두 사람은 널 취하게 만들어 네가 도대체 무슨 짓을 하고 있는지도 모르게 만들었다. 그리고 너의 생활은 그 이후 두 번 다시 빛이 닿지 않게 되어버렸고, 그 어둠 속에서 너는 몇 년을 헤매고 다녀야만 했지. 비탄과 후회와 자책 속에서, 네 생명의 등불을 꺼버린 두 하수인의 손에서도 벗어날 수 없었을 정도로 기력도 정신도 모두 사라져버렸던 거야.

그런데 어느 날 너는, 두 사람이 또 다시 너를 제물로 삼을 모의를 하고 있는 것을 알았다. 얼 앤더슨이 아내가 있는 몸이면서도 너와 결혼할 수속을 하겠다는 음흉한 흑심을 품고 있다는 것을. 그리고 이세벨 돌은 사실을 덮어두어 그 모의에 동참하는 대신, 앤더슨을 협박하여 죽을 때까지 너희에게서 단물을 우려낼 작정이라는 것을. 마침내 너도 정신이 번쩍 들었겠지. 파페튜어야, 그렇지 않니?

너를 기다리고 있는 것은 완전한 정신착란이라고 생각했겠지! 가엾은 이 오필리아 처녀에 비하면 조니 가족의 광기 따위 아무 것도 아니었을 거야. 오필리아처럼 슬픔과 회환의 기억에 미쳐 복수의 일념으로 가슴에 불기둥을 피우고 있었을 테니."

그는 갑자기 쓱 몸을 돌려 찰스워드에게 신호했다. 그러자 찰스워드는 저벅저벅 그녀 앞으로 걸어와 멈춰 섰다.

"파페튜어 커크, 이세벨 돌 및 얼 앤더슨 살해죄로 체포합니다. 그리고 지금부터 하는 당신의 발언은······."

너무도 밝은 목소리가 찰스워드의 선언을 가로막았다.

"잠깐만!"

대기실 입구에는 브라이언 브라이언이 서 있었다. 손에는 권총을 들고.

15

 권총을 본 순간, 찰스워드의 눈에 떠오른 승리의 기쁨도 순식간에 꼬리를 감췄다. 그는 한순간 콕크릴 경감에게 눈길을 던지더니 경련이 일 것 같은 노인의 표정을 훔쳐보면서 혼자가 아니라는 안도감을 느꼈다. 콕키는 파페튜어에게 몸을 가까이 가져갔다.
 "미안하다, 페피."
 마치 파페튜어의 손등에 살짝 입맞춤하는 듯한 목소리였다. 그러나 페피는 뒤돌아보지 않았다. 브라이언의 얼굴만 뚫어져라 마냥 쳐다보고 있었다.
 브라이언은 두세 걸음 앞으로 나왔다. 그의 움직임과 함께 파페튜어를 겨누고 있던 총구도 아래위로 커다랗게 흔들렸다.
 "알겠나? 그녀에게 입을 맞추면서 '작별해야겠다'고 한 건 진심이었어." 지금까지와는 영 딴판인 브라이언의 말투였다.
 찰스워드는 조금 전까지 파페튜어에게 밝히고 있던 체포 고지를 황급히 방향을 틀어 그를 향해 읊기 시작했다. 브라이언은 자못 통쾌한 듯 너털웃음을 터뜨렸다.

"우하하하! 맘대로 해. 얼른 체포하라고."

브라이언의 푸른 눈은 조소로 빛나고 있었으나 권총의 검은 눈은 찰스워드의 움직임을 쫓아 빈틈없이 움직이고 있었다. 뒤에는 커다란 출입문이 활짝 열려 있다. 이윽고 미끄러지듯 방으로 들어간 그는 벽에 등을 대고 쓰윽 웃었다. 등 뒤에서 이 브라이언 투 타임즈를 노리는 건 나를 너무 과소평가하는 것이라고 경고하듯이.

모두 멍하니 그의 움직임만 응시했다. 그러다 가끔 어찌할 생각이냐고 묻듯이 힐끔힐끔 찰스워드의 얼굴도 훔쳐보면서. 주위의 눈길을 의식한 찰스워드는 어둠 속에서 대기중인 부하들을 곁눈질했다. 하지만 어쩌랴! 부하들은 무기를 갖고 있지 않았다. 브라이언은 여차하면 권총을 사용해서라도 탈출할 생각을 하고 있는 게 틀림없어 보이는데. 할 수 없다. 이럴 때는 그저 시간을 끄는 수밖에 달리 도리가 없다.

브라이언은 갑자기 베틸레이를 향해 돌아섰다. 검은 총구가 한치도 어김없이 그녀를 향하고 있었다. 언제 갑자기 위기가 닥쳐오더라도 완벽하게 대비하고 있는 빈틈없는 눈. 그는 베틸레이에게 물었다.

"당신은 알고 있었어, 그렇지?"

"당신이 조니의 형제라는 사실은 알았어요. 쌍둥이인지는 모르겠지만."

"조니의 쌍둥이는 미쳐버렸지." 브라이언은 말했다. 그 눈동자에는 언젠가 찰스워드의 사무실에서 자기야말로 적기사라고 주장하던 그때와 같은 섬뜩한 번뜩임이 어려 있음을 콕크릴은 한눈에 알아보았다——제제벨은 죄를 지었으니 죽어 마땅하다고 말하던 그때의. 고통과 격렬한 정열로 그는 언제나 사용하던 제세벨이라는 발음을 그만 깜박 잊어버렸던 것이다.

"그 애는 어릴 때부터 신경이 예민한 체질이었다. 몸이 약해서 조니처럼 여기저기 돌아다닐 수 있는 처지가 아니었지. 조니가 개를 두고 영국으로 가버리자 얼마나 낙담하던지 차마 눈뜨고 볼 수가 없더군. 그러나 그 애는 조니를 자랑스러워했어. 전쟁터로 향한 빛나는 영웅이라고 생각했어. 그러니 조니가 만약 '손에 검을' 들고 죽었다면 그 애도 그렇게 되진 않았을 거야. 그런데 조니는 너무도 어처구니없는 그런 죽음으로 생을 끝냈어.

덕분에 조니의 쌍둥이는 완전히 미쳐버렸지. 제정신을 가진 남자라면 도저히 살아남을 수 없는 일본군 점령 시대를 미쳤기 때문에 살아남았고, 영혼이 빠져나간 빈 껍데기로 주절주절 끝없이 헛소리를 하면서 벌레처럼 이리저리 기어다녔지. 지금도 여전히 정신병원에서 우리에 갇힌 원숭이마냥 손바닥만한 방바닥을 기면서 디룩디룩 지방 덩어리로 된 육체를 괴롭히고 있어!

얼 앤더슨과 이세벨 돌은 단지 조니에게 저지른 범죄의 대가만 치른 게 아니야. 그 동생에 대해서도 값을 해야 하지. 그리고 파페튜어 커크 역시 자기의 죄를 갚아야 마땅했어. 그러나……"
"그러나 알고 보니 그녀에게는 죄가 없었다. 죄는커녕 그녀 역시 피해자였고, 조니처럼 깊은 상처를 안고 있었어. 가엾다고 동정할 망정 원망할 일은 아니라고, 내가 자네에게 설명했던가?"
콕키가 말했다.
총구가 이번에는 콕키를 노려보았다.
"당신은 참 현명한 사람이오!" 브라이언이 한숨섞인 탄성을 질렀다. "당신은 그렇게까지 설명했으니 내가 살인자든 아니든 안심하고 파페튜어를 맡길 수 있다고 생각한 거야. 더욱이 난 살인자도 아니야. 언젠가 당신에게도 얘기했지만, 난 절대 살인자가 아니야! 그들은 내 소중한 동생을 죽였어. 법률로는 살인죄가 될지 모르지만 하여간 그들은 살인자였어. 본국에서는 어떤지 모르겠지만, 우리들은 필요하면 우리 손으로 처형을 했어. 과거 수년간의 암흑 시대를 통해 그래야 한다는 걸 우리는 깨달았으니까."

브라이언은 파페튜어를 보면서 말을 이었다.

"그런데 때가 늦었어. 그때는 이미 잘린 목을 발송해버린 뒤니까. 어떻게 해서든 그것이 당신 손에 들어가지 않도록 난 사방팔방 온갖 손을 다 썼지. 그러니 파페튜어, 내 진심만이라도 알아주면 고맙겠군. 난 아침 일찍 달려가 보았지만 소포는 아직 도착하지 않았고, 대신 매트 위에 다음 협박장이 놓여 있었어. 하지만 청소하는 여자가 왔다갔다하고 있어서 어떻게 할 수가 없었지. 게다가 협박이 단번에 딱 멎는 것도 이상할 테고. 파페튜어에게 죄가 없음을 알게 된 순간부터 더 이상 그녀가 협박을 받지 않는다면 내가 의심을 사게 될 것은 뻔하니까. 그렇지만 그녀가 두려움에 떨지 않도록 나는 최선을 다했어. 내가 친 전보는 내가 직접 전화로 받아서 파페튜어의 귀에는 안 들어가도록 했어. 물론 경찰에게는 흘렸지만."

찰깍 찰깍 찰깍. 퍼즐 몇 조각이 혼자서 그림판으로 뛰어내리더니 딱 맞는 곳에 자리를 잡았다. 브라이언의 총구는 찰스워드에게 초점이 맞추어졌다.

"찰스워드 경감, 당신 생각은 어때? 언제 알았지?"

"오늘 아침. 자네가 그 적기사 운운하며 거짓 자백을 했을 때. 언뜻 완벽하게 보이는 자백을 논리 정연하게 풀어놓으면서도 어딘가 빠져나갈 구멍을 마련해 두는 실로 놀라운 자백이더군! 그럴싸한, 참으로 진짜 같은 이야기였지. 진상과 관계되는 중요한 부분까지 아주 당당하게 밝혔으니까 말이야. 그러나 좀 지나쳤네. 자네 본명이 브라이언이라고 아주 공손하게 가르쳐주거나 한 것은 말일세. 끝에 't'가 붙는다고까지 가르쳐주다니 도대체 무슨 짓인가!"

브라이언은 얼굴색 하나 변하지 않고 즐거운 웃음을 터뜨렸다.

"핫핫핫! 정말 재미있군. 덕분에 아주 유쾌해졌어. 즐길 단계에 도달하기 전이나, 첫 임무를 해치우기 전까진 나도 꽤 조마조마했지만 말일세. 제제벨이 '브라이언 투 타임즈' 같은 별명을 붙인 것만 해도 지긋지긋하던 판국에 이 영감," 이렇게 말하면서 그는 권총으로 콕크릴을 가리켰다. "이 영감마저 남의 속도 모르고 '브라이언 투와이스'라고 부르더군. 브라이언 브라이언…… 브라이언 투와이스…… 다시 말해 브라이언트 와이즈가 내 본명이야!"

브라이언은 어린아이처럼 쾌활하고 천진하게 소리높여 웃었다.

"젠장! 당장이라도 눈치채지 않을까 내 가슴이 얼마나 철렁철렁 내려앉았다고…… 아하하하!"

찰스워드도 덩달아 쓴웃음을 지었다. 콕크릴 경감이 '영감' 취급이나 당하고 있으니 과연 어떤 표정을 짓고 있을까 상상하면서.

어지간히 고생했겠군, 가엾은 페피 커크를 주인공으로 그토록 놀라운 동화를 쓰자면…… 나 원 참! 파페튜어는 도저히 앤더슨을 유인해낼 수 없다는 완전한 알리바이가 이미 오래 전에 입증되지 않았는가. 피카딜리에서 어떤 사내가 앤더슨과 통화하고 있을 때, 이세벨돌이 페피에게 전화해서 둘이서 틀림없이 이야기를 하고 있었다고. 그런데도 지방에서 올라온 저 늙은이는 정신을 못차리고 여기서 우물쭈물 저기서 미적미적하다가 우연히 정곡을 찔렀으면서도 지금껏 눈치를 못채고 있다니, 쯧쯧쯧!

그는 경감의 작은 체구를 측은하게 지켜보았다. 콕키는 상대의 머릿속이 훤히 들여다보여서 내장이 뒤틀리는 기분이었다. 그것도 모르고 찰스워드는 위로하듯 다정하게 말했다.

"이제는 당신도 아시겠지요?"

"옛날부터 알고 있었소!" 콕키는 서슬이 퍼래서 대답했다.

그곳에는 위대한 영국 경감의 우수한 능력을 감탄의 눈으로 지켜보는 무리가 있었기 때문에, 찰스워드는 "에이, 정말?" 하면서 금방이라도 목구멍 밖으로 기어 나오려는 목소리를 간신히 밀어 넣고서 가성을 써서 "커크 양 일도 말입니까?" 하고 점잖게 물었다.

"커크 양은 미끼야." 콕키는 조금도 동요하지 않았다.

"무엇을 위한?"

"브라이언의 자백을 이끌어내기 위함이지. 아니, 이제는 와이즈 씨라고 해야 하나?"

"일이 다 끝나고 나니 겨우 와이즈(현명)해졌다는 말씀입니까, 경감님? 예?" 브라이언이 놀렸고, 그의 재치있는 말솜씨에 두 사람은 크게 만족하면서 흡족한 미소를 교환했다. 그러나 찰스워드는 전혀 재미있지 않았다.

"그랬군! 당신이 그의 자백을 이끌어낸 건 사실이니까. 그렇지만 권총까지 계산에 넣지 못한 건 굉장히 유감스럽군요!"

콕키는 마음에 걸리는 게 있는지 잠시 얼굴을 굳혔으나, 다시 입을 열었다.

"자네 말이 맞아. 권총을 고려해야 했네, 우리는. 흔한 일이니까 권총을 가졌을 거라는 것쯤 당연히 예측해야 했고말고, 고스란히 당했군!" 콕키는 고개를 돌려 브라이언을 보았다. "자네 말은 모두 사실이야. 복수를 위해 본국으로 돌아왔지. 그러나 살인이라는 것은 아무 상관도 없는 무고한 사람들까지 끌어들이는 비도덕적이고 천한 행위에 속하지. 그렇지만 자넨 결코 무례하거나 천한 인간이 아니었어. 그래서 그 추악하고 비열한 행위를 어떤…… 그래, 환상의 망토라고나 부를 수 있는 것으로 뒤덮었던 셈이지. 자네는 예의 그 성서에서 상징적인 관계성을 찾았고, 모험을 감수하면서도 스스로 엄청난 연극을 했지. 자네는 점점 대담해졌고, 거친 피는 끓어올랐을 테지. 물론 처음에는 아주 세심했겠지만. 큰 일을 해내기도 전에 어이없이 잡히고 싶지는 않았을 테니까.

 앤더슨 살해는 세심하게 주의를 기울인 것 치고는 너무 간단하게 끝났을 거야. 그의 집에 전화가 안 된다는 것을 이미 알고 있었던 자네는 아마 심부름꾼에게 편지를 쥐어주면서 몇 시에 어느 전화기 앞에 있으라고 미리 말해 두었겠지. 그리고는 피카딜리에서 전화를 했고. 물론 본토박이 영어로 말이야. 네덜란드인 모친 같은 건 어차피 가공의 존재였을 테니까. 그리하여 앤더슨은 일단 정리가 되었어.

 이튿날 저녁 자네는 페피 커크를 어두컴컴한 작은 방에 가두어, 이세벨을 해칠 때 방해가 되지 않도록 미리 손을 써두었지. 흰 말은 빈 갑옷을 태우고 혼자 야외극을 진행하고 있었으나, 처음부터 그렇게 훈련시켰기 때문에 아무 문제 없었어. 그동안 자네는 대기실을 안에서 걸어 잠그고 만전을 기한 뒤 탑의 사다리 그늘로 숨어 들어갔어. 그리고 미리부터 생각한 때를 노려 살그머니 사다리를 밟고 올라갔고, 마침내 이세벨을 해치웠지.”

 니코틴에 찌든 손가락으로 불도 없는 담배를 굴리면서 콕크릴은 수북한 눈썹 너머로 브라이언을 노려보았다.

 “왜 시체를 내던져야 했나? 그것이 가장 큰 의문이었는데 대답은 의외로 간단했지. 빈 갑옷을 되돌려놓아야 했기 때문이야. 자네는 말이 놀라서 뛰어오를 것이라 예측하고 있었어. 그리고 결코 시체를 밟지 않으리란 것도.”

 “그런 얘기는 자주 들었습니다.” 브라이언은 능청스럽게 대꾸했다. “그런데 그게 사실인 것을 알고 참 놀라웠고, 한편으로는 가슴을 쓸어 내렸습니다.”

 “그래서 자네는 시체를 내던졌네. 말은 아치에서 대기실로 뛰어들었지. 자네는 고삐를 잡고 갑옷을 끌어내렸고 언제나 여벌 갑옷이 있던 장소로 달려갔어. 그런 뒤, 흰 망토를 달고 금세 백기사로 되돌아왔지. 낙마한 충격으로 머리가 좀 멍한 것처럼 꾸민 백기사로 말일세! 베틸레이 양이 문을 두들기고 있었네. 자네가 달려가 열어주었지. 함께 무대로 나가서 죽은 이세벨 앞에 서는 거야. 잠시 후 자네는 흰 망토를 벗어 정중하게 시체를 덮었네. 참으로 깍듯한 교양있는 제스처였고, 한편으로는 필요한 제스처이기도 했어. 갑옷을 말에 묶을 때 썼던 하얀 새 밧줄을 그 흰 망토에 숨겨두었으니까 말이야. 흰말에 태웠던 바로 그 빈 갑옷 말이야!"

콕크릴은 조금 떨어진 곳에서 얌전하게 목을 흔들고 있는 흰 말 곁으로 저벅저벅 다가가 갑옷을 만졌다. 건들건들 몇 번 흔들리더니 갑옷이 벗겨졌다. 밧줄 하나가 한쪽 소매를 지나 깃발봉을 돌아 안장에 단단히 묶여 있었다. 다른 하나는 갑옷 동체를 감고 말의 엉덩이를 돌아 흰 망토 속으로 통하고 있었다. 하얀 두 줄의 끈은 양쪽 모두 둥글게 매듭이 져 있었다.

갑옷이 털컹하고 바닥에 닿는 소리를 낸 뒤, 긴 침묵이 이어졌다. 지붕에 닿는 빗줄기만이 유일하게 공기를 진동시키고 있었다. 천둥소리는 들리지 않았다. 그저 두들겨 패는 듯한 빗소리만 요란하게 울려 퍼졌다.

갑자기 조지 엑스마우스의 새된 목소리가 그 침묵을 흔들었다.
"하지만 나는 그 눈을 보았어! 분명 누군가가 흰 말을 타고 있었어! 경감님도 보았잖아요? 당신 입으로도 그렇게 말했잖아요, 푸른 눈이라고. 나도 보았고요. 말이 못박힌 듯이 멈춰 섰을 때 내쪽을 보던 그 푸른 눈을! 공포에 질려 휘둥그레 열려 있었어요!"
"그래. 그러나 그것은 브라이언의 눈이 아니었어."
콕크릴이 대답했다.
"뭐…… 라고요? 그럼 도대체 그건……?"
비로소 콕키의 그림맞추기 퍼즐에서 한가운데 상이 우뚝 제자리를 잡게 된 것이다. 놀랍게도 그 상은 브라이언 투 타임즈가 아니었다. 엄밀한 의미에서는.

콕크릴이 말했다.

"그날 밤 얼 앤더슨은 어떤 표정을 지었을까? 서둘러 '골덴 골리웍'으로 안내해 주던 친절한 친구가 갑자기…… 그다지 친절하지 않게 대했다면, 대개 공포로 눈이 휘둥그레지는 법이지. 어쨌든 말로는 도저히 형용할 수 없는 그런 표정을 지었을 거야."

"그……럼……."

"결국 흰 말에는 아무도, 아니, 그 누구의 몸도 타고 있지 않았다는 말이야."

콕크릴은 내뱉듯이 이렇게 말하고는 브라이언을 향해 돌아섰다.

"그 사내의 목을 별 이유도 없이 자른다거나 하는 것은 자네답지 않지. 오로지 문제의 처녀를 겁주려는 못된 취미를 만족시키기 위해서라고 주장한다면 아무래도 이유가 너무 약하겠지?"

"그래요, 위장용이었어요." 브라이언이 선뜻 맞장구를 쳤다. "그 목을 손에 넣은 진짜 이유는 피치 못할 경우를 대비해야만 했으니까요. 얼이 나 대신 말을 타야 하는데 내가 그 육중한 몸을 들었다 놓았다 할 수는 없지 않겠소? 하지만 한 손에 늘 검은 모자를 들고, 쨍쨍 햇볕이 내리쬐는 날에도 레인코트를 내던지지 않는다는 실로 편리한 습관만 있으면 사람 목 한두 개쯤이야 너끈하게 숨기고 돌아다닐 수 있답니다. 그러고 나면……. 제길! 띄워준다고 잘난 척 떠들어대는 것도 다 체질이야!" 그는 불쑥 입을 다물었다.

그 자리에 모인 사람들의 눈 앞에, 이세벨이 죽고 난 다음에 벌어진 광경이 생생하게 떠올랐다. 벽에 걸려 있던 갑옷 위, 못에 걸려 있던 빈 투구! 포트 씨의 사무실에서 금발을 곤두세우고 푸른 눈동자를 번쩍이면서 머리에서 김이라도 피어오를 듯이 소란을 피우고 있던 브라이언 브라이언! 갑옷의 둥근 소맷부리에서 굵은 목이 툭 튀어나오고…… 투구를 태연히 옆구리에 끼고!

눈부신 조명 아래, 동심원에 가까운 세 개의 원들은 다시금 침묵 속으로 빨려들어갔다. 빛과 그림자의 경계선에서 가장 큰 원을 이루는 경관들과, 옆구리에 끼고 있던 투구를 들고 허둥대고 있는 우스꽝스러운 갑옷 차림의 기사들이 조금 작은 원, 그리고 중앙의 제일 작은 원인 주역진들이 처음으로 서로의 거리를 좁혔다――콕크릴, 찰스워드, 포트, 베틸레이, 파페튜어, 마더디어가.

세 동심원을 그리는 24명의 인간――총구 하나에 자유를 빼앗기고 마냥 서 있기만 하는 무력한 사람들. 궁지에 몰린 절실한 심정으로 그들은 죽음을 의미하는 불길하고 시커먼 동굴 같은 눈을 응시하고 있었다. 도대체 어떻게 될지 상상도 할 수 없어 찰스워드는 두려움마저 일었다. 이 자리에 있는 24명의 목숨이 모두 자기 책임이었기 때문에.

그는 브라이언 브라이언을 향해 말했다.

"이제 어떻게 할 생각이지?"

"안녕이지." 브라이언은 밝게 대답했다. "나는 이제 곧 이 방을 나갈 거고, 방해하려는 녀석에게는 가차없이 총알 맛을 보여주지. 난 죽는 게 하나도 무섭지 않아. 내가 정상이 아니라는 건 어쩜 사실일 거야. 조니와 나, 그리고 그 가엾은 동생까지 포함해 우리가 광기의 씨앗을 품고 있는 것이 집안 내력이라는 것도. 왜냐? 어찌된 노릇인지 죽는 게 조금도 두렵지 않으니까. 교수형이든 뭐든 터럭 하나 움찔하지 않고 태연히 받아들일 수 있어. 이미 내 할 일도 마쳤고, 그렇지만 일부러 자진해서 목을 매달 필요까지는 없겠지. 영국에서 도망갈 방법은 이미 다 마련되어 있어. 처음부터 다 계획해 두었지. 단지 저 사람이 억울한 누명을 쓰지나 않을까 걱정돼서 잠시 지체했던 것뿐이야." 그러면서 권총으로 파페튜어를 겨누었다. "좀 전에 콕크릴 경감이 '그리고 목을 잘라냈다'고 지극히 당연한 일인 것처럼 말했을 때, 그리고 그 뒤에 곧 내가 '반드시 제세벨이라고는 하지 않았다'고 말했을 때, 나는 드디어 들통났다고 생각했다. 그래서 마지막 '재현 공연'에서는 빈 갑옷에게 대역을 맡기고 나는 그냥 슬쩍 빠져나가려고 했지. 그런데 바로 그때 느닷없이 경감이 파페튜어를 범인으로 몰아가더군." 그는 콕크릴을 보고 싱긋 웃었다. "그러니 경감님의 실패도 크게 효과가 있었던 셈입니다. 내가 아직도 느긋하게 이 자리에 남아서 여러분들에게 놀랄 만한 자백을 제공하고 있으니 말입니다."

"한 손에는 권총을 들고?" 찰스워드가 떨떠름하게 물었다.

"아무렴!" 이렇게 대답하더니 브라이언은 심술궂은 장난이라도 하듯 제일 중심에 모인 둥근 빛 속의 사람들 한 사람 한 사람에게 천천히 총구를 겨냥했다.

이윽고 그가 작별 인사를 했다.

"그럼 이만 실례하겠네."

브라이언은 태연자약하게 성큼성큼 입구로 향했다.

멀뚱히 지켜봐야 하는 모욕감에 치를 떨면서 찰스워드는 콕키에게 퉁명스럽게 화를 냈다.

"이 많은 부하를 풀어놓고도 이대로 도망치게 할 줄은! 당신에겐 틀림없이 더 좋은 수가 있었을 거면서도 왜 밖에서 잡지 않았소? 이런 어처구니없는 일이 벌어질 줄이야! 당신에게도 책임이 있어요."

"인정하네."

콕키가 순순히 대답했다. 그리고 흰머리를 높이 들고는 결의에 찬 모습으로 조용히 말했다.

"어떤 조치를 취해야겠지?"

그는 저벅저벅 앞으로 걸어나가 특유의 걸걸한 음성으로 브라이언
을 불러 세웠다.
"나도 그만 빚을 청산해야 하니까 그 권총은 이리 주게."
브라이언은 재빨리 총을 고쳐 잡았다.
"한 걸음만 더 움직여 봐, 사람들이 문병을 갈 테니. 괜히 잘난 척
하지 않는 게 좋을걸. 나는 그대를 좋아해, 경감. 처음 만났을 때
부터 마음이 끌렸다고. 그러나 지금 난 목숨이 달려 있는 처지니까
그런 감정도 별로 효과가 없을 거야! 한번만 더 움직이면 총알이
날아가!"
그는 상대의 가슴팍을 정확히 겨냥했다. 그러나 콕크릴은 태연히
발을 움직였다. 브라이언 투 타임즈는 방아쇠를 당겼다.

탕! 탕! 탕!
총소리는 허공에 울려 퍼졌다. 눈 깜짝할 사이에 찰스워드와 조지
엑스마우스가 브라이언의 목으로 달려들었고, 그 자리에서 쓰러뜨렸
다. 갑옷 차림의 기사들과 제복 경관의 물결 아래로 가라앉기 시작한
금빛 머리칼은, 주먹과 팔꿈치로 푸른 눈동자를 두들겨 맞으면서 완
전히 사라져 버렸다. 이윽고 간신히 사람들 물결에서 건져 올려진 브
라이언의 손목에는 수갑이 단단히 채워져 있었다. 그러나 그의 눈은
별처럼 맑게 빛났다.
찰스워드가 명령을 내렸고, 브라이언은 길고 어두운 복도로 담담히
끌려갔다. 금빛 머리칼을 당당히 세우고, 맑고 푸른 하늘빛 눈을 번
쩍이면서 처형장으로 향하는 순교자처럼.
브라이언은 물론 교수형에 처해질 것이다. 그렇지만 그의 뒷모습을
지켜보고 서 있는 사람들은 충분히 알고 있었다. 좀 전에 그가 장담
한 것처럼 브라이언은 절대 눈썹 하나 까딱하지 않고 마지막 순간까

지 의연하게 행동하리란 것을.

그리고 지금까지 아수라장이 되다시피 한 난리법석 따위 아랑곳하지 않고, 콕크릴 경감은 대기실 한복판에 엉덩이를 깔고 편하게 자리잡고 있었다. 그는 오늘만 해도 벌써 두 번째로 브라이언의 권총을 열고 있는 중이었다.

"어떤가? 역시 미리미리 준비하는 것이 현명한 일이지?"

그는 찰스워드를 향해 소름이 끼칠 만큼 다정하게 말을 건넸다. 그리고 천천히 몸을 일으키더니 낡은 레인코트를 털썩 어깨에 걸치고, 나달나달한 모자를 철썩 머리통에 갖다 붙이듯이 올려놓았다.

"이제 그만 돌아가 자야지. 내일은 아침 일찍부터 움직여야 하니까. 난 켄트로 돌아가네."

콕크릴은 여기까지 말한 뒤 씩 웃으며 덧붙였다.

"녀석들은 내가 이번 회의에서도 똥칠을 했다고 생각하겠지!"

흡족한 웃음을 눈가에 달고 그는 뚜벅뚜벅 어둠 속으로 걸어갔다.

퍼즐러의 한계에 도전한다

1943년《초록은 위험해》, 1947년《자택에서 급사》에 이어지는 크리스티아나 브랜드(Christianna Brand. 1907~1988)의 다섯 번째 작품이 바로 이《제제벨의 죽음》이다. 1949년에 발표되었다.

본래 브랜드는 4, 50년대부터 마이클 이네스며 니콜라스 블레이크와 같은 작가들과 함께 '신본격파'로 소개되던 작가였다. 그러나 실제로 브랜드의 작품을 접해보면 광택을 없앤 은(銀) 같은 '신본격파'의 중후함보다는 오히려 퀸, 카, 크리스티로 대표되는 미스터리 황금시대의 광채가 그대로 전해지는 것을 알 수 있다.

황금시대의 광채가 전해진다는 말은 다시 말해 퍼즐러(수수께끼풀기 미스터리)가 발달하여 엔터테인먼트로서의 형태를 구축한 30년대의 고도화한 테크닉이 엿보이고, 또한 그것을 만들어내는 원천이라고 할 수 있는 작가의 치기(稚氣)가 작품 전편에 흘러넘친다는 것을 뜻한다. 그런 의미에서 보면《제제벨의 죽음》은 황금시대 미스터리의 향기를 아낌없이 전해주는 실로 놀라운 퍼즐러로 완성되어 있는 것이다.

브랜드는 교묘한 복선, 미스디렉션(주의가 집중되는 것을 피하기 위하여 의도적으로 독자의 주의나 관심을 다른 데로 돌리는 기법), 수수께끼 만들기, 용의자 조작 등 퍼즐러에 필요한 테크닉에 발군의 재능을 보이는 작가인데, 이 책에서도 그런 재능이 유감 없이 발휘되어 있다. 아니, 겨우 이런 표현으로는 너무 부족하다. 브랜드는 《제제벨의 죽음》을 통하여 스스로 테크닉의 한계에 도전한 것은 아닐까 하는 의심이 생길 정도로 이 작품은 놀라운 완성도를 보이고 있는 것이다.

먼저, 첫 수수께끼부터 살펴보자. 그것은 과연 어떻게 만들어져 있나?
'범행은 밀실 상황에서 이루어졌다. 아마추어 극단이 공연을 하고 있던 무대에서 제제벨이라는 별명을 가진 악녀가 누군가에게 목이 졸려 죽었고, 우뚝 솟은 높은 탑에서 바닥으로 추락한다. 마치 구약성서에 나오는 옛이야기를 떠올리게 하는 상징적인 사건인데, 이때 객석에서는 수천의 관객들이 무대를 지켜보고 있었다. 무대 뒤로 나 있는 유일한 출입문은 잠겨 있었고, 그나마 당번이 지키고 있었다. 생각할 수 있는 용의자라곤 무대에 나와 공연중이던 갑옷 차림의 기사들뿐인데, 그들이 제제벨을 죽이기란 물리적으로 절대 불가능한 상황이다…….'
마치 카를 연상시키는 불가능 범죄의 수수께끼인데, 브랜드는 이 수수께끼를 생각없이 만들어놓고 아무렇게나 방치하는 그런 무책임한 짓은 절대 하지 않는 작가이다. 수사를 담당하는 경찰들도 이 수수께끼를 둘러싸고 철저하게 논의를 되풀이한다. 있을 법한 모든 가능성이 집요하게 검토되는 것이다. 그리고 마침내 이제 조금만 더 가면 모든 수수께끼가 해결될 듯한 고지를 눈앞에 두고 또 한차례 장애물이 이들의 발목을 잡고, 해결의 가능성도 산산조각 허물어져 내린다. 즉 수수께끼를 풀려고 의논을 하면 할수록 상황은 점점 더 불가능한, 견고한 돌 속으로 빠져들고 마는 것이다.

불가능해 보이는 수수께끼를 다룬 미스터리에서 잊어서는 안 되는 것이 바로 이러한 점, 곧 수수께끼에 대한 의논이라고 할 수 있다. 단순히 불가능한 상황을 전반부에 설정하는 것으로 그치지 않고, 그 후에도 온갖 가능성의 길을 하나하나 제거하면서 정말로 불가능한 범죄였다고 독자들을 굴복시키지 못한다면 참으로 매력 있는 불가능 범죄의 트릭이라고는 말할 수 없을 것이다. 마찬가지로 그런 가혹한 수수께끼가 만들어져야만 비로소 해결의 의외성도 그 빛을 발할 수 있는 법이다. 동서고금을 통해 밀실살인을 주제로 한 미스터리는 발에 채이는 돌멩이처럼 많지만 독자들로 하여금 뜨거운 신음 소리가 터져나오도록 감탄시킨 작품 수는 그리 많지 않다. 그것도 다 그러한 부분들이 철저하게 지켜지지 못했기 때문이리라.

그런데 이러한 수수께끼를 만들어내는 수법은 수수께끼와 호응하는 트릭에도 상당한 자신이 없으면 감히 생각할 수도 없는데, 브랜드는 이 작품의 수수께끼에 어울리는 실로 대담하기 이를 데 없는 트릭을 장치해 두었다. 브랜드에 대한 종래의 평가 가운데에는 '잔재미가 가득한 트릭들의 모음' 같은 내용도 있지만 《제제벨의 죽음》에서는 절대 그런 평가가 합당하지 않다. 잔재미는커녕 카나 체스터튼에 비해도 손색이 없는 악마적인 트릭을 구사하고 있는 것이다. 독자들 가운데는 제일 먼저 해설부터 읽는 사람들도 많으므로 트릭에 대한 자세한 내용은 덮어두겠지만, 이 자리를 빌려 트릭의 내용보다는 오히려 트릭을 다루는 솜씨가 더 빼어나다고 꼭 강조해서 밝혀두고 싶다.

브랜드가 이 트릭을 초석으로 삼아 그 위에 복잡한 구성을 구축한 것일까? 아니면 미리 만들어져 있는 플롯이라는 강에서 건져 올린 우연한 사금 같은 것이었을까? 그 자세한 내막은 잘 모르겠지만 트릭과 플롯이 유기적으로 결합되어 있는 것은 확연하다.

이처럼 트릭과 플롯이 유기적으로 연결되어 서로 상승 효과를 올리고 있는 점이야말로 《제제벨의 죽음》의 '핵'이며, 비단 이 작품뿐 아니라 모든 퍼즐러에서 가장 가치를 지닌 부분이 될 것이다. 아무리 기발한 트릭을 생각해냈다 한들 플롯에서 유리된 '트릭을 위한 트릭'으로 그치고 만다면 그 퍼즐러는 근본적으로 불합리해질 테니까.

그리고 이 점에 좀더 주목하면 흔히 말하는 '결말의 의외성'도 단순히 트릭 자체의 의외성에만 그치지 않고 트릭과 플롯이 연결되는 부위의 의외성에 잔손질을 많이 하는 편이 훨씬 효과적이란 것을 깨닫게 될 것이다. 따라서 이 책을 읽는 여러분은 그러한 부분에서 브랜드가 얼마나 뛰어난 센스를 지니고 있는지 직접 확인하고 나면 진심으로 인정하게 될 것이다.

다음은, 가짜 물증이라든지 용의자 집단(red herring)을 이용하여 독자들을 잘못된 방향으로 유도하는 브랜드의 뛰어난 미스디렉션. 특히 가짜 용의자들을 작품 곳곳에 배치하는 수법은 크리스티 뺨치는 절묘한 수완을 발휘하고 있음을 알 수 있다.

브랜드의 작품에는 갖가지 직업을 전전했던 본인의 경험을 되살려 정확한 관찰과 시니컬한 유머로 뒷받침되는 등장인물의 개성이 실로 생생하게 그려져 있고, 이 책도 예외는 아니다. 이 책에는 한순간의 실수로 청춘을 잃어버린 파페튜어 커크를 비롯한 다채로운 인물이 등장하는데 엑스마우스처럼 정신적으로 미숙한(또는 결함이 있는) 인물을 용의자 속에 풀어놓아 독자를 헤매게 만드는 것도 브랜드의 특기 가운데 하나이다.

개성 풍부한 이런 용의자 집단 전원이 동기를 지니고 있는 점도 브랜드 미스터리의 패턴이다. 《자택에서 급사》며 《의혹의 안개》에서도 이런 경향은 되풀이되지만 이 책에서는 용의자 전원이 자백한다고 하는 광기의 대단원이 펼쳐지면서 이 비슷한 종류의 이야기 중에서도 단연 압도적인 절정을 맞이한다. 물론 범인은 한 사람임에 틀림없지만 저마다의 자백이 모두 진실처럼 보여 어안이 벙벙해지고 마는 것은 브랜드의 조작이 그만큼 뛰어나기 때문일 것이다. 따라서 생생하고 개성 강한 등장인물들에게 독자들도 쉽게 감정이 이입되고 말겠지만, 그렇게 되는 것은 바로 브랜드의 술수에 빠져드는 것이나 다름없음을 경고해 두겠다. 막바지에 이르러 그들 모두가 작가가 조종하는 지푸라기인형에 불과하다는 것을 깨달을 즈음이면 이미 모든 이야기는 끝나 있을 게 틀림없기 때문이다.

이 외에도 교묘한 복선과 그림맞추기 퍼즐로 비유되는 해결 과정의 긴장감, 그리고 퀸을 방불케 하는 구성과 딕슨 카를 연상시키는 수수께끼의 트릭, 크리스티와 유사한 용의자 잠행 방법 등을 한데 모으면 그야말로 황금 시대 미스터리의 진수를 모아둔 듯한 느낌이 든다.

이전에 나온 《초록은 위험해》라든지 《탁월한 솜씨》의 그늘에 가려져 정당한 평가를 받지 못한 감이 있는 《제제벨의 죽음》이지만, 브랜드가 스스로 퍼즐러 테크닉의 한계에 도전하고 있는 듯하여 온몸에 찌릿찌릿 전기 자극이 이는 놀라운 걸작이라고 재평가하는 것이 타당하지 않을까 생각된다.

황금시대의 마지막 후예라고 일컬어지는 여류작가.

작품 수는 황금시대의 거장들과 비교하면 그리 많지 않지만 1940년대부터 50년대에 걸친 전성기의 작품은 앤서니 바우처(Anthony Boucher)로 하여금 '브랜드의 기량에 필적하는 작가라고 하는 것은 크리스티, 퀸, 카 같은 위대한 거장들 가운데서 찾을 수밖에 없다'고 말하게 만들었다.

말레이시아에서 태어난 크리스티아나 브랜드, 본명 메리 크리스티아나 밀른(Mary Christianna Millne)은 어린시절을 인도에서 보내고 영국으로 돌아와서는 서머싯 주 톤턴에 있는 프랜시스코 수도회가 경영하는 여학교에 들어갔다. 그러나 17세에 아버지가 파산하면서 학교는 고사하고 스스로 자립해야 할 처지가 되었다. 보모 겸 가정교사를 시작으로 양장점 모델, 나이트클럽의 호스티스, 댄서, 비서, 실내장식가 등, 10여 년 동안 수많은 직업을 전전했으며 하루 벌어 하루 먹고사는 힘든 생활을 해야만 했다. 이윽고 조리 도구를 취급하는 상점 점원으로 일단 정착하지만 그곳에 있던 젊은 여성 주임의 호된 처사에 분개하여 마침내 그녀를 모델로 한 《하이힐의 죽음(1941)》을 쓰게 되었다.
　1939년 외과의사와 결혼한 브랜드는 가게를 그만두고 쓰다 만 원고를 완성시켜 출판사에 보내지만 15곳으로부터 모두 외면당했다. 그 뒤 크리스티의 초기작을 출판하는 등 미스터리 출판에서 특이한 실적을 가진 보들리 헤드사에서 간신히 출판을 허락받는다. 두 번째 작품 《잘린 목(1941)》은 영국에서 간행된 이듬해에 미국 도드 미드사의 '레드 배지' 미스터리 상에 빛나는 영광을 안았고 책도 출판되었다. 착실하게 인기작가 반열에 올라선 브랜드의 이름을 단숨에 드높인 것은 《초록은 위험해(1944)》이다. 이 작품은 《푸른 공포(1946)》라는 이름의 영화로도 만들어졌는데, 얼레스테어 심(Alastair Sim)이 콕크릴 경감으로 분해 원작의 뉘앙스를 잘 살리고 있다.
　브랜드의 미스터리는 한마디로 말해 면도날처럼 날카로운 맛을 지닌 퍼즐러에 있다. 매력에 넘치는 수수께끼 같은 사건이 브랜드만의 독특하고도 장중한 분위기 속에서 펼쳐지는데, 수많은 가설과 잘못된 판단 끝에 결국 논리적으로 해명되는 패턴을 밟고 있다. 이야기의 도입부에서 괴짜 관계자를 한 사람 한 사람 묘사해 놓고 때로는 자연스럽게, 또 때로는 대담무쌍하게 증거와 복선을 흩뿌려놓는 것이 브랜드 특유의 작풍으로 고도의 서술기법에 의해 반전에 반전을 거듭하면서 뜻밖의 결말로 이어지는 것이 보통이다. 미스디렉션이나 레드 헤링도 치밀하여, 1940년대에 등장한 영국 작가 가운데서는 토비 다익 시리즈를 발표한 초기의 엘리자베스 펠라즈와 이 크리스티아나 브랜드가 유일하게 퍼즐러에 심혈을 기울인 작가로 알려져 있다.

브랜드의 미스터리에서 가장 중심이 되는 것은 역시 매력적인 용의자들로, 그들이 형성하는 숨 막히는 서클 안에는 여기저기 의혹이 굴러다닌다. 용의자들이 서로 범인이라며 비난하는 경우도 다반사고, 진짜 범인은 일상에서 광기를 숨기고 있던 인물인 경우도 많다.

처녀작 《하이힐의 죽음》에서 런던 리젠트 거리의 고급 양장점에서 일어난 독살사건을 맡은 찰스워드 경감은 여성에게는 굉장히 마음이 약한 캐릭터로 나오는데, 그는 콕크릴 시리즈의 《제제벨의 죽음(1948)》과 《의혹의 안개(1952)》에서도 조역으로 등장한다. 《하이힐의 죽음》은 뒤에 나온 작품과는 성격이 다른 밝은 터치의 장편으로 세련된 유머가 독자들을 즐겁게는 해주지만 반전에 반전을 거듭하는 고딕풍의 기묘한 재미는 덜한 편이다. 또한 이 책에서 가장 눈에 띄는 캐릭터라고 할 수 있는 여성스러운 디자이너 세실 프라우트는 《탁월한 솜씨(1955)》와 《일그러진 둥근 빛(1957)》에 재등장한다.

《어둠의 장미(1979)》는 경감 우두머리가 된 찰스워드가 재등장하는 장편으로, 첫머리에 과거 영화배우였던 샐리 모튼이라는 여성과 8명의 친구들의 이름을 적은 일람표가 있어 그 가운데 범인과 피해자가 있다는 것을 미리 알려주고 있다. 그 표 자체가 이미 호기심을 불러일으키기에 충분하지만 폭풍이 몰아치는 밤에 샐리가 낯선 남자와 교환한 자동차 트렁크에 그녀의 옛 영화를 상영하고 있던 영화관 창구담당 직원의 시체가 들어 있더라는 도입부의 수수께끼도 꽤 매력적이다. 전체적인 맛은 전성기의 장편에는 덜 미치지만 70세를 넘긴 작가라고는 도저히 믿을 수 없을 정도로 신선한 분위기를 풍기고 있다.

브랜드의 메인 탐정, 즉 '켄트의 공포'로 두려움을 주던 콕크릴 경감은 켄트 주 토링턴 경찰에 근무하는 몸집이 작은 중년남자로 늘 모자는 비딱하게 쓰고 니코틴에 절어 변색된 손가락에는 손으로 만 가느다란 담배를 들고 있다. 그는 날카로운 눈으로 사건의 세부를 파악하고 사건을 담당하게 되면 전혀 빈틈이 없지만 마음 깊은 곳에서는 인간적인 감정이 숨겨져 있어 범인에게 동정을 보이기도 한다.

이 경감은 《잘린 목》에서 처음 등장하는데, 처자를 잃은 불행한 사건을 계기로 성격이 변모했다는 소문도 있다. 여기서 그가 다루는 것은 기묘한 모자를 쓰고 있는 여자가 목이 절단되어 살해된 사건이다. 모자의 원주인에게 살인예고도 있었던 터라 콕크릴은 저택에 머물고 있던 용의자들을 감시하지만 제2의 살인이 일어나고 만다. 의사인 브랜드의 시아버지를 모델로 창조된 콕크릴은 이후 오랫동안 여러 작품에서 활약하게 된다.

다음에 콕크릴이 활약하는 것은 《초록은 위험해》이다. 작가의 최고 걸작이라 꼽히는 《초록은 위험해》는 수수께끼와 그 해명도 물론이지만 거듭되는 공습으로 떨고 있는 전시하의 병원을 둘러싼 긴박감이 놀랍도록 뛰어나게 표현되어 있는 점도 주목할 만하다. 제2차 세계대전 중에 육군병원에서 범인은 마취약 봄베와 유독가스 봄베를 바꿔치기하는 주도면밀한 수법으로 살인을 저지른다. 왜 일개 우편배달부가 살해되어야만 했는가? 공습으로 대퇴부를 골절당한 우편배달부는 수술대 위에서 마취를 당하다가 갑자기 죽었는데, 범인이 무슨 수법을 썼는지 도무지 짐작조차 할 수 없는 사건이다. 그 뒤 사정을 좀 아는 듯한 간호사가 외과용 메스에 찔려죽고 용의자는 드디어 6명까지 늘어나게 된다. 범인은 피해자의 숨이 끊어진 뒤 수술복을 입혀

재차 칼로 찔렸고, 범인의 그런 기묘한 행동을 둘러싼 콕크릴의 추리는 그야말로 본격미스터리에서만 느낄 수 있는 최고의 맛이라 하겠다. 스산한 병원분위기와 살인사건이 잘 어우러진 걸작이다.

《자택에서 급사(1946)》도 《초록은 위험해》와 마찬가지로 전시하가 시대적 배경이 되어 있다. 무대가 되는 곳은 켄트 주 스완워터로 그 땅의 주인인 리처드 마치 경의 전 부인을 추모하기 위해 매년 그곳으로 손자들이 모여든다. 리처드는 굉장히 까다로운 성미로 걸핏하면 유언장을 수정하곤 하는데 사건 당일도 기분이 상해 후처 베라에게 모든 것을 물려주겠다고 내뱉듯이 말하고는 새 유언장을 쓰기 위해 본채에서 떨어진 작은 오두막으로 가버린다. 다음날 아침 손자 클레어가 오두막으로 가보니 리처드는 책상을 향해 앉은 자세로 절명해 있었고 유언장 초고는 감쪽같이 사라져버렸다.

검사 결과 아드레날린을 과다 주사해서 살해된 것으로 판명나지만 오두막으로 가는 모랫길에는 사체로 발견된 클레어 외에 다른 발자국은 전혀 찾아볼 수 없었다. 게다가 리처드의 정원사도 또 다른 오두막에서 살해되어 있었고 이쪽 역시 바닥에 쌓인 먼지 위에는 범인의 발자국 따위는 눈을 씻고 봐도 없는 이해할 수 없는 상황이 계속된다.

여기서는 브랜드가 이상할 정도로 흥미를 가지는 '광기'가 에드워드라고 하는 18살 소년이라는 형태로 전면에 끌려나오고 있다. 어린 시절부터 머리가 이상한 척하던 중에 진짜로 그렇게 되어버린 에드워드는 자신이 미쳐서 사람을 죽인 건 아닐까 두려움에 질린다. 그런 에드워드를 주위 사람들이 감싸주려고 하는 것이 오히려 사건을 복잡하게 만들어 숨 막히는 서스펜스가 만들어지게 된다. 콕크릴이나 사건 관계자들이 작품 속에서 전개하는 여러 가설과 검증이 압권이며, 증거는 애초부터 뚜렷하게 드러나 있었음이 증명되는 마지막 결말도 상쾌하다는 한 마디로 표현될 수밖에 없을 것이다.
 그러나 뭐니 뭐니 해도 콕크릴의 가장 날카로운 추리를 즐길 수 있는 작품이라면 《자택에서 급사》 이후에 나온 세 작품일 것인데, 그 어느 쪽도 라스트의 의외성에서는 조금도 뒤떨어지지 않는다.
 높은 완성도를 보이는 《제제벨의 죽음》도 마찬가지로 불가능범죄를 다루고 있다.
 브랜드는 이 시기가 전성기였다고 생각된다.
 콕크릴 시리즈의 섬뜩함에 브랜드풍의 맛을 더한 《고양이와 쥐》에 이어 《의혹의 안개》도 이 시기에 발표하고 있다. 한때 런던의 명물이었던 안개를 단순한 도구 이상으로 사용하여 마지막 한 마디로 모든 수수께끼를 밝혀낸다고 하는 탁월한 솜씨가 돋보이는 《의혹의 안개》는 《자택에서 급사》에서도 비슷한 취향을 볼 수 있지만 의표를 찌르는 면에서는 이 작품이 훨씬 높은 평가를 받는다. 콕크릴이 아는 사람으로부터 의뢰받은 이 사건은 안개에 감싸인 런던이 주무대가 되어 용의자들의 견고한 알리바이는 모두 두터운 안개 속에 감싸여 좀처럼 증명하기가 어렵다. 하지만 맨 마지막에 가서야 간신히 밝혀지는 놀라운 맹점이 드러나는 순간 이 사건의 비밀도 한꺼번에 밝혀진다는 일품소설.
 라스트의 놀라움이라는 점에서는 《탁월한 솜씨》도 뒤지지 않는다. 콕크릴 시리즈의 마지막 장편인 《탁월한 솜씨》는, 지중해의 상 호안 엘 피라타 섬(브랜드가 만들어낸 가공의 지중해 왕국)에서 휴가중인 콕크릴이 살인사건에 휘말려 스스로 용의자 취급을 당한다는 전개가 우선 특이하다. 콕크릴이 해수욕을 즐기고 있는 시간에 호텔 한 방에서는 단체 여행객의 일원인 젊은 여자가 살해되는데, 말도 별로 통하지 않고 이 나라 경찰들을 별로 신뢰하지 못하는 콕크릴이 결국 사건에 뛰어든다는 내용이다. 위에서 기술한 브랜드를 대표하는 네 작품과 비교하면 설득력은 좀 떨어지지만, 중심 트릭은 늘 그렇듯 대담무 쌍하고 해결불능이라고 생각되는 사건이 마지막 순간에 화려하게 진상을 드러내는 것이 볼거리이다.

이 가공의 섬을 무대로 하는 작품은 또 있다. 바로 콕크릴의 여동생이 등장하는 《일그러진 둥근 빛》인데, 살인사건이 아니라 섬의 역사적 수수께끼에 도전하는 브랜드의 이색작품으로 로맨틱스릴러에 속한다.

브랜드 최후의 본격미스터리는 《어둠의 장미》이다. 처음에 인물일람표가 있으며 '이상 9인 가운데 범인과 피해자가 있다. 이 살인은 공모가 아니다'고 하는 선언이 있는데, 나이 들어서도 여전히 본격미스터리에서 공정하게 겨뤄보고자 하는 작가의 의욕이 느껴지는 작품으로, 취급하는 내용도 전혀 나이를 의식시키지 않는다. 뒤쫓는 사람을 피하던 여자가 도로에 쓰러진 나무에 갇혀 건너편 차와 차를 교환한다. 후일 자신의 차를 되돌려 받으니 모르는 시체가 트렁크 속에 들어 있더라는 크로프츠의 《통》을 방불케 하는 사체 이동의 수수께끼이다.

《A Ring of Roses(1977)》에도 등장하는 작가의 또 다른 시리즈 탐정, 책키 경감이 활약하는 《고양이와 쥐(1950)》는 다른 작품과는 전혀 다른 경향의 고딕로망풍의 서스펜스이다. 잡지에서 신변상담 칼럼을 맡고 있는 여성기자가 행복한 결혼생활을 하고 있다고 생각한 과거의 상담자 집을 방문해보니 그런 여자는 이 집에 없다는 대답을 듣는 데서 사건이 시작된다.

여기까지 장편만 다뤘지만 브랜드의 재능은 단편에서도 유감없이 발휘되고 있다. 실제로 《초대받지 않은 손님들의 뷔페》에 수록된 단편은 모두가 하이레벨로, 자칫 원 아이디어 스토리가 되기 쉬운 이 분야에서도 그녀는 철저하게 계산된 복잡한 구성을 사용하여 이채를 띠고 있다. 《초대받지 못한 손님들의 뷔페(1983)》는 이야기를 꾸미는 크리스티아나의 작가적 재능의 집대성이라 할 만하며 미스터리 단편집의 필두로 꼽고 싶은 걸작선이다.

CWA와 엘러리 퀸의 미스터리 매거진이 공동 주최한 단편 미스터리 콘테스트에서 1등을 차지한 〈혼인비상(婚姻飛翔)〉은 콕크릴의 젊은 시절 사건이다. 오만방자하여 주위 사람들에게 혐오의 대상이 된 어느 남자가 재혼 피로연에서 독살된다는 사건인데, 특이한 범인상이 두드러진다.

마찬가지로 콕크릴 시리즈의 〈컵 속의 독〉은 남편을 따라다니는 여자를 독살한 의사의 아내가 콕크릴에게 몰리는 과정을 그린 도서(倒敍)미스터리. 용의를 풀고자 범인이 스스로 콕크릴 앞에서 갖가지 추론을 전개하다 결국 자승자박에 이르는 착상이 독창적인데, 마지막 한 줄로 범인의 실수가 지적되는 브랜드의 기교가 놀랍다.

작가의 단편 분야 가운데 대표작인 〈혼인비상〉이 나온 이듬해에 같은 콘테스트에서 2등을 차지한 〈제미니 크리켓 사건〉은 밀실을 테마로 한 고금의 단편에서 세 손가락 안에 드는 걸작이다. 안에서 자물쇠를 채운 4층 건물 사무실에서 발견된 변호사의 시체는 목이 졸려 의자에 묶여 있었고 날카로운 칼 따위로 난자된 흔적이 역력하다. 상처에서는 아직도 붉은 피가 흐르고 있는데도 경찰이 들이닥쳤을 때는 범인의 그림자조차 보이지 않는다. 그로부터 1시간 후, 역시 목이 졸려 로프로 묶인 경찰의 시체가 발견된다. 이 경찰이 죽어야만 했던 필연성이 일품인데, 전편에 걸친 서술트릭도 뛰어나다. 또한 본편에는 두 가지 버전이 있어 결말 부분이 상당히 달라진다.

〈속죄양〉도 역시 불가능범죄를 테마로 다룬 중편으로 13년 전 유명한 마술사 조수가 저격된 사건이 있었을 때, 직무태만으로 경찰직에서 쫓겨난 아버지의 오명을 아들이 사건의 진상을 파헤쳐 풀어드리려는 내용이다. 전율할 결말이라는 점에서는 〈제미니 크리켓 사건〉과 비교해 결코 손색이 없다.
  그 밖에는 마치 어리석은 여우와 너구리의 대결 같은 〈스코틀랜드의 사촌〉도 특히 주목할 만하며, 크리스티아나 브랜드의 저작 리스트는 대개 아래와 같다.

[장편]
《Death in high Heels(1941)》
《Heads You Lose(1941)》
《Green for Danger(1944)》
《Shadowed Sunlight(1945)》
《Suddenly at His Residence(1946)》
《Death of Jezebel(1948)》
《Cat and Mouse(1950)》
《London Particular(1952)》
《Tour de Force(1955)》
《The Three-Cornered Halo(1957)》
《Court of Foxes(1969)》
《The Honey Harlot(1978)》
《The Rose in Darkness(1979)》
《The Brides of Aberdar(1982)》
《Starrbelow(1958)》-차이나 톰슨(China Thompson) 명의로 발간됨
《Alas, For Her That Met Me!(1976)》-메리 앤 애시(Mary Ann Ashe) 명의
《A Ring of Roses(1977)》-메리 앤 애시 명의
《Welcome to Danger(1948)》-청소년 소설

《Heaven Knows Who(1960)》-범죄실화

[단편집]
《What Dread Hand(1968)》
《Brand X(1974)》
《Buffet for Unwelcome Guests(1983)》